U0737357

不尽长江滚滚来

彭慧◎著

中国言实出版社

图书在版编目（CIP）数据

不尽长江滚滚来 / 彭慧著. -- 北京：中国言实出版社，2021.1

ISBN 978-7-5171-3720-7

Ⅰ. ①不… Ⅱ. ①彭… Ⅲ. ①长篇小说—中国—当代 Ⅳ. ①I247.5

中国版本图书馆CIP数据核字（2021）第010148号

出 版 人 王昕朋
责任编辑 代青霞
责任校对 张 丽

出版发行 中国言实出版社

地 址：北京市朝阳区北苑路 180 号加利大厦 5 号楼 105 室
邮 编：100101
编辑部：北京市海淀区花园路 6 号院 B 座 6 层
邮 编：100088
电 话：64924853（总编室） 64924716（发行部）
网 址：www.zgyscbs.cn
E-mail：zgyscbs@263.net

经 销 新华书店
印 刷 北京中科印刷有限公司
版 次 2021 年 3 月第 1 版 2021 年 3 月第 1 次印刷
规 格 710 毫米 ×1000 毫米 1/16 23 印张
字 数 362 千字
定 价 86.00 元 ISBN 978-7-5171-3720-7

彭慧，原名彭连清，女，湖南长沙人。中共党员。曾在北京女子师范大学、莫斯科孙逸仙大学学习，并参加左翼作家联盟，1927 年后历任中共武汉市委组织部秘书、干事，中共上海沪西区委书记，中华全国文艺界抗敌协会会员，中山大学、桂林师范学院教师，全国文艺界第一次代表大会代表，北京师范大学教授，《文艺学习》编委。1932 年开始发表作品。1952 年加入中国作家协会。著有长篇小说《不尽长江滚滚来》，短篇小说集《还家》，专著《普希金研究》《托尔斯泰研究》，译著《草原》《哥萨克》《列宁格勒日记》《爱自由的山人》等。

目录

一

一九二六年八月下旬。酷热的初秋季节。

在长江中流，隔江对峙、鼎足而立的武汉三镇上，这些日子，不但是自然气候炎热，就是人们的情绪，也像滚水一样沸腾起来。尽管平日不问时事的人，也不得不关心起目前的政局来。

七月里，广东的国民革命军在广州誓师北伐，才一个多月工夫，就完全打倒了湖南的老牌军阀赵恒惕，奠定了湖南全省的革命局面。接着，北伐军马上又沿着粤汉路向北挺进。

现在，战争已经紧逼到武昌城下了。像这样迅速变化的战争，历史上好像还没有过，真使人有神鬼莫测之感。三镇上的老百姓，刚刚才听说国民革命北伐军在洞庭湖南面全部解决了湖南的旧军阀，可是没有两天工夫，就像神话传奇一样，又听说北伐军已经在进攻粤汉路上湖北省境内的军事重地——汀泗桥了。

到晚上，神话的背景又北移到了贺胜桥……

三镇上的老百姓在偷偷地讲述前方的消息。有人带着讽刺和嘲笑，谈论着那位与北伐军对阵的老牌军阀头子吴佩孚，说是吴佩孚头天还气得胡子竖了起来，亲自监场枪毙了几个节节失利的将官，第二天，他自己也向后转了……现在，北伐军已经进逼到大江边。整个武昌城已在革命军包围之中。守城的反动军官刘玉春关起四城顽抗，希望吴佩孚派援军来呢。

汉口这边似乎还没有革命军马上过江的迹象。暂时是反动军官刘佐龙负责维持市面秩序。

市面上，夜晚八点多钟就开始了宵禁。戒严开始以后，根据吴大帅告示上的说法，凡是“形迹可疑”的人，就“格杀勿论”了。

在汉口西郊的工厂区，各大工厂的大门前，除了原来就设有的武装岗哨之外，近来又增加了些被叫作“巡逻队”的大兵。他们肩上挂着插有利刃的长枪，大铁钉皮鞋在厂门口的麻石地面上来来回回踏着，发出叮当的响声，真个是如临大敌，仿佛那些传说中飞驰前进的北伐军马上就会来袭击工厂了。

工厂区的东头，那条通向市区去的长街，一向是这个区最热闹繁华的街道。这几天，临街的各个店铺到黄昏就关上店门打烊了。

晚饭后，夕阳还散发着炙热的余威，半边天被染成火红，整个工厂区的高屋顶和树梢上，镀上了一层金光……街上的麻石还是滚烫的。空气像是凝滞了，热烘烘的，闷死人。这时，工厂区的街头巷尾，店铺前，小住户门外，听见木板拖鞋踏在麻石上的响声，到处是打赤膊或穿着短衫裤的人们，挥着扇子，坐在小板凳或竹椅上歇凉。

娃娃们在父母周围，成群结队地闹耍：捉迷藏，骑竹马，或者学两军对阵打仗冲锋……

从大江南岸传来了炮声……乘凉的人彼此望了望，会心地笑着，欣喜炮声越来越近了。有的人止不住压低嗓子谈论着北伐军神速的进展。

天幕完全被黑暗笼罩之后，炮击和枪声似乎更密了。乘凉的人也逐渐减少了，街上和小户人家的大门前，逐渐安静下来。只有兴华纺织厂一条条鸽子笼似的工房里面，还有一团一团的人，坐在小院子里小声聊天。他们手里的大蒲扇，在腿上、脚上拍得噼噼啪啪响，驱逐从四面八方飞来的蚊虫。小院子里太热了，任怎么乘凉，也没能消除一天的疲劳。就是已经进屋睡了的人，也在哼哼着，不只是热，还有臭虫、跳蚤咬人，睡得真不舒坦。

住在工房第三条院子里的青年女工杨文英，也和邻居们坐在院子里乘凉。她抬头望了望星星，抽了一口气，想起天亮前还得烧好饭带进厂去，屋里再热、再受罪也得进去躺下休息一会儿了。正预备起身回房去，只听得隔壁陈大婶问她的大姨妈——老女工王素贞关于标会的事，就又坐下不动了。

“大姨妈，我们标的那个会，这个月的钱，该你家得的吧？”

“我原先是想要哩！”大姨妈说，“可是，如今车不通，信不通，有钱也带不回去，要钱做么事？你们有哪个要，先让给你们吧！”

住在西院工房里的老工人、厂里都称他杨老老的，正来找陈大婶有事，这时插嘴说：“哎哟大姨妈，你家标会是为带钱到乡下去？真多余啦！哈哈……”

“多余？乡下哪年不指望我这里帮点？”

“哎哟，大姨妈，你的旧皇历用不得啦！”说到这里，他压低了声音，慢慢说，“你们粤汉路上的人，比我们先见天日啦！没听说吗，北伐军一到，城里组织工会，乡下组织农会，跟土豪劣绅、恶霸地主算账！要追回好些租息哩，哪里会稀罕你这几文？！”

文英和大姨妈两个，因为好久没接到家乡的信，正惦着，只要一听到有人谈家乡的事，总是不会轻易放过的。文英忙问道：“杨老老，你家也听到这话啦，可知道我们乡下的消息？”

“不消问，任什么地方都一样，只愁北伐军不来。”星月的微光照见杨老老多皱纹的脸上泛着微笑：“听，炮响哩，我们这儿也快了！”

大姨妈怕文英听到谈家乡又触起许多愁苦，就一边起身，一边催文英说：“文英，熬不住了，我们回屋睡去吧！”

文英知道姨妈的用心，笑了笑，随姨妈回房去了。文英和她的姨妈——没儿没女的寡妇王素贞同住在一间工房里。娘儿俩回到屋来，连灯都没点，借着淡淡的星光，摸上床睡了。好半天，两个人都翻来覆去没睡着，姨妈止不住问道：“文英，没睡着？又想妈妈啦！”

“没有……唉，你还当我像刚来那阵，天一黑就伤心想家啦！如今……唉，也心宽了些哩……尤其是现在，这回打仗，不比往年打仗啰……”

“是哟，我也知道你明白这个道理，可是……可是……”姨妈说到这儿，住嘴不说了。她是想说她怜惜她的姨侄女太年轻，太孤苦……但觉得这么一说，反会惹起文英的心事，就把话咽住，改口说：“睡吧，再挨，明早起不来！”她打了个呵欠，开始呼噜呼噜入睡了……

文英虽说不像初来厂时那样想家了，可到此时，到底也还是止不住回忆起往事，惦记起妈妈来。

两年前，文英还纯粹是个农村妇女。从娘肚子出世以来，没离开过家门一步。

十六岁那年春天，她爹的风湿病越来越重，完全躺在床上起不来。文英又没有兄弟姊妹。眼下正是要播种插秧的时候，种不上地，东家马上就叫退佃。三间草房是连地一起从东家佃来的，退佃就得马上退房，一家人就要流离失所了。

妈妈急得整天唉声叹气……

隔壁本家三婶给妈妈出了个主意：把文英幼年订下的婚事提早办了。男方——二十岁的青年人彭炳生，这几年因天灾人祸，搞得家败人亡，现在是个无家可归、父母双亡的孤儿，老在近边的几个村庄上给人家打零工，现在正好来接文英父亲的手。就这样，妈妈把彭炳生找来，匆匆忙忙给他们办了喜事。小两口成亲之后，倒是男勤女俭，把这个家支起来了。

炳生的庄稼活，叫人没碴儿可找……爹种地时，还老得妈来提醒这、催催那。如今彭炳生什么也不用母女俩操心，干完地里活，还抽工夫给文英帮忙喂猪食，修纺车。一向破损的墙垣，满屋的漏，也修好了。

文英的好日子过得不长久，第二年初秋，镇子上闹霍乱症，乡下无医无药，眼看着好些钢铸铁打的男儿汉，一沾上这病，不到三天就丢了性命。

那天，炳生把地里活忙完，吃了晚饭，正好歇一会儿，偏东家来喊他上镇子去一趟。晚上回来，炳生就染上了流行病，整天整夜上呕下泻。本听说东家有一种止吐泻的药，妈妈哭着去求过几次，连东家的面也没见着……没两天工夫，炳生就丢了性命。

丈夫一死，文英几乎变成了个傻女人，除了哭泣之外，半个月没跟人说话……

东家派人来催过好几次了，说田里谷子收不进仓，就得退佃，叫文英一家马上搬走，有人等着要接手来捧禾。

文英爹经不住这一急一气，两腿一伸，把苦难的日子留给她们母女俩。

几家邻居可怜这一家子，气东家太薄情，愿意合伙替他们捧禾、收谷子。大家说："炳生翁婿俩，还不是给东家累死的？今年，炳生又忙了个春夏两季，到底也只有临尾这点活了，总该由杨家两代寡妇收到几颗谷子，等秋收完了，再说退佃也不迟嘛！"

一下子死了两口人，妈妈光会哭，说几句求情的话都结巴不清。文英没办法，到底也算出了阁的妇人了，只好揩干眼泪，亲自上东家去求情：让她一家挨过秋收再退佃……

东家钱太太有事进城去了。大少爷钱子云出来见文英。钱子云跟老婆刚吵 一
了一场，怒气冲冲走了出来。但一看见文英的长相，马上换出笑脸来，刚跟老婆闹过架的一肚子火气，也烟消云散了。他想不到那个手瘫脚跛的杨五爷，说话也结结巴巴的杨五娘，倒生出了这么个天姿国色的女儿来。文英个子不高，腰身细细的，还像没出阁的闺女。那满头乌黑发亮的头发挽成圆髻，上面扎着一段白头绳，在钱子云看来，倒真是“女要俏，一身孝”。他死盯着文英略带愁容，却是安静端庄的圆脸蛋和那对水汪汪的黑瞳仁，心神不定，摇头晃脑起来。

文英羞怯怯地跟大少爷求了半天的情，他一个字儿都没听进去，像饿狗馋嘴似的，对着文英贼眉鼠眼地怪笑。

文英猛抬头觉到了钱子云那副涎皮赖脸的邪相，吓得满脸通红，低下头，说不出话来了。

钱子云看见文英羞怯的样子，越发忘了形，眯缝着眼，笑着对文英说：“行，行！你们不用搬啦！才死的那个黑大个儿，是你老公？”说着就伸手在文英肩上一拍：“如今可把你丢得好苦哟！”

文英吓得猛退了几步，心脏激烈地跳动起来，亏得奶妈抱着钱子云的儿子进来，才算给文英解了围。

一连几天，钱子云总到文英家来鬼混。文英心里明白，只好咬紧牙关忍气躲开……

那天，文英和妈妈算着给他们在地里帮忙的三叔和陈七爹，今天要整完最后的一点活了。几天来，他们从不肯吃杨家一顿饭，今天一定得留他们吃一餐。谁知好晚了还没看见这两个人从田地里回来，妈妈急得到禾场外迎他们去了。文英在厨房里安排饭食，再没想到忽然有个人从后面伸出一双手来把文英拦腰搂抱起来，嘴里还说些肉麻难听的话，急得文英两手两脚乱蹬乱踹，放大嗓子喊妈……

这人不由分说，抱起文英直往她房中奔去，嘴里轻轻说：“我的乖乖，莫叫莫嚷！顺从我，不会亏待你。”

文英一手死抓着厨房门框，不让他拖走，一手在钱子云身上乱抓乱打……正在危急之际，听到三叔、陈七爹和妈妈在禾场上说话的声音，他们马上就要跨进堂屋来了……钱子云这才不得已放松了文英，从后院菜地的破篱笆那儿溜走了！临走，还对文英说：“你得放明白点，我还要来的，可不许你再乱嚷了！

乖乖地顺着我，你一家子打不了饥荒……”

文英吞下眼泪，把三叔和七爹的晚饭开出来。幸好他们没看出什么。晚上，人静了，文英对妈妈哭着，诉说这场屈辱……

打从这时候起，妈妈和文英两个整天提心吊胆地过日子。一看见太阳落山，文英就慌乱得不知道该把自己藏到哪儿去好。夜晚也不敢回到自己房里去，和妈妈挤在一床睡觉。往后的日子，怎么过下去啊……

第三天早饭后，文英在厨房煮猪食，痴痴地对着烧得正旺的灶洞坐着，慢吞吞地添火。几天来，她不敢当着妈妈多哭，这会儿正是她无顾忌地伤心落泪的时候。她哭了一阵，忽然想起死了的奶奶讲过的一个狐狸精缠上一个姑娘的故事，想不到自己今天也好像被狐狸精害了一样，落得走投无路。

“可是那个姑娘后来被观音老母救了啊！”她想，“如今也来个观音老母就好了。”

文英想着想着，摇了摇头，拿着捅火棍对着灶洞，毫无目的地拨着火，不断地叹息着，又自言自语地说：“哪儿来的观音老母呢！这是说书呀……”

“文英，快来，你大姨妈来了！”文英忽然听到妈妈在堂屋里大声喊她。

住在邻村的早寡的姨妈，在好几年前就离开乡下，到汉口做纱厂女工去了。这才头一次回乡下来。要不是遭了这样憋死人的灾殃，文英该是多么高兴迎接姨妈啊！可是，今天，她提不起劲来，慢吞吞地扔下捅火棍，懒洋洋地走到堂屋里，轻轻叫了声“姨妈”就低下头想哭了。

大姨妈还仍旧把文英当没出阁的闺女看待，一手牵着她，一手在她头上、脸上、肩上轻轻抚慰着。

“长大啦……更体面啦……我惦着你哩。听说你办了喜事，又听说……唉……”姨妈说到这儿，觉得不好说下去了，看见文英伤心掉泪，还只当是为着新死丈夫的事，就宽慰她说：“别伤心啦，没法子……姨妈也是一样的苦命。这个味儿，你姨妈是懂得的……”

文英妈再也忍不住了，她把三天来母女两个含悲忍辱不敢对人讲的灾祸，向自己的亲姐姐倾诉了。

“走吧，让文英跟我去汉口！”一向是精明强干的姨妈，听完妹子的话，恨得咬着牙说，“难道还待在家里等那个挨刀的来造孽吗？我们老辈子的话，三十六着，走为上着！”

妈妈五心不定，看了看女儿，又看看姐姐，看看姐姐又看看女儿，说不出话来。

姨妈的话，倒是打动了文英的心。她忽然觉得心里开朗起来。

“妈，这是个好主意，我得跟姨妈赶快走。”

就这样，文英逃出了钱子云的魔掌，跟姨妈匆匆离开了故乡，来到了兴华厂的工房。

来厂里的第二天，姨妈就买了两条毛巾、两双洋袜子，配上乡下带来的荞麦粑粑、黑豆、菜干之类，一共包了两大包，领着文英去拜见工头婆娘张大婶，求张大婶荐文英进厂去。等了大半个月，也没听到半个字的回音，可把文英急得像热锅上的蚂蚁一样，坐立不安。姨妈想起怕是嫌礼物少了，只好叫文英赶快做了一对挑花枕头套，又买了一双鞋面布，再配上两斤糕点，去张大婶家讨回信。张大婶收下礼物，连“谢谢”都没哼一声，只是没好气地说：“哪有那么顺遂的事，还有空缺候你吗？慢慢等等，耐心些嘛！”又隔了几天，张大婶挟了一大包布料、棉花来，叫文英给她孩子缝冬衣，做棉鞋。做完孩子的衣裳，张大婶发现文英的针线活不错，又把自己男人今年要缝的大棉袍和自己的棉裤、汗衫、罩衫之类拿来，叫文英给缝……文英只好哭脸装笑脸接收了这批活。直等到这年初冬，张大婶才算把文英领进了布机间。

文英进了布机间，跟齐胖妹学手艺，不到半个月，就能单独管四部车子了。谁知道，头一个月的工资，却被张大婶吞了。据说，这是厂里多年来的老规矩。文英也只好忍着这口气，把希望寄托在未来……这些事倒是教训了文英，她这才明白过来：天下乌鸦一般黑。乡下有没良心的财主、团保，工厂里有没良心的工厂主、监工、工头。倒霉的，总归是穷人。她从前还以为姨妈在城里做工，比种田人强，好生羡慕哩……

时间一晃，文英进厂做工已有两年多了。两年多来，她的思想也起了好多次变化。头一年，她老是偷偷伤心落泪。父亲和炳生死得惨，自己也几乎受辱，是这辈子忘不了的事。想家乡，想亲娘，可又回不去，日子不易熬啊。现在干厂里的活，受工头、厂主的欺。和姨妈两个过着没有半点指望的苦日子，已经够教人寒心了，可每天一睁开眼，又尽看见比自己更苦的工友和邻居……她觉得生活是绝望的，冰凉的，自己的心也一天天凉了，麻木了，渐渐地她变得不会伤心落泪了，只是机械地上工、吃饭、睡觉，很少说话。可是，近一年来，她在厂里结识了一些好人，一些快活、大胆而热情的姑娘。姑娘们旺盛活跃的青春活力，使她感受到了温暖。那些姑娘们还带着文英认识了女共产党员刘平。刘平教给她们许多革命道理。从此，文英的心，像死灰复燃一样，逐渐从残烬里拨出一些还没有完全熄尽的、微小得像尘土样细粒的火星……尤其近来，她知道了这次北伐战争和往年的军阀混战不一样的道理，心中更感到轻松，朦胧地觉得穷苦人的日子有指望了，好翻翻身了……但是究竟怎么个翻法呢，她搞不清楚。刚才，又听到杨老老说北伐军一到，人民就见了天日的话，这又触发了她的心思。她爬上床后辗转反侧，心里在琢磨着：她的家乡现在该是北伐军的天下了，她相信家乡是会变好的。但是，究竟怎么个变法呢？好又好成个什么样子呢？妈妈的日子又怎么变呢？那些财主老爷真个会老实起来吗？……像猜中了一半的谜，她似乎明白了，又觉得还是猜不透。

二

一早，文英进得厂来，就听到下晚班的女工告诉她，说有几个车间发现了革命传单。这一夜，工头们忙进忙出在查问。工人们照例是一看见工头们愁眉苦脸，或忙得屁滚尿流，就暗地开心。工人们知道，近来工头、职员和大门口厂警的紧张状态是和目前战局有关的，因而看见他们越是忙乱、恐慌，就越是高兴。可是，也得小心点。这种时候，这些狗杂种们，老爱到车间来给工人们找麻烦。大家自然彼此照顾着，一看见有工头进车间来了，就赶忙给工友们打招呼。文英想找同车间的齐胖妹问几句话，可是自己的机车和胖妹的隔着一条过道，又怕被窜进来的工头看见。她时不时瞄瞄胖妹那边，想寻个机会。看来，胖妹也有同样的想法，向她挥了两次手，嘴笑得合不拢呢。

偏偏，今天车间不断有姐妹们发出口哨声和吆喝声……照老例，头一两个发现工头婆娘窜进车间来的小姐妹，总是赶忙吆喝一下，或者吹一声口哨。这等于向全车间姐妹发出警报：“工头来了，小心寻你的岔子啊。”听到警报，有正偷着在一起咬耳朵的，就赶快散开。也有带了家里忙不完的针线活的，如纳纳鞋底、补补袜子啦，一听到警报，就赶忙把活计藏起来。

今天，车间闷热得很，机车隆隆地响着，马达轮子上一条条的皮带，闪电般旋转着。白花絮在湿空气中飞舞，就像冬天的浓雾，让人喘不过气来。文英汗湿的黑洋布衣裳上，贴上白花絮，远看像黑底白花的花布衣了。她热得干脆把满是花絮的蓝布头巾也摘了下来，张开嘴喘喘气。一会儿，飞絮就落到了嘴里。遇上口渴，她就喝几大口放在窗台上的凉茶，也顾不得讲究，连花絮一起吞了。现在，吃花絮是常事，她很不在乎了。初进厂时，就因吃这些花絮，她咳嗽了整一个冬天。

透过隆隆的马达声，忽然一声又细又尖的口哨从东头传了来……文英不由得朝东头车间正门一望，可不正是那个眼珠鼓出眼眶外的工头婆娘扭进来了吗！这婆娘姓李，因为眼珠鼓得怕人，女工们背地里叫她李夜叉。文英从机车缝隙里冷眼瞄着她，看她这儿那儿地逡巡了一会儿，终于拐到齐胖妹跟前，板起一脸横肉，鼓出一对吓死人的金鱼眼珠，盯着胖妹一动不动。文英远远瞅着，急得替胖妹出了一身汗，心想：难道是胖妹散发了传单，被她发现了吗？

"李大婶，今儿个不歇会儿，你家是么样这忙啰？"文英听到胖妹笑眯眯地招呼夜叉，心想：死妹子，她怎么像没事人一样啊！

穿着件黑绢绸上衣的李夜叉，横眉瞪眼地对着胖妹红润润的圆面孔瞅了半天，没说话。有个叫薛霸的男工头几次偷告李夜叉，说齐胖妹的哥哥齐大海在汉阳兵工厂有赤化嫌疑，他的妹子怕也靠不住，叫夜叉婆多注意她点。现在，李夜叉企图在这个小姑娘红润的小圆脸上发现"赤化分子"或者"过激党"的什么特别记号，可是她看到的只是一张有些稚气的女娃儿乐呵呵的面容。

胖妹看着夜叉婆那副鬼相，心里好笑，嘴里却说："天热哩，看你家满头大汗。"

听到"天热"两个字，李夜叉好像从噩梦中惊醒，天气真是够热的，怎么几张赤化传单把人累糊涂了，连热都忘了！她忙得连扇子也不知丢到哪儿去了，只好把塞在大襟上的手绢抽了出来，擦了擦额头上、两颊上的汗，又拿它当扇子扇着，气呼呼地对胖妹说："哼，有那么些造反的狗崽子胡闹，就没有老子娘歇息的啦！……你这儿，没出什么造反的字条儿？"

"造反？不知道。"胖妹摇着头，依然甜蜜地微笑着。

李夜叉鼓着的眼珠里射出恶狠狠的光芒，凝视着胖妹，又向机车上、地上、窗台上，上下四周扫射一圈，把放在窗台上胖妹饭篮子上的毛巾掀开看了一下，转过身来又对着胖妹从头到脚打量着，好像从来没见过似的。她心里纳闷："为什么这个长着一副笑眯眯面孔的小姑娘，会有赤化嫌疑呢？老薛那话是真的吗？我是么样一点也找不出她的毛病来哩！"

"看你家，到车间来一趟，就沾了满身的白花。"

"是吗，又沾白花啦？快给我拍拍。"李夜叉抬起两手把背转向胖妹。胖妹对着她的后脑勺做了个鬼脸，慢慢给她拂去头上、背上的白花。

“要是发现了什么东西的话，就去告诉我。懂吗？”李夜叉一边说，一边伸直脖子，转过脸来，让胖妹又给她扫肩上和前襟上的花絮。

“懂了。你家……”胖妹依然乐呵呵地笑着，两颊上露出一对惹人欢喜的酒窝。

夜叉婆苦涩着一张脸，对着胖妹愣了半天，摇了摇头，拐起一双小脚，扭着腰肢走了。

文英瞅着夜叉婆已经扭出车间，赶忙溜到胖妹这头来，急忙问：“么样的？她吼些么事？看那副凶相，真个是夜叉哩！”

胖妹像没事人一样。她在文英平日沉静、温和的面容上，看见了焦急不安，知道是为刚才夜叉婆来捣麻烦急的，就笑着安慰文英说：“没事，她想找老子的麻烦，她找到个屁！”一边说着，一边给文英扫着满头满身的碎花，好像她自己身上很干净，什么飞絮尘埃都没有似的。

文英又凑到胖妹耳朵跟前，压低嗓子问：

“听到了吗？说是打包间发现了传单。你瞧，男工就比咱们强。夜叉婆跟你嚷什么呀？”

纵然车间的机器声轰隆轰隆喧闹，别人不易听到她们的谈话，但她们还是很小心，胖妹也凑到文英耳朵跟前，轻声笑着说：

“问我看见造反的传单没有……见她妈的鬼！看见了又么样！哪个会告诉你夜叉婆哟！”

“她们想追出人来啰！”

“追人？追鬼哟！主子王爷都垮完了，她忙这一阵子，顶个屁事！”胖妹嘻嘻笑着说。

“人家都撒传单啦！我们呢，不打算干点什么？”文英问，“上头没布置什么东西下来？”

胖妹很高兴文英那么关心工作，笑着对她端详了一会儿，又凑到她耳朵上说：

“昨晚我跟刘平先生碰过头了。今晚上，你们到我家去开个会，她会来的。我正要告诉你。”

“哎哟，这可好了，我心里正嘀咕：胖妹是么样不召集个会呢？”

“着急了吧？有得忙呢！日子快到了！”胖妹拍着她的肩说。

“鬼娃儿！”文英在胖妹笑出酒窝的面颊上轻轻捏了一下，微笑着说，“你装得真像，还给她打扫身上的花絮哩！夜叉婆缠你那阵子，我给你捏了一把汗，想不到你还笑得那么甜，装得没事人一样……”

“怕么样，我又没得什么把柄给她抓住。如今啰，叫她们发愁的日子越来越近了！”

赶文英刚转身要溜回自己车子跟前时，胖妹又把她捉住了：“晚上的会，请你去告诉彩霞一声，我还有好几个人要通知哩。对啦，还有郑芬，叫彩霞通知郑芬吧。莫忘记了啊！”

“哎呀，你真是！这样的事，么样会忘记！”文英像受了委屈似的，掉过头来埋怨胖妹一句，又赶忙溜回自己车子跟前去了。

直到午饭时分，文英赶忙三口当两口吃完带来的饭，又托她旁边的张小妹照顾一下自己的车子，就跑到细纱车间找另一个青年女工刘彩霞去。彩霞的机车恰好就在第一个窗台旁，她手里捧着碗筷，正对着飞旋的机车吃饭。

细纱车间里，有人匆忙地来往，有人端着饭盒子在搅动什么，有人端着温开水，嘴里叫叫嚷嚷。这头那头有人故意把碗筷、饭盒子敲得叮叮当当，透过马达声也能听到一片乱响。文英奇怪起来，问彩霞：“你们这是闹些什么鬼名堂，吃饭像唱戏！不晓得鬼工头们正在寻事吗？”

彩霞向文英做了个苦相，跳到她的机车后排，用筷子指着一个坐在地上正在给孩子喂奶的女工说：“你瞧，大家是给这娘儿俩把风呢！”

“天啦，你怎么趁今天这风头把娃儿带进厂来啦？”文英弯下腰对一边流泪、一边喂奶的母亲说。

孩子不知受了什么委屈，吃两口又张嘴号哭……

“她哪会知道今天风声紧呢？”彩霞瞪了文英一眼，把文英赶到自己车旁去，“走开去，别看着人家，还得给她把风呢……”

“把风就把风嘛，你们满车间敲得叮叮当当响干什么呀！”

彩霞刚吞完一口饭，笑着说：“你不知道，真急死人了！今天黄桂花这个奶娃子，偏偏凑热闹，好几次不要命地扯开嗓子哭，把桂花急得眼泪直洒。要给工头婆听见了，好家伙，带孩子进厂还了得！她的饭票子不过河了吗？还得挨一顿臭骂呢！我们一车间姊妹也急了，孩子一哭，就大敲大打，好掩盖住这小爷儿的哭声……”

二

“哟，真险！要是狗婆进来了呢？”文英听着叹了口气，轻轻摇着头，拍拍胸脯，好像工头真来了，她急得没法。

彩霞哈哈笑了起来，指着第三个窗台下一只长形小竹筐告诉文英：“看见么，要听到那头有吆喝声，这头就会有人给她把孩子放在筐子里提到茅房去躲一会儿。我们今天已经演了这么半天戏了！”

文英也止不住笑了一声，马上又皱起眉头不作声了。她看着这母子俩，不由得心里难受起来……

彩霞告诉文英：这个叫黄桂花的女工，平日送了好些礼物给一个工头婆，才被允许她家里每日正午派人把孩子送到厂门口来，她就从铁栅门里接过儿子，站在门口喂一阵奶。可是这两天，给她送孩子来吃奶的十岁的大女儿病了，发高烧。昨日送孩子来时，姐弟两个几乎滚到街上给大车轧死。今早，她托邻居照看着大女儿，自己把奶娃儿藏到饭篮子里混进厂来。这种事，厂里女工中是常有的。文英明白，因为今天厂里风声紧，孩子又哭得凶，姐妹们才不能不为她出这个主意帮忙的。

“唉，造孽，从娘肚子出世，就是条苦命！”文英叹息说，眼眶里已经噙了两包眼泪了。

“得了，看你，眼泪都冒出来了！”彩霞拍着文英的肩说，“你就是大慈大悲的老佛祖来了也没用场。那些狗婆娘只认得钱。谁有钱，她就跟谁做狗仔。你有什么事来找我的吗？”

一句话提醒了文英，她忙挨近彩霞，凑到她耳朵跟前说：“胖妹叫通知你，今晚上到她家里开会去。刘平先生要来讲报告。”

“天啦，喜死人了！”彩霞把手里的碗筷往窗台上一扔，欢喜得蹦了起来，“我正等消息啊！是今晚吗？”

“你发痴啦，大嚷什么？”文英在彩霞屁股上拍了一巴掌，笑着轻轻骂道，“想死啊！夜叉婆她们正查得紧哩！早点去，别搞晚了。”

“我不会搞晚的。”彩霞说，又觉得自己声音太高了，不由得把脖子一缩，用双手掩住了自己的嘴，不说话了。

彩霞和胖妹同年，都是十八岁。削肩细腰，长挑身材，苗条的背上拖着条又长又粗的辫子，清瘦的鸭蛋脸上长着一对美丽、透明的大眼睛，长长的睫毛下边，老是射出大胆放肆的视线。这是个青春火焰燃烧得旺盛的姑娘。

小个子郑芬远远看见文英来了，又跟彩霞咬耳朵说话，忙跑过来细声问："你们搞什么鬼，不告诉我？"

郑芬是个柔顺而安静的姑娘，近来跟彩霞很要好，任什么事，她总情愿听彩霞的调摆。

"你告诉她吧，胖妹也叫通知她的！"文英对彩霞说。

彩霞凑到郑芬耳朵上把话告诉她了。

"怪不得呢，那么开心！"郑芬的脸上也露出了笑容，对文英说，"谢谢你带来了好消息！你知道，我跟彩霞姐姐正在说哩，人家都搞得起劲，我们是么样不动啊！"她又凑到文英耳朵上低声说："晓得吗？厂里出了传单啰！"

文英点了点头，摇摇手，意思不叫她讲下去，细声说："有话晚上说罢！"

"我今天真快活，你知道，看见那些贼婆娘忙来忙去，我和郑芬两个，忍不住直想笑。正要找胖妹去，我们也该干点什么啰……听到了吗？昨晚的炮声，轰了一夜也没停呀！狗奴才们，要完蛋了！可是我们得加紧组织起来呀！"彩霞捉住想走的文英，不管三七二十一，把心里想说的话，开了水闸一样，让它们滔滔地奔流出来，"你说，我们的小组，该好好商量出些办法来呀！"

"你忙什么，晚上说不行？"文英说。

"要不要通知银弟她们几个呢？"郑芬岔断了彩霞她们的谈话。

"你真糊涂死了！"彩霞睁着大眼睛对郑芬白了一眼，嘲笑着说，"你这个宝贝！银弟住在那个鬼宿舍里，晚上出得来吗？你告诉她，不是白叫她着急？"

银弟住在女工集体宿舍。住在那儿的女工们，放工回到宿舍，就等于是进了牢房。吃了晚饭，想上街买点东西，头天就得告好假，八点钟就得赶回来，要不，就关上大门进不去了。

"造孽，她们比我们更苦！像关监牢一样，哪里出得来啊！"文英说。

"银弟可积极啦！她真想干哩！"郑芬说。

"胖妹会给她们另外布置的！"彩霞说，"不消你们担心……"

彩霞的话还没说完，车间外的走廊上哐啷一声，接着是姑娘们的一阵哄笑。起初的动静把彩霞吓得赶快要去抱孩子放进竹篮里藏出去，听到笑声后，她才晓得是有人打碎饭碗了。她拉着文英连忙赶出来瞧热闹。

"嗨，我只当是夜叉来了哩！"彩霞说。

“哎哟，春姐的饭碗打破啦！”一个姑娘笑嚷着。

“饭碗打碎啦！兆头不好，饭票子要过河啦！”另一个笑着嚷。

“晓得是撞了什么鬼啰，我今天老是慌手慌脚的！亏得饭早吃完了！”

“要你慌么事？你一不是发洋财的财主佬，二不做大官，三不跟他们攀亲带故……该轮到人家慌手慌脚啦，不消咱们慌！”讲这话的正是她们刚才谈论过的银弟。她是一个胆大嘴快的十五岁的小姑娘。

文英只和她点点头打招呼，没敢把开会的事告诉她。

姑娘们听了银弟的话，都心照不宣地笑了。

有人告诫说：“老实点，别太大胆了啊。今儿这一天，坏婆娘们溜来溜去，溜得咱们忙打吆喝都忙不过来。”

文英对着彩霞和郑芬会意地笑了笑，就赶快回自己车间去了。

三

杨文英考虑到晚上要到胖妹家去开会，路又相当远，怕来不及烧晚饭，就在放工出来时，顺路买了几个烧饼和馍馍放在饭篮里带回家去。

走到家时，姨妈还没回来。她从身上摸出房门钥匙开了门，把提篮里的烧饼馍馍拿出来摊到桌上，就赶着把当柴灶用的缺口瓦缸端到院子里，塞上柴片，点起火来，烧些要喝要用的水。

文英和姨妈两个的生活够寂寞孤苦的。姨妈是厂里粗纱间工龄最长的女工，比起来，工钱还不算太低，可是，年轻守寡，没儿没女，孤苦伶仃，和文英俩成天见不着太阳，黑摸进厂又黑摸出厂。别人回到家，有父母或有儿女把烧好的饭菜端出来吃。这娘儿俩，下了工后，还得自己动手烧火做饭，吃完饭又得洗衣浆裳，常常搞到半夜。

她们住的这种工房，是厂方专门给工人盖的家属宿舍。文英初来时，真住不惯，好像住在炉灶里一样，闷得喘不过气来。工房没奠地基，屋里跟院子一样高矮，一样泥土地。墙壁是竹条编织起来，外加一道泥和石灰，日子久了，泥和石灰就零零落落掉下来，露出了竹条。矮矮的屋顶上，虽是盖上了一层薄瓦，冬天透风，雨天滴水。房子成排成排地挤得很紧，一排有好几十间。这排与那排房子之间只隔着不到一丈宽的长条院子。

姨妈从前只租一间向北的，很冷。去年才搬到这儿第三排向南并立着的两间屋子来。朝南的贵些，两间房得花一块五角钱。要不是有两个人的工资收入，姨妈也不敢壮胆租它。有许多人家，七八口人全挤在一间屋子里。

三

这两间房，有个小门相通。姨妈和文英把西边的一间作睡觉用，里面架上两张单人床，就把朝外的门堵塞住了，还遮去半边窗子。东边一间，算外间，由着出入。外间门后放着一只缺口瓦缸，是她们的柴灶。纸格窗下，放了张破旧的八仙桌、吃饭、切菜、梳头、洗脸、做针线活，都少不了它。正面墙下还架了一张由两个条凳、一副铺板组成的床，这是姨妈留给她丈夫的外甥柳竹有时来住一宵用的。要不，姨妈哪儿舍得租两间房？

照例，晚饭时分，工房院子里成了闹市：这家搬出了炉灶在院子里烧煮，那家搬个小桌在院子里吃饭……

姨妈从厂里回来，一走进院子，看见别人家正吃得热闹，自己窗下的柴灶里却已经熄了火了，不免纳闷。走进屋，看见桌上一堆烧饼馍馍，文英已经冲好一壶茶，坐在桌子跟前了。

“文英，身子不舒服吗？怎么不动手烧饭？”姨妈惊异地问。

文英把马上要去胖妹家开会、来不及做饭的原因告诉了姨妈。

“锅里还有热水哩！给你家留下洗澡的。”文英补充说。

“怪不得呢！”姨妈笑起来，“我说啰，我文英平日一个铜板都舍不得花，总想多带两文到乡下去，今天倒买了这么一大包来……唉，唉……你就自已买一份吃算了啰，我回来煮就是啵！”

“你家不是顶爱吃馍馍吗，难得买一顿啰！”文英说，“还温热呢，快吃！”

姨妈四十多岁，方脸，中等身材。别看那黄瘦个子，走路、干活，还精神抖擞的，不像才放脚的女人。说起话来，一是一，二是二，爽快麻利，又热心快肠。她在厂里一向有正直人的好名气，无论男女老幼都喜欢她。哪个工友有难，哪家有病人，她常仗义起身找工头去说情讲理……远在文英来厂之前，“大姨妈”这个称呼就叫开了，大家几乎都不记得她的真名“王素贞”了。就是那些气势汹汹的工头们，看见大姨妈来说情，也比对别人客气几分。

胖妹邀文英参加秘密工会小组时，也邀过大姨妈。她考虑一番之后，对胖妹说：“我比不得你们大姑娘结实，老是三病两痛的，进去了搞不出名堂来，白让你们多费口舌，不讨人嫌？就让文英一个跟你们搞吧。用得上我的时候，把事儿摊下来，我一定尽力。”胖妹和柳竹商量过，没有勉强她，觉得把她留在外边也有好处。因而文英的工会活动，从没隐瞒过姨妈。

姨妈笑眯眯地瞅了瞅堆在桌上的馍馍，解下了身上的围腰，到院子里掸了掸身上残留的花絮，就坐到桌子跟前来，刚拿起个馍要吃，一个高个儿的青年男子跨进门来。这就是柳竹。

柳竹二十三四岁，个子很高，宽肩阔背，长得很英俊。总是微笑着的脸上有一双深邃而透明的眼睛，好像能洞察人心。端直的鼻梁下，有个略嫌突出的下颚。整个面容给人一种刚强果断的印象。他穿着白布短褂，工人打扮。但实际上，他是一个知识青年，一个坚强而有毅力的革命者。

现在，柳竹是本区地下党的领导人——区委书记。他来这个区工作还不到一整年。前两年，他在被称为革命熔炉的上海大学念书。去年“五卅”惨案时，上级把他从上海大学调回来，在汉口市领导青年工人和学生运动，不久被捕，坐了几个月监牢。从监牢里出来之后，又把他调到工人区来。

“你们这儿好热哟，像蒸笼一样！”柳竹带着微笑跨进门说。他把汗背心上面的白布短褂脱了下来，扔到为他安排的那张床上，用手绢擦完满头的汗，就一屁股坐到床边，打开折扇，扇起来……

这个身长肩阔的男子，一跨进门之后，屋子就立刻显得更窄狭矮小了。他站立时，头几乎顶住屋顶。好像从他身上不断散发着某种热能似的，他一来，寂寞的小屋子就立刻也热闹起来。

“来吃烧饼吧，今晚我们没烧饭，就吃这个。”文英的姨妈——柳竹的舅娘，端了个方凳到八仙桌跟前，叫外甥坐过来吃晚餐。

“先喝口凉茶吧！”文英赶忙倒了一碗用冷水冰过的凉茶，打算亲手端给坐在床上的柳竹去……忽然低下头，迟疑了一会儿，又仍旧放在桌上了。

“好，谢谢你，我不吃饭，倒是要喝这碗茶。”说着，他一步跨到桌子跟前，端起茶要喝，却先笑着说：“你们尽管吃，我吃过饭了。哎呀，烧饼好香啊，可惜我吃饱了。”

“吃一个嘛，吃一个嘛！”姨妈和文英同声说。

“不，我喝干这杯茶就走，到你们后院去找个人谈话，等完了再来。今晚还得在这儿住一宵哩！”他炯炯发亮的眼睛看看舅娘又看看文英，只管微笑着。要是初见面的人，看这人老是笑，还当他有了什么喜事哩。其实，这是他的习惯。喝完茶，放下茶杯，柳竹就往外边走。

“哎哟，这样忙……又嚷热，就该歇歇嘛！”他的舅娘说。

柳竹没说什么，一只脚已跨出了门，又回过头来对舅娘笑了笑，抱歉似的。

柳竹一走，屋子里的空气立刻又宁静了。

这舅娘和外甥两个关系很密切。柳竹父母死得早，童年在外婆和舅舅跟前长大。舅娘自己没儿女，很是照顾柳竹。柳竹十五岁时，在他的堂伯帮助下上了学，就离开了家乡。此后，他们好多年不见面了。等舅娘到了汉口，在厂里做工，柳竹也在武汉上中学，这才又联系上。

舅娘喜欢外甥有学问又懂人情，诸事都乐意跟外甥商量商量，渐渐地外甥对舅娘讲了些革命的道理。以后，她觉得柳竹的道理讲得对路，就更心疼他了。

柳竹自从得到舅娘对他工作的赞同之后，舅娘的这间屋子就成了他展开工作的秘密据点之一。他借来看舅娘的机会，和工房这边的一些工人结识了，有时因为在这家那家谈得很晚，回不去，就在舅娘的外屋住一宵。半年来，这地方，用得更多了。好几次，舅娘和文英在里边睡了，他还和几个工人在外屋悄悄谈话。他们谈话的声音小到睡在里屋的舅娘和文英都听不见，弄得舅娘曾背地里笑他们是开的悄悄会。

文英觉得自己是个年轻的寡妇，没敢和这个正当青春年少的男子多说几句话。而柳竹呢，一来就忙自己的事，又看见文英那么拘谨，也就觉得不便和她多谈什么。

最初，姨妈无论对文英或对邻居，总说柳竹是在汉口一所小学校里当老师。叫文英奇怪的是：她这个外甥，虽然对舅娘很好，可住在什么地方，学堂在哪儿，舅娘都不知道。后来，姨妈觉得文英究竟不是外人，就告诉她，说柳竹是干革命工作的，并一再叮嘱不要对外人说起。人要问，就说柳大哥是在小学里当老师。

“你家放心好了，我什么都不会说！”文英安慰姨妈。

起初，文英怎么也不明白干革命是什么意思，好不容易明白了点，又觉得奇怪，为什么会专有干这种事过活的人。后来体验到了生活的辛酸，渐渐也和姨妈一样，很自然地对为劳苦大众谋利益的革命者怀有深深的感激和敬佩之情，因而也就很敬佩这个她过去觉得不可理解并有些古怪的青年人了。

“柳竹这伢，我看他近来都忙瘦了！”姨妈又拿起了个烧饼，咬了一口，对文英说。

“他们这些人，这阵子，都忙得不要命。我们布机间胖妹呢，不也是——别看她豆子大点的小人儿——唉，我只气我自己不行，不能多帮点忙。”文英说着，很感慨地抽了口气。

“我看见一张传单呢！”姨妈说，“是工头张大婶给我看的。她都念给我听啦！那上面尽是说打倒帝国主义，打倒土豪劣绅，什么吴佩孚军阀啦，要打倒啦！”

文英止不住插嘴道：“她怎么想到要给你家念呢？”

“她找我打听啰，问我晓不晓得是什么人把这种东西弄到厂里来的！”姨妈说着，瘦削而多皱纹的脸上，浮起了一个轻蔑的微笑，“她把我当她一伙看啰。她们以为这个老家伙，不会么样。我就装傻，我说：‘这帝国主义嘛，打倒一下也不为错，跟我们厂没什么关系呀！’她说：‘你老糊涂啦，他们并不光是要打倒帝国主义，他们还要打倒资本家，打倒工头！’后来，她又哄我说：‘他们也要打倒工人呢！’我说：‘打倒工人？我可不能依。工人又没过好日子，还要打倒！好，等我查出散传单的人来了，一定告诉你。’你瞧，这些鬼东西，真会造谣挑拨！你们晚上开会的时候，就把这个死婆娘的话，替我告诉胖妹。”姨妈叮嘱说。

吃完饭，文英知道要洗澡是来不及了，只打了盆水到里屋去擦了擦身子，换掉汗了一天的衣衫，急忙去赶晚上的小组会。

“莫搞得太晚了！外头风声紧哩！”临出门时，姨妈追上来低声说。

等文英走远了，她还站在门口对着文英的背影想道：“世道是变了啊！这丫头，刚来的时候，走路都轻轻的，怕踩死了蚂蚁。一天不是眼泪潸然，就是唉声叹气。如今，可大胆搞这些啦！”

四

胖妹的家并不在工厂区里。

工厂区的西北边沿上，有一片较为偏僻的乡野。这儿没有工厂区的煤烟味，还保留了它原来的郊区景色。尽北头是一片小丛林。丛林南面，近工厂区的边上，从东到西，展开一条村道，村道两旁参差不齐地排立着一些茅舍。这是一座古旧的村庄，人们称它“柳树井”。

柳树井前面，有一洼荷花池塘。池里的荷花刚开过。目前，一棵棵挺立着的碧绿莲蓬结得正好，随风向四周一阵阵散发着幽香……这一带就像是工厂区的一座天然花园。

只是可惜池塘和它周围的那片地，已经是属于某家工厂的产业了。说是要在这儿扩大厂址建厂房呢。这古老而残败的村庄，现在也在工厂和马达的威胁中。

在那些参差不齐的房屋中，毗邻工厂区的尽东头，有两所坐北朝南并立着的土砖墙的瓦屋。瓦片零落参差，瓦棱上丛生着杂草，迎风摇曳，屋架子都有些倾斜。年代久了啊！这是新工业区旁的古董，看见了它，不由人不忆起这地方的往昔……

两所房子的四周，用竹篱圈了起来。南面竹篱外，是一排苍郁的老槐树。院子里的两家划界的竹篱上面满爬着牵牛花。这儿住着两个老铁工的家庭。东边的一家姓李，西边的一家姓齐，就是齐胖妹家。齐李两家在这儿住了三代了。胖妹的父亲齐舜生和隔邻的李庆永这两个老铁工好得像亲兄弟一样。

胖妹原名叫齐八妹，因为长得矮矮的，圆圆胖胖的，“八妹”这个名字，就变成“胖妹”了。厂里的姐妹有时又叫她小胖。她十三岁就进了兴华纺织厂，在布机间已经做了五年工了。

齐舜生夫妻两口，除了女儿胖妹之外，还有两个儿子。齐大海是胖妹的哥哥，有二十二三岁，还没有娶亲，是对岸汉阳兵工厂的工人，不常回家来。汉阳兵工厂是中国最早的锻炼革命工人的熔炉。齐大海不但自己在那里受到了锻炼，一年多来，也让自己的革命意识影响到了他的家和李庆永家。

李庆永的大女儿已经出嫁了，还有两个儿子。大儿子李小庆是个十九岁的青年工人，和父亲、齐大伯一道在工人区铁工厂里做工。小儿子小永和胖妹的兄弟小海同年。两家几个孩子，从小在一起长大，老一辈又非常要好，他们也玩得像一家子兄弟姐妹。

李小永和齐小海一道在长街上的小学里上学。他们两家，自这三代以来，这两个孩子是第一辈正正经经上学读书的。这回，他们的父亲咬定牙根，拼着要送这两个孩子上学读书，不让他们跟几个大儿女一样，小小年龄就去做童工。

由于齐大海的影响，两家的父亲连同小一辈的齐胖妹和李小庆都加入了中国工人阶级的先锋队——中国共产党，是本区的地下党员。

这天，胖妹下工回来，刚要跨进柴门，就遇到李小庆从邻院奔出来。胖妹觉得他气色有些不寻常，忙问道：“你往哪儿跑？刚下工，不吃饭吗？”

小李停了步，看看两头无人，凑到胖妹耳朵跟前说：“我们厂里出了事，有人被捕了！”

“真的？”胖妹不免吃了一惊，连忙问，“什么人？”

“刚参加秘密工会的！说是他散传单。究竟情况怎样，还要了解一下。”

“你往哪儿跑？怎么晚饭也不吃？”

“不说还得把情况了解清楚吗？你爹等我的消息呢。饭嘛，等下子吃，没关系。”

“小心点，别这么着急忙慌。再送上一个去，可真不合算……”

“你放心，我才不会那么容易出乱子……倒是你们姑娘们开会要小心点。”

“你怎么知道我们要开会？”

“哎，你昨晚不跟我谈过的吗？你的事，我总替你记住。可你呀……嗯……”小李像有什么委屈，忍着没说出来似的。他皱了皱鼻子，把一小绺垂到前额来的短发往脑上一抹说："得了，没工夫和你斗嘴。"说着，提步走了，刚走一步，又回过头来作古正经地，低低补充一句说："你们丫头们在一起，别大说大嚷的！知道吗？" 四

胖妹噘着嘴横了他一眼，心里好笑，她想：这鬼伢，神气活现，像老太公训小孙子！我还不懂吗？她没回答他，转身跨进了自家的院子。

吃过晚饭，小李的父亲李七叔慢慢踱到齐家这边院子里来了，他高声向着堂屋里问："怎么都躲在屋里不出来啊？"矮矮瘦瘦的李七叔停在窗前的一棵树下，他不打算进屋去。

"今儿个，晚饭搞晚啦，落在你们后头啦！"胖妹的母亲齐大伯娘在堂屋里回答说。

胖妹的父亲齐舜生个子高大，顶怕热，他打着赤膊，摇着芭蕉扇，嘴里饭还没嚼完，一边嚷"热呀，热呀！"一边正要从堂屋里跨到院来和他的老朋友谈厂里的事。

"爹，我跟你家说，"胖妹把父亲叫住了，"你跟七叔到他那边院子里聊去吧！"

"为什么？"父亲停步问。

"哎，你没听见？我说过的，我们厂里等会儿有些姐妹来开会。你家要在这边院子里一聊，保不定把左邻右舍都惹了来，让人家看见来些姑娘往我屋里钻，不是教人起疑心吗？"

"啊，怪道呢！"齐舜生用大巴掌拍着厚实的胸脯说，"下工的时候，遇到柳竹，我叫他晚上到我这里来碰个头，他说，'你那里今晚有会，不去了。'我正纳闷，我家里有什么会呢？原来是你这个小鬼捣蛋！好嘛，我们到东院去就是。"

"咦！正经事怎么是捣蛋呢？"胖妹歪着头对父亲说。

"得啦，我们让你还不行！"齐舜生呵呵笑了。

"姐姐，那我们小把戏在院子里玩，可以吗？"胖妹的兄弟齐小海睁大眼睛问。

"也不行，你们要惹好些小家伙来的！"胖妹想了想说，"小海，听话，远处玩去。"

小海噘着嘴，气鼓鼓地说："只有你们大家伙了不起……真是的！"马上嘴

里又哼着歌："小白菜哟，地里黄哟……"就连蹦带跳地一溜烟向门外跑去了。

文英走到胖妹家门口时，残阳已经收去了它最后的余晖，院子里光线朦胧起来。门前槐树的枝叶迎风摇曳着，晚风开始有了些凉意。村子里各家门口，都有人坐着乘凉、聊天，胖妹家院子里反倒是静悄悄的。

"是么样搞的？人都没来吗？"文英想。隔壁李家院子里，倒好像是有人在谈什么，可是隔着满爬牵牛花的竹篱，看不明白那边有些什么人。跨进院子，往前走了两步，文英才看见胖妹的母亲齐大伯娘。这个健壮矮胖的中年妇人，正在西墙脚下鸡窠旁站着，对着一只不肯进窠的大雄鸡做着手势召唤，逗它进窠。窠里已经挤满鸡了，从里面发出细碎而清脆的喊喊喳喳的歌唱声。

"大伯娘，你家吃过晚饭啦！"文英向她招呼，"歇歇嘛，忙么事呢？"

大伯娘还紧盯着雄鸡，并没转过脸来，嘴里却回答说：

"不成，再迟一阵，后面树林里的黄鼠狼就出来捉鸡啦！这该死的畜生……"说着，她忽然掉过脸来朝文英一望，"哎哟，是文英来啦，稀客哩！我只当还是彩霞小淘气……"

"哦！彩霞来了吗？"

"早来啦！"齐大伯娘扔开了鸡，笑眯眯地往文英跟前跑来，警惕地先瞧了瞧门外，然后低声对文英说，"来了你们好些个姑娘，都进胖妹屋里去啦，正热闹着哩！"马上又提高了嗓子说："你好久没来啦！大姨妈人好吗？"

"谢谢你家。她老人家人倒还健旺，只是整天忙不过来，总没得工夫出来转一转，叫我跟你家问安哩！"

齐大伯娘像看新媳妇一样眯缝着眼睛，打量文英，瞅着文英挽着S髻的满头黑油油的柔软头发，笑着说："你这一头头发，真爱死人啦！乌黑发亮的。这伢，也真秀气，忙了一天，满头上还纹丝不动，一根头发也没毛起来，像刚才梳过一样。"她又嗅到文英浅蓝竹布上衣中那种温馨好闻的、上了浆的味儿，就止不住一只手捉着文英的胳膊，一只手拍着文英的肩膀，赞叹说："这么些姑娘媳妇，就数我文英顶俏皮啦！看啰，爱死人咧，不管怎么忙，总是打扮得一身灵灵醒醒的。看你这身衣裳，抹得几平啊，是自己洗的吗？还上了浆哩！"

"哎哟，你家讲得好啊……可不自己洗，我们这号苦人。"文英被大伯娘赞得满脸绯红，想赶忙溜进屋去，又被她紧紧捉住胳膊，不好意思死劲抽出来。

"你看我那胖丫头，晓得几气人啰！早上一忙，有时候，连辫子都来不及

梳，毛着脑袋，风球一样就进厂啦！” 四

那只还没进窠的雄鸡走到了大伯娘脚下，团团转着，咯咯地唱着，像是有意来逗大伯娘。

“死畜生，又来找我啦，摸不进笼了吧？”大伯娘放下了文英，对着雄鸡一边跺小脚，一边心疼地骂着。文英这才辞了她，向堂屋走去。这时她听到齐大伯在隔壁李家院子里的哈哈笑声。

文英还没走进堂屋，就看见胖妹站在屋当央的方桌旁，低着头，对着一个瓦盆在洗碗。

胖妹早看见文英进院来了，没去迎她，她心里在考虑着小李对她谈的铁工厂捕去工友的事。她想，一定要提醒姐妹们多加小心，特别是彩霞。但她不打算马上告诉她们，怕影响大家的情绪，像王玉蓉，胆子就比较小。已经来了的几个姐妹，她都观察了一下，大概还未听到这消息，否则一进门就会问的。她认为文英从工房里来，那里消息灵通些，可能已经知道。她想，如果文英一进门不问这事就算了；要问的话，得嘱咐她，教她暂时不要对姐妹们提及。

“你来迟了！听，她们都来了，在我屋里哩！”胖妹抬头迎着跨进门来的文英说。从神态上，她估计到文英并没有听到那个消息，但还是探问道：“有么事吗？你一向是赶先的呀！”

“没得么事……烧火、烧水，擦擦身上，就迟了一步，比不得彩霞她们吃现成的。”

“妈妈又夸了你一顿吧？她简直爱死你了！快进去，迟到了，彩霞会骂你的。”胖妹说，心里想：“很好，她也没听到那消息。”

文英刚要提起步子往胖妹屋子去，忽然听到有歌声从屋里传了出来。

“唱起来啦！”胖妹认真倾听着，把一块预备擦碗的干净布握在手里不动了。文英怕打断了好听的歌声，也停了步。

十冬腊月梅花香，财主炉边烤火称心肠……

那是她们熟悉的彩霞的清脆声音，唱着她家乡的山歌。

哥哥，我的郎……财主狠心叫你破衣单衫上柴山！

财主狠心……叫你河里摸鱼，不管水底凉！
哥呀，伊呀呀伊哟……
你为妹子踏破了冰川，攀上刀山，
哥哟，伊呀呀伊哟……
妹为哥哥哭肿了眼来哭断了肠……

歌声是那样凄凉悲恻，使得文英和胖妹两人也不住轻轻摇头叹息起来。

苦命的哥哥哟，伊呀呀伊哟……
你我今生要是没缘分……
同到阎罗殿上闹一场！

最后几句，从低沉凄恻转成了高亢、愤怒，叫人想起彩霞平日瞪着大眼睛、鼓起腮帮生气的样子。

歌声停了，屋子里有好一阵没半点声息，好像那屋里除了唱歌的人之外，就没有别人似的。

“唱得真好，难怪叫百灵鸟哩！”是金秀的赞叹打破了沉寂。

“就是太悲哀，我都要哭了。”不知是谁说。

接着是姑娘们一连串的叹息声，以后就嚷嚷起来了：

“百灵鸟，再唱一个！”

“尽唱！是来开会的，还是来唱歌的呢？”彩霞说。

在嚷嚷声中，文英跨进门来。

胖妹的房子在她母亲房间的后面，在厨房隔壁。窗前的小条桌上，已经点起了一盏小煤油灯。窗子向着北面，正对着一片漆黑的小树林，有时虽也有一阵凉风飘进来，但屋子里还是闷热。挤在屋子里的姑娘个个都不停手地挥扇子。

一看见文英，彩霞就嚷嚷：“来迟了，受罚受罚！”

“我来得并不迟，”文英微笑着申辩，“我跟胖妹在堂屋里听到一只百灵鸟嘁嘁喳喳唱哩。”

“真是，百灵鸟在想她的情郎哥，唱得好伤心啊！”王玉蓉说。

“你这个没良心的，”彩霞瞪了对方一眼说，“是你逼着唱的，等人唱完了，又说这些奚落人的话！”

“这可真是没良心，连我也不想饶你！”一个叫金梅的女工，伸长手用扇子在王玉蓉头上拍了一下，笑着，“这叫作过河拆桥啰。文英姐，没得位子了，到我们这边来挤挤吧。”

文英走到金梅、金秀姐妹两个跟前，她们原在桌旁一张条凳上并坐着。妹妹金秀赶忙站起来让文英坐。文英不肯坐。姐妹两个死命把她按下来了。

姑娘们变成三个两个一小组在随意谈笑……

瘦小的金秀是络纱女工，才十五岁。在座的，大约数她最年轻。她的同里一位女教师曾教过她读书认字。她读过些鼓儿书、弹词，因此常常向小姐妹说孟姜女、祝英台、王昭君等人的故事，讲得娓娓动听，姑娘们就送了她个外号，叫“女才子”。“女才子”和“百灵鸟”在兴华厂女工中都是有名的。她的姐姐金梅，二十岁出头了，今年春天已经结了婚。她可不像妹妹那么羸弱，是一位健壮的、面部和身材都很丰满的少妇。她的丈夫是面粉厂工人陆容生。陆容生是这个区里较早的一批年轻地下党员之一。金梅受了丈夫的影响，婚后革命积极性日益高涨。

这儿年龄最大的是约三十岁的少妇王玉蓉，她有两个孩子，丈夫孙玉楷是面粉厂工人，共产党员。她受了丈夫的影响，参加了厂里的地下工会。

最后一个走进门来的是瘦个儿的郑芬。她离胖妹家最远，所以来得迟些。

胖妹跟在郑芬后边走了进来，一手提了一壶凉茶，一手端着一摞饭碗，放在窗前的小桌上。有几个姑娘忙过来取碗倒茶喝。

郑芬对胖妹说：“银弟问你几时跟她们布置个会，叫别忘了她们……”

“她知道我们开会吗？”胖妹细声问。

“哎呀，不说莫告诉她吗？”彩霞责备郑芬。

“别嚷，姑娘，不是开戏！”胖妹笑着在彩霞的手膀子上拍了一下。

郑芬放低声音说：“她看见文英姐到我们车间来过，放工时，就问我：‘文英姐来干什么？’我忍不住都说了。她急得直跳，说：‘几时脱离那个牢房，能跟你们一样晚上出来开会就美死了！’”

“听啦，还有人羡慕我们咧，莫叫人哭不是笑不是！”文英叹了一口气说，“天啰，这叫什么世界！”

一向在厂里和银弟玩得好的金秀说：“你们不知道，她们宿舍越来越不像话，说是八点关门，听说，这些天，等她们一放工回宿舍来就关上大门了。说是外边风声紧，要管得严点。实在呢，管事婆娘自己要串门子去，就早早把大门关上，她自己好放心出去扭去。”

姑娘们叹息着，摇着扇子。

金秀又接下去说：“有一天，她问我：‘你嗅到我身上的酸了吗？’哎呀，我真嗅到她身上那股酸味儿呢！她告诉我，她们那里洗澡也兴抢，落在后头的，就没水了，连冷水也没一滴，任你天多热，也没法洗澡。现在这热天，她们的饭菜，经常馊得发酸。你不吃，肚子饿。吃么，唉，吃得肚子里直打咕噜。还不便宜，六块钱一个月的伙食。那天，我看见陈香玉皱起一张哭巴脸，按着肚皮尽上茅房。银弟告诉我，她是吃了馊得发臭的饭菜闹肚子哩！”

胖妹听得气红了脸，说：“姊妹们，我们莫忘记这笔账，马上环境公开了，要争取改善那几个鬼宿舍的生活条件。”

“一辈子也忘不了！”彩霞在桌子上捶了一拳说，“岂止这点事？我们车间那个秦小妹，挨李夜叉的打，真够可怜的。她那么机灵，活做得比她妈还强，只许拿童工的工钱，少了一半！”

“是哪个秦小妹？怎么回事啊？”王玉蓉问。

“是这样的，”金梅告诉她说，“细纱间的秦月娥得了肺病，就是吃厂里棉花絮吃的啰，实在干不下去了，就求张大婶的情，换她的女儿秦小妹来干。秦小妹才十三岁。李夜叉看张大婶得了秦月娥的好些东西，自己没有捞着，先就说秦小妹太小，不行。可又没张大婶权势大。小妹来了，就尽找小妹的麻烦，动手就打她……”

“不许打童工，有机会就要提这个条件，我从前也挨够打的！”金秀的声音很激动，眼泪也掉出来了……

“唉，我们的苦十天也说不完。我们工房里，就是一本大账！”文英叹息说。

“把账都记下，现在该归题，开会啦！”金梅说。

“说正经的，你打算怎么跟银弟她们布置一个小会？”郑芬问胖妹。

胖妹搓着手，想了想说：“只能等她们做晚班，把白天睡觉的时间偷出来。可是……”胖妹迟疑了一下，“她们那里的班次乱着呢，将来还得想法子调调班才行。”

“调班？说得那么容易……真难死了！我们的时间都由资本家安排！”郑 四
芬说。

“得了，莫泄气。这不是在组织、在斗争吗？”胖妹摸着郑芬气鼓鼓的腮帮子说。

“胖妹，得打开台锣啦，搞晚了回不去！刘平先生来吗？”文英问。

“哎呀，困死了，我都要睡觉啦！”金秀打了一个呵欠，合上要粘到一起的眼皮，把头靠在文英的肩上。

五

当姑娘们等候的时候，刘平和区委搞青年工运的洪剑正一同朝着到胖妹家来的路上走。为方便谈话，他们走僻静的小径，绕工厂区北面的菜园一带朝柳树井走。路绕多了，就来迟了些。

刘平不到三十岁，已经是三个孩子的母亲了。她的丈夫是市委组织部长关正明同志。她自己不只是这儿的区委，也是市委妇女部负责人。最近工作发展得快，市里市外奔波，她实在有些忙不过来。

区委书记柳竹觉得负责青年工运的洪剑也应该熟悉青年女工的情况，就让洪剑为刘平分担部分工作。

现在刘平就是领洪剑去参加胖妹家的这个会的。对洪剑来说，这还是他第一次做女工工作。在这以前，他和女工们很少接触，他有些担心跟女孩子们不好打交道。

洪剑是本地人，二十岁。父亲是一九二三年“二七”罢工中的积极分子。当反动军阀吴佩孚在江岸举行大屠杀时，他父亲牺牲了。那时洪剑是江岸机车厂的学徒，已经跟父亲一道参加了革命活动。“二七”的反动屠杀和父亲的牺牲更加强了这个少年的阶级觉悟。他揩干了眼泪，掩埋好父亲，更勇敢地走上了革命斗争的最前线。

“五卅”运动时，他被捕入狱，在监狱里结识了柳竹。那时不断有人设法给柳竹送书到监狱里来，革命理论书、文学书都有。洪剑就趁这机会看了很多书。看不明白的地方又有柳竹给他做老师。这个聪明的小伙子在文化上、革命认识上又得到了大步的提高。

柳竹也特别喜爱这个既坚强勇敢又顶聪明的小弟弟。柳竹比洪剑出狱的时间略早一点。洪剑出狱后去看柳竹时，柳竹刚接受了上级派他来工人区开展工作的任务，正愁人手不够，就马上请求市委把洪剑派来这儿了。

洪剑和刘平一路走着，听刘平给他介绍今天这个地下工会小组的成员。胖妹是党员，他已认识，不用介绍了。刘平着重介绍了刘彩霞和杨文英两个。又告诫他，和女工们接触时要小心谨慎，不要惹起姑娘们的误会和反感。

刘平把洪剑领到胖妹屋里，向姑娘们介绍之后，姑娘们都露出了失望的神色。上几次的会上，刘平同志给了她们很好的印象，今天，她们多么希望再听听她讲话啊。

“这样的毛毛虫……也能行吗？”彩霞眨了眨眼睛，对来人投了个带疑问的视线。

“怎么来个男娃仔呢！今夜晚的会，怕要糟了！”大家对洪剑差不多都有同样的想法，几乎是不约而同地对刘平说，“我们欢迎你家呀，还是你家来吧！”

“都是一样的，同志们！”刘平温和地说，“我讲的话和他讲的话是一样。你们只认道理就是啰！”她看着脸色涨得血红的洪剑，笑了笑说：“这个同志比我强，你们日后会晓得的。到那时候，你们就不欢迎我了。”

姑娘们没回答，勉强笑了笑。刘平因为今晚有另一个会，马上得走，就告辞了。

在这个时代，在这个区域，年轻的女工们和小伙子一道开会，还不是很习惯的事。由于这个陌生的小伙子的到来，之前，小屋里说说笑笑的气氛，好像被一阵风吹得烟消云散了。等刘平一走，姑娘们你看着我，我看着你，顿时空气变得紧张起来。

洪剑呢，忽然落在一群姑娘的包围中，他比姑娘们更感到拘束，不知道该坐在哪儿好。他的额头很大，鼻子略嫌短了些，宽宽的面颊上，一向总是洋溢着青春的喜悦，可这时候，像临出嫁的姑娘，满脸羞红……他抬起右手，无目的地在头上抹了两下，一边往屋子当中姑娘们让给他的木凳上一坐，一边勉强笑了笑，看了看都已就座的姑娘们，慢慢开口说：“同志们，好啦，我们这是头一次见面。俗话说，‘一回生，二回熟’。下次再见就熟啦！”他说的是满口本地话。

“要命啰，下次你还来！”彩霞心里想，脸上露出嘲讽的神色，又向他投去不友善的一瞥。

洪剑装着没看见，依照刘平同志事先的介绍，他想：这个姑娘大概就是刘彩霞。他是有一定工作能力的人，既已开了口，就不那么拘束了。“同志们，哎，‘同志’这个称呼，大家还不大习惯吧？不要紧，慢慢会习惯的，现在革命军打到哪里，哪里就叫开了‘同志’这两个字。”说到这里，洪剑对他周围的姑娘瞄了一下。她们的面孔几乎都石化了，没有半点儿表情。他只好又鼓起勇气继续说：“‘同志’，这是顶可贵的称呼。凡是参加革命的人，不论男女老少，都叫‘同志’，这说明我们有共同的伟大的理想和任务。总不会把吴佩孚、把资本家和工贼们叫作‘同志’吧！”他转脸对大家笑了笑，姑娘们的脸上也勉强露了一丝笑意。

“轰……隆……”从大江对岸传来了炮击声，屋子里暂时沉默了，大家侧起耳朵听……

“轰……隆……”又是一下，声音很低沉。

“听啰，今晚的炮声又响得近了！”洪剑微笑说。

姑娘们彼此交换了一下眼色，彩霞和金秀对笑了一下，文英和胖妹严肃地等待着洪剑继续把话说下去。

“你先给大家讲讲打仗的情况吧。”胖妹小声地提醒洪剑说。

“急么事，我就要说哩。”洪剑说。他轻轻点了点头，开始向大家分析国内形势。

洪剑谈的时候，看见姑娘们虽听得认真，但好像不太懂，他感到自己的话太抽象了，停了停，从裤子口袋里摸出一条不很干净的手绢，擦了擦满头满脸的汗，然后就改用讲故事的方法，给她们讲广东省港罢工工人、湖南铁路工人、安源矿工如何组织起来，如何帮助北伐军。又谈到现在广东、湖南的工人、农民，如何组织了工会和农民协会，如何办自己的事。讲湖南农民协会领着农民斗争地主，向地主提出减租减息和某地农民已经开始插标分地的情况。他绘声绘色地讲着。姑娘们越听越有味，渐渐不觉得这是个陌生人了。她们的目光紧盯着他，尖起耳朵听，生怕漏掉一个字。有时候，她们发出了叹息声，有好几次发出了笑声……

洪剑又介绍了由共产党员叶挺将军率领的、被称为“铁军”、正在攻打武昌的革命军。他说这是由共产党领导的军队，他们是有革命觉悟的，他们的战斗力特别强大。将来也只有他们才能彻底打倒帝国主义和军阀，为工农大众谋利益…… 五

“啊，怪得哩，”金梅忍不住插嘴说，“我说，有句老话，‘好仔不当兵，好铁不打钉’。哪儿来的革命兵呢？原来是共产党教出来的，这就好明白了。”

“正是啰，”郑芬看了看大家，也忍不住想说两句，“要不然的话，各地的工人做么事要帮他们呢？大家一条心了。都是为打倒帝国主义，为老百姓翻身嘛！”

“对啦，有首歌，你们会唱吗？”洪剑笑起来，轻轻哼唱，“工，农，兵！联……合起来向前进！”

金秀跟彩霞恰恰是这几天学会了这个歌的，就跟着和起来：“万众一……心……”才哼了这么一句，又哈哈笑了……

“好了，这个会开活了！”胖妹想。原来她有些怕今晚的会开不好，现在放心了。

问题转到地下工会小组该做些什么工作。洪剑给大家讲近来汉阳兵工厂工人罢工反对旧军阀的斗争，并介绍他们如何组织起来支援北伐军的情况。讲着讲着，他忽然问胖妹：“你哥哥总对你谈过他们厂里的事吧，胖妹，你讲点给大家听！”

胖妹正听得出神，忽然听到叫她，从梦中惊醒似的揉了揉眼睛说：“鬼，他都快……唉，我看，快有两个月没回家了！上次回来一下，妈妈说的，像有人追他的魂一样，站一会儿就跑了。说是什么要搞纠察队啦，又什么要搞敢死队啰，我都搞不清是么样回事！”

“对啦！”洪剑高兴得合着双手拍了一掌说，“他们的敢死队和纠察队干得可真出色啦！罢了一个多月工，就是纠察队维持秩序的。厂里已经制成的枪炮由他们看管着，反动派的军警也拿他们没办法。”

“他们是为什么罢工的？”郑芬问。

洪剑笑了笑说：“问得好，你们哪位同志请说说看，他们为什么罢工？”

“这有什么不明白的！”金秀把头一歪说，“他们不是兵工厂吗？难道他们肯制造枪支，让吴佩孚拿去打革命军吗？不罢工不行呀！”

“对，对，对！可是他们现在又准备开工了！”洪剑说。

“那更好明白啰，”金秀抢着说，“革命军马上要来了，他们得做出枪支来，好援助革命嘛！”

“好，女才子，真行！”王玉蓉赞叹说，“莫看这豆子大的小人儿，可比我懂得多啦！”

“同志们，可知道啦，同是枪支，同是武器，可掌握在我们革命军队手里，意义就完全不同了！”接着，洪剑又乘机把汉阳兵工厂的工人们在罢工过程中的组织情况告诉了大家，他们怎样组织了工人纠察队、宣传队，怎样护厂，目前又如何准备开工，如何组织敢死队，准备开到武昌附近去帮助北伐军搞运输、修武器、挖战壕，等等。

“什么叫纠察队、干死队啊？”有人问。

“纠察队是工人阶级自己组织的武装队伍！”洪剑情绪越发活跃起来，他把袖子卷上来，捏着一个拳头挥动着，好像他现在就是纠察队队员一样，“工会是咱们自己的组织，是给工人们争取自己利益的。纠察队就是在工会领导下的武装组织。这样，咱们工人的一切活动，就有了武装来保卫。汉阳兵工厂要不是工人纠察队组织得好，岂不一下子就被反动军阀整住了！‘二七’罢工的时候，我们没有武器在手里，唉！”他说到这儿，眼珠往上翻了翻，林祥谦和他的父亲及许多工人流血牺牲的情景，闪电般在他脑海里驰过……

“干死队呢？”王玉蓉又追着问。

“啊，敢死队吗？”洪剑说，“这是临时性质的，不比纠察队。将来我们的工会都要成立纠察队的。”

“哎呀，那好啊！我们这个工会将来也要成立纠察队吗？”彩霞很感兴趣地问。

“当然要！”洪剑赶快回答说，“为争取最后的胜利，工人阶级应该有自己的武装。至于……敢死队嘛，这是临时性质的。临时把一部分工人组织起来，去给北伐军帮忙，比如挖战壕、运给养、运武器。意思是说，不怕死，敢死，这就叫敢死队！”

“哦，我说，什么干死队湿死队哩！原来这样。”王玉蓉说得大家都笑起来。

“最主要的，是咱们的工会要组织得好。”他赶忙扣紧了题目说，“如果没有工会把大家团结起来，怎么好发挥每一个工人的力量呢？每个个体的工人，不管他怎么行，没有组织起来，总是难表现出力量来的，是不是？”

“哎，真是，你可说出我们心里的话来啦！”彩霞笑着说，完全忘记了不久前，她还是那样不欢迎这个青年人的。

“你们这儿也算不错啦，已经开始有工会啦！”

“哎呀，别笑话我们，我们什么事都没有做！”好久没开腔的文英也忍不住开口了。

姑娘们中起了轻轻的笑声，是带着一种惭愧情绪的自嘲的笑。

“跟人家一比，我们才丑死了……屁事也没干！革命军就来了！”彩霞鼓着嘴唇像生自己的气。

“那倒也用不着比过去，以后还有的是工作要做的。”洪剑把话题转到兴华厂地下工会的宣传和组织工作上来。

姑娘们议论纷纷，大家的心被洪剑的讲话激动得沸腾起来了：都同样是工人阶级啊，我们为什么就不能够干出点工作来呢?

在研究如何在女工中展开工会工作的时候，姑娘们发觉这个第一次见面的小伙子比她们自己对厂里的情形要清楚得多，不禁惊奇起来。

“哎，我说，同志，”金秀大胆学着称了一声“同志”，自己又马上笑了，姑娘们也哄然一声笑起来……

“这样才好啊，”洪剑快活地站起身来，看了看桌上的灯盏，又望了望映到墙上的自己的影子，转身向两旁的姑娘们说，“我们以后就应该叫‘同志’。你们就叫我洪剑‘同志’吧，这是最珍贵的称呼呀！”

“同志，我是说，”金秀又继续鼓起勇气说，“你怎么把我们厂里点点滴滴的事情都摸得这么清楚的？”

“不摸清楚，还敢来和你们碰面吗？”洪剑微笑说，“刚才，刘平同志一走，你们差点儿没把我轰出去啊！”他向彩霞投去了带着挑战意味的一瞥。

点着姑娘们的心事，大家不约而同地扑哧一声笑出来了。

彩霞羞红了脸，跟着姑娘们一道笑，但嘴上也不甘示弱:“哎哟，才开始哩，就算账啦！你不是说，一回生，二回熟吗？我们没等到二回，就跟你熟啦！这很对得起你吧，同志？”

大家又放声笑了，屋子里充满了快活的空气。

洪剑从身上抽出一小沓纸卷来交给了胖妹，说:“这些传单，你看怎么分配吧，让谁散发到厂里去。厂里男工已经散发两次传单了，女工中间还没有开始

散过。”

胖妹接过传单，走到桌前摊到灯下来看。姑娘们也围了上来。那是一卷约一尺见方的油印传单，也有漫画。洪剑告诉大家，传单的主要内容是报告革命军的胜利消息，号召工人们团结起来，组织工会，响应北伐，打倒帝国主义、军阀和土豪劣绅。几张漫画画的是帝国主义和军阀在人民力量面前吓得发抖的形象；还有画土豪劣绅、工头工贼被人民捉住跪着求饶的画面。姑娘们顶感兴趣的是捉住了工头工贼的那几张画，看得止不住压着嗓子格格地笑。

彩霞马上要求给她明天带进车间去散发。不大说话的文英，这时拼命跟彩霞争着，要求把传单给她散去。其他姑娘都说愿意得到几张去散发。胖妹和洪剑商量了一下，决定一部分给彩霞和文英两个，让她们明天带进车间去。以后再看情况分配给别的姑娘。洪剑又细致地告诉她们在车间散发传单时要注意的一些技术问题。

姑娘们这会儿把他当教手艺的师傅一样，静静地听着。她们已经看出，他是一个对这些工作饱有经验的革命者。

散会已经是夜深人静的时候了。胖妹的父亲和小弟早已睡了。只胖妹的母亲齐大伯娘还在屋前屋后逡巡着，不放心去睡。因为听到铁工厂捕去了人，胖妹妈妈就为今晚这个会担心起来。村子另头一有脚步声、狗吠声，或别的什么动静，她就一次两次不安地在院子里听着。

有两次，胖妹出来催妈妈睡去，她不听，推开胖妹说：“你莫管我，我要等你们的会平平安安开完，心里才踏实。要不是呀，白趴在床上也睡不着的。”

姑娘们从胖妹屋里出来后，才知道变了天，已经淅淅沥沥下起毛毛雨了。

“又要淋雨，又要摸黑啊！”齐大伯娘怜惜姑娘们，细声说，“你们白天已经累了一天了！”

“这才有意思哩，你家怎么还没睡啊，大伯娘！”彩霞说。

“耽误你家睡觉啦！打扰你家啦！”有人表示抱歉。

姑娘们在院子里商量着谁跟谁一道走合适，嘁嘁喳喳轻轻谈着。

“你说说看，我们真是，听得发痴啦！怎么外边下雨了都不晓得啊！”郑芬说。

“怪得后来觉得凉快了啰！”文英说。

“凉快了吗？唉，我也没觉得呀！”彩霞说。

“你哟，你的心尖儿上正热乎得紧呢！”金梅带些儿嘲弄的口气，笑着说。 五

霏霏的细雨使空气变得凉爽湿润。微风里夹带着草木的清气和荷花的幽香……

“好香啊！”彩霞没搭理金梅的嘲弄，对送她们出来的胖妹赞叹说：“这儿空气真好，要不是明早要上工，我今晚一定不回去，就在你们院子里坐一夜晚。”

黑暗中，不知是哪个姑娘兴起头，把白手绢盖在头上挡雨，马上，别的姑娘都学她，把自己的手绢蒙在头上了。

柳树井的上空，像是笼罩着一层淡淡的、朦胧的白雾，微雨像轻尘一样飞下来。除了远处工厂的马达声外，这儿村子里是静悄悄的，家家都熄了灯火了。西头有断断续续的狗吠声。村道上，听得出姑娘们轻轻的脚步声和絮语声。

一会儿，姑娘们分成了三起，朝三个方向散开了。顶在头上的白手绢在这儿、那儿闪烁。再过一会儿，就完全隐没在黑暗中了……

六

在回家的路上，彩霞和文英仍抑不住满腔的兴奋，两人低声谈着洪剑谈的那些情况。彩霞是洞庭湖边的人，听到家乡搞起了农民协会，她比别人格外激动，乡亲们轰轰烈烈斗地主的情形好像在她眼前跳跃。一会儿，彩霞和文英分了途，她独自拐进了自己住的窄狭的陋巷时，不免又考虑起眼下令她心烦的难关：回来晚了，爹爹会不会找麻烦？妈妈替她应付好了没有？

她站定在自家小屋门前，看见从门缝里透出了灯光，屋里面，静悄悄的。她朝门缝里一望，妈妈正坐在桌子跟前干活，就略略放心了些。

彩霞把门轻轻一推，门开了，并没有闩上。看来父亲已经钻进后半截屋里睡了，妈妈独坐在方桌旁，就着小油灯，用旧布垫鞋底。桌旁的床上，彩霞十二岁的妹妹发出了鼾声。妈妈看见大女儿回来了，马上放下手里的活计，皱起眉头，盯着女儿。

彩霞的母亲在做闺女和少妇的年代，是满村里有名的长得体面的女人，由于艰苦地生活，为着一家人成年累月地劳碌，如今刚过四十岁，就已经满脸皱纹，两鬓发白了。

彩霞轻手轻脚溜到妈妈跟前，把头上的手帕掀下来，扔到桌上，挨着妈妈坐下来了。

“爹爹呢？睡了吧？”她一边轻轻地问，一边脱去了被雨浇潮了的上衣，只穿着一件粗麻布紧身背心。

妈妈一边起身拿了条干毛巾给女儿擦着有点潮湿的两条手臂，一边对着发出呼噜声来的后半间瞄了一下，细声说：“先在门口歇凉，我说你到文英那里剪鞋样子去了，他信得过文英，没多说话。一下雨就进来睡。这会儿，都睡死了。彩霞，你没听说吗？今天铁工厂抓了人！你不回来，我急死了哩！”

“真的吗？”彩霞不免一惊，马上又镇静下来，说，“我不信，没听到胖妹说呀，她爹是铁工厂的。”

“哎呀，这种事，还能乱说的吗？你爹他们面粉厂里，都传开了，有人亲眼看见那个人，给套上铁链子带出厂，说是散了什么单单啰！”

“哦！散传单！”彩霞想起揣在自己裤腰上的明天要散发的传单来。

“什么叫传单啊？”妈妈问。

“是讲革命道理的条子。”彩霞说。

“是啊，说这个人闹革命哩！唉，彩霞，你以后莫探闲事了，外面风声紧得很呀！”妈妈一边说，一边摇着彩霞的肩，恳求着，“你只当多疼娘一点，莫跟她们出把戏……我坐在屋里心惊肉跳。你爹、你娘一滴血、一滴汗苦巴硬撑把你姊妹两个养大，出不得事的啰……”

彩霞看着妈妈那副愁眉苦脸的样子，忍不住好笑。家乡有那样好的消息，她真想告诉妈妈，那是爹妈苦了半辈子的地方啊。可是妈妈这个样子，她怎么好讲呢？她看着油灯愣了半天，扯谎哄妈妈说：“妈妈，莫胡思乱想，我们一群毛丫头约到一起，说说笑笑，散散心，哪里配得上说闹革命！你老人家犯不着这么烦心！”

“死妹仔，莫哄我，你们要不是出点鬼名堂，做么事要搞到深更半夜，溜进溜出的？你爹不体贴我……你也不……”妈妈说到这儿，眼里涌出大颗大颗眼泪。

“真是没搞么事呀，妈妈！我们在一起玩玩，芝麻大的事，你老人家白担什么心！”她用两手捉着妈妈的一条胳膊搓着，撒着娇说，“哎哟哟，这就哭啦？不是还要把我嫁到乡里去吗？那就难得见面啦！又要赔出几多眼泪呢！”

“瞎胡扯！妈跟你讲这个，你偏扯那个！”妈妈推开女儿的手，鼓着嘴，生气了。

彩霞原想拿自己未解决的婚事岔开妈妈眼前的担忧，这下，也勾起自己的心事来了，就问道：“妈妈，爹爹近来没提陈家的事吗？不管怎么样，我是不嫁的呀！”

彩霞六七岁在乡下时，爹妈就把彩霞许配给同村远亲陈姓家。近三四年间，陈家父母相继去世，儿子陈昌茂有孝在身，没有把彩霞娶过去。春天，陈昌茂的叔父带信来，说明年四五月里满了孝，就要接媳妇过门了。陈昌茂在镇子上一家商铺学生意，说等彩霞过门后，自己也准备在镇上找个门面，开个夫妻小店。彩霞自进了工厂，和胖妹、文英一起，在刘平的启发、培养下，参加革命活动后，深深地爱上了自己的阶级队伍。脱离工人阶级所进行的伟大斗争，离开眼前这些比亲姐妹还要亲的革命战友，去嫁给一个不认识的男人当老板娘，这对彩霞来说，是无论如何也不能接受的。她对妈妈谈过好多次，表示死活不嫁那个姓陈的。妈妈不得已，只好告诉爹。爹发了一顿牛脾气，把她和妈两个死训了一顿，说："我一家来汉口是找工做，找饭吃的，不是来学时髦的！我们乡下人，哪听说过大姑娘管自己嫁老公的事！订了婆家，哪有反悔的道理！"

彩霞忍不住顶上来："这不是乡下，也不是从前啦！从前，你老人家没听过、没见过的事多着哩！从前，你晓得有这么大的工厂、这么大的机器吗？"

父女两个争吵起来，老头子争女儿不过，就用封建家长的权威嚷道："没得规矩，跟爷老子争嘴！再犟嘴，叫你吃我的拳头！"

女儿红着脸，噘着嘴，挺起胸迎上来说："好嘛，试试看，伸拳头过来嘛！我还怕吗？！"

如今女儿也跟自己一样，拿工钱回来养家，老子的拳头伸不大胆了。

做娘的急得挡了挡老头，又把女儿劝开。彩霞吵得没劲了，就赌气晚饭也不吃，上床睡了。

以后，彩霞想，吵也没用场，反正打定主意不嫁姓陈的就是了。好在目前还没催过门，等到必要的时候，难道她还会怕什么？她可不是没胆子的人！因而这件婚事，就暂时拖着。

现在，妈妈听到女儿又提起这件解决不了的婚事来，就气得在彩霞的腮帮子上轻轻捏了一把，说："唉，一桩事了不清，又惹出一桩来！少兴主意来呕你娘些好不好！"

"好吧，我就不提啦！"彩霞笑着说，"反正还不到拿轿子硬把我抬出门的时候……"

"厚脸皮！没出阁的大姑娘，开口闭口讲自己坐花轿挑老公的事！"妈妈横了彩霞一眼，气不是，笑也不是地说，"我们做姑娘的时候，听到人家提自己的

婆家，就提脚躲开。” 六

“年代不同了啦，我的老娘！”彩霞故意对妈眨着眼，憨里憨气地笑着说，“数陈谷子、烂芝麻没用场！隔年的皇历用不得啦！你们那时候，见过这么大的工厂吗？你们没在机器旁边学过乖啰！好，今晚不谈了，你老人家睡去吧！再不睡，天要亮了！”

等妈妈钻进后半间小屋去之后，彩霞就吹灯摸上了床。在往日，她一倒上床就睡熟了，可是今夜晚啊，心里怎么这么翻腾呢？妹妹彩云在床里边躺着，睡得好香甜。这小鬼，什么都不懂……她想。彩霞仰睡着，把两手托在后脑下，睁大着眼睛，望着黑暗的小屋子。家乡的父老扛起梭镖的雄姿，汉阳兵工厂工人同志的威武气概，在她脑子里一幕一幕闪映出来……一会儿，又想起铁工厂抓了散传单的人这件事，她不免有些警惕起来。她想，明天自己散发传单时，要仔细点……但是她有信心把这件工作做好。她想象着她散过传单后，李夜叉她们又急得瞎忙瞎闹的怪模怪样，就独自笑了。

“现在生活多紧张，又多有意思啊，不像从前一样只晓得愁穿衣吃饭。”她想。现在她也跟刘平、胖妹她们一起，为工人阶级，为劳苦人民搞翻身，闹革命了，她为此而感到快活。一会儿，她又考虑着，明天如何把传单发出去。她想，以后还要准备迎接北伐军，准备工会公开活动呢！干这些，多有意思，不像从前老憋着气过日子了。地主、资本家看不起的穷人和毛丫头，如今聚集起来就是一分力量，哼，有本事要革他们的命了。这种生活才新鲜，才有意思呢……想来想去，她越发觉得今天的生活可爱，也就越发觉得她不能嫁那个一心想发财的陈昌茂了。她想，她要的丈夫，应该是和自己一同干革命的……想到这里，她觉得两颊热乎乎的，禁不住双手捧着面孔好笑自己……

七

清早，朦胧的晓光突破了子夜的阴暗，兴华厂鸽子笼似的工房里，人们又开始活动起来。

前前后后的院子里，早就烟雾腾腾，好些人家把柴灶或者煤炉子端出来做早饭。

院子里，叫卖萝卜、白菜、豆腐之类小菜的，淘粪坑的，在忙着做早饭的，挤来闯去，声音一个高过一个地叫喊着，吆喝着。孩子们啼叫号哭，主妇们忙得把锅灶、水勺碰得乒乒乓乓响，到处是喧嚷杂乱。工房里又掀开了一天艰苦生活的序幕。

文英比往日起迟了一点，她昨晚从胖妹家散会后，心里已经热烘烘的。走回家来，家里又有柳竹弄了两三个人在外屋，灭了灯，黑坐着，在低声小气开悄悄会。而且她发现在开悄悄会的人中，有后院那个雷公样暴躁、专爱打老婆的大个子甘老九，还有厂门口拿枪杆子的大块头厂警黄顺生。她十分惊奇又佩服这位柳竹大哥，他怎么有本事把什么人都弄得来悄声没气讲体己话。黑暗中，柳竹迎上来问她要不要点灯，她谢绝了，赶忙摸进里屋，关了门，睡上床去，却无论如何也睡不着。姨妈正在床上发出磨牙声，睡得正酣呢。文英想起洪剑说的那些故事，想起自己的家乡：家乡在贺胜桥附近，已经是北伐军的天下了，不知道农民协会搞起来没有。一会儿，又赞叹着柳竹这种神出鬼没的本领。胖妹、刘平、柳竹、洪剑，这都是些好人啊，一点也不讲究自己的吃穿享受，光搞这些事。又想起自己明天一定要把传单散好。她躺下好半天，才把手里一直紧握着的那卷传单塞到枕头下。又听听外屋的悄悄会，半句也听不清。夜深了，她听到柳竹把甘老九、黄顺生他们打发走之后，在外屋床上躺下了。这时整个工房都寂静无声了，她还没睡着。直到天明之前她才迷糊入睡……一觉醒来，满院子吵死人。姨妈知道文英回晚了，没睡够，心疼着她，没叫醒她，独自烧好了早饭。 七

文英起床后，赶忙和姨妈一道吃了饭，刚装好两份要带进厂的饭盒，工厂的汽笛就拉长声音，拼命地叫唤起来。文英急忙把枕头下藏着的那卷传单，塞进怀里。这件事，她可没告诉姨妈，怕老人家担心。她对姨妈扯了个谎，说彩霞约好她先进厂一步，有句什么话要告诉她，就先走了。

“你走吧，我就来。”姨妈把遗忘在院子里的一块柴棒，拾了进来，对着睡在床上的柳竹看了看，自言自语说：“这伢，睡得这样死！”

“哪里？我已经醒啦！”柳竹翻过身来，打了个呵欠，笑着说，“院子里比戏园还热闹，哪有睡不醒的人？！这是个诊瞌睡病的地方！唉，你们走吧，我还想睡一觉，困死啦！”说着，又翻身朝里睡了。

“你们搞得太晚了……锁头放在桌上啦！”舅娘临走时说。

“知道啦，我会锁好的，放心！”床上人的声音，已经有些含糊了……

工人区里，即使是微明的早晨，空气也不新鲜。烟囱里冒出来的黑烟，在没有风的日子，无法飘散开去，一层压一层地笼罩在人们的头上。人们鼻子里、嘴里，都感到了熏人的烟味。从四面八方出来的工友，还打着呵欠……快到兴华厂的时候，文英觉到今早的人群特别拥挤。“怎么搞的？太早了吗？”她惦着身上的那卷传单，心里不像往日那么平静。

工厂大门外，几株榆树下面的人群，已经拥塞不动了。

“出了什么事吗？”人群中有人问。

“前面的人，怎么不进去？厂门没开吗？”

“还有不开门的？怕你没睡够吗？”另一人瓮声瓮气地说。

“搜身……搜身！”有人说。

“搜身……什么？搜身吗？”

“怪道是，我说前边怎么走不动呢，原来又搜他妈的身！”

“搜什么身？”

“搜身也不懂？让那起野杂种在你身上摸呀！你没挨摸过？你是坐办事房的

先生？”

“不是不懂……这……这不是早晨吗？几时作兴过一早起就搜身的？还没进厂呀！”

“怕你把你妈妈的破铜烂铁偷点送到厂里来呀！”有个工人滑稽地笑着说。

“不是搜棉花纱线咧！怕赤化传单啰！”另一位老年工人慢悠悠地说，“说是昨天，铁工厂都抓住了散传单的人啦！”

文英听得心里突突跳起来，却紧闭着嘴，上齿咬住薄薄的下唇，强作镇静。她想起了身上的那卷东西，“不要让他们搜出来啊！”

“你老人家怎么知道铁工厂抓去了人？”文英问。

“刚才一起人在议论……是昨天的事嘛！说是散传单，给工头看出来啦，就打电话到司令部。司令部派兵来抓了人嘛！人到了他妈的司令部，还能留下命吗？这种年头，人的脑袋，顶个大萝卜……唉！”

文英有点着急起来，想找到胖妹，和她商量一下怎么办。她踮起脚尖，向前望去，越过混乱的人群，模模糊糊望见厂门旁，不止平日那几个搜身婆娘，连男女工头都出动了！她看见李夜叉、张大婶、李三姐等人晃进晃出，形势很严重。

她想打听一下前面的情况。身上的一小卷传单和老头儿的谈话，像千斤担子，压在她肩上。

“要这么挨个儿搜的话，那我们不是等天黑也进不去吗？”她跟旁边一个不认识的中年女工聊起来，想从她那里打听些什么。

那个女工摇了摇头：“不是挨个儿搜，抽人搜哩！”

“你家怎么知道是抽人搜？”

“你瞧，我看得见的嘛。”那女工说。她比文英个儿高，伸长脖子，可以从人群头上清楚地看见厂门口的情况，“喏，那不是有人就直接进去了！”

文英又踮起脚尖，伸着脖子向前望了一阵，看见是有一进门就被放行进去的，她稍稍安了一点心，她相信如果是抽人搜，绝不会抽到她身上来。她在厂里从不出头露面说半句话，工头们怎么样也不会对她怀疑。不过，她马上替彩霞着急起来……彩霞的一张嘴厉害，她常常跟女工头们顶嘴，今天工头们准不会放过她。她转念一想，我能不能把彩霞那一卷一起带进去呢？她拿眼睛四周探望，想找到彩霞。瞄了好半天，不但没看见彩霞，而且连一个熟人都找不到。

她心焦起来。平日拥挤时，她总是客客气气让人的，今天却顾不得这些了。她不断岔开人群往前挤。一个小个儿老头，一边让她，一边说："哎，大姐，都错不了要进去的，挤什么呢？"

好容易又挤进了两步，她朝四周望了望，正心焦，有人在后边扯她的衣裳，回头一看，是胖妹。

"我找死你了！"胖妹捉住文英的胳膊对她眨着眼睛说，"你知道了吗？搜……"

"我正找你们咧！"她马上凑到胖妹耳朵上低声说，"我担心的是彩霞，会搜她的。你没听说吗，铁工厂抓了人啦！"

"你也听到了啦。且别管人家的事，你的那个呢？打算怎么搞？"胖妹问。

"我有办法，你不消管我的事。我担心彩霞那一卷会出麻烦。那些鬼婆娘会缠她的。"

"你就能带？"胖妹疑惑地瞅着文英，又附在她耳朵上说，"我怕你也带不进去，把它给我吧，小心点好。让我想法子消了它。今儿个，不能带进车间啦！"

"你放心！是抽着搜，我算准了，绝不会抽到我身上来。你和彩霞就保不住啦！想想昨儿夜叉婆那副鬼相，她会放松你吗？你没带那个吧？"

胖妹笑了笑，没说什么。文英又说："彩霞平日一张嘴不饶人，那些婆娘恨死她了。我真替她担心。你把她找来，东西都给我带进去。我不会出事的！"

胖妹笑瞅着文英，说："你不消管彩霞，我刚才和她碰过头了，她有她的办法。"

"是么样办法？"文英高兴得扬起眉毛，睁大眼睛问。

胖妹看了看四周，说："等有工夫再告诉你……这里怎么好说？我只担心你带不进去，还是给我吧！"

文英有些生气了，嚷着说："瞎诳！你看吧！要不管彩霞，那我就先进去啦！"文英抛开胖妹，提起脚步往厂门口挤去。人群又停止不前了。她这才看清：在工厂的大铁门里，工头们像城隍庙里的判官小鬼一样，站成了两排，对着走进厂来的男女工人一个一个死盯着。有的就瞧瞧就放了进去。被堵住的，就拖到一边来搜……

“那不是郑芬吗？”文英旁边一个姑娘说。

果然，文英看见老是在太阳穴上贴两块头痛膏的工头李三姐，正在郑芬身上摸哩！郑芬气得把嘴噘得老高。文英想：郑芬平日老跟彩霞一起玩，这是沾了彩霞的光，不然不见得会搜她的。

前面的人流又晃动起来了，文英心里扑通扑通地跳。越靠近厂了，越跳得厉害。可表面还装作从容不迫的样子，跟着人群，走近了厂门。她走到刚把郑芬放走的李三姐和张大婶旁边，停步不前了。

李三姐一副苦脸，好像很头痛的样子，抬起右手，用大拇指和中指，按了按两额上贴的太阳膏药，瞅了文英一眼，又看着张大婶，问：“这一个……是么样呢？”

“走吧，走吧！杨文英，没你的事，莫在这里挡路！”得过文英不少礼物，才答应把她介绍进厂的女工头张大婶，对文英挥着手，叫她进去。文英就提起脚步，从容不迫地、慢慢走进院子里去了。她身上那卷传单也随着她平安地进厂了。她止不住好笑自己：“瞧你装得没事人一样，其实啊，心都要跳到口里来了！”

马上，文英想到趁工头们现在全部集中在厂门口，又是交班的混乱时候，正好把传单散出去。于是她决定先散了传单再去接班。就装作急于要上茅房的样子，先到了茅房里。茅房这时没人，她把一卷传单从裤腰上解了下来，拿出一张，打算在自己饭篮里取几粒饭，把它贴在墙上。但忽然看见墙上有几个图钉，那是从前钉“茅房规则”用过的，就赶忙拔了下来，用两个图钉钉住一张传单在墙上，还留了两个在手里，走出茅房。她按着预定的计划，装作找人的样子转进了粗纱车间。车间里，已经进来了的女工，正和没下班的晚班女工纷纷谈论厂门口搜身的事。文英趁没人注意，就在两台机车上放了两张。出车间时，看见周围没人，又赶忙用剩余的那两个图钉钉了一张在门上。然后在走廊、过道和楼梯口也放了几张。总之，一切都按她的计划散完了。才不过五六分钟的时间，就迅速地完成了任务。她自己也奇怪：怎么今天手脚这样麻利起来！散完传单，她觉得身上像是卸下了一挑重担子，忽然轻松了，就赶忙走到自己的车间去接陈毛妹的班。

原来胖妹今早也起了个早，带了几张传单在身上，准备散到车间去。到厂门口，听说“搜身”，她想：“糟了，看昨天那种情形，李夜叉再也不会放过我的，得在厂外散了它才行。”

这时，人还不多，她赶忙退出了人群。但是把传单散到哪儿去好呢？送回家去再来又怕来不及，而且她觉得自己还有责任要赶快替彩霞和文英想办法。她站着踌躇了一会儿，忽然想起了从家里到工厂来必须经过的那个小小的菜市。

菜市离工厂不远，她跑到那里时，菜市还几乎没人。趁着天没大亮，她赶忙在几张空肉案子上放了几张传单。忽然看见西头大柱子上有两个钉子，她情急智生，觉得再也没有这样好的机会了，瞄着左右没人，就赶忙把一张传单和一张漫画挂在那两个钉子上了。再走过去，一个卖豆腐的妇人，刚把她的摊子支起来，又帮她侧旁一个女人支摊子，胖妹迅速在她的摊子上放了两张，就一闪溜走了。

胖妹回到厂门前来，先找到了彩霞。

彩霞在小姐妹中，今早算是到厂门口最早的。听说搜身，又看见厂门口站着两排凶神恶煞的男女工头，就犹豫起来。她的传单就随便放在饭篮子里。

早上吃饭的时候，看见桌上还有妈妈昨晚垫鞋底剩下的糨糊和破布。心想，如果能把传单用糨糊贴在墙上多好！就顺手挖了一团放在一小块布片上，把它们放到了饭篮子里。饭篮上，照例是盖了一条预备擦汗洗脸用的毛巾。

现在，怎么办呢？只要随便把毛巾一掀，就什么都要兜出来的……她闷了半天，想找姐妹们商量。在人群中横冲直撞找了好半天，才遇到了胖妹。

“糟糕，带不进去啦！”彩霞皱起眉头，翘起嘴唇对胖妹说，“我想散在外边，这儿尽是人，散了它，不是也好？”

胖妹止不住笑起来，心想：“怎么都是一样想法啊！”她没把自己的事告诉彩霞，只说：“外边人挤挤的，好散吗？”

“总会有办法的！”彩霞说，“未必真的就给这些婆娘整住了！我才不信邪！”

正说着，金梅、金秀姐妹两个从人群中间挤过来了，她们都正惦着彩霞和文英的传单。胖妹让金梅姐妹俩帮彩霞的忙，在场外解决那卷传单，自己就找文英来了。看见文英有那么大决心把传单带进厂去，止不住从心底里高兴。但还不那么放心，她伸着脖子，紧盯着向厂门口挤去的文英，直到望见她从张大婶身旁停了一会儿又从容走了进去后，才透过一口气来，心里落了实。她又重新去找彩霞和金梅姐妹三个，在人群中间窜来窜去，窜了好半天，也没发现她们。

彩霞、金梅、金秀三个人原是在厂门外人群最拥挤的中央，她们觉得这儿不好下手，就往外挤到人群比较稀疏的地方。这儿，有卖烧饼油条的小贩在兜生意。她们三个商量好，让金梅姐妹找两个烧饼贩子买烧饼，故意挑挑拣拣找麻烦，彩霞就趁机会飞速地把传单放了两张在烧饼篮子里。她们跑了几个卖东西的小摊子，一连这么干了几次，最后只剩得一张传单了，这是彩霞有意留下来的。她们挤回到工厂的高墙下，离厂门才一丈多远，那儿贴着反动头子吴佩孚"形迹可疑，格杀勿论"的杀气腾腾的布告。彩霞对着告示瞅了一阵，忽然笑起来，她心里出了个好主意，于是轻轻告诉金梅姐妹俩，叫她们尽管讲话，别看她，挡住她，别让人看见她手里的动作。

约有三分钟，金梅忍不住回过头来看了彩霞一眼，只见彩霞还像往日一样，眨着漂亮的大眼睛调皮地笑着，背靠着墙，一只手反放在背后，好像是保护她的大辫子。金梅感到奇怪："彩霞究竟在搞什么鬼呢？"刚想问她，彩霞举起一只手挥动着，笑嚷着："走吧，走吧，我们也挤上厂门口去。再挨，得等到什么时候呢？"

金梅等彩霞一走开，发现有张传单贴在吴佩孚的大告示的下角，把吴佩孚的大名正好盖住了。她点头赞许地瞅着彩霞，欢喜得笑出声来。

彩霞看见金梅的神色，知道金梅已经看见了那张传单，和她一道享受着这个工作成功的快活，她笑得嘴都合不拢了。于是彩霞、金梅、金秀三人有意分散开，准备各自挤进厂去。

等胖妹发现彩霞时，彩霞已在厂门里，正站在张大婶旁，笑眯眯地听任张大婶搜她。胖妹马上明白：彩霞一定是很好地完成了任务，心里得意得很呢。否则她会噘着嘴，怎么样也要跟她们顶几句，没这么好脾气的。"鬼丫头，差点把我急死了！"胖妹心里笑骂着。

轮到胖妹也挤进了厂门，挨李夜叉搜身的时候，她也和彩霞一样，止不住想笑。

八

工人区的党区委机关，三个月前才建立在该区东头到市区去的必由之路上的长街五十七号里。这天早上，担任掩护机关并管理膳食的陈舜英同志，在街上买了小菜回来，就埋怨她的丈夫、区委委员之一的廖伯山。她说："满街上都知道北伐军过江来了，怎么我们区委会倒鸦没雀静，无声无息啊！"

"谁说的？哪有那么快！"从来就不性急的廖伯山慢吞吞地说。

"哎呀，你到街上走一趟看看。店铺里，小菜贩，都在讲北伐军过江来了……说满街上，菜场里，出了革命告示，连兴华厂大门前都已经贴上北伐军的出榜安民的布告呢！"

"什么？兴华厂……北伐军的布告？"这一下把廖伯山惊得发愣了！他赶忙起身到后边小屋里去找柳竹间。

廖伯山有三十岁了，在区委中，年龄算最大的。他做过小学教师，参加革命的初期，只是在知识分子中活动。工人区工作扩大后，有建立独立机关的必要，而柳竹、洪剑等都是单身汉，上级才把有两个孩子的廖伯山夫妇调来，让他们租下了长街 57 号建立区委机关。这是个旧式三开间的小小院落。为便于隐蔽，堂屋里还立了老廖的祖宗牌位，早晚上香敲磬，煞有介事。老廖夫妇住了东边一间正房，他们的后房留给了刘平。刘平的家在汉口市内，她的丈夫、市委组织部部长关正明领着两岁的小女儿一道，由保姆照顾着。这间小屋子是她在区委工作的临时住处。在户口关系上，刘平算是老廖出了嫁的妹子。西边正房和后房打通成一间，算作书房和客厅，实际是区委的会客室、工作室、会议室、油印室，一总在内。洪剑为了多接触群众，暂时没有住到机关里来。兴华厂、铁工厂和一个火柴厂的青工宿舍里，都有他的临时住宿处。有时，在区委有事搞得太晚了，这间会议室，又成了他的住所。穿过堂屋，后边有个小院子，院里还有三间小得可怜的杂屋，一间作了厨房，另两间打通成一间，也只放得一床一桌，就做了柳竹的居室。在对外关系上，柳竹假称是老廖的房客。三个月前，区委几个人还没有集中的处所，常常在码头上、江汉关一带碰头。柳竹自己的住处也很不安定，三天两天要搬家，现在他心满意足了。初搬来时，他自嘲是流浪了半生的人，这回成家立业了。

这天早上，柳竹正研究市委最近发出的、指示各区结合目前形势迅速发展组织的文件，打算拟出本区开展相应工作的初步计划，提到区委会来，忽然老廖和陈舜英夫妇两个推门进来了。陈舜英对柳竹嚷着说：

“柳竹同志，革命军都已经过江到汉口来了，你怎么还坐着写东西啊？”

听到革命军过江来了，柳竹又惊又喜，连忙放下手里的工作，站起来问道：“你这是从哪儿听来的？”

“我刚才出门买小菜，一路上都听到街上的人谈起，说是兴华厂，厂里厂外都贴起了北伐军的布告，厂里都来了共产党的党代表呢！”

“这不可能呀！”柳竹想了想，哈哈笑起来，“就算过了江，也不会先忙着来管兴华厂。并且……党如果派人到厂里去，市委会事先通知我们，哪有我们不知道的道理呢！”

“哎呀，你不要研究你的道理了！你上街去听听吧，到处议论纷纷的！”

区委中，群众情况反映最灵的一般是洪剑，可是他到此刻还没来过区委。刘平昨夜到市委开妇女部的会，然后就回家看孩子去了。头天她的丈夫让人带信来说，孩子生病了。现在她还没回区委来。柳竹虽不相信北伐军已过了江的话，但陈舜英说得那么神，只好和老廖商量着，让老廖到兴华厂一带去看看，他心里在估计那些传单能起的作用。柳竹自己则决定进市内去，从市委再了解一下局势。

临近黄昏，柳竹才从市区回到区委会来。这时，洪剑、刘平、廖伯山和抱着奶娃娃的陈舜英几个已先聚在会议室里，谈论今天区里的谣传。柳竹走进会议室，一声不响，坐下来听。廖伯山刚说完贴在兴华厂门前的那张传单，被人传说成北伐军布告的谣言，洪剑就开始向大家叙述今早胖妹、彩霞和文英三个散发传单后厂里厂外的反应。洪剑是刚才工厂放工的时候，在兴华厂门口截住了胖妹，听了她关于这一天工作的详细汇报的。陈舜英这才知道谣传了一天的所谓革命军的布告，不过是自己这几天在这间会议室里印出来的那些传单、漫画之类，不禁哈哈大笑了起来。

洪剑又给大家补充了一些胖妹汇报的兴华厂厂方的情况。据说是兴华厂办事房的院子里今天嚷嚷了一天。工人们先是听到管理处处长王西林跳起脚把工头们骂了个半死。看来是为搜查一大早厂里还是出了传单的缘故。后来就听到工头们彼此埋怨、吵架，有一阵竟动手打了起来。再呢，听说厂门口站岗的巡逻队看见工人区里许多人到厂门口来看那张趴在吴佩孚的告示上的传单，怕出乱子，想扯去，但是，白经理来电话，叫不要扯去。工头中有人埋怨，说白经理是开始要向革命军讨好了。

区委们听到洪剑的话，认为对白经理的这种估计，是有理由的。

最后，柳竹把从市委带来的一个好消息告诉大家。他说，虽然今天说北伐军过江来了的消息是谣传，但是它成为事实，也不过是三两天的事了。市委通知各区：汉口可以不经过炮火迎进北伐军。因为现在驻屯在汉口的军阀刘佐龙已经派人去向北伐军表示投诚，说愿意信奉三民主义，并让他的军队受国民革命北伐军总司令部的编遣。

听到这个消息，满会议室的人不禁拍手欢腾起来。但是柳竹提醒大家，由于时局急转直下，区里的工作又进入一个新的阶段：马上要为工会组织的公开合法活动作准备。他说，逐渐公开工会组织的计划，现在嫌慢了，它不能适应目前变化迅速的局面。

“好啊，日子盼到了！”洪剑眉飞色舞地在桌上拍了一巴掌，欢叫着说。

在散会之前，柳竹若有所思地问洪剑：“你刚才说兴华厂带传单进厂的女工，什么文英、文英的……究竟是哪一个文英啊？”

洪剑笑着还没来得及回答，刘平抢先责备柳竹说：“兴华厂女工还有几个文英呢？不就是你那个表妹杨文英吗？你怎么死不相信她？那一次，你就不信她肯参加工会！哎呀，要信你的话哟……真是……”

柳竹含着笑，慢慢说：“倒不是不相信她……她从前那种腼腆样子，你没看见过呢，给我印象太深了。”他不由得想起了在舅娘家头一次和文英认识的情景：舅娘给他们介绍的时候，文英脸上羞得绯红，低下头，一声不响……又有一次，他在舅娘家吃饭，文英先是不肯上桌来吃，后来吃了，也一直是羞涩涩的，红着脸，低着头，没说一句话。他记得他当时看了她不止一眼，发觉她长得很漂亮，可是他想：唉，可惜是个泥塑木雕的美人儿，工人阶级不稀罕！以后他常常跟舅娘谈点什么，或者找几个工人来开悄悄会，纵然有文英在旁，他似乎也不觉得她的存在。想到这儿，柳竹对刘平开玩笑说："好，还是你跟胖妹有办法，泥人也给你们说活了，我算服了！"

刘平沉思了一会儿，说："也不是我们有办法。革命真理和工农大众碰了头，自然就有这样的结果。"

"所以我认输了啊！"柳竹点头微笑说。

九

九月初，汉口改变了政治局面。向革命军投诚的旧军阀刘佐龙的军队已经扔掉了它的五色旗，换上了国民革命北伐军的旗。汉口的老百姓都庆幸着自己能够避免一场炮火，迎接北伐军。街头上，公开贴出了：“打倒帝国主义！”“打倒军阀！”“工农兵联合起来！”等等革命标语。到处都能听到雄壮的革命歌声。汉口变成了红色的革命城市。

只是大江南岸的武昌城反而没有攻下。吴佩孚的忠实走狗小军阀刘玉春，紧紧地关闭着四城顽抗。既然整个粤汉路都在北伐军势力下，如今，连长江北岸的汉口、汉阳，也是革命军的天下，那么，武昌的敌人，只不过是瓮中之鳖了。

有几个工会公开惩罚了一些汉奸工贼，于是兴华厂里的工头、工贼，连大门口专管搜查工人的那些坏男坏女都吓得躲起来了。

兴华厂男女工人纷纷找修理机车的工人甘老九和布机间的胖妹，要求加入工会。甘老九和胖妹有心把全厂工人召集起来，开工会成立大会，可一时找不到能容纳好几千人的会场，不得已只好改开车间会议，由车间会议选出代表来参加工会的代表大会。

和胖妹一同领导兴华厂工会的甘老九，是河南人，有五十多岁了，可是他那浑圆结实的胳膊、粗壮高大的个子，使他看起来更像壮年人。

甘老九原在家乡一个小镇上当铁匠。三十岁那年，家乡闹大水，官家和地主放高利贷、勒租勒税，穷苦人流离失所，往外逃荒。这个健壮的铁匠眼看着家里人一个个饿死，自己就从此到处漂流。后来在一个小城市里和一个有钱人家的丫鬟发生了爱情。两人冒险私奔，到处流浪……到这儿工人区定居下来，只不过是六年前的事。

现在，他们住在大姨妈那边工房的最后一排院子里。他有四个孩子，十四岁的大儿子甘明长得像父亲，大高个儿，像十七八岁的样子。现在在兴华厂跟着父亲做徒工，就连父亲的革命活动他也开始跟着参加。

决定召开车间会议的头两天，甘老九在放工的时候，在厂门口用他的大嗓门向工友宣布了开车间会议的时间。时间是十点到十二点，到时全厂停工两小时。日班夜班，都是同样情况。可是还有少数工人担心厂方不会答应，即使答应了也可能克扣工资。后来老九和胖妹商量着，把和厂方交涉的结果写出通知来，贴在大门口的布告板上，说明厂方已同意日夜班同样停两小时开车间会，绝不克扣工资等等。工人们看见了布告，可真乐开了，从来没见过厂里贴布告的地方也能贴起工会的布告来。从前，搞工会是要杀头的啊！

满厂的工人，尤其是年轻人，盼望着开车间会议的日子就好像盼望自己结婚的良辰吉日一样。

好些姑娘们，趁这几天剪掉了大辫子。此前，厂方是不许女工剪发的，说那有赤化嫌疑。曾经厂里就硬把一个剪短了头发的女工开除，逼得她上吊自杀的事。

“世道到底变了样啊！”她们欢喜地感叹起来。

如今满市里随革命队伍到来的女政工人员和在街上演讲、唱歌的女学生，尽是剪了发的。女工们看得真眼红，也纷纷剪起发来。最初是胖妹、彩霞几个，她们先约好了当晚回去把辫子剪掉，第二天惹起了全厂姑娘的欢呼。这几天陆续都出现了新剪发的姑娘。每早在厂门口，要是新发现几个剪了辫子或粑粑头的姐妹，姑娘们就一窝蜂拥上来拍掌欢笑，议论着，说这个剪短了发年轻了，那个更时髦了，更美了。又不断提到头年为剪发而被逼上吊的钱小玉。也提到那年因为长辫子卷进纺车把整个脑袋都轧成了血浆的王汉英……

平时最不爱打扮的胖妹，开车间会议这天，一早起床就兴致勃勃地把自己打扮了一下。剪发以来，她梳的是童发式，对着镜子把这两天又毛乱了的中缝，挑整齐了。一头柔软而整齐的截发，两个美丽的酒窝，一脸娃娃气，使胖妹越发显得甜蜜，招人喜欢。今天，她决心不穿那件已经打了几道补疤的粗布衫，特地换上了还有七八成新的一套蓝底子起白花点的洋布衣服。这还是三年前妈妈给她做的，平日总不舍得穿，如今个子长大了，她嫌小了点。其实，要是爱俏皮的姑娘，倒会觉得正合身呢。 九

听着汽笛又叫了起来，她赶忙提起饭盒，跨出堂屋门。妈妈笑眯眯地追上来，给了她一块新印花手帕，亲自给她塞在大襟扣子上，又眯缝着眼睛瞅着心爱的女儿说："天天都这么打扮一下，晓得几好啊！又不是个丑八怪！"

胖妹瞧着母亲慈爱的笑脸，快活地嚷道："哎呀，你家莫啰唆了！让我走吧！"

胖妹刚走出大门没几步，后面有人连声地叫"胖妹，胖妹……"，胖妹回头一看，是邻院李小庆追上来了。

"你今天这么打扮真好看！我差点儿都认不出你来了！要出嫁做新姑娘吗？"小李一边嚷着，一边快活地打量着他的童年伴侣。

胖妹被问得羞红了脸，噘着嘴，露出一对小酒窝来，笑骂道："死鬼伢，横直爱瞎说，穿件花布衣也算新姑娘啦？！我们开车间会议，小姊妹们都约齐了穿起好衣服来嘛！再瞎说，我……"

"哎哟哟，大姑娘，生气啦，得了，就算你小哥不会说话，原谅了吧……"

胖妹忍不住笑起来。他们并排走着。小李侧过脸来，又从头到脚瞅了她一阵，淘气地说："大姑娘，怎么办呢！我今天可碰都不敢碰你一下了，你离我远点吧，我身上脏死了！"

胖妹侧过脸来，瞄着她的童年友伴：他还穿着惯常穿的那套满是油污的蓝布工装，身上照例散发出机器油气味……老是带着淘气神情的瘦长的脸孔，依然没大洗干净，左颊上还隐隐现出机器油的斑点，总爱倒垂在前额上的那小绺头发随着他的脚步的节奏在额上上下跳动。

"瞧，你脸都没洗干净，真不像话！"胖妹反过来嘲笑他。说着，她不知不觉从衣襟上抽出花手帕向他伸过手去，打算给他擦去脸上的油污……忽然意识到这是童年时代和这个小哥哥的亲昵行为，现在成了大姑娘的她不好再这样做了，立刻又缩回了刚伸过去的手，把手帕塞回衣襟上，脸上泛起了羞涩的红晕……

小李看出了这一切，完全明白了这个大姑娘的心思，就笑着装糊涂说："哎呀，舍不得你的花手绢吧？算了，我的面孔反正是脏惯了的……"他打了个呵

欠，说:“困死了，在区委开团委会搞了一整夜，等天亮才赶回来吃早饭……哪有那么多工夫把脸洗干净？”说到这儿，他笑起来，说:“反正我的面孔又不漂亮……也不逗哪个姑娘喜欢……连一块花手绢也不值呢！”说着，他侧过脸来拿眼睛溜了溜胖妹圆润的面庞。胖妹装没听见，问起他新近参加区团委工作的事，这样就把话题岔开了。他向她谈了一些工作开展的情况。她也向他谈起自己厂里近来大为活跃的新气象。他们边走边谈，很高兴。不久以前，这些话，就在自己家里也要小心谨慎地谈，现在竟可以在街上高声谈起来了！这对青年沉浸在新生活的欢乐中。

到了该分途的岔路口，小李还在兴致高昂地谈他们厂里的事……

“你该拐弯了！”胖妹提醒他说。

“哦！对啦！”小李依然伴着胖妹走着，回过头去望了望他该拐去的那条路，把头一摇，说:“嗨，还早，让我再送你一程吧，咱们这些日子忙得见面的机会都没有了，好像隔了几道海、几道洋一样。好胖妹，你知道，你小哥有两天要没看见你，就想得紧哩，你说，这……这是么道理？”说完，他意味深长地紧盯着她。

胖妹嫌这鬼伢说话鲁莽，涨红了脸，想骂他一顿，可是看见他那副嘻嘻笑着的傻样子，又止不住好笑，故意噘着小嘴说:“讨厌，如今学会了油嘴油舌的，光爱信口开河……”

小李分明看见胖妹佯装生气的面容上，掩藏着甜蜜的微笑，就大胆放肆地说:“老老实实对你讲真话，倒说人家信口开河，你自己说吧，我不想你，该想哪个？未必该想一个老太婆吗？”说完，他哈哈大笑起来，连胖妹也止不住笑了。

胖妹和小李是两小无猜，一起长大的，两家父母又来往得那么亲密，他们的天真友爱一向是自自然然无阻无碍地发展着。但近来，厂里小姐妹常爱拿小李对胖妹开玩笑。胖妹也感到近来这个小哥哥老抓机会向她说些使她害羞的话，不像从前相处得那么自然、天真了。有时候，他的那些话又使她心里不免有些不平静，她说不明白是什么道理……有时，她气他，想训他一顿，又怕对他太狠了，觉得有些不忍，就一直没说出口来。

清晨，街上全是赶上工的工人，越往前走，人越多起来，马上就要遇到同厂的小姐妹了，要让她们看见是他在伴送她的话，又该被姐妹们取笑了。一会儿，胖妹果然看见同车间的一个姐妹和细纱间的郑芬两个勾着手在前面走，就扔开小李往前面飞跑起来，嘴里还直叫着：“郑芬，郑芬！”却又忍不住一再回过头来，带着一种有些抱歉、请求原谅的神情向小李送过去一个情意绵绵的微笑。

小李无可奈何地站住了，对她直眨眼把头使劲往上一扬，让垂到额上的小绺头发覆上去。看见胖妹跑远了，他这才转过身去，连蹦带跳地向自己厂里飞奔去。

胖妹赶上了郑芬，看见她们也都换了新衣服，不免彼此品评起来……远远地她们看见厂门口已先拥挤着一大群姑娘了，从那里荡漾出一阵阵清脆的笑声。胖妹挤到她们中间，就有人鼓掌欢叫：“看呀，看咱们的胖妹子，今天打扮得像个美人儿！”胖妹挥起小拳头，向正跟着大家一起嚷嚷的彩霞胳膊上捶了一拳，说：“少缺德些，大哥莫笑二哥，你这身新衣裳，我还从来没见过呢！”

原来，彩霞也换了一套妈妈给她新缝好的天青色的竹布衣裳。她的身材显得更加清秀苗条。新剪好的截发，梳得整齐溜光，上面夹了个大红色蝴蝶发夹，非常耀眼。她的大眼睛明亮得像秋夜的星星，长睫毛也更加浓密、迷人了。

“这算什么！说实话，我们都俗气得很！还是文英姐会打扮，你瞧……来了！”彩霞转过身来指着正笑眯眯地朝她们挤上来的文英说：“多雅致！她从不穿得花红柳绿的，瞧嘛，这一身墨黑的衣裳，一头乌黑发亮的头发，衬出她那张月亮样清朗的团团脸……你们说，像什么？哎呀，我说哩，就像是碧清的池塘里长出来的一朵荷花！哪怕你是六月伏天，热得浑身冒汗，一看见它，心里就凉爽了！”

“啧，看你这张嘴，真会说哟，你的舌尖上倒真是长了一朵莲花啦！”有个姑娘在彩霞腮上捏了一把，笑赞着。大伙也都笑了。

“不怪她说得好，文英姐今天是更美了！头发一剪短，人就年轻得多！”另一个说。

“要死咧，你们怎么在批判我哟！”文英刚挤上来听到大家正说笑她，一时羞红了脸，嚷起来。

离姑娘们老远的一堆老年工人也在说笑着。打包间的杨老老，和大姨妈一样，一向是心慈口快，很受工人们敬重的。他走过来跟大姨妈王素贞开玩笑说：“大姨妈，你家怎么没学姑娘们一样，也穿件花衣服来开会哟？”

“不说假话，真是想穿呢，可惜没有！”大姨妈呵呵笑着说，“这个厂一开门，我就来了，从来没遇过这么快活的日子，难怪姑娘们闹得欢！你说嘛，你杨老老也是厂里头批老工人啰，几时见过这样的好年头呢，难道不高兴？”

“嗨，不高兴的是反动派！是工头，是工贼！”杨老老的尖嗓子，连笑带嚷起来，“昨晚上，老伴给我打了四两酒喝过啦！今晚上，我请大姨妈喝几杯。我们老年人，不比年轻人，高起兴来，就想喝几杯。”

“哎呀，大姨妈，要是你家不会喝酒的话，就找我做代表吧！”兴华厂工会的一个青年干部、地下党员杨广文插嘴笑着说。

“哎哟哟，杨广文，你今天先选大姨妈做工会代表，晚上她请你喝酒。大姨妈是咱们厂里的老资格呀！”

“你杨老老也不弱呀！”杨广文跷起大拇指对杨老老和大姨妈两个说，“你两位都算得是咱们厂里的年高有德的老前辈啰！”

“你们瞧，这小伙子贪心重，一口气想喝两家的酒哩！”

周围的人哄然大笑起来。

十点以前，各个车间都插上了一些小红绿旗帜，贴起了标语。这些标语，都是杨广文领着甘老九的儿子甘明和老九的徒弟王艾几个写出来的。

王艾是个无父无母的孤儿，父亲曾在江汉关一带码头上当苦力。父母死后，他跟着当了多年老鳏夫的祖父过活。祖父在长街小学里当杂工，王艾就借此和小学的老师、学生们认识了。有位老师看见这孩子聪明过人，常把他叫到自己屋里教他认字看书，也让他跟着学生去上课。不到三年工夫，他把高等小学的各科功课都学完了，还到处借书看，已经半懂不懂地读过了《三国演义》《七侠五义》《水浒》《西游记》等书。前年，祖父死了，有人把他介绍到兴华厂，在甘老九跟前当学徒，于是和甘明两个成了一鼻孔出气的好朋友，无论读书、革命，他们两个总是彼此影响着的。这一阵子，两个人革命干劲高得很，为写这些标语，闹了几个夜晚没睡觉。现在，他们又笑眯眯地到各车间忙着张贴标语和插旗帜。

十点刚敲过，各个车间都关上了机车，满厂里忽然寂静起来，马上到处响起了拍掌声和歌唱声。年龄大点的女工们，也止不住手舞足蹈，咧开嘴笑闹起来：“秦大嫂，你、我这辈子也算见着世面啦，我们算工会的人了呢！”

“这有什么稀奇？有那么一天，种田的、做工的，我们这些长得粗里粗气的老姊妹，还要大摇大摆坐在戏园子里看影子戏哩！我刚才听到银弟说，有个什么俄国，现在工人都坐上台子当政啦！都是工会争来的嘛！”

“你才是憨包子啰，光工会哪行？还要个共产党掌舵哩！”

“是啦，你这话才说得在行啰！”

原来参加地下工会小组的会员们，这时特别活跃起来。他们尽找那些平日顶落后的男女工宣传组织工会的意义，劝他们等会儿在会上讲几句话。只有文英还像从前一样，不露声色。她本来就是少言少语的，刘平又嘱咐胖妹，莫让文英在群众中露出锋芒来。让她隐藏点，将来在某些工作上，会有好处。

按照预定的安排，各车间一宣布开会，首先就由工友们推出主席来主持自己的车间会。以后就请工友们自由发言，然后才选举大会代表。

胖妹的车间把胖妹推了出来主持会议。胖妹向大家谈车间会的意义的时候，工友们都屏声息气听，特别是年龄大一点的工人，都要挤到最前面来，目不转睛地盯着她，好像今天才认识她似的。

胖妹的话刚说完，有个中年女工叫易秀云的，不管三七二十一，硬挤到了胖妹跟前，笑呵呵地挺着她的一只胳膊不放，对大家说：“我不知道胖妹姑娘长了几个心窍，是么样讲得这样多的道理……天晓得，我是个苦人……没闯过世面……哎哟哟，听了她的话，真开通，真开通，我……真开通了！”满场子人听得哈哈笑起来。“莫笑呀，凭良心说嘛，我活了一辈子，今儿才晓得自己还有个阶级，今儿才晓得我们这个苦人阶级能有力量，又有个共产党领头替我们争好处，啊，是争利益。一点不假呀，看啰，如今我们开会，扯起红旗子，夜叉婆也不敢出来瞎胡扰啦，也没得人敢来搜身啦！唉，要早晓得有今天嘛……也少发些愁哟！天晓得，愁了半辈子啦！受尽了折磨哟……”她说着说着掉下眼泪来了，有几个年纪大点的女工也止不住擦眼泪。大家等她揩完眼泪又催她：“把话说完，今儿个该快活啦！”

“真是的，今儿我真是快活得要死啦……听我说，唉，我说，我们这辈子就死跟着这个共产党和工会走。我说，哦，同……同……”说到这儿，她自己笑起来，轻声问胖妹：“是叫‘同志’吧？”她看见胖妹笑着点头，就伸长脖子放开嗓子大喊道：“同志们，让我也学喊一声万岁吧！万岁哟！这个工会要万岁呀！”她喊到“这个工会”的时候，拍着胖妹的肩膀，好像胖妹就是工会，惹得大家又哈哈大笑。大家紧接着高呼：“工会万岁！”“中国共产党万岁！”

胖妹请大家提名候选人的时候，满车间爆发了一片叫嚷，都是胖妹的各样称呼。

大家推荐胖妹，举手表决时，有人走过来点数。

“你怎么不举手呀？你不赞成胖妹做代表吗？”一个姑娘对一个站在一旁傻笑着的女工说。

“我也举得手的吗？”她好像很惊奇，马上哆哆嗦嗦地举起一只手说，“我举，我举。哎呀，如今个个人都有用场啦，真叫人喜死了！”

细纱间里又另是一种快活气氛。这儿是彩霞主持会议。她慢慢地从组织秘密工会谈起。她谈得越兴奋，那对大眼睛就越显得灵活、透明、美丽。当她向大家谈到是共产党领导工人农民、组织工会农会闹革命的时候，有人高兴地问道：

“百灵鸟，共产党在哪里呀？你领我们去找吧！”

“百灵鸟，你做了共产党，怎么不告诉我们？让我也来一个嘛！”

彩霞急得涨红了脸说：“哎呀，我还不是呀，我还不配啰，是共产党领导我们办工会嘛……”

“天啦，这么能说会道的姑娘还不配，难道要我这个笨手笨脚的老婆子才配吗……”

银弟觉得彩霞说得很热情，可是领着大家越说越远了，怕她归不到题，就高声喊起口号来：“兴华厂工会万岁！”

“共产党万岁！”大家也跟着喊起来……

彩霞趁此结束了自己的话，又领着大家喊了几声口号，由别的工友讲话。

彩霞走到人群中，有个女工堵着她问道：“姑娘，我问你，万岁爷不是皇帝老官、真命天子吗，是揽大权的呀！如今工人也能称得起万岁的吗？”

周围的人听得拍手大笑。彩霞睁大眼睛瞅着她，想了想，忽然笑着说：“称得的，当然称得啰！怕什么，真命天子早打倒了！揽大权的反动派袁世凯、吴佩孚，也都给人民打垮了！工人们如今也要掌国家大权了！工会还要替工人争很多利益咧，这不就万岁了吗？！”

甘老九主持着自己车间的会，选举还没开始，他就挨了好几拳。那不是和他打架，而是工人们对他表示敬爱和拥护。

“你这个老铁工，早就领导工会了，是么样不来邀我！”一个大拳头在老九背上捶了一拳。老九把身子猛一抽搐，周围的人都哈哈大笑起来。

"老九，干得好，我们谢谢你！"三十多岁的壮汉子、保全工陈士贵跑过来，一拳头也打在老九胳膊上了。

"老九，我们今儿可要举你做代表！"后边挤过来一个人捶了甘老九一拳，"还要举你做兴华厂的工会主席哩！"又是一拳……

甘老九抚摸着挨够了拳头的两条膀子，放开响雷样的声音，咧开嘴笑嚷道："哎呀，代表好当，拳头吃不消啦！这样挨揍的话，弟兄们，代表会还没开，你们得给我老九安排棺材办丧事啦！"

男子们快活、健康的笑声满屋子震荡起来……

爱热闹的杨老老，从自己打包间跑了过来，正要找甘老九说笑，听他这么一说就高声讲道："莫说这些泄气话啰，你钢铸铁炼的九老官，雷公也打你不死！买棺材做么事？老天还要留下你来领导我们跟反动派斗争咧！"

另外一些工人们挤不进人群中去，就站在一旁谈论。

"我早就看出老甘起变化啦！在家里，也不发脾气啦，也不打老婆啦，有时候，好晚还点灯看书哩！"杨老老的把兄弟史大杰说。

"他比我还大一岁，都有这股子劲，看起来，我也有作用啰……"满脸大麻子、绰号王麻子的工人说。

"嗨，有志不在年高，无志空长百岁。闹革命，不在乎年纪，有那份心就行……"史大杰说。

"老哥，真是三十年河东、四十年河西哟！林祥谦他们搞工会，算犯了罪，有的杀了头，有的坐监牢。如今搞工会，吃香啦！"王麻子若有所思地点头叹息。

"什么吃香吃臭的？你说得真不在行！这是应该的嘛，搞我们工人阶级自己的事呀！"史大杰说。

"对啦，林祥谦杀头，是吴佩孚反动派搞的嘛！这狗日的，可不就叫咱革命军打倒了吗？！如今革命军一来，工会一兴起，咱工人要一天天出头伸腰杆啦！"另一个工人说。

"是呀，这也就替林祥谦出了口气啦！"保全工陈士贵又钻到这堆人中来了。

全厂各个车间里，都热闹非凡：讲演，喊口号，鼓掌，笑着，嚷着……杨广文估计车间会开得差不多了，就把王艾、甘明、银弟、金秀分配到已选完代表的车间去教唱歌。于是人们听到这儿唱起了“打倒列强……”那儿高歌着“工农兵联合起来……”连老太婆也止不住笑，跟着哼上几句。

一周后，兴华厂工会，在全体代表会上宣布成立了。

大会选出了甘老九、胖妹、杨广文、杨老老、刘彩霞、金梅、大姨妈王素贞、章银弟等三十多人做执行委员。甘老九和胖妹两个是正副主席。

十

十月十日，汉口市开国庆纪念会的时候，忽然传来了捷报：共产党员叶挺将军率领的所向无敌的铁军攻下了武昌城。

武汉三镇的人民完全从封建军阀统治下解放出来了。武汉三镇一下子成了全国革命重地。长江上游的四川老军阀杨森、盘踞江浙的军阀孙传芳和北方的张作霖、阎锡山，都恐慌万状。革命势力不但威胁全国反动派，而且使外国帝国主义惊恐。

这时中国共产党领导的南方工农革命力量越来越强大了，尤其是各省的农民武装，声势浩大。

湖北省总工会成立之后，马上也把地下工作时期先后组织的一些武装工人纠察队整顿起来，并添了新的力量，成立了一支强有力的武装工人纠察队。这支工人武装力量很起作用。他们保护工会的各样活动，协助军警保卫革命重镇武汉，直接跟帝国主义斗争；他们还侦察出了隐藏在武汉的许多反革命组织。

原在兴华厂作厂警的黄顺生，从前替军阀打过仗，自从跟甘老九参加地下工会活动以来，柳竹很看重他。这次总工会组织武装纠察队时，区委把黄顺生介绍给了总工会。总工会让黄顺生辞了厂警职务，做了工人纠察第五支队队长。黄顺生说要好好为工人阶级做点事，洗刷过去为资本家、军阀效劳的耻辱。

此外，总工会认为北伐军在粤汉线上作战时，工人敢死队起了巨大作用，现在又组织了几批工人敢死队，预备随北伐军开往长江下游协助作战。兴华厂的地下党员蒋炳堃，金梅的丈夫、面粉厂的陆容生，都是敢死队的领队。这几天，几个厂都在开欢送会。

可是各工厂党组织和工会，目前面临着一个急待解决的实际问题。

武汉好些工厂一向是没有休息日的。湖北省总工会成立后，明文规定了星期天休息。各工厂工会成立后，工人纷纷向厂方提出星期天休假和改善生活的要求，但厂方借各种口实拖延，不想改变现状。区委决定先从兴华厂展开这一斗争。

根据上级的指示和群众的要求，兴华厂工会执委会归纳出以下几条与厂方谈判：

1. 工人应有集会结社言论出版自由，厂方不得干涉和阻挠。
2. 明令废止搜身制度，禁止打骂工人和童工。
3. 废止工房和集体宿舍一切禁条，工人出入宿舍完全自由。
4. 未征得工会同意，不得无故开除工人。
5. 每逢星期日休息，不得克扣工资。早晚班吃饭时间休息一小时，不得克扣工资。
6. 发还历年累月强迫扣去的储蓄金。
7. 增加工资百分之五。
8. 在生产中受伤的工人，厂方应发给抚恤金。

由于北伐的胜利，反动军阀的倒台，好些工贼被惩治，资本家也就见风转了舵，其中的前四条，几乎早已是既成事实，不过工人们感到仍需跟资方交涉，好作明文规定。实则斗争的重心是在后面四条。决定展开斗争后，头三天，工会就将这些要求通知厂方。同时用红绿纸条写成标语，贴在厂里各车间，并组织了宣传队在厂里厂外作巡回宣传。总工会派纠察队在厂门口加了岗哨。

资方呢，他们也了解到当前革命的形势，知道两广、两湖的工农运动，正以燎原之势迅猛地发展着，特别是两湖工农力量，似乎，即使是国民党右派先生们，对之也瞠目结舌无可奈何。资本家们当初虽愿打倒吴佩孚，但对自己的工厂却一切照旧，不愿改革，而目前又不能不顺应时势，以好汉不吃眼前亏为原则。因而这一斗争的结果，早在工会预料中。

工会执委会推甘老九、胖妹、杨广文等找工厂经理白方生谈判。最初，白经理还向工人诉苦，只同意既成事实的前四条。但是代表们坚持原则，决不让步，白经理终于又答应了第五条和第八条。工人马上提出这些条件当日生效，只是第五条里规定的星期日休息和吃饭休息一小时是从下一个月，即十一月份起实行，以便厂方有所准备。在商量第六、第七条时，工人们考虑到北伐战争局势，也作了一点让步，同意了白经理一再的要求，把发还储蓄金和增加工资的时间推迟到明年一月起。白经理心里是想，到明年一月再看局势，没想到刚一谈妥，工人们就叫他签订协议书，他暗暗惊叹工会办事的老练。在工会的支持和争取下，工人们终于取得了预定的胜利。

全厂工人欢腾起来。工人们这回更懂得了革命、共产党、工会和自己血肉相连的关系。

兴华厂工人胜利之后，工人区其他各厂也先后开展了这一斗争。大多数都取得了胜利。只是日本人办的大同棉织厂最初出了点岔子，但结果倒得到意外的收获：因为东洋厂方开始时还很不识时务，照旧像军阀时代一样压迫工人，开除领导斗争的工人代表。总工会就派黄顺生的工人纠察队第五支队去缴了大同厂日籍厂警的武装，拘捕了几个打骂工人的日本工头。这一下子可把日本资本家吓住了，他们想关厂溜走，还想把厂里的机器偷运到上海去。区党委刘平同志领导大同厂的工人，开展了护厂运动：只许日本人自己走，不许搬动厂里财物，并立即由工会自己组织了生产管理委员会，管理全厂生产工作。就这样，大同厂的生产管理权完全落到了工人自己手里。这一下教训了三镇的外国资本家：时代不同了，帝国主义今天不能在这儿为所欲为了。三镇的工人通过这次斗争，更壮了胆，知道在共产党领导下，帝国主义和一切反动派都是可以击败的。

甘老九的儿子甘明和徒弟王艾，自从北伐军进市以来，在洪剑的领导下，把厂里童工们组成了童子团。近来搞些文娱宣传活动，搞得蛮起劲，只是总惋惜没个空旷地方多招待些观众。

有一天，王艾忽有所悟地对甘明说：

“我想出了个办法，我们自己开辟个广场，好不好？”

“莫瞎诓，孙猴，你是资本家？你有地皮吗？”甘明骂他说。王艾身材瘦小，主意又多，“孙猴”早成了他的外号。

“资本家倒不是，地皮可真有一块。你不信，跟我去看。”于是小个子王艾挤眉弄眼地把高个子甘明领到工人区尽西头，指着被木桩和铁丝圈着的一大片废墟说，“把这里收拾出来，你看怎么样？”

甘明喜得跳起来，在王艾屁股上拍了一巴掌说：“小鬼，你真不枉叫孙猴，心窍多着呢！这不是天大的好事吗！”

原来这块废墟是日本人开的大同厂买了来，准备扩充厂地的。现在日本人逃走了，这块地不是蛮可以利用一下吗？他们把主意告诉了洪剑。洪剑叫他们先找刘平说一声，因为现在大同厂归刘平领导的工厂管理委员会管，如今要利用这块地皮，自然要大同厂管委会同意。

果然，刘平不但同意，而且还极为鼓励他们。从此，甘明和王艾常常兴兴头头在晚班后，偷白天睡觉的工夫，领一些童子团员来清除瓦砾和垃圾。

十一月的头一个礼拜天，童子团发动了全厂童工，把这个第一次享受的休息日献出来，开辟广场。

南方的初冬，被称为小阳春，天气像春天一样，风和日暖。万里无云的晴空，洒下金色的阳光，把大地照得暖融融的。这天一早，场子上就是一片欢腾，孩子们已经在这儿唱着嚷着干起来了。他们也真有本事，不知从哪里借来了推垃圾的车子，还有铁铲、锄头、箩筐等等。洪剑和甘明、王艾把工作给大家分了类，这一群送垃圾，那一群拔草，另一群平地。又分拨几个人在垃圾堆里找出了一些木板、大棍、铁钉之类。他们算计着，等把地平好，不用花半个子儿，光用这些材料，就可以搭起一个露天戏台来。这么一来，这儿将成为全区的游艺场所了。他们已经给这个场子命了名，叫“革命广场”。那群平地的孩子学着汉口码头上劳动号子的节奏“嗨、嗬，嗨、嗬”地高唱起来，惹得附近的孩子都寻声来帮忙。孩子们算着像这样干下去，再有两个礼拜天，这地方就可以开露天大会或演戏了。这么一想，在休息的时候，大家止不住就在这儿先试试表演街头剧，或者叠起罗汉来……

在工人们第一次享受到的礼拜天，兴华厂工会的会所里，也热闹非凡。一群女工们聚在这儿编打草鞋，支援北伐前线的战士们。

前一阵，男工们在组织敢死队的时候，文英和彩霞就谈论过，觉得男工们一批批组织敢死队、纠察队，就是我们女工不中用，不能为革命战争出点力。后来又听说童工们在筑广场，心里越发着急起来。文英、彩霞邀起胖妹，一同跑到总工会驻本区办事处，问有什么工作可以派给她们做。她们愿意到码头上去抬从下游运来的伤员，愿意到军医院作义务劳动，或者伤员缺什么的，她们好来缝制些。但办事处的郑伯和说，抬伤兵、做义务劳动，怕她们没气力，慰劳品有妇女协会和学生会包了，女工同志们也没有那么多闲钱和闲工夫，好好在厂里生产就得了，把彩霞气得几乎要跟郑伯和顶起嘴来。马上，郑伯和又笑着说："要说呢……军队也需要一样东西，可惜你们又没办法。" 十

"要什么呢？快说呀！"彩霞和文英同声问。

"他们需要草鞋，这可是战士们的一件宝贝。这两天武汉三镇的草鞋都被总工会搜光了，还不够。"

"哎呀，怎么不早说呀？我就会打草鞋，还可以教大家打呀！可是……"文英迟疑了一会儿，"我们得先到村子里去弄草……"

"好呀，只要你们有人能打，要草嘛，我们负责！"郑伯和高兴得笑起来。他们当时就商量好，等两天就是头一个歇工的礼拜天，她们先去发动厂里姐妹们这天来打草鞋，请郑伯和在星期天之前把稻草弄来。胖妹老记得刘平嘱咐她的话，说不要让文英在群众中多露面，暂时让她隐藏点有好处。因而胖妹就让彩霞和银弟两个在车间公开发动姐妹们，并说是彩霞负责领导这件事，实际呢，文英比彩霞还更热心组织这个工作些。

文英是想贡献力量出来，就一口说自己会打草鞋。其实，她并不会。只是从前在乡下看见妈妈打过草鞋。她想，现在赶快学会也不难，因而对彩霞胖妹也没说实话，怕她们不放心。只是回到家来，连饭也没好好吃，就从床褥下，抽出些垫床的稻草，跟姨妈两个试着打了半天，也没打成。后来打听到隔壁姜成大嫂会搞这玩意儿，又缠着姜大嫂学了半天，才打出一只来。回来一看，觉得不好，松垮垮的。这时工房里家家都熄灯睡觉了，姨妈已经睡得呼噜呼噜，把牙齿磨得叽咕叽咕叫。文英虽也困了，可草鞋打不好，心里还是不安，又抽出些草来，坐在灯下重打，直到她满意才摸上床睡觉，这时已经鸡叫头一遍了。

十一月第一个礼拜天的绝早，文英、彩霞、胖妹、郑芬等几个姑娘，都带着一个小板凳、一把大剪刀来到了工会会所。文英打算先把这几个姐妹教会，让她们好教别人，免得人来多了时，自己一个人教不过来。

工会会所是在兴华厂西头的东升巷里面。这地方原是一个在逃军阀的逆产。兴华厂工会调查出来之后，报告了有关机关，把它充了公。上级当即拨给了总工会用。总工会除用两间做工人区分会办事处之外，其余都分配给几个同业工

会做会所。因为兴华厂工会在弄这所房子上有功，也就分得了两间做工会会址。

姑娘们一进门，就看见院子里堆了大堆大堆的干草。

郑伯和听见姑娘们的声音，赶忙从厢房里钻了出来。他还没有洗脸哩，有些不好意思。他迎着姑娘们说："同志们，你们好早，好容易争来了个礼拜天，早上不多睡一会儿？"

看门的魏老汉也笑着说："嗨，这些姑娘，革命热情高，真了不得！"

"好世界了，礼拜天以后有的是。现在要赶忙支援前方战士啊！"嘻嘻笑着的彩霞说。

这所房子有两进，前后两进正中的那两间大堂屋，现在成了几个工会的会议厅。前进会议厅两旁的房子分别是总工会的本区办事处和本市面粉业同业工会，后进就是兴华厂工会和本市纺织业同业工会分用了。

大家开始忙碌起来。草堆一扯松，垮得满院子都是，把过道都堵塞了。于是又忙着一抱一抱地把稻草分些到后院去。然后就摆好小板凳，坐在后进堂屋里打起草鞋来。兴华厂工会办事处正是占据着后进堂屋东边的两间房子。

文英拿出自己打的草鞋给大家做样子，比画着教大家。她们动手不久，又陆续来了许多姐妹。

章银弟领着住在女工宿舍的一群姑娘结成大队来了。

"哎呀呀，恭喜你们，恭喜你们！"胖妹放下手里的活，跳起来，拍拍这个，打打那个，和进来的姑娘们闹成一团。

"怎么恭喜我们呢？不是大家都过礼拜天吗？"一个叫陈香玉的十八岁姑娘问。

"哎哟，我是恭喜你们从那个牢房里解放出来了啦！你们的宿舍，从前不像牢房吗？"

"这倒是真的，比起你们来，我们是双喜！"银弟说。

"真想不到啊，我以为我要坐一辈子监牢了！"性格软弱的陈香玉叹息着，几乎要流出眼泪。她羡慕那些不住在她们宿舍的姐妹们，常常叹息自己命苦，希望能嫁个好丈夫，改变自己的生活。

"不消哼哼唧唧啦，动手干吧！"银弟拍了一下香玉的肩说。银弟是很了解陈香玉性情的，常劝她要坚强点，也带动她参加些活动。

彩霞指着文英向大家嚷嚷："同志们，杨文英是我给大家请来的老师傅，是打草鞋的老手，我们大家都得跟她学。”

“拜师傅吧，我们今天不叫她文英姐姐，我们叫她师傅！”银弟一边说，一边跳到郑芬、彩霞跟前，抓起郑芬已经开了头的一只草鞋赞叹说，“哎哟，你们都打出样子来啦！我还得跟你们学，那我还不是文英姐的徒弟，是她的徒弟的徒弟呢！”

“那就叫徒孙罗，这也不会说。”郑芬说。

说得大家大笑起来……

文英让她们一一坐下来后，又给她们讲解打法。话还没完，又有一群姑娘嘻嘻哈哈拥进来。

金梅、金秀姐妹俩也来了。她们最近调了班，不和胖妹、彩霞她们同工作时间了，为的是好联系那些不和胖妹同日夜班的姐妹们。

“哎哟，你们晚班才下来，怎么不睡会儿？”银弟停了手里的活，对她们嚷。

“睡了半天睡不着，掂着你们这儿好玩哩！”金秀说。

“该死哟，你是来玩的吗？”银弟笑起来。

“怎么不能玩？跟你谈谈也是玩呀！”金秀从人群中跨到了银弟跟前，“好久没跟你聊天了，想你咧！哎呀，你已经学会了，教给我吧！”她接过银弟手里的活，看了看，就挨着她坐下来了。

现在前后两个厅子里、院子里，挤满了人。彩霞、郑芬和胖妹已开始充二号师傅了。她们跟文英一样，不停手里的活，还在前后厅子、院子里转来转去，把自己刚学会的教给后来的姑娘们。

“你这个不行，文英姐说，不要把上边这面弄得毛毛糙糙的，要磨破战士们的脚板啊！”郑芬对一个姑娘说。

“哎呀，那这个要不得啦！”

“拆掉这段吧，记得把疙瘩结在下面，能不露出来更好。”彩霞跑过来调解说。

一会儿，王艾也来了。他在前厅站着瞄了一会儿，没发现他要找的人，就到后厅来了。

“小人儿，你也来给我们帮忙吗？”王玉蓉问。

王艾眯着眼睛，嘻嘻笑着：“我呀，不但不帮忙，还要抓人走咧！”

“这叫什么话！你要抓谁走？”金梅问。

“我就是要抓你……”

“见鬼，抓我干什么？”

满厅子人都哈哈笑起来了。

“哎呀，人家话还没有说完啵。我找你妹子金秀呀！”

“不行，我才刚刚动手！”金秀向王艾举起半只草鞋，透过满厅子哄哄的笑声，高嚷道，“等打完这双一定去！”

“你不去？好，一个革命广场，尽是男孩，没有半个姑娘！”

“什么革命饭堂啊？”中年女工姚三姐问。

王艾听得拍手大笑起来：“哎呀，你们真馋嘴，是么样光记得吃饭呢？”

惹得满厅子里又爆发了姑娘们清脆的哈哈声，像铁锅里爆炒豆子般……

“不是革命饭堂，是革命广场哩！”金梅给大家解释说，“就是从前那块东洋地皮啰，如今一些娃娃嘛，由童子团领着，把它收拾好，要修成革命广场咧！”

“哎呀，十年难逢金满斗，稀奇事都让我们遇着啦！真该去见识见识！”

“打好这双草鞋，我们也去瞧瞧……”姚三姐和好几个人都说。

王艾逼到了金秀跟前，意思叫她就走。金秀装没看见，一边低着头打草鞋，一边问彩霞道：“彩霞姐姐，你们彩云不是说要去的吗？怎么没去？”

“早去了呀，一早和我一同出门的嘛！谁说没有女孩子呢？”彩霞横瞥了王艾一眼，“这个娃儿哟……瞎说！”

王艾眨了眨眼睛，狡辩说：“刘彩云是女学生，咱们女童工来了，没人领导呀！”

“小家伙，莫啰唆，教我们唱会儿《少年先锋队》，我们才放秀秀走。”郑芬说。

“我那边有事，才来找人的，倒给你们派上工作啦！”

“这不也是革命工作吗？难道一定要到你们革命饭堂去才算革命？你要不教，我们死也不放金秀走。”

大家听得“革命饭堂”几个字又哈哈笑了。

王艾无可奈何地皱着眉头，站在屋子当中，张开两臂，摆出乐队指挥的姿势，自己低声哼了《少年先锋队》的起头两句，然后高声说：“好，你们准备罢，我唱一句，你们跟着唱一句。”马上，他挥动着两手就唱起来：“走上前去啊，曙光在前，同志们奋斗——唱！”

姑娘们没有放下手里的活，有几个人你看着我，我看着你，偷偷发笑，却没人跟着唱。王艾自己又继续唱道：“用我们的血、刺刀和枪炮开自己的路！”

“哎呀，你这算教歌！干脆你自己唱完得啦！”郑芬说。

“你们又不跟上来！我唱，又嫌唱多了！要跟你们磨牙磨到天黑吗？”王艾急得跳起来，用衣袖擦额头上豆大的汗珠。

姑娘们瞅着他那狼狈样儿，止不住笑弯了腰。

文英从前厅转回来，看见王艾在跟大家闹，就说：“小鬼，谁叫你来唱歌闹事的，让人把草鞋打坏了，我们到你师傅那儿告状去！”

“谢天谢地，我才不想教歌咧，她们逼死人了！我找金秀，她们不放她走！”

“孙猴！谁叫你在这儿扬尘舞蹈的！”金梅说，“要真是缺人吗，秀秀，你就去吧！”

“谁说瞎话来，洪剑同志叫我来找她的！”

“这鬼伢，怎么不早说是洪剑叫你来的呢？”一直在教两个姑娘编草鞋的胖妹，这时抬起头来。

王艾愣了半天，自己笑起来，叹口气说：“哎呀，我都被你们闹糊涂了！不过，也好，要我早说明了，就听不到你们磨这半天牙了。革命广场都给你们改成饭堂啦，几新鲜哟！”

“这小家伙，一张嘴好厉害，挖苦人咧！”有人笑着说。

金秀只好站起来，把一只还没成器的草鞋递给姐姐，就和王艾一同往外走。

“好，你们都走吧，嘴厉害的都去，彩霞也该去！”金梅笑着接过妹妹未完成的草鞋，指着彩霞说。

“看，我又碍了你的事啦？！”彩霞正被一个姑娘拖着到前厅去解决打草鞋的问题，听金梅这么说，她停步不走了，转过身来，对金梅笑嚷道，“我的嘴还厉害得过你吗？”

姑娘们都笑起来，姚三姐大声说：“一个半斤，一个八两，都不错！”

“哎呀，你们两个是前世冤家对头，见面就有官司打！”文英又好气又好笑地把彩霞往前厅赶，“算了罢，看大家的面子饶了她。你去吧，人家等着你呢！”

“好，等下再和她算账！”彩霞跟着那个姑娘到前厅去了。

金梅只是格格地笑，不搭腔。

彩霞走后，这厅子里静了一会儿，大家潜心打草鞋，只有几个人低声和近旁的小姐妹说话。

王玉蓉讲了她邻居的一个故事：她从前劝她邻居，二十多岁的郑八嫂子，不要再裹小脚了，她不肯，说裹惯了，没有裹脚布条走不动路。可是，前天她到汉口市里去买东西，遇到了市妇女协会的放脚队，拦着她，就在路口上，硬给她把裹脚布条抖落了。她想要回裹脚布，她们不给她。结果，没有裹脚布的她居然也走回来了，弄得左右邻居笑了个死。

“我说，你这个人，还是要行蛮，我好好劝你，你不信，一定要弄到汉口马路上去放脚……这才美呢！”王玉蓉笑着结束了她的故事，惹得满厅子人又哈哈大笑了一阵。

笑完，有一位姑娘悄声对金梅说：“我当你们闹革命的同志，整天都绷着脸做工作，非得是革命的话不谈哩。哪晓得也这么讲讲闹闹好玩儿的！以后，我都要多跟你们到一起来了！”

“工，农，兵……联合起来，向前进！万众一心！”前厅里传来了快活的歌声……

“听啊，她们简直大唱起来了！一定是彩霞兴的。文英姐，你今天是老师傅，得去管教管教你这个淘气的徒弟！”

文英赶到前厅，笑指着彩霞说道：“彩霞死妹子，你到哪儿，哪儿就不得清静！今天，你可是领导我们干活的负责人呀！”

“这怕什么！大家搞累了，嘴里哼哼，提提神呀！”彩霞眨着她美丽的大眼睛说，“一辈子，才开始过这样快活的礼拜天，整天不笑不唱，怎么憋得住呢？你看，大家手里的活又没停。”

“文英，你也来唱一个吧，真好，我的瞌睡都给唱走了！”“彩霞，教我们唱你家乡的那个山歌吧！”

“对呀，那个歌好听，什么……十冬腊月，地主逼哥哥到水里摸鱼……”

“还有什么……要到阎王殿闹一场啰！彩霞，教我们唱吧！”

“现在还唱那个做什么？”彩霞眨眨眼说，“什么问题都有工会、农会解决，不消阎王爷多管闲事了！折磨人十冬腊月到水里摸鱼的地主也打倒了啦！”

说得大家又是一阵笑嚷。

到下午，来了更多的生手。文英、彩霞几个人更忙了。不只是厅子里挤满了人，连前后院子里、台阶上、大门洞里都挤满了人，就差被挤出大门外去。整栋屋子只听得嬉笑和叫嚷：

“哎呀，文英姐，这儿我就是扎不紧呀！”

“彩霞，你看，这像只小龙船啦，哪像草鞋呢，给我修修罢！”

“我怎么就编不出你们那么好，谁再教教我啊！看这个死相！拿出去丢人呀！”

幸好又来了经纱间女工黄菊芬。她本来是会打草鞋的，看见文英、彩霞这么忙，她就主动地来帮帮这个，教教那个。可是姑娘们不大理会她。她在厂里一向名声不大好：丈夫在三年前死了，传说她在丈夫死后，偷了“野老公”，怀了孕，打过一次胎。

文英倒真是感谢她，还说要是早知道她会打这个玩意儿的话，上午就请她来了。她没有作声，下午来都是做了思想斗争的，她知道姑娘们对她的成见，一时并没有改变。

彩霞、胖妹、金梅都是回去吃了午饭又再来的。郑芬家里太远，她跟着去彩霞家里吃了饭。文英就忙得连午饭也没回去吃。大姨妈等到一点多钟，还没见文英回来，就亲自把午饭送到东升巷工会里来了。文英接过饭盒，喜得直跟姨妈作揖，连声叫着：“我的好姨妈！”

当大姨妈抓着一把草坐下来也要动手编的时候，胖妹说：“哎呀，大姨妈，你家做么事忙哟？不消你家动手！玩玩看看你家回去吧！年纪大一辈的，我们都挡了驾了！有我们毛丫头搞搞，尽够了！”

“各人尽各人一分心啊，我上半天就惦着要来的！哎呀，真是，一辈子没过过礼拜天哩！一些老姊妹，串门子，讲古，你拉我，我拖你。你们没到我们工房去瞧瞧呢，哎呀一上昼，好热闹呀！我活了快五十岁了，大年初一也没这么热闹过。这个邀你去汉阳游龟山，那个拖你去鹦鹉洲看亲戚；有的逛汉口花楼街去，有的约成一伙过江游黄鹤楼去……哎呀呀，我都被缠得晕头转向了！”

“哎哟，那你家做么事不跟她们玩去呢？”一些姑娘嘻嘻哈哈问。

“我也玩了呀！我到革命广场看了一趟。先从近边玩起嘛！孩子们搞得几好啊！一个臭垃圾堆变成个大操坪啦！你们都该去看看，洪剑同志在领头呢！我看，管你什么事情，只要一沾上革命两个字，就有办法啦！”

说得满屋人都哈哈笑起来。

“一沾上革命，大姨妈也年轻了啊！”有个姑娘打趣说，“我看你家比从前更精神了！”

“一点不假，如今革命成功了，我也年轻多了！你看嘛，我跟你们在一起说说笑笑，你们也不嫌我不中用嘛！”

整个工会里，一天都没停笑声……

有些人打好一双就走了，有的手快，编了两双才走。只文英、彩霞等几个人，一直忙到黄昏后。把草鞋点交给郑伯和的时候，她们一数，今天总共打出了近三百双，比预料的几乎多了一倍。

她们商量了一会儿，既然战士们那么需要草鞋，今后还可以继续干下去。不过并不一定用礼拜天，现在大家都成了熟手，下了厂后可以在家里随时抽空编。胖妹仍是叫彩霞出面经管这件事，实际是文英负责。

十一

吃过晚饭，文英在家里等胖妹来邀她。她这时的心情，像即将参加入学考试的小学生，又是欢喜，又是不安。头两天，胖妹通知她：她和彩霞两个被批准入党了，将在十一月七日，俄国十月革命九周年纪念日晚上，在区委会举行入党仪式，作为区委会的纪念活动。

当初，文英和彩霞想要求入党，但又羞于启齿。后来到底大胆向胖妹提出来了，没想到真能批准，她们自然欢喜万分。可是现在文英又很不安起来，觉得自己差得太远。她想：将来任怎么使劲也赶不上人家，起不了先锋作用，怎么对得起党啊！

“走吧，走吧！”胖妹跨进门就笑嚷说，“今儿好喜事呀！”

“胖妹，老实讲，我越想越觉得自己不配呀！”文英的声音有些发颤。

胖妹安慰她：“不要着急，慢慢学哟，谁生来就配？还不是边干边学，慢慢锻炼嘛！走吧！”

她们还没走进彩霞住的小巷子，就看见她站在巷口了。彩霞在家里也是坐立不安，赶忙跑到巷口来等候她们。胖妹一走到彩霞跟前，彩霞就捉住胖妹的一只手，放在自己胸脯上说：“你摸，我心里跳得好厉害啊，扑通扑通的！”

一同朝区委会走的时候，胖妹拿些话鼓励她们，缓和她们的心情。跨进区委会时，院里、屋里满是人。文英觉得心情越发紧张，好像呼吸都困难了。

今晚，区委会的堂屋里被装点得焕然一新。自从北伐军开进汉口，区委机关公开以后，廖伯山的祖宗牌位就干脆取消了。现在，正中挂着马克思和列宁两幅半身像，像两旁交叉着两面印着镰刀锤头的大红旗。东西两边墙上，新贴出了用红绿纸条写好的各色标语：“共产党是工人阶级的先锋队！”“全世界无产阶级联合起来！”“实行阶级斗争！”“严守铁的纪律！”等等。堂屋正中，从天花板上，垂下一个用红纸扎成的花球，从花球那儿向四面八方延展着用红绿纸剪贴成的条。它们夹着穗子，在人们头上飘荡。老廖早就把这屋里换了一只大电灯泡，灯一开，满屋照得灿烂辉煌。屋子里已经摆满了一条条的长凳，为开会时用。

各厂被接收的新党员已经一批批地由介绍人陪同来了。兴华厂除文英、彩霞外，还有黄顺生和另一男工。原本还有几个男女工人的，但因会场小，各厂都只挑了几个应该早点接收进来的，为纪念十月革命节，先举行入党仪式。像这样公开举行入党仪式，在区里还是头一次呢！

仪式将由区委组织部长刘平主持。她现在正跟大同厂的女工高玉在谈话，看见彩霞、文英进来，她连忙扔开谈话的人，站到堂屋中间来欢迎她们。文英、彩霞一向极为敬服刘平，喜欢她那种坦率又利落的风度。今晚上，她穿了一件新缝就的黑呢夹袍，新剪不久的短发全往后梳着，特别整齐光亮。清瘦而长有几颗雀斑的长脸蛋，在耀眼的灯光和满室的红霞照耀下，比平时更显得庄严、明朗。文英觉得今晚的刘平是老师，又像慈爱的母亲。

刘平的头发是新近再次剪短的。早在“五四”运动时，她作为一个民主运动的先进女性，就剪了发的。后来和她的丈夫关正明同志一同投身无产阶级的先锋队，领导派她做女工运动，为避免引起反动派关注，她又蓄长了头发，和女工一样打扮，梳着个粑粑在后脑上。北伐军入城后，厂里女工纷纷剪发了，她才又剪成短发。

“今晚上，特别欢迎你们！”刘平满脸笑容，同时伸出两手来握着文英、彩霞的手。停停又说：“我给你们介绍高玉同志。”她拍着刚才和她谈话的高大个儿女工说：“她是大同厂的工人，现在是大同厂生产管理委员会的主席，一个泼辣得很的姑娘哩！你们认识认识吧，如今大家都是同志了！”

高玉呵呵笑着，伸出两手来抓住彩霞和文英两个，又转过来和胖妹握手问好，好像老朋友相见。

一会儿，柳竹从西边会议室走了出来。他今天也换了新衣服，穿的是深灰色线呢中山服。新理过发，在灯光和红旗辉映下显得神采奕奕。那对炯炯有神的敏锐眼睛比平日更为明亮。他一边嚷着“欢迎，欢迎！”一边和大家握了手，又特别走到黄顺生跟前，热情地拍着他的肩膀说：“哎呀，欢迎你，大个子兵，我们的新同志！”他想对文英也说两句什么，但什么也没说出来。

“今天，大家要听你说话呢！”甘老九说。但是柳竹说他和洪剑马上要到市区去开会。这儿将由刘平同志主持，刘平会代表区委会欢迎大家的。

区委会的人，个个都格外欢喜，庆幸着自己队伍的壮大。而柳竹在这许多人中，对黄顺生和文英的入党，另有一种高兴。他记得最初从兴华厂走过，看见那个脸上疙疙瘩瘩、挂着长枪的粗大个子厂警时，感到十分厌恶。后来，甘老九介绍他跟柳竹谈话，柳竹还很担心老九太冒失了。但几次接触下来，他看出这个农民出身的大兵有着一颗可贵的劳动人民的淳朴的心。他虽然背着枪杆，不得已为军阀、资本家卖过力，但他从祖父、父亲辈就积下来的对那些人的仇恨在心上生了根。他时时为找不到穷苦人民的出路而苦恼。现在他终于找到这条正确的道路了，柳竹衷心为他欢喜。

文英呢，又是另一种情况：由于舅娘的关系，柳竹和她早认识了。起初，他以为她是个无法接近的封建妇女。所以，他和舅娘谈话，和甘老九在舅娘家开悄悄会，都会漠视她的存在……但是，他错了。文英是亲身体验过乡村和城市穷苦人的灾难的。她由于苦难而变得麻木的心，一旦和革命思想接触，很快就被唤醒，迸发出耀眼的火花。她在革命的道路上，迅速成长起来了……柳竹这才理解了她沉重而深邃的心灵，懂得了她是一个不容易把自己的思想和感情随便外露出来的女性。黄顺生和文英刷新了他的认识。

柳竹和洪剑从区委会出来，走上大街的时候，洪剑以激动得有些战栗的声音对柳竹说：“柳竹同志，记得吗？去年今晚，我们还坐在监狱里哩！”

“啊……是的！”他惊呼了一声，去年今夜在黑暗的牢房里，难友们聚在一起偷偷开小会庆祝十月革命的情景从柳竹的脑海里又浮现了出来。“你不提，我今天简直没工夫想到那里去……”

“你记得吗，你跟我们讲，列宁如何跟资产阶级斗争，又跟投降主义斗争，讲列宁在斯摩尔尼宫指挥暴动，讲工人拿起枪打进冬宫，讲‘曙光号’的炮声……讲得多动人啊！讲得我们就像走出了监狱，看见了列宁，看见了反动派倒下去，听见了炮声一样……”

“真是啊，在那样黑暗的日子里，只要一想起列宁，一想起俄国无产阶级的胜利，斗争的勇气就鼓起来了。”柳竹也激动地说，“其实，我并没好好学过十月革命的历史。只是在上海大学的时候，从教师那里听到一些。去年今晚……”柳竹说到这儿，声音是那么轻微缓慢，他全心在重温去年今晚的旧事。“我看见难友们那样迫切地想知道列宁，想趁此鼓舞大家，也鼓舞自己，就讲了那些。啊……日子过得多快，整整一年了！这一年的变化……多大啊！”

“哎！在监狱里，能听到些革命故事，的确是得到了鼓舞。我那时多么羡慕俄国无产阶级专政啊！记得吗……我们都低声唱起《国际歌》来……”

两个人走着，半天没说话，都沉浸在回忆之海里。还是洪剑打破了这回忆：“你知道，今晚开完会，还会有俄国电影招待我们哩！”

“哦！有那样好的事，我还不知道！”

“听说是演黑海海军革命暴动的片子。”

“黑海……海军？”柳竹重复地念着，像是在思索着什么，“啊！是不是一九〇五年‘波将金号’铁甲舰起义的故事？”

“对啦，对啦！正是‘波将金号’起义。我一时没记住这个名字……”洪剑一边说，一边拖着柳竹的胳膊拐上了人行道，因为前面有好几辆人力车，串成一长列向他们奔来了。

后城马路两边的商店里，已经灯火辉煌。远远的前面有一座用霓虹灯组成的“庆祝十月革命”六个大字的牌楼。它的五彩灯光吸引着四面八方的人向它注视和微笑。洪剑望着牌坊继续说：“革命进展得多快！去年我们只能在监狱里偷偷纪念十月革命，想不到今年就有了这样的环境，公开庆祝，你说，多快活！现在广大的工农群众都敬慕列宁领导的十月革命，都想朝这条路走。今晚，我们还能够亲眼看俄国革命电影，真叫人快活得要死！”

“哎呀，快不要死啊！”柳竹笑起来，停一停又说，“老弟，也不要把事情看得太容易了。昨天我们在市委还谈来呢，北方的张作霖和东南的孙传芳两个大军阀还没有消灭，革命战线里有裂痕，蒋介石跟帝国主义的勾搭越来越大胆了！帝国主义就是要想方设法伸手……”

“快报，快报！请看北伐军攻陷九江！”

“快报，快报！请看蒋总司令在九江……”

马路上，这头那头忽然响起卖报的孩子叫嚷声，他们像忽然从地里钻出来，或者从半空降下来似的。满街一时轰动起来。

“买报，买报！”这头那头有人叫。

“来一份，来一份！”到处有人嚷。

“快报，快报！请看国民革命第四军攻克九江。九江全市人民欢迎革命军！”

柳竹和洪剑也挤到人群中买了一份快报，他们站在人行道上，如饥似渴地看完了那几行北伐军攻克九江的捷报。洪剑又跳起来说：“你看嘛，可不叫人快活死了！”

“是我们第四军独立团去了，才打得胜仗的啊！”柳竹若有所思地说。

“是呀，蒋介石还想搞什么鬼呢？第四军不支援他，他打得下九江吗？”洪剑说。

“难道你以为这样打下九江，就能改变他的反动立场吗？”柳竹反问他。

他们中止了交谈，思索着，继续往前走去……

十二

国民党左、右两派为定都问题，在一九二六年底发生了争论。以宋庆龄、何香凝为首的国民党左派和共产党一同，主张定都在工农革命力量强大的武汉。而越来越显露地反对工农运动的右派头子蒋介石，则要建都南昌。实际他是急着想赶到上海，便于跟帝国主义和买办们打交道，便于他背叛革命，实行个人独裁。工农群众的伟大力量终于使左派取得了胜利。革命政府的首都确定在武汉，并在一九二七年一月一日开始行使职权。

一九二七年元旦，新迁来汉口的国民政府下令三镇上各机关、学校、工厂企业一律放假三天，万民同欢，庆祝革命胜利和新都的奠定。三镇的工农劳动群众从来没有像这样欣欣然有喜色地迎接过新岁。

汉口的繁华马路，武昌的黄鹤楼、首义公园，汉阳的归元寺、晴川阁，两天来，从早到晚，游人如织，到处是一片欢腾。广阔的长江上，过江的轮渡，像织布的梭子一样穿来穿去，每船都有人满之患。有人等不及上轮渡，就叫小划子过江。

江面上，破浪横渡的划子上青年男女的欢笑声、歌唱声，轮渡的马达声，此起彼落，快活地应和着……长江也翻着浪花，跟着人们欢笑。人们忘记了这是在寒冬的日子，倒仿佛正是游春的季节。

国民革命政府决定于一月三日在汉口举行庆祝北伐胜利和国民政府迁都武汉的群众大会。事先各机关、工厂、学校都忙个不亦乐乎，大家准备旗帜、标语，练歌和搞游艺节目等等。

工人区里，由王艾、甘明兴起修筑的革命广场，早已完工。一日、二日下午，就有全区各劳动童子团和青年工人来此演出游艺节目。两天来，广场里外，像赶庙会一样热闹。工人区的工人们，尽管都去游过黄鹤楼、归元寺，也还是止不住扶老携幼，到跟前这个新鲜地方来走一趟。因而，场子里的观众，总是挤得满满的。那些卖泥人木马、小吹哨、拨浪鼓、氢气球、小炮仗的小贩们，在人群中窜来窜去，把要出卖的物品名称编成一长串，唱歌一样唱着，叫唤着，诱惑得孩子们去纠缠着妈妈要几个铜板来买一两样玩意儿…… 十二

二日下午，大姨妈、文英、彩霞姐妹和她们的母亲刘大妈结伴也来到了革命广场。许多人给大姨妈让路子，她们很快就进到场子正中央。戏台上正在演出一场双簧。台正中，一张长板凳上，坐了两个穿着军装，脸孔涂得乱七八糟，难看得很的军人。他们的军帽上都插了个长长的纸标，一个上面写着“吴佩孚”，另一个上面写着“张作霖”。“吴佩孚”后面站了个洋人，身上贴了张条子，上面写着“英美帝国主义”。“张作霖”后面则站了个“日本帝国主义”。“吴佩孚”和“张作霖”，在台上一直没开腔，只听从站在他们后面的“帝国主义”的命令，做尽了各种丑态。“帝国主义”说要争权夺利抢地盘，他们两个就仇人似的你瞪我一眼，我横你一眼，瞎忙着往空中一把把抓着什么东西往荷包里塞，一会儿又纠缠着打起来。“帝国主义”叫他们联合起来对抗革命民众，他们两个先就拥抱起来，怪模怪样地亲嘴，然后向台前横冲直撞，用手朝空中砍着，做出屠杀人民的样子。一会儿两个“帝国主义”吵起嘴来，“吴佩孚”和“张作霖”两个就扭着屁股你碰我一下，我撞你一下，把帽子都打歪了，追得满场子人不断地发笑。

“哎呀呀，大姨妈，我这回算明白了，军阀就是听帝国主义的话，祸害我们老百姓啰！”刘大妈忽有所悟地对大姨妈说，“难怪大家喊起口号来，总是一喊打倒军阀，连忙就跟上个打倒帝国主义啰！”

挤在刘大妈旁边的观众听她这么说，止不住更好笑起来。

“阿弥陀佛，我的好妈妈，这场玩意儿，算把你老人家教聪明了！”彩霞拍手呵呵笑着说。

黄昏时分，天气变了，北风一阵阵紧起来。大姨妈这几天本有点伤风咳嗽，文英生怕姨妈吃不消，直催大家回去。归途中，已经下雪子儿了。一路上，只听得人们在埋怨老天爷，说明天的庆祝大会，一下雪就不好玩了。

晚饭摆上桌时，大姨妈端起碗来，说是一颗也吃不下。文英在姨妈额头上一摸，发急道：“糟糕，你家发烧啦！”

“别嚷，有几大点子事！我明儿还游行呢！”大姨妈慢悠悠地说。

“游什么行？胖妹交代过，说不叫你家去的。明儿路远得很！你家发烧，更去不得了！快睡去。”

文英服侍姨妈上了床，又在棉被上压上衣服，想让姨妈捂出点汗来。然后就到小街上买了点葱、姜、豆豉和白糖回来，把葱、姜捣碎，加上豆豉和白糖，熬成一碗浓汤，端给姨妈喝了。怕姨妈一时睡不好，还有什么事，就不忙上床睡觉，摸出近来开始学习的识字课本，独自坐到灯下写那几个新认识的字：“工人”“农民”“工会”“共产党”等等。

好晚了，外面还继续下着雪子儿。屋顶被雪子儿打得发出轻微的、嗒嗒的响声。北风呼啸着，窗纸有点震动。文英越坐越冷，准备也上床睡去。她脱了棉袄，刚要吹灯上床，忽听得有人敲门，她本想挡驾了事，但听到门外人的动作和声息，好像是柳竹。柳竹是姨妈的亲人，姨妈病了，正好让他出点主意，忙问：“是哪个？”回答的正是柳竹，她就赶忙穿起衣服来开门。

柳竹是从甘老九家碰过头出来，路过这儿的。因为明天大多数工人都要去参加庆祝会，留下的纠察队队员也不多，区委就指示各支部要派人留守后方护厂。柳竹正是向甘老九检查这项工作的布置情况来的。

门一开，一股冷风跟着跨进门的人窜进来。

“外边冷得很吧？”文英一边扣着衣钮，一边问。

柳竹把雨伞收了，放在门后，转过身来笑着说：“你这屋里也不暖和哟。哎呀，一个人在念书吗？真用功！”柳竹看见桌子上的识字课本，着实惊叹这个青年女工的刻苦精神，直点头赞许。

“没有。”文英羞红了脸，赶忙把课本卷到手里，往里屋自己床上一扔，转过话题说，“你来得正好。姨妈病了！”

“病了！什么病？”柳竹惊问。

姨妈刚合上眼皮，听到外甥说话，醒了，赶忙高声回答道：“没有事，一点小伤风，文英这丫头，大惊小怪做么事！”

“发烧哩！还说明天要游行去！”文英告诉柳竹，“你来得正好，看游不游得嘛！”

柳竹跨进里屋，走到舅娘床边，伸手摸了摸舅娘的额头和两手，沉吟半晌说："好像烧得很高啊！" 十二

"不要紧，着了点凉，刚才文英给我熬过姜汤喝了，明早就好了！"

"明早好了，还要游行去，是不是？"柳竹笑着逗舅娘说，"这股子精神倒不错，可是……太蛮气咧！"

柳竹走到外屋来，细声对文英说："头上手上都滚烫的，烧得很高咧，恐怕你那碗姜汤不顶事。我去买几片阿司匹林来，辛苦你多等一会儿。"

"不要买什么啦，深更半夜，天寒地冻的！"姨妈听到了外屋的谈话，大声反对。两个年轻人没有理会她的反对，继续商量着。

"哪里有卖呢？"文英焦心地问。

"长街就有。没关系，我快去快回！"

"并不近啊！"文英觉得很为难，为姨妈治病，希望他去买。可是这么寒天黑夜，知道他一定忙累了一天，让他去买，心里又很不过意，文英犹豫着说："你看，我再熬点姜汤，好不好？"

"喝那么多辣水不中用！"柳竹笑了笑，拿起雨伞，开开房门，回过头又说："我走路飞快，一会儿就来，辛苦你多等一下！"说完带上门走了。

"从容点走，路上泥烂，小心滑倒咧！"文英追到门口，对着寂静而黑暗的门外嘱咐说。

好半天，睡在床上的大姨妈叹了口气，含糊不清地自言自语："这伢……嗯，你说啰，真叫人心疼咧！黑漆半夜……淋雨淋雪……还说辛苦了别人……唉！"

文英在外屋，对灯站着发愣，心里正跟姨母一样，被柳竹的赤诚感动着，没有说一句话……一会儿，想起要是买了药片回来，还得要开水咽下去的，都没有热开水了啊，于是，去拨开炉灰……

冬天一来，文英每在饭后总是把烧成红炭的柴根埋在炉灰里，使它不容易熄灭。要在阴雨天，晚上还伴个炭球在旁边，一来让屋子暖和点，二来好烘烘从厂里回来淋湿了的衣裳和鞋袜。这时，她把炉灰拨开，柴烬完全没有了，幸亏红炭球还有秤砣大。她把开过的水壶伴在炭球旁，自己也站在旁边烘烘手。那儿只有些微的暖气，于是，她又走到姨妈床边坐着，把手放到姨妈被窝里焐焐。

姨妈睡得很不安，鼻息沉重，有些喘促，一时咳嗽，一时咕咕噜噜地说梦

话，一时又惊醒了，问柳竹转回来没有。一会儿，她又自言自语：“哎哟……把他搞病了可不得了……”

等柳竹买了阿司匹林回来，文英看见他脸冻得通红，收起来的雨伞上水淋淋的，黑布棉袄的两只袖都湿了半截。她料到他的脚下腿上会更湿些，应该生点火给他烘烘衣服，暖暖身子，但是，她知道他一定不会肯，就只问：“怎么，下雨了吗？我听屋顶上雪子停了呀！”

“飞雪花了！”柳竹说着放下伞，又问，“有开水吗？”

文英摸了摸炉灶上的水壶说：“温温热，是开过的！”

柳竹掏出手绢来擦了擦手上的水，从身上摸出了药片，叫文英倒开水来。文英一手端起小油灯，一手端杯开水，跟着柳竹进了里屋。柳竹借灯光看见舅娘喘息着，满脸烧得通红，要坐起来似乎很费力，就接过文英手里的杯子，叫她把小油灯放在床旁那只堆了些东西的箱子上。文英这才腾出两手，扶姨妈坐起来。柳竹先试了一口杯子里的水，皱起眉头说：“只有毛毛热啊！”

文英苦笑了一下，没有作声。柳竹知道不可能有再热的水了，就喂舅娘喝了水，吃了药片。他摸了摸舅娘的额头，说：“好像更热些了，幸亏还是去买了阿司匹林来。”

两人把大姨妈放好睡下，重到外屋来，柳竹把药交给文英，细声交代她明天让姨妈继续吃，又说，自己明天怕没工夫来，如果舅娘好了就罢了，不好就托人带个信到区委会告诉他。说完他就走了。

外边的风好像更紧了，从门窗和屋檐缝里透进来，袭袭刺人，小油灯都摇晃得厉害。

文英见姨妈睡熟了，自己收拾上床时，听到远远哪家的自鸣钟正敲两点。她想，姨妈的这个好外甥这时正顶着风雪，不知在哪条黑巷子里走着，还没有摸到家呢……

十三

庆祝会在市区北郊跑马场举行。一早，风雪已经停了。昨夜的雪，下得不久，几乎没留什么痕迹。天气虽然冷点，可是出了太阳。场子四周的枯枝上滴着水，是融雪呢！十点钟前后，工、农、学生、市民的队伍又喊又唱，吹吹打打，一批批地开进了会场。一时，满场子上人山人海，红旗招展，歌声响彻云霄。据说，今天有十五万人在这儿集会。汉口的群众大会从来也没这么热闹过。

兴华厂的队伍因为路远，而且又要经过一段因风雪之后而泥烂难行的路，就迟到了些。他们被安排在离临时搭就的主席台很远的地方。

文英黑早起来，摸摸姨妈，额头高热退了，高兴得很。早饭后，她请求左邻姜成嫂子、右邻陈大婶帮助照顾姨妈，自己就来赶队伍。昨天工会通知，说开会时间很长，叫各人带干粮。她出门后，先买了些馍馍用手绢包着，赶到了兴华厂门前。因为睡觉不够，跟着队伍刚出发时，有些晕头晕脑，直打呵欠。可是她因终能赶上队伍，心情特别快活。加上队伍里姐妹们有说有笑，沿途又看见一批批队伍唱歌，喊口号，个个精神抖擞，她也就忘记了疲劳，跟着大家起劲地喊着口号，唱着歌词没弄清楚的革命歌曲。跟在兴华厂队伍后边的是大同纺织厂的女工们。那位穿蓝布棉袄的领队，是她们工厂管理委员会的主席高玉同志，个子大，领着喊口号时声音也洪亮。她在队旁走来走去，很能引起兴华厂女工的注意。她们低低谈论着这位做了管委会主席的女工，说她是“是我们女工中的出色人物啊！”

宣布开会以前，场子里，鼓乐声、歌唱声、拍掌声、嬉笑声，震得人们耳朵发聋。主席台上出现了一些人，台下面的人指认着，这个是某某，那个是某某。

工人们使劲鼓掌，欢呼起来：

“全国总工会万岁！”

“海员工会万岁！”

“中国纺织工会万岁！”

“中国铁路工会万岁！”

欢呼声盖过了场子里一切其他声音，群众欢腾得跳起好高，广场上简直是天摇地动，仿佛空中的云彩都要跳舞了。

庆祝会结束后，游行开始。一长列全新服装的乐队领头走出会场，接着就是欢天喜地的工农、学生、市民的浩浩荡荡的队伍。

路是泥泞的，不大好走。每个人的脚都走得泥浆浆的，常常溅起一些污泥落在自己和别人的身上，可是，谁也不计较那些。大家越走越有精神，一边走，一边跳起脚，举起手臂，提高嗓子喊口号。唱起歌来的时候，青年们特别起劲，在满是泥浆的麻石上，合拍地踏着泥脚，好像昨晚这场风雪是有意把马路弄出泥泞来，好给今天的游行队伍助兴似的。

在兴华厂童子团的队伍里走着的甘明，背上挂着个干粮包，鼓鼓囊囊的，挺可笑。他腿长，劲头足，双脚踏起来的泥浆，有时能溅到王艾和别的孩子的脸上……“你轻点啊！”有个孩子笑着在甘明的长腿上踢了一脚……

王艾因为不断地指挥大家唱歌，也没顾得及把脸上的泥点揩掉。“来，同志们，再唱一个！”他从队伍里跳了出来，面向着不断朝前走去的队伍，把两臂一张，指挥着：“同志们，向太阳，向自由，向着那光明的路——唱！”

“哈哈，哈哈……哈哈哈哈……”孩子们拍手顿脚，淘气地笑着。

“笑什么，不好好唱，没秩序！……”他气得想发脾气了。

他越急，在队伍里走着的孩子们越是指着他大笑起来。有个孩子喊道：“小孙猴，你变成个大花脸了啦！”

甘明赶忙吐了一口唾沫在手掌上，走过来给王艾揩去脸上的泥点，嚷道：“别笑啦，咱们秩序不好，叫人笑话！前面就是租界边边了，咱们要向帝国主义示威……”

“打倒帝国主义！”前面轰隆一声喊起来……

“打倒列强，打倒列强……”像长蛇，像巨龙一样的队伍，从头到尾，发出响雷似的声音唱了起来：“除军阀，除军阀！国民革命成功……齐欢唱！齐欢唱！”

游行队伍，长得看不见尽头，雄壮的歌声像从巨人口里吼出来的一样。举在人们手里的大大小小的红旗被使劲地摇晃着。原先队伍里还有嘻嘻哈哈的笑嚷，现在，谁也不说笑了，个个都想到是在对帝国主义示威，都把全身的力量使在摇晃的旗子上和激昂的歌声中……

“这是什么地方？好长一条街哟！”文英朝前后看看，问和她同队的银弟。

“这原叫后城马路。”正在文英队旁站着的高玉同志插嘴说，“新政府昨天把它改叫中山马路了，纪念孙中山哩……别说话啦！要走过租界边边了！”

“啊……怪不得大家口号叫得这么带劲啰！”

“别说话了，咱们正向帝国主义示威！”另有人喊。

于是她们跟着大家同喊：“打倒帝国主义！……”

“英国巡捕挡着我们游行的路。”后面队伍中传说着。

“打倒英帝国主义！”群众激愤地喊着。

“啪！啪！啪啪……”人们忽然听到连声巨响，文英以为天公响雷了，不觉抬头一望，阳光从高空撒出灿烂的光辉，并没有下雨阴天的迹象。

“砰砰……嘣嘣！嘣……”又爆发了几声巨响，像炸裂了什么，又像是放大爆竹。走在文英和银弟前面的长长的队伍，像一条遇到了袭击的巨龙，把身子摇晃了几下，又拼出全力往前面奔去。文英她们也拼命追上去。

“冲啊，冲啊！打倒帝国主义！”前面的口号声里夹带着愤怒的吼叫。

文英一边奔跑，一边想：“前面出了什么事呢？”

忽然前面的人群像开得过猛的火车头，在急刹车时，猛然倒退了几下，终于停住了。

“前面怎么不走啦？”后边嚷起来。

“走啊，冲啊！冲向前去！”前面怒吼着。看来，前面的队伍被什么堵住了。

“混蛋，帝国主义开枪啦！咱们拼上去！”前面喊。

“拼上去，打倒帝国主义！”

一会儿，前面有好几个大话筒向兴华厂队伍这头传达：“游行群众停一下！

让工人纠察队第五队和第六队开上来！”兴华厂的大话筒也照样向后边传达：“游行群众停一下，工人纠察队第五队和第六队开上去！”

“听，这是老九的声音啊！咱们的甘老九！”

一会儿，兴华厂的工友们看见黑大个子黄顺生领着纠察队从后面开上来，经过群众队伍旁，飞奔向前……

“这是咱们的，咱们的黄顺生同志。咱们的黄队长！”兴华厂工人拍手欢嚷。

“加油啊，黄队长，跟帝国主义斗争到底啊！”

黄顺生涨红了脸，一本正经地领着队伍跑着。听到兴华厂工友们对他欢叫，他边跑边激动地向工友队伍点了点头。记得当厂警的时候，工人们总是斜着白眼看他的啊……一会儿，又有一队围着红袖章的救护队员也从兴华厂队伍旁驰过，飞奔向前去了。

“前面出了什么事啊？”后面的群众喊。

“打死人啦！英国兵开枪啦！”

“开枪打死人啦？真有这种事吗？”文英、银弟、彩霞几个半信半疑地议论着。纠察队、救护队开上去的紧张状况证实了传说的可靠性。她们愤怒地跟着大家吼起来了。

“不许帝国主义开枪，打死人要偿命！”

“跟帝国主义拼命！前面的人冲呀！”后面群众喊着。

“凭什么在我们国家开枪呀？外国强盗！”

“冲啊！赶走帝国主义啊！！！”群众挥起拳头，跳起脚，愤怒地吼叫着……

好些商店的店员们抬出桌子来，请捧着大话筒传话的人站在桌上传话……

队伍的最前面，一个捧着大话筒的人，站在一张桌子上，从话筒里传出他洪亮而激愤的声音：“同志们，游行的同志们……肃静点，听我讲，听我讲：准备战斗吧……是这样的，我们前面，码头工会的队伍喊着口号从英租界旁走过，英国强盗就对我们开枪啦！”

这一头，兴华厂队伍旁，甘老九用他那响炮样的大嗓门，从话筒里把这些话重述了一遍。话没说完，群众跳起脚，摩拳擦掌怒吼起来，像地球在震动，山在崩裂，像大海掀起了狂澜……

“冲啊，咱们跟英帝国主义拼命去！”

“马上赶走英帝国主义！为什么不叫我们冲上去？”

“冲啊！冲进租界去！我们不要租界，这是我们中国地方！”

“打倒英帝国主义！今天先收回英租界！”

“坚决收复英租界！”

武汉三镇被革命民众的怒吼震荡得天旋地转。

“同志们，同志们，请听，请安静点……”大话筒里好几次传出了巨人般的吼声。过了好一阵，群众才逐渐安静下来。大话筒里吼得嘶哑了的声音继续激愤地说：“同志们，我们的码头工友李幼生牺牲啦！还有受伤的！同志们，我们的工人纠察队已经冲上去了，他们要跟英国巡捕干起来！尖锐的斗争开始了！你们完全说得对，我们今天要坚决收回英租界！先收回英租界！不许英国兵在咱们土地上行凶！今天牺牲了的同志，不能白牺牲！我们今天要作一场拼命的战斗！”

甘老九和后面的话筒也对群众重复着这些话。

“今天不收回租界，咱们的队伍就不回去！”愤怒的群众扬起臂，拼着嗓子喊叫起来：“李幼生精神不死！”

“李幼生同志不能白牺牲！”

“马上赶走英帝国主义，收复英租界！”

无穷无尽的群众队伍像人的海洋，翻起了波涛汹涌的巨浪。许多青年人高举手臂，挥着旗，吼着震天的口号，给在前锋战斗的纠察队助威。队伍中有几个小伙子干脆脱去了棉袄，卷起汗衫袖子，挥着筋骨粗壮的胳膊，高声喊着：“同志们，准备着吧，准备补充上去和帝国主义肉搏！”于是队伍中马上又有许多人挥拳捋袖，高声应和着：“准备好了呀！”“跟帝国主义肉搏！”“不收回英租界不退兵！”连文英等一班女工都跳起身，呼着口号，热得一个个松开棉衣纽扣，一头汗水，满脸怒气。

一个钟头、两个钟头过去了，照耀在武汉上空的冬天的太阳，已经偏到西边。西边云层中，辉映出耀眼的红霞，像在鼓舞示威的群众。大话筒又传出话来，请求群众安静一下，然后，有一个粗壮而沉重的声音说：“同志们，全体示威的同志们！”

“胖妹，是你爸爸的声音呢！”彩霞喊。胖妹也听出是父亲的声音，对彩霞微笑着，点了点头。

“同志们，报告你们一个好消息。”文英也听出来了，这果真是胖妹的父亲在说话。“中国共产党，听见了吗？是中国共产党，还有全国总工会，刚才，临时召集了会议，今天参加游行的各人民团体的紧急会议。我现在代表紧急会议通知大家。我们议决了：要坚决执行示威群众要求，立即用武装工人纠察队和示威人民的力量，收复英租界，解除英国巡捕的武装！听清了吗？收复英租界，解除英国军队的武装！”

“拥护紧急会议决议！收复英租界！”

“拥护紧急会议的革命决议！今天一定收复英租界！”群众发出排山倒海的声音，欢呼着，跳跃着，挥动着拳头。

“今天不收复英租界决不退兵！”

“万岁！中国共产党万岁！中国革命万岁！”无边无垠的群众又是欢喜又是愤怒地狂呼着。

“我们游行队伍是工人纠察队的后备队，随时准备补充上去，今天誓死收回租界！”那些挥动着铁臂的青年高呼着。

“同志们，请听啊！”齐舜生又吼着，“紧急会议上，已经组织了临时总指挥部。请大家维持秩序不要乱冲。一切行动要听总指挥部传出来的命令，要严守纪律。我们是有组织、有纪律的革命民众。我们要齐心合力对付帝国主义！现在，前面是纠察队在战斗。后面的队伍切不要混乱！需用你们补充的时候，就会告诉你们。准备着吧！”

“我们准备着！”群众响应着说。

马上，各团体的领队都出来整理自己队伍的秩序。群众不断唱着，喊着口号，队伍越来越整齐，越有秩序了。

一个钟头后，总指挥部用大话筒报告说：“现在，在前面，我们的工人纠察队正在缴英租界巡捕和英国陆军和水兵的枪械……”

“啊，打倒英帝国主义！”

“啊！工人纠察队万岁！”群众严肃地高呼着，发出雄壮的声音。

“同志们，请听，英国水兵想带着武器往他们兵舰上逃，我们的纠察队正堵住他们，解除他们的武装！再呢，总工会的救护队在救护伤亡的同志。”

“缴械，缴强盗们的械！”

“不许外国强盗在中国领土上带武器！”

…………

黄昏前，大话筒里又传来消息：“现在，我们的工人纠察队已经全部缴收了英国兵的武器！……”

群众中立刻爆发出欢呼声。

“请听，我们有一部分游行示威群众，现在正停在新国民政府前面，他们的任务是向政府请愿。大会总指挥部公推了工会委员长和大会主席团作我们全体人民的代表，向革命政府交涉，请新的革命政府立刻收回英租界，叫汉口英国使馆向群众道歉，抚恤死伤！……”

“同志们，请安静点，我的话还没完呢。现在，全部英租界已经在我们工人纠察队的掌握下，请停在中山马路示威的群众分五路全部开进租界去。请同志们严格听从五路指挥的命令行动。年纪大的、有病的、身体不好的，可以退出队伍，先回去休息！”

“不退，不退，有病就不会来！”群众高声说。

马上，各工厂、各学校机关都有负责人出来劝导一些老弱者退出队伍，可是没有人听。

“同志们，可能会有好几天交涉！身体差的吃不消啊！”

“几天工夫算什么？不收回英租界，咱们跟英帝国主义把命都要拚出来。”

“银弟，你刚才不说头痛死了吗，先回去罢！”胖妹走过来说。

“现在不痛了……就是帝国主义把人气得心痛。”银弟嘻嘻笑着说。

“文英姐，你回去，大姨妈病了，要人服侍。”胖妹又劝文英。

“我都托付别人了，陈大婶、姜成嫂子会照顾她的。”

“你不惦记她吗？”

“惦记？……我要是回去了，惦记这儿又么样呢？姨妈要知道这儿的事，她都会赶来的。”

“哎呀，别婆婆妈妈的！”彩霞反对胖妹，“现在是国家大事摆在面前，管不着家里芝麻大的事了。”

胖妹跑来跑去问了半天，没人肯退出。高玉从胖妹身边走过，笑着说：“一样，一样……我们厂里也没人肯出来。”

约经过一刻钟整队时间，各路游行队伍听着各路指挥的口令，唱着雄伟的歌，秩序井然地分头向英租界进发。这时，长江的波涛汹涌澎湃，应和着歌声、口号声，一阵紧一阵地呼啸、翻腾……

文英她们的队伍进了英租界后还走了好半天，后来被指定在英国使馆后面停下来。一看见使馆，大家又愤怒地拼命喊口号：“打倒英帝国主义！”“不许强盗行凶！”

英国使馆重重的门窗紧紧关闭着，一向悬在高楼顶上的英国国旗也收起来了。租界上许多人家都关门闭户，但还是有人家敞开了大门，给示威群众抬茶水出来邀请大家喝。租界附近的一些商店、机关、学校，给示威群众挑来馍馍、烧饼、开水，给大家充饥。

英租界的路灯今晚显得特别明亮。江岸上，两边望不到头的钻石样发亮的灯光照耀着示威群众。可是整个英国使馆却黑沉沉的，没有一点生气。从四面包围着它的群众，又好气，又好笑，越发提高嗓子，要英国使馆的人出来。从前，这儿是英国巡捕对中国人耀武扬威的地方。就在几个钟头前，英国巡捕还在这里打死了中国工人。现在，在中国人民盛怒之下，帝国主义者们躲得像耗子一样，不敢出面了……

江面上，外国的大小船只，都静悄悄的，没人敢伸出脑袋来瞧瞧。有几只洋船上，勉强漏出点灯光，半明不灭，随时要熄灭般。江上的波涛，越来越高地翻腾着，像要把那些洋船吞没……

夜深了，在往日，这正是人们好梦正酣的时辰，而现在，示威群众的精神却越来越充沛。他们不知道冷，不知道困倦，个个情绪高昂地唱着，呼着口号，挥举着铁臂，准备着和帝国主义决战。

半夜，话筒里传出了快报：“同志们，请听！武汉革命政府召开了紧急会议，完全接受了群众意见，为英巡捕对我游行示威群众开枪一事通电伦敦，向英政府提出严重抗议，并要求立刻收复英租界！……”群众顿时跳跃欢呼起来。从江汉关到甘露寺一带，示威人群雄壮的歌声与口号声，响彻江岸。

三镇一带宽阔的长江上，晨风呼呼地刮着，波涛汹涌，急浪滚滚。浪涛声，一阵紧似一阵，和喧腾的人声应和着，组成了一支雄伟的进军乐，向世界宣告东方睡狮的觉醒和它那不可阻挡的脚步和威力。

朝霞升起之前，振奋人心的消息终于传来："同志们，同志们，叶挺将军的卫戍司令部，接到上级命令，立即接管英租界，马上要派大批军警开进英租界来，捍卫这块土地！不啊，这儿不再是英租界了，我们收复了！是我们中国人民自己的土地了！在这块土地上，再不许帝国主义横行了！"

又是一片欢腾声。

"同志们，请静一静！还有话说呢……"话筒喊了好半天，大家才安静下来。

"同志们，卫戍司令部的弟兄要从江汉关沿江岸往北走，开进英租界来，请你们让出一条道，让他们开进来……请在英租界的示威群众按原路向后城马路撤退，按刚才进租界来的路线撤退。让卫戍司令部的弟兄们开进来。请大家严守秩序！听各路指挥的号令！"

紧接着各队听到自己本路指挥的命令："整队，请各单位负责人清点自己队伍的人数……"于是，充满凯旋喜悦的队伍，唱着雄壮的歌，迈开有力的步伐，按原路回到中山路。

一月四日正午，大话筒又传来捷报："同志们，同志们，我们卫戍司令部的兄弟已经占领了英国巡捕房，包围了英国使馆，和工人纠察队的同志，全部占据了昨天的英租界，昨天的英租界！我们的这块被强迫租去的土地，今天用我们中国人民的力量、工人纠察队的武装力量、革命军队的力量，收回来了！收回来了！同志们，这是我们伟大的胜利！""啊……万岁！中国共产党万岁！中国革命万岁！工人纠察队万岁！革命军队万岁！"人们欢腾着，快活地唱着、叫着各样口号。

"同志们！请安静点。刚才总指挥部临时会议决定：我们已经取得初步的胜利，请示威群众撤退回家休息。暂时由卫戍司令部的军警和工人纠察队捍卫今天收回的这块土地——昨天的英租界。现在我们的政府在催英方马上来办最后交还租界的手续。你们这一天一夜，太累了，请回去歇歇，休息一下，静待好消息。当然，还要随时警惕着，必要的时候，由总指挥再召集大家来继续示威，继续战斗！"

"我们要等英帝国主义办完了手续再撤退！"许多群众喊叫着不肯撤退。

“同志们，你们相信中国共产党吗？”

“相信！”全体一致回答，声震九霄。

“相信总工会，相信工人纠察队吗？”

“相信！”

“相信总指挥部吗？”

“相信！”

“那么，就请你们暂时安歇一下。把最后的任务交我们办。你们回去静听捷报。有必要的时候，再请你们来！”

“整队！整队！”各路指挥发出了口令。

“兴华厂的工友们整队……”

“店员工会的同志……归队，归队！”

不一会儿，队伍上空回荡着雄壮有力的歌声：

起来，饥寒交迫的奴隶，
起来，全世界受苦的人！
满腔的热血已经沸腾，
要为真理而斗争！
…………

欢唱着正待踏上归途的群众忽然又听到后面的大话筒传出另一个捷报：

“同志们，再向大家报告一个好消息，刚才接到了快电：九江的人民、九江的工农商学兵，继我们武汉人民之后，正在举行大规模的示威游行，现在冲进了九江的英租界，要求立刻收复九江的英租界！我们总指挥部已经通电九江，祝他们坚持斗争，取得最后胜利！”

归途的群众更加欢腾了。

一九二七年一月五日中午，武汉三镇的大街小巷，卖报的孩子快括地叫着：“快报！快报！”满街的人争着买快报看。快报很简单，只有一个消息：

“我武汉革命政府，接受武汉人民的请求，为英巡捕击毙我码头工人李幼生事，向英国政府提出严重抗议，并逼使英方交还汉口租界。在示威人民威力下，英方已向我道歉，并同意交还租界。双方已于今早九点，举行了收复汉口英租界签字仪式。计汉口英租界自一八六一年为英帝国主义强迫租去，历时六十六年，至今日始完全归还中国人民。这是中国人民对帝国主义斗争的一大胜利……”

一九二七年一月六日傍晚，又传出了九江人民获得同样胜利的捷报。

全中国人民，不管是在军阀统治下的或在革命政权下生活的，都欢腾起来，从四面八方拍来电报，向武汉革命人民致敬、祝贺！

十四

兴华纺织厂厂方经工会的催促，不得不遵照头年十月和工会签订的条约，一月份起给工人增加了百分之三的工资。强扣的储蓄金从一月份起分几个月陆续偿还。当时签订条约时，白经理抱着侥幸心理，想着届时见势再拖，但是收复英租界后，他感到工人力量的确不可轻视，不如识相点好。因而经工人一催，他就照办了。

生活有了改进，工人们学习文化的要求也迫切起来，有人向工会提出办文化班的意见。总工会在长街小学里已办了个夜校，但离厂太远，女工都没有去。

文英自己早就在偷偷读工会印的识字课本。但个人学习，难找到老师，而且还有其他女工也想识字，于是她跟胖妹嘀咕，说兴华厂工会自己该办个女工班。工会执委虽然也有这个想法，但一时人力物力不济，没具体安排。

现在，有了一个机会，东升巷工会里，第一进的屋子空出了两间，因为面粉厂同业工会嫌这儿地处偏僻，搬到市内去了。胖妹马上就在工会里提出这个问题来，要求把这两间屋子要过来，打通成一间，做女工班的教室。而且工会里桌椅板凳不少，只需要买块黑板，就可以上课了。

大家同意了胖妹的意见，甘老九还作了补充。他说，童工在长街小学的夜校学习也不方便，这儿既然办了妇女班，顺便也可办童工班。两个班把上课时间错开安排就行。这样一来，屋子也充分利用了。

提到组织这两个班的负责人时，大家很费一番考虑。有人说，既然是女工班，可以让大同厂女工也来上课，那就请刘平主持，再好不过了。胖妹深知刘平为大同厂的事忙得分不开身，学习班的事没法具体来管，需有实际操作的人。工会把这事就交给胖妹安排。胖妹和甘老九一商量，确定让刘平出名，让文英实际干事情，再添上甘老九的儿子甘明给文英帮忙，搞童工班。

胖妹跟大家商量好，就赶忙到文英家来通知文英。

文英吃完晚饭，刚收拾好锅灶，听胖妹说要在东升巷办学校，欢喜得直拍手。后来又听说决定叫她来组织这个工作，把她一下子都吓蒙了。

“老天爷，我是个文盲，大字墨墨黑黑，小字不认得，哪能搞学堂呢？你们分配我么样工作，我也没推脱过，这回可不成！叫我干这个，不是有意捉弄人？！”文英直瞪着眼睛对胖妹嚷嚷。

胖妹看见她吓得那个样子，忍不住笑了：“你别急，又不是办什么资产阶级讲排场的洋学堂。并且有刘平同志负责出主意，她现在干脆住在大同厂里了，你找她很方便。看你，没听完就急得这个死样子，还有下文咧，工会还派了甘明和你一道。虽说他主要是负责童工班，可是他能写能算，需要动笔记点什么，你就派他干。再说，他也能跑腿呀！”

“这样嘛……还好点。”文英觉着缓了一口气，才拉着胖妹同在条凳上坐下来，又问道，“教书先生从哪儿来呢？”

“这也容易，刘平同志心里早有人。你明儿跟她去碰一次头，她会告诉你的。”

“啊……还要搞些什么呢？我总得心里有点数去找刘平同志啊！”

“工会可以补助一点钱买纸、笔、黑板。课本呢，总工会已经印出了不少，你去问郑伯和同志要……遇到什么为难的事，你找我；再不行，就去找刘平同志。”

文英在胖妹的大腿上拍了一巴掌，笑嘻嘻地说：“哎哟，我的好妹子，你们什么都安排好了，我要不答应，还像话？”

正说着，一个瘦长的半大男孩推门进来了，这正是甘明。他听父亲交他这项任务之后，就来找文英。

“文姑姑，嗯……文英同志！”小甘这么叫着，惹得文英和胖妹都笑了。甘明本来对这院子里的成年男女工，都是叫叔叔、姑姑的，现在常常在工作中又得叫同志，他觉得混不清，只好瞎叫了。

胖妹对甘明说：“你父亲该对你讲过了吧！好，你们两个仔细谈谈吧。”说完就起身走了。

文英和甘明坐下来计划工作，商量着该如何安排那两间房子，又该如何搞宣传画和标语，如何发动群众来上学。据甘明说，总工会有现成印好了的这些东西，只要工会有证明信，可以连同课本一道向总工会去要。再就是要添置黑板，给学员们代买纸笔文具。凡经济开支由文英负责，进城跑街的事由甘明去办。

第二天，文英到大同厂里找到了刘平。刘平告诉文英说，汉口市立女中有几个学生正想找女工读书班教课，好锻炼自己。她将介绍市女中一个叫陈碧云的团员来和文英接洽。

过了一天，市立女子中学学生陈碧云果然到工房来找文英接了头。文英、甘明、陈碧云三个照刘平的意思成立了一个三人小组，筹办读书班的全部工作。一周后，女工和童工两个读书班就正式开课了。

在文英这班里，头天晚上是陈碧云自己来上课。工会前院的几间正房，已经被打通成一大间。四张长条会议桌，东头两张，西头两张，接成两条排好，桌子两旁，放满了条凳、椅子。屋里所有的电灯都扭开了，平日工会开会时，从不开这么些灯的。老师没来之前，姑娘们已经陆续来齐了，挤满了所有的座位。屋子里，笑语喧哗，姑娘们喊姐姐、叫妹妹地嚷着，谈着……她们渴望已久的学习机会，终于来到了！陈碧云来后，在东头挂着的黑板下站了好半天，屋子里才静下来。陈碧云是个矮矮胖胖的、十七八岁的姑娘，穿着一件咖啡色粗洋货料子缝的薄棉袍，肩上披着一条玫瑰色的绒线围巾。头发短短的，梳成童发式。红润的圆脸上，满浮着微笑，在明亮的灯光下，显得特别和蔼可亲。看见这位老师，有人交头接耳地说："这个老师像我们的小胖！""像个红萝卜，蛮好玩的。"

陈碧云先说了几句开场白，态度非常谦和，她要求大家莫把她看成先生，她说是来跟厂里姐妹们学习的……她满口道地的武汉话说得很慢，发音清楚，抑扬顿挫。下面姑娘又偷偷议论着说："这个先生说话几好听啊，像唱歌一样！"

课本是总工会编的。第一课只有一句："工人阶级，力量强大。"陈碧云在来这儿上课之前，先到总工会直接办的夜校里去听过两次课。现在，她在黑板上把这一课最容易的"人"字先写了出来，请大家跟她读了两遍之后，问道："这个字的意思，大家懂吗？"

屋子里静了一会儿，忽然大家哈哈笑起来。

“人嘛，我们这屋里不全都是人吗？”一个姑娘说。

“有鼻子眼睛的全都是人啊！”又有人补充。

陈碧云抿着嘴笑了笑说：“那么，所有的人全都一样，没有什么不同吗？”

姑娘们互相看了一眼，没懂得话的意思。

“全……都一样……”有一个声音不太勇敢地回答。

“姊妹们，我看，不见得一样哩……”陈碧云看见有人显出惊奇的面色，就笑着说，“你们奇怪吗？我且问你们一个问题：吴佩孚这个人，跟在座的姊妹们是不是一样呢？”

大家又哈哈笑了。然后有人回答说：“不一样，他是坏人！”

“对了，他是坏人，他是我们的敌人。还有，你们厂里的经理，跟你们是不是一样的人呢？”陈碧云又问。

“也不一样……”

“为什么不一样呢？”

“他是剥削我们的资本家，是资产阶级，我们是工人！”彩霞响亮的声音回答着。

彩霞和胖妹本是识得一些字的，彩霞目前又兼搞团支部工作，忙得要死，原准备前一段课程她和胖妹都不来听了，后来想想，还是不应该放弃这个与姐妹们多接触的好机会，就无论如何也抽工夫来了。

“军阀、资本家是压迫我们、剥削我们的人，是封建阶级和资产阶级。我们是最有力量的工人阶级。”胖妹严肃地说。

“对，对！”陈碧云听了彩霞和胖妹的话，瞄了瞄满屋子姑娘们欢乐的面容，感到非常高兴，赶忙接上胖妹的话说，“同志们，这两位同志说得真好，我今晚也学习了。是的，人并不是一样的，军阀、资本家和我们劳动人民有阶级的区别。我们劳动人民中，农民种地耕田，生产粮食。咱们是工人阶级，是给大家纺出棉花、织出布来的纺织姑娘……”

“还有教我们认字的先生……”郑芬一边笑一边抢着说。“对！还有教书的先生。可是，姊妹们，我可不能算你们的先生，譬如刚才这两位的话就比我讲得好。你们最好是叫我陈碧云同志……嗯，要不呢，你们就叫我‘小胖’……我的好朋友们常常这样叫我……”

她的话还没说完，满屋子哄然大笑起来，有的人笑得前仰后合，有的人拍手大笑……最初，陈碧云还以为大家只是简单地笑“小胖”这个绰号新鲜，“可是为什么笑得这样厉害啊？”她觉得奇怪，后来看见有几个人一边笑一边在一位胖姑娘身上拍拍扯扯，这就正是刚才说阶级压迫的那位姑娘，她也笑得满脸通红。还有人推着这位胖姑娘叫嚷着说：“出来比比罢！看哪个小胖更胖些？”于是她猛然明白过来：定是这位姑娘也被同伴们起了诨名叫“小胖”了。一明白之后，她一下子也止不住捧着面孔放声大笑起来。她这一笑，惹得满屋子姑娘越是笑得止不住。桌子板凳碰得乒乒乓乓响，电灯都摇晃起来……

后院工会里几个在开小会的男工们和看门的魏老头，听到课堂上姑娘们笑得这样快活，都赶来挤到隔扇门外看热闹。等他们搞清了里边笑的缘故，也好笑起来。

过了好一阵，大家才止住笑声，陈碧云又把话拉到讲课上来。她想起刘平同志曾告诉她，这里有阶级觉悟很高的姑娘，看来这话的确不错。她更感到来这里讲课，对自己确实是锻炼和学习，于是，严肃地说：“同志们，这回我们大家都明白了：人并不一样，因为现在的社会有不同的阶级，就有不同的人。吴佩孚是封建军阀，是压迫人民的反动阶级。你们厂里的经理是剥削工人的资产阶级，是靠剥削工人发财的资本家。在座的姊妹们是工人阶级。一句话：现在的世界是有阶级的，有压迫人、剥削人的人，也有被压迫、被剥削的人……这是不平等的，所以要闹革命……世界如果没有工人阶级和农民，大家活不成……”“讲得几好啊！”姑娘们都点头赞叹。

陈碧云也讲过一次政治课，但是她感到效果不好，她在讲课时，看到女工们神情倦怠，知道是自己对工人了解不够，所以失败了。下次再讲政治课之前，她先征求一下大家的意见，看大家愿意听些什么。谁知不征求倒也罢了，这一征求，弄出了许多她自己也搞不明白的问题，简直把她吓住！比如有这样的问题：“为什么打倒帝国主义，打倒地主，不打倒资本家？”“为什么不马上实行三八制？”“国民党也有资本家，也有地主，为什么不打倒？”“共产党领导的革命，为什么不共产？”“为什么不像俄国一样搞工人阶级专政？”

陈碧云和文英商量，必须请刘平来讲一次政治课。刘平同意了。刘平来讲课的那晚，童工班也合在一道听。一下子，屋子里人都塞满了，迟来一点的，只好站在四周，甚至站在隔扇门外。大姨妈听文英说刘平来上政治课，她也跟着文英来了。姑娘们看见大姨妈，笑嚷着说：“哎哟哟，今儿来了个老学生哩！”

“别嚷嚷，让我躲到后边去偷着学点！”大姨妈笑着对姑娘们摇手说，直往课室后面挤去。

“不行，不行，老将出马，得坐首席啰！”彩霞和银弟几个硬把大姨妈按在靠讲桌最近的一个位置上坐了。

刘平是跟大同厂的高玉一同进来的。高玉有高小程度，工作也忙，没参加读书班，今晚是来听政治课的。

刘平用工人们最熟悉、最容易懂的词汇先解答了工人们向陈碧云提上来的那些问题，然后就集中力量讲中国革命的性质和阶段。开讲的时候，因为屋里人太拥挤，人声嘈杂，但讲着讲着，大家被吸引了，渐渐安静了。到后来，满屋子变得静悄悄的，连窗外的听众都屏声息气。后院会议室的壁钟打点和小巷里某个人家的狗吠声，都听得清晰。文英不声不响地听着，目不转睛地紧盯着刘平和蔼而严肃的面容。刘平在说到将来中国共产党还要领导大家继续进行社会主义革命的时候，脸上漾出了幸福的微笑，不觉举目望了望高高悬在她前面的电灯。文英和许多人不知不觉也紧随着她的目光，盯住了那盏电灯。文英觉得今晚上的灯特别明亮。在灿烂的灯光照耀下，刘平柔和的长脸蛋也显得特别有神采，两颊上泛起了两朵红云……

坐在文英侧旁的金秀，凑到文英耳朵跟前低声说：“你看，今晚上刘平同志多精神，几好看啊！”文英转过脸来瞥了金秀一眼，觉得自己与金秀有同感，正想说句什么，坐在金秀另一旁的银弟，严厉地对金秀瞪了一眼：“嘘……别说话，听讲！”又集中精神继续听着。忽然，一个还没完全脱掉童音的男孩朗朗地问道：“那我们要什么时候才进行社会主义革命呢？”

大家寻声回头一望，问话的是挤在前排站着的孙猴王艾，满屋人同时轻轻笑了。

“娃儿，你很着急吗？”刘平也莞尔笑了。停一停，她回答说：“这问题是要看大家努力的成绩啊！我们反帝反封建的任务完成得早，社会主义革命也就来得早，要是反帝反封建的革命完成得迟，或者做得不彻底，那么，社会主义革命就来得迟些……”

“一定要来的吗？”一个女工问。

“一定要来的！”刘平肯定说，“中国共产党一定要领导中国人民把革命进行到底。”

“这么说，要是做得好的话，我们这大年纪的人也能看到社会主义啦！”大姨妈笑着说。满屋子人随着大姨妈的笑声都笑起来了。

刘平笑着看了大姨妈一眼，说：“如果大家都像大姨妈这样肯学习，有干劲的话，社会主义革命就迟不了！”

接着，刘平向大家讲述进行社会主义革命，大家将如何过消灭了阶级、消灭了剥削的美好的日子……

听到说将来的中国没有资本家，工厂是国家的，也是工人的，工人成了国家的主人的时候，大家高兴起来：有人你碰我一下，我推你一下，止不住心里的激动，有人轻轻叹了一口气，憧憬着未来。王玉蓉听到将来的日子会那么好，止不住欢喜，再想起自己今天的日子，又觉得难受。他们夫妻两个做工，都不容易对付一家的生活。尤其没兴礼拜天那阵，她和丈夫结婚五年，白天没见过面……想着，想着，不觉伤心起来，耸着鼻子哭了。“哭什么呢？大家使劲干啵！”大姨妈嘟囔着，“我不是给剥削了一辈子吗？我还等闹社会主义革命，过共产主义日子呢！”

散课后，女工们从工会里出来，在被微弱的街灯照着的小巷子里走着，还不停地议论纷纷：“你说，那时候到处实现三八制了，真个只做八小时工，要几好啊！”

王艾和甘明正走在这群姑娘后面，听得哈哈大笑。王艾嘲弄着说：“那还要问吗？真草包！”

“大姑娘，电气一发达，连八小时都用不着了！你的儿子还有工夫上大学哩！”甘明带着教训的口气对姑娘们说。姑娘们并不生气，反哈哈笑起来。

郑芬勾着彩霞的胳膊慢慢走着，低低对彩霞说：“王玉蓉哭的时候，我也心里一酸，想哭了，比起将来，我们现在算过的什么日子啊！”

“你也得把现在比比以前呀！”彩霞说，“从前，你过过礼拜天吗？你能学习吗？你能开会吗？刘平说得真好，就靠大家努力，现在做得好，将来的好日子就来得快。要是现在光会哭呀，你就莫想见着好日子了！”

文英和大姨妈也一路议论着。回家熄灯上床后，好半天都睡不着。刘平的讲话描绘出一幅光明而快乐的未来中国的图画，她们在床上翻来覆去，脑海里总浮现着那幅未来理想的美景……

"文英，你没睡？"大姨妈向外翻了个身，轻轻问。

"嗯……我听你家也直翻身啊！"

"文英，你听，我现在明白了一件事，怪得刘平、小竹、洪剑，他们不管么样辛苦，不管么样累，一天到晚总是笑眯眯的……唉，原来是装了一肚子好东西哩！"

"嗯，你家今晚也挖了点来啦！"文英笑着说。

大姨妈又翻了个身，怎么也睡不着。

十五

铁工李庆永的儿子、胖妹自童年一起长大的朋友、青年铁工李小庆，在头年十月就离开铁工厂，被组织送到总工会办的青年工人干部训练班学习。这个班原定学习期限是一年。但是，自从汉口收复英租界后，各地工会组织更为飞速发展，不断到总工会来要求派干部去领导工作，总工会只好决定把这个训练班提早在二月结束，好早些把他们分派出去。小李预料自己会被派到外地，要走上新的工作岗位，他是很高兴的，只是有件心事：他和胖妹两个，青梅竹马，从小要好，可一直没明明白白地决定关系。小李的母亲前两年也曾说过，要请村里一位有名望的人物——已经九十多岁的寿星老来做个大媒，后来因生活繁忙，并没有认真去办。现在，他想在离家前把两人关系确定下来。这件事自然很顺利，两家家长都是首肯的，只是胖妹不同意马上结婚。但两家母亲都愿意早办喜事，胖妹经不住两个母亲的劝说和小李的纠缠，也同意了。

婚期订在三月初的一个星期天。

齐舜生和李庆永老弟兄俩，有心在工人区领头打破封建习气，决定在儿女婚姻上，完全按照新作兴的极简单的方式：定亲时，没有什么聘金聘礼，一言为定就是了；结婚呢，不坐花轿，不请酒，不拜祖先，不大办嫁妆。一句话：提倡新风气，一切从简。

风和日暖的三月初。星期天，这对新人，白天都在搞自己单位的工作，忙得没工夫在家里办办自己的事。

两家院子原来是有一道竹篱隔着的，小李在三天前回来把竹篱撤去了，让两家院子连成一片。这在胖妹妈的心里是很大的安慰，她觉得仿佛不是闺女出阁，而是招女婿进屋一样。

新房照老规矩，设在李家。李家堂屋两旁的正房，西边一间是小李父母的寝室，东边一间是小李住着，现在改成了新房。

一早，两位母亲把两家凑起来准备好的床帐被褥和桌上的一点摆设搬到新房里，铺摆了出来。

黄昏前，小李才从市里跑得满头黑汗回来。出了嫁的大姐李英看见今天做新郎官的兄弟这个狼狈样子，又好气又好笑，忙把他拖到后面厨房里，帮着洗脸，洗脖颈，梳头发，换新衣服。

这边齐家，胖妹直到吃晚饭时才回来，她到市内去参加“三八妇女节”筹备会去了。一到家，满口里直嚷叫“饿死了，要吃饭……”，仿佛不知道自己马上要做新娘似的。

刚吃完饭，金梅、金秀和文英结伴来了。

金梅一跨进屋就捉住胖妹，笑着说：“你这叫什么新娘子，像跟人打架来。赶快打扮，不早了！”

于是金梅和文英两个帮着胖妹梳洗。

齐大妈站在一旁嘀咕道：“还有什么好打扮的，头发都没有，剪成秃毛丫头了！”

一会儿，彩霞、郑芬、银弟以及厂里几个跟胖妹要好的姐妹，都打扮得花枝招展，陆陆续续来了。小屋子里挤得水泄不通。

梳洗完，新娘穿起了一件枣红色人造丝料子的夹旗袍。这是胖妹用厂里发下来的历年储蓄金和这几个月增加的工资做的。又拿出了一双鞋头上绣了双凤朝阳的绣花缎鞋穿上。鞋是文英送新娘的礼物，鞋上的花是文英亲手刺绣的。

胖妹在穿戴的时候，姑娘们你一言我一语评论：“原来是蛮体面的一个新姑娘啊！”

“可不像平日那个秃毛丫头了。”一会儿这个说：“头发还不够整齐。”一会儿那个说：“这条花手绢还嫌素了些。”把胖妹弄得不得主意，光看着姐妹们傻笑。忽然外屋爆发出一阵笑声，接着就听到嚷嚷：“新姑爷来啦！催新姑娘起身来啦！”

小李这回可干干净净地穿着一身新蓝布中山装，头发梳得光光亮亮。他简直是碰碰撞撞地被嘻嘻哈哈笑着的姑娘们你一推我一搡地推进来的。

“再不出来，我们就要来抢新娘啦！”透过笑声，听到院子里小伙子们在叫嚷。

“快出去吧！他们跟我吵了半天啦！找新娘子哩！”小李拖着胖妹的胳膊往外就走。

姑娘们给新人让开了路。忽然，院子里奏出了幽雅的音乐……那是两支笛子和两支箫配起来的乐队，是小李的朋友吴大茂等四个青年铁工组织起来的。他们一向是铁工厂里有名的乐手。这两天为小李结婚又学会了《傍妆台》这支古老优美的民间乐曲。乐声刚停，李大姐在院子里让小永放起了一挂长长的炮仗……院子里，竹篱外，挤满了看热闹的人，整个柳树井闹哄哄的。

一对新人身不由已地被大伙推进了新房。一会儿，大伙儿又说房子太小，还不如堂屋宽些，于是新人又被大伙儿簇拥到堂屋来了。李大姐的婆家是在长街开店子的，她丈夫从长街借来了一盏汽灯挂在堂屋里，照得屋里通明透亮。

铁工厂的小伙子吴大茂等围在新人周围，给新人出了许多难题：一会儿叫他们唱歌，一会儿叫谈恋爱经过……闹得屋里屋外一片笑嚷声。

文英、彩霞几个，看见无法挤进李家堂屋去，就干脆退到齐大妈这边坐下吃糖果、嗑瓜子儿。齐大妈和李七婶陪着她们，说等人少了时，再去斯斯文文闹闹新房。

一会儿，听得院子里有人一迭连声地叫嚷：“寿星老来了！寿星老来了！”

李七婶和齐大妈愣住了，彼此对看了一眼，赶忙到院子去迎接。

寿星老九十七岁了，身体还很健康。他是柳树井的知名人物，连三岁孩子都知道他，都称他“寿星老”。

他和齐舜生一家是同宗。他们齐家的祖先从本省西南的山区，移到柳树井来落户的时候，寿星老还未成年。他家在这儿落户之后，就成了本地的农民。柳树井变成工业区后，他家失去了土地，好几次几乎流离失所，因而他恨死了那些工厂主和军阀们。北伐胜利后，他的精神好像比往日更健旺了。

这次胖妹的婚事原不打算张扬。虽然李家从前说过，要请寿星老作大媒人，如今时代不同了，用不着媒人了，胖妹的父亲齐舜生又极力主张一切从简，也就没去告诉寿星老。这天黄昏时分，寿星老听到村子里飘来了悠扬的音乐，才知道是胖妹出阁。他气恼齐、李两家没邀请他。后来打听到并不是坐花轿摆酒，完全是新兴的最简单不过的婚礼，也就原谅他们了。忽然间，他兴致上来了，拄着拐杖，叫一个第五辈的孙儿扶着他，来李家看新房。

寿星老身材不大，团团脸，白胡子长得就像画儿上的寿星那样。虽然戳着拐杖，却并不弓腰驼背，老态龙钟。

“晓得我胖妹和四儿是哪来的福气啊，惊动寿星活神仙动驾了！”齐大妈叨念着说，和李七婶一道赶上去搀扶寿星老。

“用不上，用不上！”寿星老对她们摇手说，声音洪亮爽朗，显然是个健康的老人，“我要是那样的老废物，就不来打扰你们了！”

听说寿星老来了，胖妹和小李也赶忙扔开青年客人出来招呼，把寿星老扶进新房。

“哟，哟！胖丫头，小四儿，你们这对小狗，我鼻子里还闻到你们的尿骚味哩，一眨眼就成亲啦！日子真快啊！”寿星老笑眯眯地指着一对新人说，“今年办喜事，没请我，算了……赶明年养个胖娃娃，可不兴忘记给寿星老送红蛋啊！”

满屋子的青年人听得哈哈笑起来。

有的小伙子对老头儿不感兴趣，又兼闹乏了，陆续走了许多。文英她们这才有机会挤到新房来。

新郎新娘给寿星老抬来了一把有扶手的太师椅，放在屋子当中请他坐下。

因为怕寿星老吃不动糖果、瓜子，两家母亲忙着把两家能搜出来的腊菜、熏鱼之类凑上四个小碟，弄来了一壶酒，又端来了一把茶几，摆在寿星老跟前，把酒菜摆上，请他吃。寿星老看见有酒菜，越是高兴得嘴都合不拢，像个弥勒佛一样。姑娘们和小李的三四个最知己的朋友，围绕在寿星老周围，逗他说笑。青年们不知不觉分成了男女两方，男孩子拥着新郎挤在寿星老右旁，姑娘们拥着新娘，挤在左旁。

恰在这时，洪剑也来了。他是在一个工厂抓了一阵工作后，想起胖妹和小李今晚结婚，特赶来闹闹新房的。

“寿星老，讲讲你家是么样做新郎的吧！”洪剑看见大家都在跟寿星说笑，他也插上嘴来说。

这句话勾起寿星老的童年和少年时代许多的回忆。他告诉大家，他的祖宗辈住在山区，那时举行婚礼比现在好玩得多。那里的男女青年，个个都会唱。男孩子拥着新郎，姑娘们拥着新娘，整夜在打谷场上对唱。要是男孩子唱输了，姑娘们就把新娘藏起来，叫新郎好费劲去找。要是女孩子唱输了呢，新娘就被新郎抢走，扔下客人，赶忙钻进洞房去了。

“坐下，坐下，男娃、女娃都坐下来！”寿星老拍拍巴掌，对青年人招手说：“今儿个，寿星老不来则已，既然来了，就得领你们好好玩玩。如今，么样事都讲革命，闹新房的野蛮办法也该革命啦！娃娃们，我就来领你们唱新房吧。”说完，寿星老眯起眼睛来，像是在考虑出题目了。

姑娘们急得从人丛中往外挤，要告辞回去。

胖妹捉住了彩霞，不让她们走。齐大伯娘、李七婶、李大姐几个站在堂屋门口，挡着文英、金梅她们的出路挽留她们。姑娘们无可奈何，只好留下来了。

“来吧！”寿星老睁开眼皮，笑呵呵地说，“我们今儿赛唱。我这儿有酒，男娃儿赛输了，归新郎喝酒。女娃赛输了，归新娘喝。”

寿星的话还没说完，小伙子们拍手欢叫着“好啊！”

彩霞和金梅等急得跺脚，嚷着说：“我们不会唱，胖妹也不会喝，赛不来，别害人喝醉了！”

寿星老先眯起眼睛笑着说：“我要开头啦，我来唱，你们回答我，回答得不好，就算输了啊！”于是他把头摇晃了一下，唱道：

天上共有几多星？大江何事浪翻腾？
组织工农为么事？武汉出了么事情？

“啊，这好答。”洪剑笑嘻嘻地摸了摸自己的大额头，按着寿星老的调子，唱着回答道：

除了月亮是星星，风起大江白浪腾！
工农团结闹革命，武汉来了北伐军！

“啊……好哟，好哟，答得好！”男女青年们都嚷叫着赞叹起来。寿星老也止不住点着头，轻轻拍着茶几，连声叫“好”。

“姑娘们，你们要唱啊，老不开腔，就算你们输了，得新娘喝酒啦！”寿星老说着，又唱道：

是如何分南北东西？是哪个开天辟地？ 十五

如今是哪些人落魄丧胆？是哪些人欢欢喜喜？

“你们唱啊！”胖妹急得催姑娘们。

彩霞在这个场面上虽有些害羞，可也不愿示弱，她又是厂里有名的百灵鸟，就大胆唱道：

三十年河东，四十年河西。是工人开天，老农辟地。

如今是财主洋人落魄丧胆，工农百姓欢欢喜喜。

新房里响起了一片鼓掌和欢叫声……

寿星老也夸了一顿，又说：“我看，你们都是行家嘛，你们不一定要我开头呀，自己出出题，自己对唱吧。”

“好，那我就不客气啦！”铁工厂的青年工人，小李的好朋友吴大茂说。

吴大茂是从农村来的，今年十九岁，他在家乡从小就学会了许多山歌，嗓子又好。当年在农忙或看牛的时候，他总是同辈中领唱的。现在在铁工厂里，又成了有名的歌手，而且还会吹箫、吹笛子。刚才吹奏的乐队，就是他组织起来的。寿星老提议赛唱，他第一个拍手赞成。他早想在姑娘们面前显显自己的本领。看见这位穿紫花袄、身材苗条的大眼睛姑娘唱得这样好，很想打听她的名姓，就对着彩霞唱道：

姑娘灵巧又聪明，唱歌唱得爱死人！

莫非天女临凡界，快请仙姑留姓名！

彩霞只为怕女孩子输了才唱的，没想到会惹出这些麻烦来，只好眨了眨她的大眼睛，想了想，回唱道：

哪有仙女到凡家，除非奶奶哄娃娃！

神仙都是懒死鬼，莫比女工刘彩霞！

“啊，啊，好啊！”又是一片喝彩声……有人嚷道：“吴大茂，碰钉子啦！”

吴大茂满脸涨得通红，皱了一下眉头，马上又对彩霞唱道：

哎呀呀，刘彩霞，好放肆，好男好女赛歌子；
我有唱来你有答，为啥给人碰钉子？！

彩霞这时，脸烧得热乎乎的，她用自己的手掌冰了冰腮帮子，笑着回唱道：

吴同志，可笑多，怕碰钉子莫对歌。
你唱天来，我对地，你唱神仙我对人！
对歌就要比输赢！

许多人拍手喝彩。寿星老拍着茶几，高声叫“好”，又指着吴大茂说：“输了，输了，叫新郎官喝酒。”

女孩子们也拍掌欢笑起来。有人小声夸赞说：“到底是百灵鸟啊！”

金梅看出今晚上吴大茂是一心一意要讨彩霞的欢喜，她想该让他早明白不用多费心思，因为她知道洪剑早就喜欢彩霞了，并且曾和胖妹一同答应过洪剑，要给他帮忙，就走过来推洪剑道：“你怎么不唱了？人家碰了钉子，你可正是机会呀！”

洪剑没料到金梅来这一手，嗫嚅地说：“你说什么？我不明白。”

“你和彩霞正好对唱呀！”金梅溜了彩霞一眼，笑着继续说，“多日的心事，明明白白唱出来嘛！你又不是不会唱。”

有些姑娘、小伙子听懂了金梅话里的意思，不禁拍手大笑起来。洪剑本是想找机会再唱一唱的，这会儿急得涨红了脸，一句也唱不出了。彩霞也羞得掉过头挤到人群后面去了。青年们又笑闹了一阵，寿星老说累了，要走了。吴大茂站到屋中央挥拳捋袖笑嚷道：“寿星老，我是败兵之将，对歌是不敢了，可是让我唱个歌送你。”于是他拿起寿星老刚用的两只筷子当鼓槌，把小茶几当鼓敲起来，口里唱道：

咚咚锵，咚咚锵！革命出了新花样！

姑娘出嫁自己找，铁匠爱上纺织娘！
更有一件古怪事，百岁公公闹新房！
咚咚锵，咚咚锵，百岁公公闹新房！

“哈哈，哈哈，哈哈哈！”屋里屋外的人哄然大笑，寿星老也笑得直擦眼泪，然后拍着吴大茂说：“娃儿，你明儿成亲，可别忘了请我百岁公公闹新房啊！”

送走了寿星老后，青年们也三五成群向新人告辞。

深夜的柳树井上空，好半天还飘着走向归途的男女青年们的欢笑声……

十六

胖妹和小李的婚姻像是在工人区里起了示范作用。这儿马上掀起了一个争取婚姻自主、反封建斗争的高潮。

本来，青年男女争取婚姻自主、反对包办婚姻的斗争，是随着北伐战争的胜利而扩大的。工人区里，因为改善政治和经济生活的要求更为迫切，这个斗争就来得迟些。现在，胖妹和小李的婚事给大家起了促进作用。小伙子和姑娘们，大胆地恋爱起来，违反父母之命的结合也相继出现了。

兴华厂工会骨干中，成就了几对有情人。杨广文向郑芬表示了爱情。郑芬现在正争取父母的同意。铁工厂的小伙子们，把注意力放在兴华厂和大同厂的女工身上。

胖妹结婚后第三天，总工会青工干部训练班公布了学员分配工作的情况。小李并没有被派到外地去，而是就在总工会青年部工作。他和胖妹把银弟介绍给青年铁工吴大茂做了朋友。他们两个都是本厂的积极分子，介绍人觉得这是一对很好的革命伴侣。

吴大茂的家庭在乡下，父母老早就给他养了个童养媳，他正在和银弟商量，要写信回去退婚，叫父母认那个姑娘做女儿，婚姻的事，让她自己选择对象。

铁工厂也还有求小李和胖妹给介绍女朋友的，但并不是每一对都有成就。

却说洪剑，自从胖妹结婚之夜赛唱以后，越发增长了对彩霞的爱恋，他实在觉得有些憋不住了，想找机会向她表白。

彩霞自从搞团支部工作以来，一直在洪剑的直接领导下工作，他们彼此间的好感与日俱增。

一天黄昏，彩霞从厂里放工出来，就到东升巷工会里来了，这是她和洪剑预定碰头的地方，她要向他汇报最近的工作。彩霞到这儿时，洪剑已经先来了，他预定谈完工作后，向她表白自己的心情。

两个人在女工班的课堂里坐了下来。彩霞对洪剑汇报了团支部的工作情况，接着他们共同安排了一些事情。最后一项是研究准备吸收入团的女工的名单。名单中有个陈香玉。

洪剑问道："陈香玉……就是……就是这几天……一下子跟保全工陈士贵打得火热的那个姑娘吗？"

"是啰，你知道还问？"彩霞微笑着说。

洪剑摇了摇头说："再看看吧，看不出她的积极性来……以后再说吧。"

"她要求过好多次了！"

"光凭要求就行么？要从工作中观察人呀！"

"你怎么就观察出她是不行呢？"

"不光是我，银弟也说过，说这个姑娘软弱，不大中用……再看看吧，何必着急？"洪剑劝她说。

两人争了半天，洪剑一点儿也没有松口让步的样子，彩霞忽然敛住了笑容，噘着嘴说："你总是把别人当娃娃，瞧不起人。好像什么事都只有你对，别人都是饭桶，是毛毛虫！"

"不是这么说，彩霞，这里有个道理……"

"道理！道理总在你手里！"彩霞没等洪剑的话说完，抢着说，"别人总是不懂……别人不懂得要搞好革命，只有你懂得革命……"

"糟了，扯起皮来了，还想谈……那个……呢……算完了……完了……"洪剑心里想，"可是糟就糟去吧，这问题不能不讲清楚……"他等彩霞嚷完，就认真地说："彩霞，你冷静点，听我讲完，好吗？"洪剑扪了扪自己的大前额，"你的工作能力是很好的，你工作的头绪很多，又是工会，又是青年团。你近来的工作成绩都不错……"

"哎呀呀，承夸奖……不敢当得很！"彩霞瞪了洪剑一眼说，"有意见直接说吧，莫拐弯抹角说俏皮话……我是个粗丫头，什么也不懂！"

洪剑心里也有点上火了，可是一想，两个都任性冒火，会把工作搞糟的，要克制自己的情绪，而且自己有责任帮助她。想罢，笑了一笑说："姑娘，你今天吃多了辣椒吧，值不得冒这么大的火……我们不都是为搞工作么，何必扯皮呢？"

"吃辣椒跟扯皮有什么关系？我并不喜欢扯皮！"

"看你的火多大！你息息火，我们专从工作上考虑一下，好不好？"洪剑慢慢说完，吞了一口口水。

一句话提醒了彩霞，她也意识到自己不该冒这么大的火，勉强笑了一下，翻起她的大眼睛，瞥了对方一下，看见对方还是那么平平静静、耐心说话的样子，她低下头，心里有些惭愧。洪剑继续说道："我并不是讲话先拐弯。当然，先肯定你的成绩是应该的，这是你的进步。我先没有这样做，不合适。现在言归正传，关于陈香玉的问题，我还是要坚持原来的意见：不要急于作决定。你和介绍人都要再花些工夫，去各方面作些了解……"他一边说，一边偷偷溜了她几眼，感到她的神态变得柔和、冷静些了，心里很高兴："你工作上的缺点，是自信太强，总以为自己没有错，不大容易听别人的意见，这就容易主观，也容易在工作上犯毛病……我今天趁此对你提这个意见，希望你过后耐烦想想……你觉得怎么样？嗯，怎么不说话了？"

彩霞是个爽快人，她觉得自己对，她就要死争；如果感到自己有了毛病，她也是勇于承认错误的。

"好，谢谢你给我提了意见，我承认我这事做得粗糙了点，再下点功夫去了解了解是应该的。暂时放下她吧。"好像一阵乌云被风吹散后，天气晴朗了似的，彩霞的脸上又漾起了快活的笑容，说话的声音也柔和多了，心里完全服了他。

屋子里沉寂了一阵……

"没有事了吧？我得回去了。"她握住了摆在桌上的饭筐的提柄，站了起来。

洪剑坐着没有动，想起原打算在今天和她谈的心事，他用目光在探视她：能说吗？今天……抬了一阵杠啊！可是，实在又憋不住了……管他，还是说了好。于是他说："彩霞，先别走，我们也谈谈自己的事情，好吗？"

"自己的事？！"她惊愕了一下，鼓起眼睛望着他，渐渐有些明白了，心里止不住突突地跳起来，"自己什么事啊？"

"你坐下来，我问你，"他对她微笑着说，"那天晚上，在胖妹新房里，金梅指着我们说什么来，记得吗？”

她羞得满面通红，把已经提起的饭篮放在桌上，坐了下来，半天才说：“金梅……谁知道她乱说些什么呢？我……我怎么知道。”她的声音越来越低。

洪剑觉得，看情况，自己的勇气还可以放大些。他们原来是在一张会议桌的两边，面对面坐着的，他这时欢喜得不知不觉站了起来，走到彩霞那边，挨在她身边坐下来，结结巴巴地对她诉说自己的心事。

彩霞羞红了脸，低着头玩弄手绢的四角，心里有着一个少女从来没有体验过的快活。她一句话也没说，静静地倾听自己既敬服又喜爱的小伙子的爱情倾诉……洪剑停止了诉说，屋子里静默了半天。彩霞慢慢抬起头来，对他妩媚地一笑。忽然，她又叹了一口气，脸上的笑容完全消失了，低声说：“我家里还有包办婚姻……小时候就订了的……怎么办呢？你说？”

“那你承认跟我好了啦！”洪剑喜得跳起来，又约束自己坐下来说，“只要我们好起来，小时候订的婚约算得什么！退婚就是啦！你没看见么，近来，到处都作兴退掉包办婚姻啦。”

“我早就跟我爹提过多少次了，你不知道我爹那个死顽固，好难商量啊！给我想个办法吧……”她用一种要求援助的调子说，“给我想个办法，退掉啊！”

“那你是决定跟我好了啦！”他快活地握起她的手，继续说，“你的事我都知道，金梅和胖妹早都告诉过我……依我看，要能提出来，好好退掉就完了；要是你父亲老是不肯的话，就不必和他白费口舌。只要你愿意跟我好。”说到这儿，他觉得有些为难，嘻嘻笑了一会儿，又硬着头皮说：“我们尽管好我们的……我们什么时候想同居就同居。懂吗？我们成了夫妇，生米煮成了熟饭……”

彩霞听到这儿，觉得不大顺耳，噘着嘴，对他瞪了一眼……洪剑看着，乐滋滋地道：“莫鼓眼睛，莫害羞！这不是开玩笑，我跟你讲正经话！你既然答应跟我好，总有一天，我们要做夫妇的……到那时候，生米煮成了熟饭，你爹还能把我们怎么样？难道说，他还能把你死命地塞上花轿，送到乡下去不成？”

“我才不会坐什么鬼花轿哩！”彩霞眨着眼皮，露出半生气半好笑的样子说。

“所以啊，问题还是看你自己的决心啦！是决心跟我好呢，还是愿意嫁给那个人……”说到这里，洪剑笑着故意逗彩霞，说，“当然，嫁给那个人也不错……"

"鬼东西！"她急忙抽出被他握着的那只手，骂道，"坏透了，把你当好人，跟你商量正经事，你倒拿人开心……我走了！"她赌气站起身来，伸手去提饭篮。

"哎呀，哎呀，别生气！逗你玩的呀！不过咧，虽说玩，但也是真话。你先得下决心！"他把她按下来坐了。

于是他们又继续商量怎样与家里说退亲的事。说来说去，洪剑还是那个意见：他叫彩霞看情况，跟老头好谈就谈，不好谈就不用白费口舌了。两人只管大胆爱就是，愿意什么时候到一起来的话，就尽管到一起来，何必在乎那些形式呢。

彩霞从来就是敢作敢为的姑娘，最乐于接受这样大胆的意见的。

从工会里走出来的时候，两颗青春的心都同样甜蜜地感到，他们两个从这时起，跟从前的关系又不相同了……

彩霞和洪剑的爱情，很快就在厂里姐妹中传开了。但是彩霞还一直没有告诉父母。因为好几次她跟父亲谈话，谈到快靠近题目时，父亲总是坚持他那顽固的看法。彩霞觉得，如果讲开了的话，一定还是白争闹一场，不如照洪剑的办法，不理他算了。胖妹和文英很替她担心，劝她还是找机会跟父母谈开的好。她现在跟洪剑爱得火热，没把父亲的顽固劲放在心上。

另外，有些姑娘，自己家里也有包办婚姻的，就睁着眼睛看彩霞的发展，好作为自己的参考。

彩霞在这段日子里异样地快活。和洪剑相爱了，洪剑对她的工作帮助更多，提意见也更大胆直率，她的工作比过去细致周密了。放工后，他常常迎着她，在小街上走一段路，谈完了工作，又快快活活地谈点什么……然后，洪剑把她送到家门口，有两次还进去坐了一会儿。他原来打算在彩霞没对父母谈明白之前，不去彩霞家里的。可是正在爱得火热的青年总是有些克制不住自己的行为。

一个星期六的下午，彩霞放工的时候，被洪剑在厂门口迎上了。蜂拥着挤出厂来的姐妹们，也像从前笑胖妹和小李一样，毫无恶意地嘲笑他们两个。他们心情愉快地用一些开玩笑的话回答了从四面八方投来的笑谑。

"彩霞，给你提饭篮的来啦！"

"提饭篮就提饭篮吧，怕什么！"洪剑从彩霞手里接过饭篮来了。然后两人逃开人群，拐上了僻静的小巷。他们谈谈工作，也谈些体己话……直到天完全昏黑了，洪剑才把彩霞送到家门口，然后自己转身回家去。走了一阵，洪剑才发现手里还提着彩霞的饭篮，禁不住好笑起来，就赶忙转过身来，直奔到彩霞家里。一进门就嚷道："彩霞，糟糕，把你的饭篮都拐走了！"说着，把饭篮放在外屋桌上。

彩霞应声从后半截黑屋子钻了出来，拍手笑道："你看，我都忘记这个宝贝了！说不定明儿还瞎找呢！"

彩霞的父亲刘胜全，已经看见过洪剑把彩霞送到家门口的情形，心里很不舒服，背地里跟彩霞的妈嘀咕过几次。可是彩霞的妈说，彩霞是团干部、工会委员，当然总得有些革命朋友来往，劝老头儿要给女儿留面子。并且说，左邻右舍如今都尊重彩霞是兴华厂的有名人物。"哎，闺女如今比你做爹爹的强呢！老头子，忍点脾气，放开通点啊。"彩霞的妈说。老头子也就只好勉强耐住了性子。

这一次，他看见这两个青年男女，竟敢在自己家里大说大笑起来，就不假思索地从后面冲到外屋来，猛抽出含在嘴里的长烟杆，指着洪剑，喷着口沫骂道："你这个狗婆养的野家伙，是哪来的杂种崽子？老跟在姑娘大姐屁股后边追什么？告诉你说罢，以后不许你跨进老子的门槛……小心我敲断你的腿！"

洪剑再也没想到忽然会遇到这样的风暴……这简直是晴天霹雳，一下子把他气得几乎要举起双手，把侮辱了他的老头儿按在地下，死劲揍一顿。但转念一想："他并不是资本家或工贼，不过是顽固落后点的工人。"这是他一向教给彩霞好好对待父亲的原则。现在他自己也想起了这个原则。特别想起自己是党的工作干部，在这个区里，好多工人都知道他或者认识他的。这个问题如果没处理好，会使党的威信受损失，工作受损失……考虑到这里，他咬着牙根，吞了一口口水，咽下了刚冒上来的火气，半天没作声，只是用手掌，扪了扪他的大额头，考虑着该怎么对待才好。

这个果敢的小伙子，自跟随父亲参加斗争起，就受着锻炼，父亲被反动军阀害死的那天，在母亲和姐姐惊慌失措地号哭时，他就能够揩干眼泪，劝解母亲，安排死者的后事，并继续参加斗争……那还是刚走出童年的时候啊，比起来，目前的这场风波算不得什么了。

他正在考虑着如何应付这老头的时候，一眼看见彩霞气得鼓起双颊，挥起两条胳膊，看来是要跳过去跟父亲拼一场的样子。他赶忙用目光制止彩霞，摆了摆手，又轻轻摇着头，意思不叫她闹。然后自己赶上前一步，面对着刘胜全，用非常冷静、柔和的声音说："刘大爹，很对不起，我没有得你的同意，就闯进了你的家，这是我的错。"

彩霞的母亲，先以为这个小伙子会跟老头子打闹起来的，急得像家里着火似的，顿着小脚，晕头晕脑地团团转。后来看见小伙子是那么冷静、那么客气地说话，她也不知不觉地安静了下来，只是张着两条胳膊，把彩霞挡在自己后边，怕她挨父亲的拳头。又听到小伙子继续说："不过，我从前并不晓得你刘大爹有这种规矩：小伙子到你家来，就要敲断腿。别人也没告诉过我，谁也不知道你刘大爹立了这样的规矩……"

老头儿听小伙子这么安静地说话，还一声又一声地叫"刘大爹"，盛怒的面容缓和下来了。他低着头，跷起一只脚，把烟杆往鞋底上死劲磕，装作要磕出烟斗里的灰烬的样子。其实，灰烬早在他用烟杆指着骂人的时候都掉光了。

洪剑从容地说着，态度也仍然那么镇定，只不时地用右手掌摸摸他的大额头："至于说，不该追姑娘……刘大爹，你家该多出门走走，多见见世面……假使你家是一个地主、土豪劣绅、反动派，那我就不对你说这些了。但是，刘大爹，你也是工人阶级，是一个工人。我就止不住还是劝你家，要放开通点……如今，不作兴父母包办婚姻了！这是封建礼教，要打倒咧！没听到打倒封建制度吗？如今，男男女女都作兴自己讲爱情，自己情愿，才结婚办喜事，小伙子追姑娘是新风气，并不犯法……"

"我家里就不作兴！"刘大爹从烟杆上挂着的小布袋里掏了点烟丝出来，准备装到烟斗上去。他面容虽然还很恼怒，但声音已经低沉了。

洪剑笑了笑说："世道变了，也很难由得你家了。是的，我可以坦白地对刘大爹说，我就是爱上了你的姑娘彩霞……我们很要好，好定了，什么人也阻挡不了我们。我们正在商量，该怎么告诉你家，怎么打通你家的思想呢……干革命工作的人，对自己人不说假话，这是真情。你老人家考虑考虑吧！"说完，他向刘大爹轻轻一鞠躬，就转过身来，分开已经拥在门口来看热闹的街坊，昂然跨出门走了……

"混账王八蛋，我才不把丫头给你哩！"老头听到小伙子坦然地承认他们已经要好，他倒是惊慌得不知所措，一下子不知要说什么好，只是机械地嚷："不给你，不给你！”看见洪剑从容走了，他回过头来，对彩霞嚷道：“不要脸的臭丫头，你想自己嫁人的话，就莫来见你爷老子！”

“不见就不见，我又不靠你养活！”彩霞为洪剑的从容态度所感染，也不打算跟老头闹，并且门外已经聚了好些看热闹的人，闹起来太难看，打算避开他一下，只说了这么一句，就头也不回地跨出大门追洪剑去了。

“你怎么也来了？”当她追上洪剑时，他一惊，问道。

“不知道……我……我……嗯，没那么大劲跟他吵！”彩霞走着，感到有些茫然，不知下一步该怎么做……停一会儿，她问洪剑：“你上哪儿去？”

“本来预备今晚回鹦鹉洲看妈妈去的！”洪剑说。他心里也不很宁静，但知道彩霞这时的心情更难受，就故作镇静地说：“莫烦吧，你既然来了，我就不回去了，再陪陪你。”停一会儿，他又说：“肚子饿了，我们先找个地方吃点东西。”

长街上，许多店铺已经燃灯了。他们两个在一家小馆子里吃了碗阳春面和几个馍馍，然后到了区委会洪剑的小屋子里。这屋子本来是刘平住的。自从大同厂工人自己组织管理生产以来，刘平在大同厂的时间更多，区委这间小屋，大多时候空着，她就干脆腾出来，把它让给洪剑了。

洪剑和彩霞两个回到区委会来时，柳竹和老廖都不在家，他俩只和陈舜英招呼了一下，就钻进了小屋子。陈舜英知道这对情人正是爱得火热的时候，没多去打扰他们。

刚进屋来时，他们两个还有些气恼，后来，谈来谈去，倒觉得老头儿顽固得可笑了。彼此的安慰，把怒气也逐渐消散了……倒是闹了这么一场后，两人好像更加亲爱了。彩霞觉得洪剑受了她父亲极大的侮辱，非常抱歉又夸赞洪剑对待临时发生的事件的态度好，话也说得得体，心里觉得这个小伙子越发值得她用更大的勇气来爱……

洪剑想起彩霞这么个敢作敢为、革命觉悟很高的姑娘，在厂里是那么招人欢喜，受人敬重，却每天在家里要面对一个封建、顽固的父亲，就越发增加了对她的怜爱……

他们在小屋窗下的一张小桌前并肩坐着，絮絮不休地谈着……悬在窗前的电灯，用朦胧的光线照着这对紧靠在一起的情人。他们几乎把刚发生的这场风暴扔到九霄云外了，一时沉浸在心心相印、互相疼爱的甜蜜的幸福中。

二更过后，有两次，彩霞勉强站起身来打算回家去，结果，经洪剑挽留，她又坐下来了。不知道为什么，今晚上，他们两个，这么难以分开。

最后一次，彩霞下了决心站起身来，拖着洪剑的手，带着恳求的神情说："这么晚了，你送我回去吧！"

"我又送你回去？"洪剑哈哈笑起来，"再跟你老子去吵一架？"

"未必你就这么狠心……让我一个人摸黑走？"

"我根本就没有打算让你去摸黑呀！"

彩霞睁着大眼睛，憨里憨气地看着对方发愣。

洪剑满面淘气的神色，对她笑着，意味深长地问道："彩霞，王宝钏跟薛平贵的故事，你知道吗？"

"现在，谁有工夫跟你扯那些！"彩霞噘着嘴说。

"说正经事呀！我问你：要是王宝钏跟她老子闹了一场，随薛平贵到了寒窑以后，只坐一会儿，又跑回娘家去的话，那不要叫人笑话死了吗？"

彩霞翻起长长睫毛下美丽的眼睛，瞥了他一眼，忽然明白了他的意思，止不住羞红了脸，低头微笑着，心房和声音都在颤动："你……瞎胡扯！"

"什么瞎胡扯！我的傻彩霞，是你的好老子今晚上把你逼进我们的洞房啦！"说着，他欢喜若狂地猛然抱起她来……

有一周的工夫，彩霞没有回家去。头两天，彩霞的父母吵了几场。老头儿怪做娘的没教导，把女儿惯坏了。母亲哭嚷着，说老头儿把女儿逼出了家门……

刘胜全的朋友，面粉厂工人和同街的邻居，多半是责备他太封建保守，不该这样对待相爱的两个青年。尤其是那天看见刘胜全发脾气的人，个个都夸洪剑有礼貌。面粉厂里知道洪剑的为人，也几乎是众口一词埋怨老头儿。有人说："像洪剑同志这样的女婿，好些父母打铜锣都找不到呢，你怎么还臭硬？"又有人说："洪剑同志嘛，是我们区里跷得起大拇指的小伙子啰，要不是你姑娘自己有本事的话，凭你老刘这副嘴脸，只怕打起灯笼也找不到！"大家就劝他："莫顽固啦，赶快认输吧！"

女婿究竟怎么样，老头儿也不想去了解，只是女儿一走就不回来这件事，老头儿嘴里虽埋怨老伴，心里却后悔不及……尤其一和人谈起来，几乎全都是责备自己、同情女儿、帮老伴说话的。后来几天，他就气得一字儿不提这件事了。

彩霞一周来生活在甜蜜的新婚中。但在车间，跟姐妹们一谈起母亲，又难过得流过几场泪。她知道，母亲和妹妹一定在为她受父亲的气。

文英和胖妹主张她回去看看，但又怕老头儿瞎胡闹。文英曾瞅准了刘胜全不在家的机会，代彩霞去看过妈妈一次。把彩霞的情况告诉了刘大妈。刘大妈也托文英给彩霞捎来了些应用的衣物。懦弱的刘大妈听说女儿已经和洪剑成为夫妇了，只是伤心落泪，至于该如何对付老头，依然没有主意……

那天柳竹从厂里开过会出来，顺路看舅娘，和文英谈起彩霞的家庭纠纷。柳竹倒是出了个好主意。他让文英找金梅的丈夫、新从江西回来的陆容生去劝劝刘大爹，劝他们父女、岳婿大家和好。然后洪剑和彩霞再回去看看。因为柳竹想到陆容生原和刘大爹同是面粉厂的工人，领导过敢死队，现在是总工会的干部，一向在区里厂里有威信，虽然现在脱了产，在总工会工作，但面粉厂有大问题时，大家仍常找陆容生回来出点主意。

第二天，文英把柳竹的意见告诉了金梅。陆容生受了委托，只好抽工夫去看看刘大爹。果然，老头儿感到很有面子。听陆容生说彩霞已经和洪剑成了亲，心里虽很不舒服，却没有再恶语骂人了。只是流着眼泪，唉声叹气地对陆容生诉说他的心事。他说，他和乡下那个姓陈的女婿的父亲是老相识，后来又做了儿女亲家。这些年来，他没能力好好照顾女婿，心里已经觉得对不起死了的亲家。如今女儿又把女婿扔开不要，另外嫁人了，叫他将来到了阴司，见了亲家，怎么说得过去……而且女婿是顶老实的后生子……

老头的这番诉说把陆容生弄得又好气又好笑，于是问他道：“你还在女婿、女婿的，你的女婿到底是谁啊？刘大爹，你该清醒点！你的女婿不姓陈呀，他姓洪，叫洪剑哩！”

陆容生又告诉刘大爹说：“你那天对他们两个的态度，没一个人说你一个‘是’字呀！彩霞厂里的姐妹说，亏得你也是工人，大家算原谅你了。要是个地主老爷的话，她们要把你拖到妇女协会去开斗会哩！女儿女婿都是呱呱叫的，有人都羡慕你好福气，你倒自己找气呕，真是何苦啊！”就这么劝了半天，临走时又嘱咐刘胜全：“刘大爹，你慢慢醒醒气吧，这么大年纪的人，大概不会一下子就拐过弯来的。什么时候想通了，我再来看你。”

陆容生回来后，告诉金梅、文英她们，说老头儿心里已经软了，只是嘴还装硬，过两天会去找女儿的。

果然，过两天，刘胜全到金梅家来找陆容生。听说陆容生已经回总工会去了，老头儿又告了半天假到总工会找到陆容生后，简单明了地说，只要女儿肯回来看他，女婿肯来认岳丈，他就什么意见都没有了。

过了几天，洪剑和彩霞回来看了父母。此后，彩霞夫妇就和老头儿言归于好了。

洪剑代彩霞写了一封信给乡下那个姓陈的后生，退了婚。

彩霞和洪剑以后常回来看爹娘。彩霞拿到的工资，除留下自己的伙食费外，全都照旧交给妈妈。她唯一的要求就是请爹妈继续让妹妹上学。

彩霞的妹妹彩云能上小学念书，一直是彩霞坚持主张的。现在她怕父亲嫌家里开销不够，让彩云停学去做童工。因而彩霞宁可自己多节省点，也要把工资交给母亲，好让妹妹继续念书。

妈妈想起自己最心疼的闺女的终身大事就这么鸦没雀静地过去了，还受了老子一场气，心里着实过意不去。抱着彩霞哭过两场后，又找文英和大姨妈商量着，弄了点钱给女儿做了身花布衣裳，又添了一套新被褥补给彩霞。

十七

黄昏时分，文英从厂里放工出来，在厂门口遇到和她不同班做活正要进厂上工的姚三姐。她把文英拖到一旁，十分认真地对文英说：“听人说，黄菊芬在读书班里缠你缠得紧呢。这个人名气不好，你莫被她拖坏了身份呀！”

文英看着她发愣，似乎想不到她会说出这样的话。

“你怎么傻头傻脑的？没听说过她跟一个裁缝搞皮绊，养私娃仔吗？”姚三姐嘻嘻笑着说。

文英苦笑了一下，不知说什么好。

“你莫不识好！我是为你打算才劝你的。你是清清白白的女人，她么，她是兴华厂有名偷汉子的臭货，从来没有正派人理她。你去想清楚吧……”姚三姐说完，就甩开文英进厂去了。

文英一时弄得莫明其妙：是的，在读书班上，黄菊芬的确亲近文英。放学后，她总比别人晚走，帮助文英整理教室桌椅，关好灯和门窗。回去时还同走一段路。文英也感到黄菊芬想和自己要好。

当然，文英早就听到传说，说黄菊芬不正派，说她丈夫死了不久，就和一个裁缝相好，还打了一次胎……文英从前也觉得跟黄菊芬这样人还是避开些好。但自从工会开展工作以来，她看见黄菊芬比那些顽固落后分子觉悟高些：有什么革命的道理，跟她一讲就通窍，工会一有什么号召，她总是积极响应。好比开车间会、打草鞋、上女工读书班等等，她都表现得很积极，于是文英不知不觉就跟黄菊芬多接近些。而且，她觉得姐妹们看不起黄菊芬也是不公道的。她甚至疑心人家说她跟裁缝相好和打胎的事是别人捏造的。从来是寡妇门前是非多啊！

可是现在连姚三姐也这么说了，这究竟是怎么回事呢？简直叫人想不通。平日有事，她总和彩霞谈，这些日子正好是彩霞和洪剑婚后，家庭问题还没解决的时候，她知道彩霞心绪不宁，就没有找她谈。

文英找机会和胖妹谈了这件事。胖妹虽然觉得大家过去对黄菊芬的看法，今天是应该改变了，可自己也说不出充足的理由来，就提议有机会一同去找刘平。"让刘平同志给我们指点指点吧。"她说。

文英知道刘平现在很忙，要这么等着约时间，就不知道要等到何年何月了。第二天，她特地抽了一点工夫，约胖妹同去找刘平。胖妹没工夫，她就独自跑到大同棉织厂去了。刘平听了文英的谈话之后，欢喜地拍着文英的肩说："文英，你真是好人，我们的同志都像你这样认真工作，关心群众，我们还有什么工作做不好呢？"

接着刘平就仔仔细细给文英分析了黄菊芬的问题。她告诉文英：黄菊芬完全有权力和王裁缝恋爱和生孩子，正如胖妹和小李、洪剑和彩霞一样。过去是因为封建礼教压在他们头上，要寡妇守节，所以他们不敢公开结婚。黄菊芬打胎是旧的社会制度逼的。这种封建礼教坑害了多少妇女……刘平又称赞文英对黄菊芬的态度，文英不管人们的议论，只是从革命利益出发，去接近她，是完全正确的，并且嘱咐她要继续帮助黄菊芬。"看来，黄菊芬一定为这个问题很痛苦，所以想和你接近，想找机会对你说说心里的话，你就多帮助她些。她要谈起这件事，你就劝她和王裁缝正式宣布结婚。"

文英听到刘平细致的分析后，心里豁然开朗了，她就决心不管什么三姐四姐的意见，还是照样接近黄菊芬。

果然，有一个晚上，夜班课完了，姐妹们都散了之后，黄菊芬给文英帮忙收拾了东西，然后对文英谈起了自己好久以来的痛苦。

黄菊芬先时是聪明伶俐、心气高傲的女工。四年前，丈夫死的时候，她只有一个三个月的婴孩。她丈夫的表弟王长生，在本区一家裁缝店当裁缝，以前常来给生病的表哥帮帮家务。表哥死后，他起先对这位孤苦无依的表嫂也只是好心地帮助，后来他们就渐渐有了感情，并且发生了关系。丈夫死了一年多后，她有了身孕。裁缝只好给她找了一个旧式稳婆堕胎，几乎丢了性命。因而闹到许多人都知道了。

黄菊芬坦白地把这段历史告诉了文英。谈时，不断地流着眼泪。文英一边听，一边想："得亏先问过刘平同志了，不然，我该怎么说啊！"

"寡妇再嫁是丢人的事，可也是有的……"黄菊芬抽了一口气，接着告诉文英，"我也大胆向长生提起过，我说我就厚着脸皮嫁给你吧，人家要笑话，就让人家当面笑吧，免得背地里瞎说，实在叫人难受。但是，他妈不答应。老太婆说：她儿子是娶第一个结发妻，不要这种先奸后娶的白辫子，又打过胎，又有前夫的女儿带来。他们家不肯，所以我们就拖到现在……还解决不了……"说完，她伤心地哭起来。

文英听得也很为她难受，等她哭过一阵之后，就学刘平教给她的一些道理向菊芬分析了。黄菊芬听得高兴地捉住文英的一只胳膊，直叫"恩人，恩人……你可真是我的恩人！"

文英也坦白地告诉菊芬，说自己开先也并不很懂这些道理，为这事，曾找刘平同志请教了，今天才能这样回答的。

"就是前些时到我们班上讲政治课的那个刘平同志咧。就是她说，现在你们完全可以大胆结婚的！"

"刘平？哎哟，有那大本事的共产党员也管这种事？不是我们夜校的主任吗？"

"是啦，就是她！"文英点头说。

"唉，她也管我们这些事吗？真是好人！杨文英同志，我以前以为共产党员只管打倒资本家搞工会呢，想不到连这样的事情也关心人，又能说得出这么些道理，唉，这些人……真好！"她说到这里，又抽噎着伤心哭起来，"几年来，除了……"她说到这儿，迟疑了一会儿，又接着说："除了他……之外，从来没人关心过我……我常常老着脸皮挨上去亲热人家，人家也还是给我泼冷水。我看见你对我比别人不同些，才敢多亲热你。"她揩干眼泪跟文英挽着手从夜班课室走出来时，对文英说："我要把你的话同他去商量。你不知道，这个人胆小死了，如今要是知道共产党的干部也替我们说话，他会大胆些……也许，我们的生活会有点转机的。"

文英一路回来时，心里也说不出地难受。她想到这个社会里，农民和工人阶级苦，而这个阶级的女人更苦：有各种各样的规章、习惯和礼教把女人压得一辈子都喘不过气来。她想到自己进厂前在乡下被姓钱的逼得走投无路的情形……不是姨妈来领她逃出了家乡，还不知道后来会遭到什么样的灾难……进厂以后，自己总照着一个死了丈夫的女人的身份，依着旧社会的规矩，一步都不敢错，才算没有听到什么闲话。她想起自己还是这么年轻……看见胖妹、彩霞两个亲密的朋友都恋爱结婚了，她也不是不羡慕她们美满的夫妻生活，但自己却把心中的感情压得像封住了口的一坛子死水，从不敢轻轻摇晃一下这个坛子。幸亏找到了革命，找到了党，明白了许多道理，她把一股子劲儿全放在工作上……要不然，什么希望都没有的日子，还有什么过头啊！她一边走着，一边不免流出了眼泪，是为自己伤心，也为一切在双重压榨下的妇女伤心。

回到家来，已经很晚了。工房院子里好些人家都熄灯睡了。姨妈也睡了，却在外屋给她留了一盏昏暗欲灭的油灯。她轻轻地把油盏里的灯草拨亮一点。里屋睡在床上的姨妈正在翻身，听见她进屋来，就告诉她说："你妈来了信，又生病了呢！"文英听得一惊。姨妈又告诉她，信是半个月前就来了的，不知道为什么邮差送错了人家，转来转去，转了几家，还是小王艾在一个姓杨的工友家里看见这信是你的，才送了来。

文英走到姨妈床前，从姨妈枕头底下摸到了信，拿到油灯底下来看。

文英自从参加女工读书班以来，学习进步很快，乡下妈妈来的信，都勉强看得明白了。不久前，还自己动笔写了封信给妈妈。那是她头一次动笔写信。不会写的字，都向陈碧云老师问明白了，老师还尽夸文英写得好，夸文英进步快哩。

近年来妈妈每次来信，几乎总是生病，如今乡下的日子好过了，姓钱的地主被打倒了，可是妈妈的身体并没有复原。妈妈的气喘病本来只是冬季发作的，想不到如今这样暖和的春天还在发喘病……人老了啊……

她看完了信，紧咬着嘴唇，发了半天愣，收拾上床时，她对姨妈谈起，想回家去看看，想把妈接到一起来过日子。本来，这主意，今年开春以来，她和姨妈两人就谈过几次的，后来文英的工作一忙，又放下来了。

姨妈在床上打了个呵欠，回答她说："我刚才也这么想，不过听说车挤死人，车票也难买到，你又从没有单身出过门，总得结个伴才行。明儿在厂里打听打听，看有什么人回乡下去，就一道去，还得是个身强力壮的大男子汉才行。你妈要来的话，路上更不容易，总得有人帮忙呵。你先回去看看再说……"

第二天，文英向胖妹说起母亲生病的事，胖妹让文英放心回家去看看，读书班的事，她负责安排人暂管几天。晚上，下厂回来，姨妈问文英：“你认识打包间的王麻子吗？他明晚有事回乡下去，可以跟你同大半截路。”

“王麻子？听说过，我不认识。”文英说。

“哎呀，听说他如今也是党员了呢，你们怎么不认识呀？”

文英愣了一下轻轻问道：“哎呀，你家没把我的什么事告诉他吧？”

“我告诉什么……你不是说：上头组织上嘱咐了：你入党，别人能不知道的话，就不让他们知道。我要到处唱去吗？”

“那就好，跟别人总莫提我的事……他明晚走？车票能买到吗？”

“他说可以先挤上车，后补票。他明天会先来约你的。你打定主意，看是跟他走呢？或者再等几天。”

文英念母心切，过了一天，就跟王麻子一道搭粤汉车回乡下去了。

十八

夜晚十点后，柳竹从工人区一出来，向区委会走去。一路上心里很不宁静：刚才甘老九向他算的细账，还在他脑子里萦绕。

“你瞅，柳竹同志，从一月份起，我们算加了点工钱，十块钱一个月的人，每个月多了三毛钱。哎呀，我操他奶奶，早知道这么着，宁可不要这三毛钱，只要柴米油盐布匹不涨价，照去年腊月里那样就得！现在嘛，这起狗奸商，来个百物上涨！”老九红着脖子气愤地说，口沫像喷水壶里喷出来的水星一样，向柳竹脸上溅去。他抹了抹嘴唇，看见柳竹并不在乎他的口沫，依然冷静地听他的牢骚，又起劲地继续说：“我一家六口，添衣服甭提，光凭六张嘴，每天要比去年腊月多花一毛钱！一天一毛，一个月就三块啦！可是，同志，我算是工钱不低，还有个儿子当学徒工。父子俩，每月才多加了五毛五分钱，还差两块四毛五没着落。天啦，你叫我到哪里去找补这笔数。别人家更不行。革命军打开了武汉大半年，我们算来算去，算去算来，总共才捞到了个礼拜天休息！啊，对，别说昧心话，还捞得了个办工会不杀头。得有一句讲一句。”又说：“是的，不错，我对老婆说，对工人们说：现在上海、北京的军阀还没打倒，还要打几个仗。革命干部们的生活，天理良心，大家都亲眼看见的，像柳竹同志、洪剑同志，还有总工会的那些朋友，哪个不是照从前一样，雨淋日晒，布衣粗食。我们工人们，也该凭良心，暂时还得忍耐几天！可是，他们说：同志，嘴巴懂得说要忍耐、忍耐，可偏他妈肚子不听使唤呀！再要忍几个耐，让肚皮贴在背上，就没气力干活啦！他狗日的资本家，还照从前一样，吃喝嫖赌！国民党的官老爷咧，嗯，不是我老九气头上说话，大家都有眼睛的嘛，他们比旧军阀少了哪样？汽车，洋房子，抓钞票，吃大菜，讨小老婆！柳竹同志，你说，他们少得哪样啊？……可是咱工人呢，多年就想的劳动保险，这些狗养的资本家，听也没听进耳。我们想三八制：八小时工作，八小时教育，八小时休息。同志，你等于说废话，差得远哩！咱如今是民主革命！难道这不是民主要求？”

柳竹知道，甘老九说的是代表了许多工人近来想讲的话。可是柳竹耳朵里又响起了另一个人的声音，那个人是前几天他在市区长江书店遇着的。那人对柳竹说：“如今工农运动太过火了呀！吓怕人咧！连独秀同志都有意见……这问题怕要纠正纠正啰！”

柳竹想“工农运动太过火！”这句话，前一阵还只国民党右派、地主资本家讲，为什么现在连我们的同志也讲呢？难道独秀同志真的有这种意见吗？怎么能让他们听听甘老九的话就好啊！

柳竹知道，工人们为革命全局着想，的确做过不少忍耐。国民党说“工农运动过火”也不奇怪。但独秀同志也这么说，就难理解了。这个问题，近来常常使柳竹苦苦思索。今晚，他又不能平静了。

走进区委会来，另一区委委员老廖笑迎着他说：“你天天在问的最近一期《向导》周报来了。先让你看吧，有好文章哩！”

柳竹接过老廖递给他的刊物——第一百九十一期《向导》周报，这是当时的党刊。第一眼他就看见这一期上刊载了毛泽东同志的文章：《湖南农民运动考察报告》。他一看见“毛泽东”三个字，觉得眼前突然一亮。对这个名字，柳竹特别有好感：去年，他读了毛泽东同志的那篇《中国社会各阶级的分析》之后，文中阶级分析的原则对他的工作有过很大的帮助。前些时知道毛泽东同志在广州办的农民运动讲习所已经搬到武昌来了，柳竹很想去听他讲课，又没工夫。现在再次看见他的文章了，他哪里肯放手？于是，马上钻进了自己的小屋，扭开电灯，把门扣上，坐在桌子跟前，潜心读起来……

柳竹几乎是一口气把全文读完的。他兴奋地感到，文章对他近来在思想中探索的许多问题给予了极大的启发。文章中的好些话，不仅仅是针对农民运动说的，也是为工人运动说的，更是为目前整个革命的全局说的。比如，文章中说：广大农民群众是在“完成他们的历史使命”，国民革命需要一个大的变动，“辛亥革命没有这个变动，所以失败了。现在有了这个变动，乃是革命完成的重要因素。”“这对目前中国的民主革命，是纲领性的论断啊！”柳竹拍着桌子赞叹说。

农民的举动完全是对的，是“好得很”，“一切革命同志都要拥护这个变动，否则他就站到反革命立场上去了”“革命不是请客吃饭，……革命是暴动，是一个阶级推翻一个阶级的暴烈的行动……”他一边读着一边感到这里好些话对目前全国的革命运动，都有着指导性的意义。是啊，分明是“好得很”，为什么说“糟得很”哩？分明是“完成历史使命”，为什么说是“过火”呢！……他心里豁然开朗，觉得这些天来的苦恼迎刃而解……“好！好！这对我们青年干部真是敲警钟哩！”柳竹想。

“他们将冲决一切束缚他们的罗网，朝着解放的路上迅跑。一切帝国主义、军阀、贪官污吏、土豪劣绅，都将被他们葬入坟墓。一切革命的党派、革命的同志，都将在他们面前受他们的检验而决定弃取。站在他们的前头领导他们呢？还是站在他们的后头指手画脚地批评他们呢？还是站在他们的对面反对他们呢？每个中国人对于这三项都有选择的自由，不过时局将强迫你迅速地选择罢了。”柳竹把这段读了一遍又一遍，心想：“对啊，我们不要听了那些站在他们后面指手画脚批评他们的话而动摇！”他又拍了一下桌子，肯定地说：“不错，我们是革命的共产党，是共产党员，我们要站在群众前头领导群众！”

夜深了，他困得很，打了个呵欠，却放不下这篇文章，又选了几处，一读再读。他眼前展开了一幅中国南方暴风骤雨般的农民运动的图画，脑子里不断闪现自己所熟悉的农村贫雇农，他们从前生活的悲惨、阴暗以及现在正劲头十足地搞农民协会、斗争土豪劣绅的情景……同时，再想想过去气势凌人、今天愁眉苦脸的地主豪绅们，他好像看见他们奔走农协、作揖打躬地求农民宽恕他们的丑相……他读着读着，几乎要笑出声来。

第二天清早，他拿起《向导》周报想再翻翻，刘平推门进来了。她昨晚是在市委有工作，晚上就回到自己家里——她的丈夫市委组织部长关正明和孩子那里。她听来了一些重要消息急于想告诉柳竹。

“哎呀，告诉你一个好消息！昨天中央给市委来的通知：上海工人武装暴动成功了！这是第三次了。”她说着，坐到窗下桌旁的椅子上，“是前几天的事。”

“啊，成功了？！那是……那是把孙传芳赶走了啰？”柳竹欢喜得站了起来。

“那还用说嘛，已经成立了革命的上海市政府！北伐军还没到上海，完全是工人纠察队，工人自己的武装力量！”刘平说，“二月里两次没搞成，但为这次打了基础。”

“当然是我们共产党领导的啰！”

“那自然，主要领导人是周恩来同志，还有罗亦农、赵世炎同志……”

“这么说……那就是……是工人武装起义，夺取政权，成立革命政府！”柳竹含着微笑，站在桌子跟前，昂起头望着窗外碧蓝的、纯净的、没有半点云彩的天空，若有所思地说，“啊，巴黎公社，法国工人成立革命政府。莫斯科武装暴动，俄国工人成立苏维埃。我们，我们中国工人，上海三次暴动胜利，赶走军阀，成立革命政府……刘平同志，这是国际无产阶级的光辉历史啊！好，武汉工人们，天天望打下上海，打下北京，愿望实现一半了！”柳竹笑眯眯地坐了下来。

“打下北京！”刘平叹了一口气，迟疑地说，“北京的消息可不大好呢！”

“为什么？怎么不好？”柳竹惊奇地紧盯着刘平忽然变得阴郁了的面容。

“北方区区委机关不幸被敌人破坏。李大钊和一些同志被张作霖抓起来了！据说，损失很大……李大钊同志的性命怕是很危险的！”

“消息准确吗？”

“这种消息还能乱传吗？上边来的。”

两人好半天都在沉默中，后来还是柳竹叹口气说：“没有办法，革命斗争就是这样，革命胜利总是从流血牺牲中取得的。”

“哎呀，昨天听到的消息真多……”刘平用一个手指在桌上点了几下说，“蒋介石这个混蛋，越来越不像话了。九江、南昌、安庆的国民党，都在跟工会制造纠纷，抓共产党。听说……赣州总工会的委员长陈赞贤同志都给当地国民党杀了。”

“哎呀，搞得这样糟！……武汉国民党的大头子们怎么说呢？你听到吗？”

刘平迟疑了一会儿说：“我也没搞清楚，好像说，汪精卫讲，要调查才能确定，消息不许发表。”

“这是遮掩嘛！汪精卫正跟蒋介石吊膀子咧！没有蒋介石支持，那些小鬼能有那么大的狗胆！”

“我和正明两个也是这样想。还有一个消息，说是我们力量最大的第六军和第二军打下了南京……"

"这是好消息啊！我们的力量，武汉、南京、上海连起来了。"柳竹又站起来爽朗地笑了。

"听啊，我还没说完哩！说是英美帝国主义的军舰对着南京城开炮来！"

"真的吗？这样猖狂！"

"算是有七八成真，不过情况不明白……这是国民党方面传出来的。我们上边，还没得到自己人方面来的电报。"

两人又沉默了半天，刘平用两个手掌轻轻揉着她的双颊和因为睡眠不足而有些发胀的眼皮。柳竹在屋子里来回走着，思考着什么。

"我和正明两个估计，帝国主义军舰开炮，也是得到蒋介石的默契的。"

"那当然。"柳竹停了步子，转过身来，瞅着刘平。一会儿，微笑又浮到他脸上，他说："不过，我们掌握了上海、南京，总是好事。武汉工人能够赶走英帝国主义，收复租界，上海工人能用自己的武装赶走孙传芳，建立革命政府，总算试过工人的力量了。两湖两广的农民武装，据毛泽东同志的文章来判断，好像比工人的更强。他的文章说：是站在他们前头领导他们呢，还是批评他们呢，还是反对他们呢？刘平，显然现在摆在我们面前的任务是如何加强领导革命群众跟反革命的斗争。哎，这期《向导》上，毛泽东同志的文章，你读了没有？我昨晚已经读了几遍了！"

"你倒读了几遍了！哼！可知道，人家闹了几场，文章才给刊出来的呢！"刘平愤愤地说。

"为什么？又是这个老头子不许登？"柳竹在屋子里来回走着，用跷着大拇指的拳头对刘平晃了一下，那是指陈独秀。

"不是他还有谁呢？"刘平皱着眉头说，"他说，到处都喊'工农运动过火'，还要来这篇文章，简直是火上浇油。"

"过火，过火，过火！"柳竹站在房中央，愤怒地说，"叫他下来看看吧，我把他领到甘老九那里去听听他们讲的话，看看他们的生活……你快读吧，我们好谈谈……"

"我昨天才在市委看见刊物，马上又要到大同厂去。真要命，我现在简直都没工夫读点必要的东西。"

"不管怎么样，刘平同志，我们区委里几个人，这几天一定要抽工夫读读，大家得确定一个时间谈谈。我觉得，这篇文章，在目前阶段，意义大极了。尤其是对我们……我这几天，几乎被一些胡说八道搞迷糊了。昨晚，正是在最苦恼的时候，读了这篇文章，哎，就像，就像原来迷失在大海里的一只船，忽然抓到了罗盘针一样。”

“是的，正明也催我快读呢！”停了停，刘平又说，“我听正明说，好像要派你到农村去出席个什么会议……”

“真的吗？那倒正好！我昨晚读文章的时候就想，要能到农村去看看就更好了！”

刘平和柳竹谈话后第三天，市委组织部长关正明同志找柳竹。原来湖北省要开农民代表会议，邀请武汉工人代表列席，市委决定柳竹算一个。

柳竹听了高兴地说：“这太好了，我正想看看农民运动的情况哩！”

“会议地点正好离你老家不远，开完会，你不妨回去看望几天，也是个学习的机会嘛！”

柳竹含笑朝关正明点点头。

柳竹回到区里，花了两天工夫把下周的工作安排好，准备动身。动身的头天下午，先到市内去看了和他一个村子长大的童年朋友冯吉明。吉明和柳竹几乎是同时参加革命的，因此，他们的友情特别深。不久前，吉明和他的爱人王毅结婚的时候，曾通知柳竹，柳竹因为忙，没来得及去一趟，现在他要回乡了，得去看看他们。

吉明的父母，在头两年先后去世。他只是请柳竹回乡下后，去看看他的姐姐和姐夫。他说，如果能替他扫扫墓就更好。

晚上，柳竹到了兴华厂工房来看他的舅娘，问舅娘在乡下有没有什么事需要他办理。

“哎呀，这才怪呢。说不巧，又巧；说巧，又不巧啦！”他舅娘皱着眉头嚷。

“怎么回事啊？”柳竹莫名其妙，站在那儿发愣。

“你看，你两个从不说回家去的，这阵子两个都回去，又不一道走。她今早走了，你呢，明早走吗？看哟，这是从哪里说起！”

“啊，文英下乡去了吗？”柳竹看见屋里没有文英，这才对舅娘的话明白过来，“哎呀，几时走的？”

“她去看她妈，要是她妈的病好了，还打算接过来……”舅娘没头没脑地说，“我正不放心得很哩，听说，车上挤得人死！她娘又从没出过门的，文英嘴脸嫩得很，怎么好呢？！”

“她几时走的啊？”

“哎，不是说嘛，不巧又巧啰，今早才走的呀！”

“哎哟，我昨晚该来一趟就好了，让她跟我明早一同走，有照应些嘛！”柳竹遗憾地说。停一停，他又安慰舅娘：“不用急，等我到了乡下就去看她。要是时间合适，我照顾她们一同回来啰！”

“哎呀，这我就放心了！不耽误你的事吗？”

“看吧，她要耽误得太久，我就不能等！”

“好，好，好娃仔！看在舅娘的分上，跟我出点力！你先去看看她们，看她们什么时候能起身来。要是她娘来不了的话，你最好和文英一道来。车上那样乱，只文英一个，我好不放心啊！要是她娘能来，又不能和你一道的话，你也得给她们想个什么办法……”

柳竹临出门时，舅娘又想起这样那样，唠唠叨叨，嘱咐了半天。柳竹都一一答应了。

十九

文英的母亲仍住在文英离家时候的那间茅舍里。

那年文英随姨妈到汉口去了，地主少爷钱子云知道后，大发雷霆，但回家来不好明说，怕母亲和老婆闹，只好借题发挥，硬逼文英母亲立刻退佃出屋。文英妈也准备照她姐姐王素贞的安排，暂时搬到陈有祥家里，住她姐姐现空着的那间屋子去。后来，因为下手承租这块地的人，就是他们本家杨六生。杨六生见堂嫂这样落魄，心里不忍，留她照旧住下，自己住文英那间屋子也就对付了。他对堂嫂说："现在钱家既把田给我种，房子当然由我安排，我要留你，他不能干涉，要是他不答应，我也不种这点地了。拼着命，我也要闹到满村子谁也不来种这块地……"

因此文英母亲没有搬动。

那天黑早，文英跟王麻子一道，从汉口过江到了徐家棚，算王麻子卖力，死挤硬挤地领着文英挤上了车。车上伤兵很多，也胡扰得很，沿途只听得这儿伤兵打人，那儿伤兵在骂架。文英觉得她理想的革命军人不该是这种样子。后来听到车上有人说，这是旧军阀投降过来的士兵，在江西打了几个败仗，要不是叶挺的铁军派人去支援，他们连性命也留不下来。现在是被运到长沙去医伤的。

王麻子半途下了车。文英在下午三点左右也到了站。从车站绕过镇上穿过上村再到下村去的路，文英本来就不熟悉，现在离开家乡久了，更难辨认了。她一路问到家时，天色已近黄昏。

忽然回到了久别的家乡，嗅到故乡的泥土味，见到从小熟悉的山山水水，文英感到一阵欣喜。尤其是想到那年跟姨妈是那样狼狈不堪地离开家乡的，今天却能挺胸直腰大胆地回来，她更是感到兴奋和欢快。如今，家乡的农民翻身了，当年坑害自己的恶霸地主钱子云被农会枪毙了——这是去年年底妈妈来信说的——这一切，当日离家的时候，是怎么也没料到的啊。可是，一想到爹爹死了，妈妈在病中，又不禁难过起来。越临近家门，步子越加快了，心里也越是慌乱不安。

一跨进竹篱门，再没想到母亲正坐在场院里帮杨六婶在收拾农具，还说笑得起劲呢！这下子，文英像个走失久了的娃娃找到了家一样，猛然扑到母亲怀里，又是笑又是哭。

原来，母亲的病早已好了。

几天来，母女俩整天叽叽喳喳讲个没完，不管在灶房，在场院，或拜访邻居的途中，甚至半夜三更，都不停嘴。

文英妈是孤寡户，钱子云被枪决后，农会划了点地给她，伙在杨六叔一道。因而，今年杨六叔要种的地扩大了，两家子这几天忙得特别起劲。六叔跟同村两家讲好了换工，他先帮人家两天，然后那两家又来帮他们犁田播种。妈妈跟六婶一起，今年多养了两只猪……妈妈脚上的裹脚布条也给农会妇女组扯掉了，如今走路做工利落多了。北伐胜利后，上海的洋布下来得少，乡下人的家机布也抬头了，妈妈几个月来织了几丈家机布卖……妈妈一五一十跟文英连说带笑地讲着，整天都合不拢嘴来。

“文英，听见了吗？叫农会万岁呢！从前嘛，万岁爷是在京城里坐金銮宝殿，穿龙袍凤袄的啦！如今，种田人也万岁了！”

“这有什么稀奇！文英她们在工厂里搞工会，不也叫工会万岁？文英，对吗？”杨六婶说。

“是哟，我们也叫工会万岁，还叫共产党万岁！”文英说。

“那是么样行得，这么多万岁爷？”妈妈问。

“哎呀，妈哟，我们叫的万岁跟你家讲的那个万岁爷不一样呀！”文英有些发急说。

“是么样不同呢？你倒说说看。”

这下子把文英问住了，急得皱起眉头想了半天，忽然笑起来说：“从前称皇帝作万岁爷，那意思是说，愿那个坐宝殿的人活万万年。我们穷苦老百姓咧，就叫他压榨一万万年！如今，嗯，叫工会农会万岁，意思嘛，是叫工人农民——就是我们，无产阶级，一万万年都抬起头来，自己安排自己的事呀！是要打倒帝国主义、军阀、地主啰！这并不是光叫哪个人活一万岁呀！一句话，不管种田人也好，做工的也好，子子孙孙从此万年都抬头翻身，扬眉吐气啰！共产党万岁嘛……是说，从此万万年，一辈一辈领导人民革命，搞好中国……是这个意思呀！”

“你看，到底我文英是汉口来的！才出去三年，比你这个乡巴佬妈妈强多啦！”六婶笑着说。

一到晚上，村子里的姐妹和年轻的嫂子们，总不断有人来看文英。她们问文英汉口的工人是怎样打倒英国鬼的，是怎样斗争资本家的。文英也没想到从前那些小姐妹会这样关心政治，后悔自己没做好准备，回答得零零落落，自己很不满意自己。姐妹们却向她有声有色地叙述了好些斗争土豪劣绅的故事。她们一色都剪了头发，再没有一个缠小脚的了。她们还给文英讲许多事，说农会妇女组前一阵子给几个缠小脚的嫂子扯掉了裹脚布条，又给那家折磨老婆的汉子开教训。讲得笑死了。

那晚，闵秀英来看文英。闵秀英是隔邻三婶娘家的侄女，比文英大两三岁，四五年前就结了婚的，丈夫是个富农，凶得很，婆婆也折磨她……北伐军一来，农民协会搞出头之后，她就和原来的丈夫离了婚，跟现在的丈夫结了婚。现在的丈夫是贫农，是农会的积极分子，论辈分说，现在的丈夫算是从前丈夫的侄儿。闵秀英亲口把自己跟这个丈夫恋爱的事告诉了文英，又说：“你知道，我们那一个讲了个笑话哩。他说，要是从前，算是婶子跟侄儿通奸呀！该遭活埋罪咧！如今嘛，算是婚姻自由呀！”闵秀英快活地笑着说，“跟你讲，从前那个道理呀，我说，狗屁不通！两个死对头做么事一定把他们缠在一起？两个情投意合的，做么事又不许你明媒正娶做两公婆？老实讲，从前有些人偷偷摸摸，那不怪人家呀！是那些放屁的礼教压得人冇得出路嘛！”

文英听得止不住好笑起来：“秀姐，我记得你从前比我还封建的，几时变得这么开通了？”

“哎呀，把封建一打倒，农会一抬起头来，我们这些人嘛，不该趁势翻个身么？你再要怕丑的话，算是自讨苦吃，活该倒一辈子霉！我才不那么倔呢！”

“你已经有喜啦，恭喜今年添个胖娃娃啊！”文英轻轻拍着闵秀英的大肚皮说。

“是的呀，你说奇怪不？这回，信都不晓得就怀喜了！”闵秀英也轻轻抚着自己的大肚皮，喜笑颜开说。马上又问文英：“你是么样不再找个老公？那不是把一枝鲜花伴着死人埋到棺材里去？如今不作兴了呀！你才倔哩！”

接着闵秀英又和六婶一道给文英讲了一件本村的新闻：守了快十年寡、已经四十岁了的李大婶，今年元宵节后，她的老表哥——北伐军军队里一个连长来看她……没过几天，两个就宣布结婚了，上个月，她已经跟新老公到湖南岳阳去了。

“李大婶吗，我记得她老是有病，黄皮寡瘦的。”文英说。

“哎哟，人家这回嫁了个大汉子，什么病也没有了！上个月走的时候，长得白胖白胖的！”闵秀英说。

“她的小三呢？”文英问。

“哎呀，人家连儿子一总都要了！小三马上赶着叫爹，叫得比亲爹还甜！”六婶格格笑着说。

“结亲那晚上，我们乡长跟她李家的叔公，都去闹了新房的！你说，这些新鲜事，盘古开天以来也没听说过呀！”闵秀英说。

次日下午，闵秀英又来邀文英到农会去看她们妇女组搞工作。闵秀英现在是农会妇女组的副组长，正组长近来生了孩子告了假，没来办事。农会在上村，她们一边走，一边谈话。

绕过一洼池塘，在上村下村之间，穿过一片稀疏的丛林，出现了一座白粉墙，八字门，高高的大瓦屋。大门口有几个扛着长枪的农民站岗。门外宽大的场子上，一队扛着梭镖的农民在练操。文英记得这是钱子云的宅子。闵秀英告诉她，现在这屋子做了农民自卫队的队部，只把后院几间杂屋留给钱子云的娘和老婆孩子住了。

“可惜搞得热闹那阵你没看见哩！”闵秀英在一棵大树下停了步，一边看操一边对文英说，“农会打开他钱家的仓库叫大家来挑谷米，真要死，挑两天两夜都没完呀！你看，挑到顶底下一层金黄闪闪的谷子都霉烂得发臭啦！晓得陈了几百年啊！他个狗杂种，宁可让谷子发霉，也不让种田人吃饱……”

文英想起那些粮食里面还有她爹和彭炳生卖的气力，叹了一口气说：“走吧！”她不想多停在这家门口，招来一些叫人悲伤和难堪的回忆。

她们又继续提起步子往前走，闵秀英问文英：“你们汉口也有共产党吧？”

“当然有啰！”

“那你怎么不加入？”

文英摇头笑了笑，问：“你呢？”

“我和我们那一个打算一起加入呀！文英妹子，你说，共产党真好咧。我们那一个说，没有共产党，我们种田人，今天伸得直腰杆来么？我说呀，这是真话啰！种田人嘛，打从祖宗百代起，你说说看，你听说过哪一代种田人像今天这样扬眉吐气过？知道吗，好妹子，农会就是共产党领导的啦，你懂不懂？”

她们边走边谈，走到了农会。农会的房子，也是没收了一家地主的大宅院。文英一走进去，只见外面大院子里，盛开着各色各样她叫不出名字的好看的花，走廊也油漆得好看，不像乡下人家。她们迎面遇着一个包着蓝布包头的男子，他恭恭敬敬对闵秀英行了个鞠躬礼。闵秀英就像没看见他一样，依然朝前走着，等那人刚走过去，她马上转过脸来告诉文英说：“这是个富农，开初办农会的时候，邀他来参加，他不来，现在天天求爹爹拜奶奶，哭到农会来，要求批准他进农会，你看，这个死投机分子！”

跨进月洞门到了后院，东边一大间正房是妇女组。闵秀英指着妇女组窗外的院子告诉文英说，妇女组刚成立那晌，把满村满镇的老奶奶、大嫂子们的裹脚布条扯了来，就在这院子里烧了三四天，烧得臭气冲天。一些姑娘跑来看，都笑破了肚皮。说得文英也止不住好笑起来。她们走到妇女组办公室，早已有个年轻的，头发剪得短短的，蛮壮实的妇女在等候闵秀英。她们还没来得及坐下，这女人就向闵秀英诉起苦来，说是才上了一星期的夜学，就和丈夫吵了两架，婆婆也帮丈夫的忙，说她不该深更半夜到处跑。

“撞他妈的鬼啦！八点多钟就散了学，什么叫深更半夜！”闵秀英粗里粗气骂起来，“叫你老公吃完晚饭来一趟，让我死死教训他一顿。”

“他才不会来呢！”女人说，“不光不来，还要批排我一顿，怪我不该告状……”

“那你就打算怕他一辈子？”

“我怕他？怕他就不来找农会了！……不过嘛，我是这个意思：农会劝得转他吗？还有他娘呢……简直是个霸道婆，更难搞！我怕是劝不好的，不如索性离了婚爽快些……”妇人说完把头一扭，抿着嘴笑。

闵秀英对着坐在一旁一声不响的文英笑着说：“你看，现在的乡下女人，跟你在家时不同了吧？哪个是好欺侮的？”马上她又转过脸来对那个妇人说：“自己人，不兴开口闭口讲离婚……你老公是个贫农，是自己人呀！有些不通窍的倔脾气，先得开导开导。好吧，今晚上，我到你家里去找他谈谈，看他有几个脑壳，几条臂膀，不跟大家一条心！还作兴折磨老婆！”妇人像是不满意这个解决办法，一声不响，噘着嘴转身往外走……闵秀英皱起眉头瞅着她的后背，忽然把头一摇，叫住了她：“喂，回来，回来！有话问你。”

妇人转过身来站住了。

“莫不是……赶时髦，又……又相好了别人吧？想换换口味吗？嗨，我的好妹子，那不行啊！尽闹这些事，人家又要造农会的谣言哩！你那汉子，是自己人，先得好好开导他呀！嗯，你笑吗？莫笑吧，我晓得，你笑话我，你想：‘哦，你闵秀英离得婚，我就离不得啦！’……好妹子，告诉你吧，完全不同呀！我从前那个挨刀鬼，跟你老公不同，那是个富农反动派，他跟地主通风报信，反对农会，要不然，上头哪会帮忙我，鼓起我斗争他呢？走吧，我晚上来看你们……你两个都要在家等我！”

等她一走，闵秀英对文英说：“看，莫瞧不起这点子屁工作，一不小心，就违背了政策，搞坏了事！这婆娘，准是新搞了个野老公，借上夜学为名，夜晚出来作怪！我还得到夜校去打听一下才行……真是，小问题也不简单啊！”

文英一直愣愣地瞧着闵秀英发笑。她记起闵秀英从前受婆婆的气，挨丈夫的打，整天吓得缩头驼背、眼泪鼻涕糊满了脸的可怜样子！农会才兴起半年多点，她怎么一下子就练得能说会干，又懂原则，又讲政策啊！是的，闵秀英刚才说得好，没有共产党，种田人哪里伸得直腰？共产党不光让穷人日子过好了，也把穷人变聪明了。她又想起厂里姐妹和甘明、王艾来……是的，工厂里是这样，农村里也是这样……没有共产党，妈也不会这样快活，我自己连家乡都不敢回来哩！文英想回到厂里，该更努力地好好干一干……

第三天，妈妈和三婶陪着文英走了十多里路到西水村去看热闹：一个劣绅被农会处罚着戴高帽子游村。

她们沿途讲讲说说，走得很慢，等到了西水村时，差点儿都看不到了。还好，她们迎面遇到了密密麻麻、闹闹哄哄的人群正拖着一个劣绅游村回来。这个劣绅像耍把戏的猴儿一样，被人在腰上拴着一根绳拖着走。这人约四十岁，瘦小个儿，穿着件褪色发黄的旧黑洋绸夹袍，头上戴着一顶高筒子纸帽，上面写着姓名，又用红笔和墨笔涂得乱七八糟。大概沿路游行时，被人推推碰碰，纸帽到处是破洞，一看见就叫人发笑。文英等三个就尾着闹哄哄的群众走去，到村公所前面禾场上，大伙停下来。一个人噔噔地敲了几下大锣，另外的人动手把戴高帽子的人车过身子来，让他面向着拥挤的群众，数说自己的罪状……

“还要讲？游都游完了！”戴高帽子的人苦涩着嘴脸说。

“再讲一次，让你记住！”敲锣的人用敲锣槌指着他的鼻子说。

这人的目光横扫了大家一眼，气嘟嘟地说：“我造谣啦，造了……造了农会的谣，我说，嗯，农会贪污公款，委员分了赃……这……这不该……不该……”没说完，他低下头来……

“还有呢？做么事不说了？”群众嚷起来……

这人没作声，掀开破纸帽，抬起手臂用衣袖擦满头满脸的汗……

“要不得，要不得！最后一次不好好说，明天重来，再游一天……”

这人听说明天要再来一次，眼珠都鼓起来了，脸色泛紫……马上向大家躬下腰来，合着双手连忙作揖说：“诸位，诸位，莫急撒！我说，我说！我，我不是不肯说呀，是喘不过气来啦，你看，冒汗呀！我说，我说！我挑拨了王家烈和王家寿，劝他们退出农会。我在六谷屯陈老八家说农会贪污公款。我说了北伐军是暴发军，搞不久的。我说了国民革命是寡民短命……”说到这儿，这人又低下头不作声了。

“还有，还有，是么样不说呀！”

“我……我……我说了共产党是土匪……”

“我，我真是万般该死，请诸位原谅！”忽然他脸上作出怪相，举起双手，在自己两颊上，左右开弓，一连打了几个耳光，嘴里还数落着说，“你这个该死的，该死的！该死的！下次再说，不饶你！”

围观群众哈哈大笑起来。文英也笑得扑在妈妈肩上，一时喘不过气来。妈妈和三婶笑得眼泪都流出来了。

看完热闹，她们娘儿三个就到西水村，文英的远房四姑妈家去歇息。听四姑妈讲原委，文英才知道：这个劣绅是个有名的刀笔，这些年来，附近几个村子的地主人家，抓农民，送县衙门的禀帖、状子几乎都是他摇笔杆子办的……

“这死狗，造多了孽，丧了阴德啊！亏得老天爷眼睛睁得开……常言说得好，‘不是不报，日子未到！’如今他的气数到了哩！”四姑妈说。

“算了吧，你家！”四姑妈的媳妇反驳婆婆说，“什么阴德、阳德，老天、老地哟！要不是共产党来兴农会，有什么鬼报应好讲？还不是他们土豪劣绅、混世魔王的世界……”

此后一连下了两天雨。六叔因为跟人家换工，领着儿子到别人家田里干活去了。六婶跟妈妈忙着家务，也忙着陪文英走亲戚家。所到之处大家众口一词地劝文英回家来招个女婿跟妈妈一起重振家业……

那天文英和妈妈两个在灶房里煮猪食，六婶坐在一旁给六叔和儿子打草鞋。她们又劝起文英来……

“你怎么这么封建不开窍呢？”六婶在文英肩上拍了一掌说，“放大方点，睁开眼睛在这几个村子里、镇子上挑个好女婿，我们伙起来种地，几好啊！你又年轻，又体面，又聪明，算得全镇上的一等人才，只要你肯挑的话，天字一号的汉子由你选。人家要把你跟红花姑娘一样看待，不作兴那些个封建啰唆了啦！”

“哎呀，又是这一套，真要命！”文英不耐烦起来。

“她那个倔脾气，就像她爷老子，气人！我这几日，白天黑夜，嘴都说干了，她也不回心转意……”妈妈说着，又擦起眼泪来。

“文英，你听我说，你妈只你一个，如今回来了，切记莫走了！以后，你种哪块地，那块地就是你的了，日子好过了啦！莫老惦着那个工厂。我们到底是乡下人。你爹你妈，祖宗世代是种田人。在工厂里，你的根扎不稳的……你的根是扎在田里的啊！听我说，在工厂里，你扎不稳根！”

“随便你们说罢，我有我的主意！我也懒得争了！”文英想。

几天来，文英很心烦，一个六婶，嘀嘀咕咕；一个妈妈，哭哭啼啼……白天黑夜总是劝她放下工厂回乡下来。可是文英无论如何也舍不得扔开兴华厂的姐妹们回乡下……是的，在工房里，她曾经想念妈妈，想得好多夜晚偷偷哭泣……可是，现在叫她离开工厂，离开姐妹们，放下工会的工作，那比要她的命还难受……从前，初进厂的时候，她也是跟六婶一样的想法，觉得自己是乡下人，自己的根是扎在乡下的，总想回到妈妈身边，可那时回不来。后来呢，不知道什么时候起，她在工厂里安下了心。她想，大概是跟胖妹、彩霞她们一道搞地下工会小组的时候起吧，她把自己原来扎在乡下的根移到工厂里来了。她跟姐妹们一起开过多少秘密会，散过传单，以后又一次次地闹斗争，争得了工厂里的好局面……她喜欢那儿的同志们、姐妹们，她和姐妹们正在共享着翻了身的欢乐。那些人都是她心坎里的亲人了……莫说是姨妈、柳竹、胖妹、彩霞几个，就连甘明父子、东升巷工会看门人魏老汉，她都觉得是亲人。她跟他们一起商量过自己阶级兴起来的好些事啊！她还要跟亲人一道，再搞革命，争取她和他们一同理想的、一同希望的那个红日东升的世界到来……虽然，她知道这儿也在革命，也搞斗争，但是她没参加，她的战斗岗位是在工厂里。看见闵秀英忙工作忙得起劲，她就想：好，她们在这里搞，我也要回厂里去拼点命啊！

几天来，文英劝妈妈跟她一道去工厂，妈妈哭哭啼啼，舍不得离开爹的坟，说她一走，爹就变成了孤魂野鬼！再呢，妈妈如果离开村子，划来的几丘田，就得交还农会，妈妈舍不得。还舍不得她的猪，舍不得她床底下的盆盆罐罐，舍不得柜子里的破铜烂铁……有什么办法呢？叫文英放弃工厂回来吗？那她纵然嫁得个好人，纵然农会搞得好，日子过得好，她也会一辈子忘不了同在车间里呼吸过棉花絮、同在秘密小组里谈过时事的姐妹们，忘不了同在工房里共过患难的工友们，一起为美好未来而斗争的同志们……不，她绝不回乡下来。

文英勉强不了妈妈，妈妈也扭她不过。算了，彼此照旧，她寄点钱回来贴补妈妈吧。妈妈和六婶也算有伴了。文英就这样打定了主意，决心说服妈妈莫拦阻她回厂去。她想，如果老说不清的话，她就只好一两天后，借口到姐妹家串门子，逃之夭夭，溜到车站去算了……

那天原是个晴朗的日子，下午忽然阴了天，六婶怕要下雨，忙着把丈夫和儿子的两副蓑衣斗笠送到田地里去了。文英在妈妈房里开导妈妈。妈妈流着眼泪，说她养了个忤逆闺女，不听娘的话……忽听外边有人声：

“这屋里有人吗？杨五妈在家吗？”寂静的场院里，有个男子的声音传进来。

“哎呀，这怎么像柳竹的声音啊！”文英惊异地想，急忙跑出来一看，果然是柳竹站在她眼前呢！

“你怎么会跑到乡下来的？”文英又喜又惊，像见到久别了的亲人一样。

“我来这带开会，开完会就回老家来了。”柳竹笑呵呵地答，他也觉得在这儿见到文英，比在工房里会见时格外亲切……他看见文英穿着一套黑色的家机布旧衣裳，胸前系着一条天蓝色竹布围巾，完全是乡姑样子。农村的阳光充足，几天来把她白净的圆面庞，晒得红红润润，十足的健康气色……他记起那年她初到工房来时，正是这种健康的肤色。柳竹觉得，文英的面孔红润，眼睛透亮，短发也越显得乌黑。乡姑型的文英，比女工型的文英，好像更惹人欢喜些……

柳竹跟着文英走进屋来，文英给妈妈介绍说，这位是姨妈的外甥柳大哥。妈妈苦涩着脸想了好半天，说是想不起什么柳大哥。

"陈满舅的外甥小竹子哩！"柳竹无可奈何地把自己的小名介绍出来。

"小竹子，哦！陈大姑妈的儿子！"

"对啦，你家猜对啦！"柳竹说。

柳竹坐下来后，就把自己在汉口动身前，舅娘一再嘱咐他照顾她们的话告诉母女两个。

文英也告诉柳竹，妈妈不肯同去，只她一个走，正着急没同伴呢！几天来，文英憋着一肚子烦恼没个人好谈，如今见了自己的同志，而且还是一向敬服的领导同志，忽然觉得是见了比妈妈还亲的亲人，一股脑儿把这几天跟妈妈争执的问题，一五一十对柳竹诉说起来，比过去在工房里任何一次见面时，话都说得多些。柳竹也微笑着细听文英的申诉……从母女两个的面容上，他猜出刚才她们正为此事在争执。当他听到文英说到她那么惦记汉口，惦记工厂和同志，不肯留在乡下时，他为文英稳定的工人阶级意识感到欢欣、愉快……

"我决定后天一早走，你能同走吗？"

"哎哟，你马上动身，我都走！"文英说得斩钉截铁。

妈妈正给柳竹端了碗茶来，听女儿这么说，翻起眼睛在女儿身上溜了一眼，心想："嗯，两个亲热得很呢。"

柳竹跟文英约好，说后天早上来邀文英。文英一想，柳竹住在上村，如果来邀她，还得走回头路，因为去车站得穿过上村，就叫柳竹不必来了，她到陈满舅那儿去邀他。他同意了。

"文英，你比我多回来几天，看见了许多新鲜事吧，乡下比从前，不同得多了吧！"柳竹换了话题说。

"哎呀，不同得多了！"文英快活地笑起来，"没回来的时候，我以为我是个工人，总比乡亲们进步些，该回来起点什么作用吧，哪个晓得，回家一看，我倒是落后啦！我们从前的一些姐妹个个比我强了！”

“那就趁机会学点，我也在学啊！”

谈了一阵，柳竹就告辞走了。

“个子好高啊！这个后生子……”柳竹走后，妈妈自言自语，一会儿笑眯眯地拍着文英的肩，低声说，“这个柳大哥，眉清目秀的，长得好相貌……他跟你讲起话来，细声细气，笑眯眯的，我看他，对你蛮好咧……”

文英没作声，觉得妈妈的话有点刺耳。

“文英你走吧，我不留你啦。我这才明白，你死不肯回来，嗯，是他缠住你了！也好……”

“天啦！我的老娘，这叫什么话！你怎么懵头懵脑，信口瞎说哩？”文英急得连连跺脚闹起来，“你不怕冤死人了！这位柳大哥是领导我们工人搞革命斗争的，个个都敬重他。他在我们那里，跟哪个说话都是这样，一张笑脸，轻言细语的……你老人家没见过世面，乱说一气，真急死人了！”

“你们两个一点事都没有？”妈妈睁大眼睛诧异地问。

“什么事都没有！你家这么胡言乱语，叫我怎么对得起人！”文英急得又跺脚嚷，“妈妈，求求你，莫瞎说了！”

“没得事就算了啵！急得这个死相做什么！”妈妈说。

二十

一早，妈妈陪着文英在陈满舅家里会齐了柳竹之后，就一同走上了去车站的路。已经走出上村了，妈妈还舍不得回转去。柳竹说有一条小路，比走镇上大路近些。拐上小路之前，柳竹和文英一再劝妈妈别再送了，妈妈才依依不舍地放开女儿的胳膊，转身朝回家的路上走去，走了几步，又停了脚回过身来，眷恋地遥望着不肯回头，一心去了的女儿的后影……

柳竹怕文英走路吃力，这时正抢文英手里的包袱，文英抢不过柳竹把她的包袱跟自己的包袱拴在一起，挂在背上了。妈妈看得非常高兴，觉得这是个好兆头。

文英回头看见妈妈还痴痴地站在那里遥望他们，就向妈妈挥着手，催她回去，妈妈只好转身走了。

柳竹和文英沿着小路，向车站走去。在他们眼前展开了一片锦绣世界：东方高悬着暖融融的朝阳，金光洒遍了大地、南边，放眼望去，横着若隐若现、忽断忽续的蓝色的小山丘、远远的前面，流向长江去的碧绿绿的一条河流上面，闪动着朝霞的金光，尽头是水光接天。河上无数小船，梭鱼样游动着。点点白帆，衬着灿烂多彩的高空，仿佛天上人间已打成一片了。柳竹不觉停止了谈话，凝神地欣赏故乡迷人的景色……

近处田野里，有人在几乎没膝盖的泥水里吆喝着老牛，翻耕田地。有人多手快的人家，已经插完秧了，嫩绿的禾苗在霞光中，伫立在深水田里迎风昂扬。靠近村子那边，更有一大片闪烁着金色光芒的油菜田，阵阵油菜花的幽香，在静谧中袭来。

布谷鸟像有意逗这两个年轻人一样，一时在那边，一时又在这边唱出清脆的歌声："插田，捧禾……割麦，插禾……"他们两个慢慢走着，不约而同地追寻啼鸣的方向……等柳竹认定啼声是来自东边的时候，文英又听见另一端传来了啼声……

在煤烟笼罩着的工人区生活久了的两个青年人，今天同样感到故乡的空气特别新鲜，故乡的一草一木、一声一色都是那样亲切可贵……

"几年没有听到这种鸟声了！"文英叹口气说，"从前，年年听到，只觉得，它一叫唤，就是插秧的时候，一点也不稀奇。如今，听见这声音，就像见了亲人，好亲啊！"

"到处的自然风光都好，只是家乡的，更亲切些。"柳竹笑嘻嘻地说，他想起了在这块土地上度过的童年……

"真奇怪，头两天，妈妈要留我的时候，我只盼着赶快跳上火车走，奔回工房去……今天，嗯……"文英没说下去，怕露出留恋的情绪，让柳竹笑话。

"想妈妈啦？那么，你不该走的啰！"柳竹开玩笑说，他已经觉察出她的心境了。

"不走？"文英笑起来，"尽管舍不得妈妈，舍不得家乡，可还是死心塌地要奔回工房去，尽管嫌工房和工厂人挤人，烟熏人，可是，到底还是想念它……看见乡下生活好了，就想到我们厂里还要斗争，要搞好点。好像我从来是厂里长大的，你说怪不怪？"

柳竹沉默了一下，想起初认识文英时，她的那种羞怯、安静神态，忽有所悟：

"并不怪。你在烟熏熏的工厂里，开始了新生活，开始了斗争，在那里领悟到了革命斗争的真理，就成长出了一个和从前不同的杨文英，一个新的生命……所以觉得那里比在妈妈怀里更亲些……"

"我不配说新生命。不过，比从前是不同些……"文英坦白承认说。她从内心深处欣喜着柳竹的话是这样道破了她的心情，比她自己都说得中肯。可是她跟妈妈说了几天，妈妈却不懂。

一会儿，他们在被两岸的垂柳覆盖得荫凉凉的一条清溪边走着，贪听着从柳丛里传出来的黄莺儿的歌唱和潺潺的溪流声……忽然一声"站住！"把他们吓了一跳……

原来他们已经走近跨在溪上的小桥了。一队儿童团在这儿把守桥头，像把守要塞一样。孩子们早就看见他们了，他们却因为柳条遮住，没有注意到孩子们。

“站住！”一个十二三岁、手里举着一面小红旗的男孩，又一次命令着，他的童音是那么清脆响亮。“你们是从哪里来的？到哪里去？”

柳竹笑着没有急忙回答，从衣袋里摸出一个信封，递给了为首的年龄最大的孩子。

大孩子看完证件，才改变了装得过于严肃的态度，露出了笑容说：

“同志，对不起啊！因为你们不像本乡人，不能不认真啦！现在……走吧！”孩子把证件交还柳竹，把手一扬。

现在，这两个被孩子们包围着的大人，倒舍不得走了。他们笑着跟孩子们一个一个地握起手来。

“小朋友，你做得很对！切莫放松反动派和奸细！”柳竹对为首的孩子说。

“我们绝不会放松的！”为首的孩子说。忽然他又装出严肃的面容说：“同志，我现在在执行公务，我不是小朋友，十三岁，不小啦！”

“啊……对，对！同志，我认错！不该叫你小朋友。同志，再见！”柳竹和文英都止不住好笑起来。

“再见！”孩子们齐声说。

柳竹还想和孩子们说笑两句，但又怕为首的孩子责备他妨碍他们执行公务，只好忍着他对孩子们的喜爱和文英两个跨上了小桥……一个约六岁的小女孩追了上来，扯着柳竹的衣襟，昂起头对他说：“我晓得，你是陈满叔家的客人，是大毛的表哥！”

“对啦！大毛呢？怎么这儿没有他？”柳竹停了脚步，弯下腰来抚着女孩的覆盖着短发的头说。

“大毛么？今天不轮他的班！”小女孩说。又有四五个孩子也涌上来了。

“你这么小，也来轮班吗？”柳竹问。

“小？捉反动派，不管大人小人，都有责任，你这都不懂！”女孩瞪着眼噘着嘴说。

柳竹不觉喜得伸出两手来抱起女孩，把她高高举起，摇晃了几下。小女孩拍着柳竹的头哈哈笑着，她黄黄的短发和红布衫在朝阳照射下，泛着光。然后柳竹在女孩的两颊上亲了又亲，才把她放下来。孩子们看见柳竹的脸上沾了女孩的鼻涕，全都拍手大笑起来……

离开孩子们后，柳竹对文英说："你看，这群孩子，一下子给我碰了两个钉子……我以为他们小，这是老看法，他们不客气地教训了我。本来嘛，他们是经过阶级斗争教育的，个个都有敌我观念，有警惕性。我们家乡，我们中国，真是不管大人小人，现在都在受考验啊！"他心里又记起毛泽东同志的文章来。

"是的，初初一看，也不觉得家乡有什么不同，家家还是安排插秧犁田，天天都要烧饭喝茶！但是心思不同了！气氛不同了！你看这群孩子就知道……"文英说。她还想起了闵秀英。

"对啊，因为压在头上的东西被推翻了！你算深刻体会了家乡的变革了呀！"柳竹赞叹说。

再往前走了一阵，路旁出现了一个有五六亩大的小湖，那是养菱角的湖，现在正是菱角花开的时候，湖面上浮着一层略带紫红色的小白花。整个的湖面就像是一幅美丽宽阔的织锦。他们在湖旁徘徊了一阵，欣赏这幅自然织锦。柳竹想起七八岁时，有一次挨了父亲一顿冤枉的责打，赌气从家里跑出来，决心到外边去自谋生活。正是走到这座湖边，累了，就坐在一块石头上歇息。坐了一会儿，想起自己还太小，出去生活不容易，回家去又不好意思，就哭起来。哭着哭着，睡着了……也不知睡了多少时候，忽然感到一只温暖的手在他额上抚摩，睁开眼睛一看，是妈妈在这儿找到他了。想起了往事，想起了一辈子辛苦的、已离尘世的父亲和母亲，想起他们未看到家乡的变革，柳竹不觉呆呆地凝神瞅着被微风吹得轻轻晃荡的、铺满了美丽菱角花的湖水……

"你在想什么？"文英笑问道。

"啊！"他从回忆中惊醒过来，说，"想起小时候在这里玩过的一些事……走吧。"他没把这故事讲给她听，怕惹她想起妈妈来。

"你小时候，怎么这么淘气，都玩到这里来了！"重又上路时，她说。

"嗨，男孩子，哪比你们姑娘！大概这附近四十里，都有过我的足迹。我跟冯吉明两个，的确是淘气，什么地方不钻到？……冯吉明，你认得的吧？到工房看过舅娘的。"

她点点头，又叹了一口气，显然把自己的童年一对照，她是不胜羡慕他的。

他们拐上大路的时候，已经望得见前面车站上拥塞的人群。靠近车站的一段大路，比较整齐，两行嫩绿的垂柳，使大路成了林荫道。从这儿走过，像是进了城市的公园。好些柳树干上，有新贴的标语，除“打倒帝国主义！”“打倒土豪劣绅！”等见多的标语之外，柳竹发现了一条新贴的标语：“打倒独裁新军阀！”

“嗯，国民党中央已经把蒋介石的反动面貌公开了吗？”他想。到车站，急忙买了一张头天的《武汉日报》看，报上关于这方面的消息一个字也没提，他心里纳闷起来。想到时局，想到区里的工作，柳竹真有些归心似箭了。由于读了毛泽东同志的文章，他对这次回乡的见闻，体会格外深。他感到更有信心，更有劲头，因此急于回到工作岗位上，去发挥自己的一分力量。

车子误了点，在小站上等了一个多钟头，南边的车子才开上来。所有的车厢，挤得人都喘不过气来，亏得车站上柳竹有个熟人，给他们设法在挂在车尾的一辆邮车上挤出了一丁点位置。邮车车厢没有座位，又没有窗子，只正中一个大车门。大家席地而坐，也看不见窗外风光，闷热得像三伏天。但是凡能挤上来的人，个个都庆幸自己找到了比一般车厢安静一点的地方。满车人叫这列火车作老太爷车，沿途误点又误点，直到晚上八点多钟才到达粤汉路终点——武昌徐家棚。

柳竹、文英下车后，匆忙赶到轮渡码头，想赶快过江去。没料到当晚最后一次过江轮渡刚开过去，据说是轮渡今晚被拉公差，最后一次的时间临时提早了。他们懊恼得很，只好找家小馆子先吃点东西，然后又回到车站附近准备找一家小旅店安身。

他们问了好几家旅馆，没想到家家都是客满。后来在一家小得可怜的客栈里，茶房把他们领上了一座摇摇欲坠的小楼，给他们找到了一个小房间。房间里只放一张床、一张小条桌，就转不过身来，电灯鬼火一样阴暗。

“有两张床的房间没有？要是有两个房间就更好！”柳竹问茶房。

“哎，同志，打赌吧，你家们今晚在火车站这带要是再找得到一个房间的话，我跟你们付账！”

果然他们正在商谈时，楼下忽然人声吵杂，只听得一片嚷叫：“有房间没有？房间！房间！”他们就赶忙要了这间小屋子。

茶房给他们拿了洗脸水和茶壶来后，柳竹对文英说：“我们只好轮班睡觉了，你先睡，我到外边去走走……”说着，拿起帽子，预备出去。

“不，不，不要走了，你先睡吧！”文英知道因为自己一向拘谨，柳竹只好借故回避开。这样，要害得累了一天的柳竹出去走半夜，心里实在过意不去。就直率坦白地把房门扣上，堵住了柳竹，不让他走，并且说：“我不困！我的习惯还要洗脸、喝茶、洗脏手绢，还要去楼下一阵……这就有许多时间耽误，你先睡吧，这么晚了，还走什么！早睡早起，明天好早早过江去。”

柳竹觉得文英说得很真诚，自己也的确困了，就把半个身子倒在床上，先还和站在脸盆跟前洗手绢的文英答话，一会儿就呼噜呼噜进了梦乡。

文英洗过手绢，坐在条桌前歇了一会儿。江风从窗外一阵阵吹进来，虽然是春天，但夜风薄寒，她看见柳竹什么也没盖，怕他受凉，就轻手轻脚弯下腰来伸手到床里，把堆叠在那里的一床破毡扔到一旁，拖出那床不大干净的薄棉被给柳竹盖上了。然后，解开自己的包袱，抽出一件夹袄穿上。夜越深，江风越发凉了，她只好把小窗子关上，自己伏在小桌上打起盹来。下乡以来，跟妈妈日日夜夜叽叽喳喳，欠瞌睡得很。楼下的吵嚷渐渐静了，码头上传来了“哟嗬……哟……嗬”的声音，是苦力们扛重负的有节奏的唱和……她好像还在摇摇晃晃的车上，身子被颠簸得骨节发痛……颠着，颠着，她回头一看，妈妈站在路旁，痴痴地望着她……渐渐地，妈妈的影子也朦胧起来……她睡得像死去了一样……

次早醒来，她忽然忘记是在什么地方，睁开眼睛把满屋子一看，才想起是昨晚和柳竹在这家小客栈里过了一夜。但是，她分明记得，是柳竹躺在床上，她自己伏在桌上的啊，怎么自己这会儿却是和衣倒在床上并且盖上了被子哩？她纳闷着，赶忙坐了起来，她看见恰恰是她跟柳竹替换了位置。柳竹这时正跟她昨晚那样，伏在桌上睡得很香甜，身上披着那床她曾扔开的破毡。她明白过来：一定是柳竹半夜醒来后，怕她在桌上睡得不舒服或受凉，就把她移到了床上，然后自己伏到桌上睡去了。“真该死，我怎么一点儿也不知道啊！”她想，“可是……这个人，也太细心了！”

江上，春潮哗啦哗啦喧闹着，两岸的老百姓苏醒起来了……

柳竹被他所熟悉的涛声惊醒，他欣喜地倾听了一会儿，伸了伸腰，把两只压麻木了的胳膊舒展了几下，然后转过脸来，看见文英已经坐了起来，就说：“啊，你倒先醒了！”

“你是什么时候睡到桌上去的？”文英打了个呵欠，蹦下床来问。

柳竹想起半夜把文英移到床上去时，她那酣睡的样子，不觉哈哈笑起来，说：“还说不困呢！睡得那样死！要是有人把你抬走，你也不会知道的。”

文英红了脸，没有说话。

他们胡乱梳洗完，结算了旅馆账，就匆忙过江去了。

二十一

柳竹过得江来，一直往丰寿里市委会奔去。他到了楼上组织部，向关正明同志交代完任务后，就听到了几个令人震惊的消息：蒋介石勾结帝国主义，于四月十二日，在上海公开屠杀革命人民，叛变了革命。广东、广西的国民党，也配合蒋介石的反动屠杀，正大规模逮捕共产党员和革命群众。现在国民党左派——武汉国民党中央和新国民政府，已经决定声讨蒋介石，开除蒋介石的党籍，解除他的一切职务。

“……在我们党的领导下，上海工人经过三次武装暴动，推翻了旧军阀孙传芳，建立了革命政权，把蒋介石的大军迎进上海。没想到蒋介石进了上海，却是首先屠杀共产党员和工人群众……北京方面，被军阀张作霖捕去的李大钊等几十个同志，怕也凶多吉少。据说张作霖新从德国买了一架绞首架，正是用来对付共产党人和革命群众的。”关正明同志面色严肃地向柳竹介绍当前的形势。

“局势变得这样快，我们上边打算怎么搞？”柳竹急忙问道。

“看起来，京汉路是可以打通的！”关正明说，“马上要拿下郑州、开封……那就好到北京跟张作霖算总账了……”

“上海呢？更严重的问题是上海呀！”柳竹追问。

“别急……上边在研究哩！……你的眼皮为什么有点肿？”关正明细瞅着柳竹的面孔说，“睡眠不足吧？赶快回去睡足觉……斗争紧张得很啊！”

于是关正明略略给柳竹谈了一下武汉方面的迫切任务。他说目前应该首先抓紧工人工作，开展群众斗争，打退一切反革命进攻，包括奸商和资本家对工人的威胁，那才能巩固武汉革命中心。

“好，我现在只能给你谈这个初步原则，过一两天我过去跟你们一道详细布置。”关正明把柳竹送到楼梯口，又嘱咐说，“里边的斗争也紧张咧，从中央到我们这里……老柳，你那里，工人区是个中心点……你的任务不轻啊！回去先休息一下，要认真做出计划来哩！”

“好啊，紧张点干，比打闷葫芦强！”沿楼梯往下去的柳竹回过头来，对还站在楼梯口的关正明微笑着说，“你早点来，我还想跟你谈谈乡下的事，那真是‘好得很’哩！”

走到大门口，柳竹被一个人抓住了胳膊。那人欢天喜地地嚷着说：“好极了，遇到了你，我不愁了！”听口音，这人虽然说的普通话，却带着上海话的调子。柳竹一下子愣住了……好半天才认出这是上海大学的同学郭寿衡，旁边还有一位女同志，看来是一道来的。柳竹知道郭寿衡是上海工人运动中的优秀青年干部，在今年上海工人第二次暴动中受了伤。

“哎哟，你怎么跑到这儿来啦！是早来的吗，还是‘四一二’事变以后来的？”

“早来？早先哪有工夫来！我们在上海干得比你们这儿还起劲！”

“听说，你受伤了啦！”

“受伤？哦！是的，那是第二次暴动的时候，伤不重，我都忘记了……这回可险啦！宝山路的大屠杀没杀死我，又给抓了去，装满一大卡车人，我是从车上偷着跳下来的。奔了几个地方都找不到我们的人了，只好上船到武汉来找组织……对不住，我现在没有多的工夫跟你闲谈，你得赶快帮我接好组织关系。我是昨天到汉口的，已经流落了一天……”

“不要紧，会招待你的。听说这几天从上海、九江逃来的同志不少，有个地方招待你们。”

“我给你介绍一下，这位是张静芬同志。她的情况和我差不多，我们是在船上遇到的。”

柳竹重新跑上楼去，把他所知道的郭寿衡的情况告诉了关正明。关正明正关心上海的消息，马上下来。

柳竹又从郭寿衡口里得知了“四一二”事变中几个朋友被捕和牺牲的消息，心里很不好受。由于惦着自己区里的工作，只好和郭寿衡匆忙告别，赶回家去。

路上，他遇见几个青年人在贴新写的标语：

“立即声讨屠杀上海工人的反革命头子蒋介石！”

“打倒新军阀蒋介石！打倒旧军阀张作霖！”

“打倒屠杀革命群众的蒋介石！”

有个过路的人问道：“同志，怎么蒋介石也成了反动派吗？”

一个正在墙上刷浆子贴标语的青年人气愤地回答说：“当然是反动派！他背叛革命啦！在上海勾结帝国主义，屠杀工农群众，我们要打倒他！”

“报上还没这项消息吧？”

“明天就要登出来的。你等着看吧！”

“离开这个城市才一个礼拜，起了多大的变化啊！”柳竹边走边想。

回到区委会来，正值吃午饭的时候，刘平没回来，只洪剑、老廖夫妇和柳竹一同吃饭。他们向柳竹问了问乡下的情形，就急于对柳竹谈各工厂的近况。柳竹离武汉才一周，变化却不小：武汉政府发行的纸币“国库券”，本来就不稳，这几天，受上海“四一二”的影响，猛然贬值，物价更为飞速上涨，一周内，煤米油盐，布匹百货，通通涨了价。工人们的生活又临近北伐前的艰难境地了。工人要求增加工资的情绪是普遍的。蒋介石在上海屠杀人民的消息，工人们中还未普遍传开，但是几个知道消息的人，都摩拳擦掌想要干起来。资本家方面，本来就有“工农运动过火”的叫嚷，现在知道了蒋介石的反动屠杀，他们对武汉革命政权的看法很摇摆。有些厂方，如兴华厂、面粉厂、火柴厂都和奸商们唱一个调子，说“银根紧”，工厂要关门，想用停工歇业来威胁工人，涣散工人的组织，动摇武汉革命政权。情况是严重的。

柳竹一边听着，一边想起陈大爹讲反动地主黄仆心的话来：“不是我死他活，就是他死我活。”于是他更体会到刚才关正明给他指示的重要性，知道一场尖锐的斗争要开始了。

“你休息两天，我们来安排安排吧！”洪剑离开饭桌子的时候对柳竹说。

“你今晚要没有事，就到我屋子里来商量商量！”柳竹说。

饭后，柳竹到做晚班的几个工人家里去了解了，得到的情况和洪剑、老廖谈的差不多。当晚，柳竹在自己的小屋子里和洪剑决定商量个开展工人斗争的初步计划，以便关正明来时好召集全体区委会进行讨论，安排斗争的步骤。他们两个同样认识到目前要加强工人组织，提高工人战斗力，配合革命军队共同

保护和巩固武汉革命中心这个任务的重要性。联系到具体工作上，本区目前第一项重要工作，就是绝不能让工厂关门。如果让资本家关了厂门，那不只是工人生活成问题，更重要的是涣散了工人的组织和战斗力，那就要使武汉革命中心动摇，革命就会遭到难以言说的损失。

他们认为，为反对资本家停工歇业，各厂必须做充分的准备。柳竹没回来时，洪剑已经考虑过，他现在向柳竹重提到武汉店员工会的一些经验：去年年底武汉一些商店，不愿接收店员工会改善店员生活的条件，想借口财政拮据，用关店的办法威胁店员们。可是店员工会做了很好的调查工作。几乎各商店每个店员，特别是学徒们都动员起来，调查清楚他们的老板的财政情况，无论流动资金和存货，都查得一清二楚。经济并不困难而想关店的，工会认为是有意破坏市面秩序。这样一来，店老板的阴谋没有得逞。

区委本来早向各厂党组织和工会介绍过店员工会的经验，号召各厂组织人力做这样的调查研究。但过去没有抓紧，现在他们认定得马上急起直追，抓紧这项工作。“知己知彼，才能百战百胜啊！”柳竹说。当然，要工人们做工厂的财政调查，是比商店要困难得多，不过他们估计：各厂工人热情都高，如果密切结合纠察队一道进行，一定能克服困难。但首先需要区委下定决心，带动各厂同志搞这项工作。

他们决定先以三个厂做重点来搞：兴华纺织厂、铁工厂和面粉厂。此外还把这几个厂的人力做了一下调配，重要的宣传组织活动，也做了些安排。

计划拟完，已经深夜了！洪剑搓着两手笑嘻嘻地对柳竹说：“跟你在一起干事真带劲，马上说，马上干，真不含糊。我担心你这一个礼拜累得够受，回来总得有几天喘喘气，摸摸底，才搞得出计划来的。”

“哎呀，要不是你老弟胸有成竹的话，我才半天工夫，哪能摸得准情况？”

“我的情况放在脑子里好几天了，你不回来，它们还只能是情况。你看你今天一天，真像一匹喂足了料的骠马，扬起蹄子飞跑。早上还在徐家棚车站，上午在市委汇报，吃午饭的时候才听到我们谈区里事，又跑了一下午工厂，晚上就搞出这一套来了……刘平还没见着你呢，明天，你们一见面，你就有这一套拿给她看，她会又欢喜又奇怪死了的！”

“算了吧，我们两个不必彼此抬轿子了！”柳竹笑起来，又忽有所悟地思索了一会儿，说，“在下乡之前，读了毛泽东同志那篇文章，的确起了作用。在那头几天，听了些乱七八糟的说法，什么‘过头’‘过火’的，把我心里扰得真苦恼。可是读了他的文章以后，苦恼都杀退了。在这个大时代，的确是：‘革命的同志，都将在他们面前受他们的检验而决定弃取。’是的，我就决定选择他说的那条路：站在群众前头去领导群众。这样一决定，就觉得浑身有劲了。再呢，农村的大好形势也给我增添了力量……你呢，老弟，不也是一样吗？”

“对，我也是这么觉得。那几天各厂同志议论纷纷，要是没有读毛泽东同志那篇文章，我会很急躁的，可是这次，我比较冷静，心里算了算，只等你回来安排。我现在想起在监狱的时候，你劝我读书时对我讲过的一句话：‘马克思列宁主义的理论，是无产阶级革命的罗盘针。’这回我算领会了。”

工房的院子里，春天的阳光跳跃着。文英挟着包袱，一跨进院来，就有一群正在游戏着的孩子蜂拥了上来，嚷叫：“文姑姑回来了！”“文姨姨回来啦！”文英被围绕得迈不开步，她也感到了和孩子们久别重逢的欢喜，笑应着孩子们的叫唤，拍拍这个，摸摸那个……好些做妈妈的哄了半天才把孩子们哄开，给文英解了围。姨妈进厂去了，家里没人，文英本打算趁此静静地休息半天，没想到却不断有这个嫂嫂、那个奶奶来问文英妈妈的健康和乡下的情况。文英把妈妈给她包来的家乡风味的干红苕片和干菱米招待大家。陈大婶知道文英很累，不叫她烧饭，把她拖到自己家里去吃。

晚饭时，文英和下了工回来的姨母边吃边讲，讲个没完。饭后，姨妈让文英休息，文英却提脚就往夜校读书班跑。一跨进东升巷工会的大门时，头一个就是魏老汉用他那惯有的笑容，大声地欢迎她。走进教室，又是一群姑娘们快活地向她拥来。彩霞一把把她拥抱起来……满屋子又是叫嚷，又是拍掌，又是欢笑……“妈妈好了吗？”“乡下怎么样？”“你怎么晒红了！”

彩霞细声告诉她，说她已经跟父母和好了，感谢文英给她出的好主意。原来，文英动身去乡下时，彩霞和洪剑两个还没回家去看老头儿呢。一改往常的愁容，满面春风的黄菊芬也过来告诉文英，说她在前天跟王裁缝正式宣布结婚了，结婚那晚，大姨妈和胖妹还去她家吃了糖。

“我晓得了！一回来就听姨妈说过了！恭喜你们啊！”文英说，“你留给我的糖刚才姨妈都给我吃了！我还没给你送礼呢！”

“哎呀，我们一辈子都不会忘记你……他还说，改天要专门看你去……谢谢你呢！”

文英没看见胖妹，问彩霞是怎么回事。彩霞低声告诉文英说："工作紧得很，她今天只好缺课了！"

陈碧云老师一走进教室，看见文英也不禁欢叫起来："哎呀，杨文英同志，回来啦，叫人好想啊！"

上完两堂课，大家又围上文英问乡下的这样那样。连住在城里的陈碧云也不忙回去，跟姑娘们一起听文英讲乡下的事。姑娘们的问题是层出不穷的。现在的女工谁不关心农村的变革啊！何况她们好些人都是从农村来的呢！文英谈到戴高帽子游乡的劣绅自己打嘴的笑话，还有那个乞求进农会来的富农的故事时，姑娘们的欢乐而清脆的笑声，震动得课堂的门窗都发响，直传到了行人已经稀少的、漆黑的小巷中……

夜深了，昏暗欲灭的路灯，照着寂静的街头。文英和姑娘们分手告了别，独自朝工房走去时，感受到了一种说不出的快活，一种回到了自己队伍里来的欢喜……

回到家来，姨妈还没睡。桌上的小油灯，照着甘老九和姨妈两个在谈话。文英也坐下来听。市面上情况不大好：物价比前阵更为猛涨。商人和资本家在搞鬼。他们配合帝国主义和蒋介石，想从经济上扼杀武汉政府，好些商店和工厂叫嚷着要关门。银圆成了宝贝，有钱人抓到手里不肯拿出来。一元国库券和一元现光洋的价格差别越来越大了。政府手里没有抓住现银。工人经过斗争，好容易增加上的这点工资，远远赶不上物价的飞涨……工人要求继续增加工资……文英越听越觉得紧张起来，心想：怪得刚才胖妹没上课呢，又该忙了。

"文英，知道吗？蒋介石狗养的，在上海杀开老百姓了哩！"姨妈说。

"哎哟，什么？"文英听愣了，连忙问道，"杀老百姓？不是上海工人暴动胜利了吗？不是组织了革命政府吗？"

"唉，那是说古董啦！"甘老九叹道。

"上海工人怎么能够由他乱杀呢？"文英问。

"详细情况不清楚，只听说蒋介石狗杂种，一进上海，就骗咱工人纠察队缴了枪。枪一缴，就杀咱们弟兄啦……比吴佩孚还凶狠哩……他妈拉个狗娘养的老杂种……"老九说时，气得咬紧牙根，捏着拳头在桌上捶了一拳……

"这消息准确吗？"文英疑惑地着问。

"咱纺织工会去上海的代表亲眼看见的，那还能假？他们只剩得一身袴褂逃了回来。上海的纺织工会办事处都给打毁了……亏得在马路上遇见了朋友，才凑足买船票的钱……差点都回不来了……”

姨妈叹了口气，说：“我这个人，没有文化，脑筋简单。我只说是……我们这里赶走了老军阀，打退了帝国主义，又听到上海工人，武装暴动成功……哎哟，我说是，这下子算一天天好起来了，料想不到还有这么些波折……”

文英连连点着头，觉得自己也跟姨妈一样，看见工人抬了头，又在乡下看见农民翻了身，就把革命中的困难忘记了，以为从此，革命一路顺风了。“我也是的……脑筋简单，把事情看得太容易了！”文英说。

“没那么容易的事，斗争才开始咧！”老九说，“柳竹同志下乡前，给了我一个小册子，叫作《湖南农民运动考察报告》。是毛泽东同志写的。那上面说得真好！啊，真好！他说：革命不是绣花，是暴动，是一个阶级推翻一个阶级的暴烈的行动。大姨妈，你听，一个阶级推翻一个阶级的暴烈的行动啊！这是一场翻天覆地的斗争啦，哪里能够只刮顺风，没有逆风的？……但是，不管反动派怎么反动，中国的劳动人民占了百分之九十以上，又有共产党领导……我是不相信革命不胜利的！”

二十二

五一国际劳动节，全副武装的武汉工人纠察队和武汉民众举行了盛大的示威游行。这是对帝国主义的示威，对全国反动派的示威。

群众大会上传出了一个噩耗：张作霖在四月二十八日把革命领袖李大钊和二十位革命者执行了绞刑！这沉痛的消息更激发了示威群众的愤怒……

当天的《武汉工人日报》上还刊载了一个惊人的消息：头天晚上工人纠察队逮捕了几个与上海反动派勾结、想在武汉阴谋停工歇业、危害革命重镇的奸商。

好些奸商、资本家看见了游行示威群众的声势，特别是工人纠察队的雄姿，听到奸商被捕的消息，有些胆战心惊。

五一国际劳动节的晚上，三镇还是热闹异常，戏院、电影院、剧场、学校、工厂都有纪念晚会。

工人区的革命广场上，按节日筹备会的安排，要放映一部俄国影片《母亲》。这部影片是根据俄国伟大作家高尔基的同名小说改编的。

年轻的工人们，虽然游行回来，身体疲乏得很，却不肯放过这场电影。黄昏前，许多工房，宿舍里，街头上，都可以听到姑嫂姐妹们、青年小伙子们约这个，邀那个："走，走，到革命广场看影戏去！"

"大嫂，早点吃晚饭，晚上开洋荤，看影子戏咧！""别乡巴佬啦，什么影子戏？这叫活动电影！""哎呀，你也够乡巴佬哩，什么活动电影……电影就电影呗！"旁的人听见这两个人的对话，都哈哈笑了。

还有些工人或者他们的家属，一辈子都没看见过电影的，不知道电影究竟是一种什么洋怪物，现在有人给送上门来了，更是巴不得赶快天黑，好见见世面。

文英游行一天回来，浑身酸痛。晚饭后有些犹豫，想看电影去，又嫌太累。这个时候，彩霞夫妇两个来邀她了！她领会到他们是有意照顾她的，就决心去看。她们又邀大姨妈一起走。

大姨妈说："哎哟，娃娃们，你们看去吧，叫我到露天里去站一夜，人挤人的，冒得那个本事，明儿还做工呢……算告饶了！"

三个人走出工房又遇到了胖妹，她也是来邀文英的。路上，她们又遇见了金梅姐妹。

广场进口小，虽说有纠察队和童子团在维持秩序，但仍然有许多人拥在那里，一时挤不进去。不少姑娘和小伙子，就在场外等候着，闲谈着。

彩霞她们挤在一堆说笑，忽然发现了郑芬、杨广文一对。他们正手牵手挤上来。郑芬穿了一件粉红底子、起花格的麻纱旗袍，半短袖子，已经完全是夏季装束了。她在熙熙攘攘的人群中，热得满面红晕，在灿烂的晚霞的辉映下，更显出一种热恋中少女所特有的异乎往常的娇美。她手里抓着一小把瓜子，不断往嘴里送。

姑娘们围上了郑芬。这个说："你这衣裳好时髦，俏皮得很！"那个说："郑芬这小鬼，自从和老杨恋上爱，越发标致了。"郑芬红着脸嘻嘻笑着，然后从杨广文的衣衫口袋里一把一把地掏出瓜子来分给姐妹们，姑娘们索性全都嗑起瓜子来……

"小李和老陆怎么不来啊？"杨广文问。

"冒得你们两个那样亲热！"金梅打趣他们说，"哎，郑芬，尽吃瓜子冒得意思，几时请我们吃糖啊？"

"对不住，先吃点瓜子吧，还是慢点请吃糖的好。"杨广文笑嘻嘻回答说，"你看，小李在没有请吃糖的时候，老追在胖妹后边跑。如今糖吃过了，连影子都不见了，把胖妹丢得好孤单啊！"

"厚脸皮的，"胖妹一边笑着，一边把嘴里的瓜子壳往杨广文脸上唾着，说，"不怕我给你兜出来吗？哎呀呀，丑死了！想结婚想得要命，都缠着郑芬哭过两场啦！"

姑娘们听得哈哈大笑起来。

“造谣，没有那回事！不信，问郑芬。”

“问郑芬干什么？最好问吴大茂去。你不是跑到铁工厂去找吴大茂联盟，叫吴大茂也催银弟结婚吗？问问良心，我这话是不是造谣？”在喧嚷声中，胖妹提高嗓子说话，脸都涨红了。

“哎呀，我还不知道你有这些鬼名堂！”郑芬噘着嘴说，把杨广文的胳膊死劲一推。

姑娘们这回更是哄然大笑起来，郑芬也跟着大家红着脸痴笑。彩霞拍着手喊道：“若要人不知，除非己莫为……老杨这家伙，还装得那么不在乎哩！”

“哎呀呀……”杨广文傻笑着，缩着脖子，抬起一只手，摸摸自己的后脑勺，很不好意思地说，“胖妹，算你神通广大，到处有得力风……吴大茂这家伙，出卖朋友……”

正说着，吴大茂勾着银弟的胳膊，挤到她们中间来了，惹得大家拍手笑个不止……

挤进广场之后，他们就不能再圈在一起了，什么地方有空，就往什么地方插进去一两个。洪剑却老照顾着彩霞和文英。文英也把胖妹死抓在一道。他们终于在场子的东南角上找到了一点空。

快立夏了，气候一天天热起来，白昼也逐渐长了。人群在广场上拥挤了很久，天还不够黑，电影无法开映……洪剑觉得正好借这个时机教歌，就扔开女同志们跑去找孙猴王艾去了。一会儿，王艾跳上了台，对台下群众说：“我们童子团现在利用这个时间教大家唱歌！”许多青年人都快活地拍起手来。王艾又说：“今天没有值班任务的童子团，都到前头来，领头唱歌！”于是人海动荡起来，好些孩子，分开群众往戏台前捅去。一会儿，靠近戏台的地方已经密密站了两三排童子团的孩子们。动荡过一阵之后，站在台上的王艾对大家说，今天这支歌是个新歌，叫《打倒新军阀》，请大家先听童子团唱一遍。说完，王艾就举起两手指挥起来。孩子们清脆而稚气的童音，在场子上震响起来了：

“蒋逆介石，蒋逆介石，新军阀，新军阀……”群众中哄哄笑起来，有人鼓掌。孩子们继续唱道：“勾结帝国主义！背叛国民革命！打倒他，打倒他！”

唱了几遍之后，好些群众也跟着唱起来。接着童子团又唱了《少年先锋队》和《童子团》等歌曲。夜幕姗姗来迟，群众中，有些娃娃都在父亲或母亲的怀抱里睡着了。年轻的父母，轮流捧着熟睡的孩子在怀里，手都捧酸了，也舍不得回家去。有时，有人嚷："不爱等了，走吧！"就一定有人劝阻说："再等等吧，听说电影好得很哩，是俄国革命片子呀！""耐烦点，莫错过了机会，是照俄国革命作家高尔基的小说做的呀！"

电影开映了好半天，热闹的人声才逐渐安静下来。

银幕上出现了一个外国妇人，缩手缩脚地走着，丈夫在暴怒中打她……往下又出现她和儿子把死了的丈夫送出去的场景……银幕一闪，又出现那个老妇人坐在桌子旁，一边擦着眼泪，一边听她的正在喝菜汤、吃面包的儿子对她讲什么……

这时的电影全是无声的。场子后面，放映机旁，有个讲解员对群众讲解。他说，这是二十世纪初，俄国革命前，一个受苦受难的工人家庭……儿子在对母亲讲革命的道理：要打倒沙皇，打倒资本家，打倒地主，要建立无产阶级专政的社会主义国家，工人才有好日子过……

观众中起了一阵阵轻微的叹息声。"唉，外国、中国都一样咧！挨完丈夫的打，又受儿子的气……"黑暗中，有个妇女说。

"五婶，你莫闹错了！现在这个儿子好着咧，参加革命啦！听，不说是要打倒资本家吗？！"

银幕上映过几场男女青年在母亲家里开小会之后，就出现了母亲跟男女工人一道参加"五一"示威游行的一幕。她和大家在队伍里列成排，在大旗下面边走边举起拳头喊着什么……这时候，观众发出了喜悦的笑声，又有人鼓掌了……

"瞧，可赶不上我们今天的队伍威风啊！"

"别打岔了……人家那时候革命没成功嘛！"

接着是队伍被反动军警打散了，老妇人的儿子和几个工友被逮捕了……观众们又止不住愤怒起来，有人骂："狗养的反动派！也跟咱们这儿从前一样！"有小伙子气得卷起袖子，摩拳擦掌，一副都想要奔到银幕里去跟那些军警肉搏一场的样子。场子里，人声喧腾了……忽然，有个洪亮的声音高呼："打倒帝国主义！"大家就像白天游行时一样，跟着喊起来："打倒帝国主义！""打倒新旧军阀！"

另外又有人叫嚷着说："是看电影呀，莫打岔啊！"

讲解员也费了好些口舌，劝大家安静。

看到电影中母亲装作卖吃食的小贩在工厂门前，偷偷把传单递给了工人的时候，观众们有的赞叹着，有的止不住发出了笑声，他们忆起了不久前，自己在厂里的革命活动。

“彩霞，记得那回你把传单贴在吴佩孚的布告上吗？”文英轻轻推着彩霞的胳膊说。

“你呢，你把传单用图钉巴在墙上了！”胖妹也推了文英一下。

“你也不错呀！菜场里大柱子上都正式张贴起传单来啦！”早已溜回彩霞身旁站着的洪剑说。

法庭会审的场面出现了。革命者一个个戴着镣铐被武装军警押上法庭，观众中，一些妇女们发出了叹息声，有的竟轻轻饮泣了……彩霞和文英也不禁鼻子一耸一耸，偷偷在擦眼泪……

“哎呀，别丢人啦，你们哭什么？”洪剑推了彩霞一下，轻轻笑着说，“人家戴镣铐的人，都在笑哩！看吧，他们在嘲笑那些狗屁审判官！你看，还在骂他们哩！”

银幕上，儿子在法庭上演讲，宣传社会主义的理想的时候，电影讲解员感情充沛地把儿子的话向观众传达了出来：沙皇、军阀、地主、资本家的世界，终究要完蛋的，因为工人阶级和所有劳动人民都已经觉醒了，都团结起来向旧世界斗争。他们要革旧世界的命！他们再不肯受反动统治者的剥削和压迫了！他们要推翻剥削者的统治，要消灭资本主义、帝国主义的世界！要建立一个没有剥削、没有压迫的全新的社会主义的国家。在那样的国家里，有一句通行的口号：“不劳动者不得食。”讲解员自己还补充说：“这位革命者的理想，现在已经在俄国实现了。俄国现在已经是无产阶级专政的国家，是推翻了地主资本家的国家。因为俄国共产党的领袖、世界革命的导师列宁领导的俄国社会主义革命，已经胜利了……”伴着讲解员的讲述，观众们不断地响起了掌声。一次又一次群众的欢呼声，震荡在革命广场上，震荡在工人区里五月的夜空中……

最后，是车站上的场面：母亲成功地散发了传单，却被敌人逮捕了。观众看得又是难过。原来站在最前面唱歌的童子团的团员们，现在扬起他们的小手喊口号：

“全世界无产阶级联合起来！”

“打倒帝国主义！打倒资本主义！”

“打倒军阀、地主、土豪劣绅！”

“共产党万岁！”

“世界革命胜利万岁！”

电影结束。观众们还在场子里流连着，舍不得走开，仿佛还希望银幕上那个母亲和那些革命者再出现一次……

有人问：“妈妈后来放出来了没有？”

“充军的儿子呢？回来没有啊？”

“哎，同志，你莫懵懂，不都说过了吗？俄国革命都胜利了啦！”

“是呀！工人阶级当政了啦！皇帝老子被打倒了啦！”

“哦，我明白啦，这意思是说，俄国革命的胜利，就是这些妈妈、儿子、姑娘们斗争斗得来的！”

“嗨，你这下聪明啦！”

五一节过了的第二天、第三天，甚至好几天，工人区里——车间、工房、宿舍，甚至街头巷尾，都可以听到工人们，特别是小伙子和姑娘们，还在谈论着中山马路游行队伍的盛况，谈论着看了《母亲》这部电影后的感受……

二十三

五一节的第二天，柳竹搬了家，他从区委会搬出来了。

区委会自从公开以来，从早到黑，人来人往，一会儿这个来找，一会儿那个来谈，没个安静的时候。柳竹常感到坐下来看当天报纸的时间都没有，特别是需要安静工作的时候很不方便，早就想找间房子搬出区委会。但是，武汉自从北伐胜利后，尤其国民党政府在武汉成立后，人口骤增，就连工人区里一些小房屋，也身价百倍。因而也就把搬家的计划放下来了。最近，关正明说，按时局发展，区委搬搬家有好处，并说不必集中在一起，叫柳竹先搬出来。这样，陈舜英经过几天的努力，终于给柳竹找到了一间可说是物美价廉的房子。五一节前太忙，没有搬成，五一节一过，他就赶忙抽工夫搬了。

新居离区委会并不远，就在长街的西头，向北伸展去的一个僻静的小巷子里。这巷子叫菜花巷。巷子的尽北头就是郊野了，那儿有一大片菜地。再往西北去，就接上了工人区北面的旷野，直通到柳树井。有一洼池塘，池塘周围有一株老树和几株垂柳。菜地里现在正是满畦菜花的时候……

柳竹的新居在巷子的深处，尽北头正面向东的一座小楼上，北面的小窗就向着菜地。这儿本是单间的店面房，可这一带太僻静了，没有人到这儿开店铺，房东就把店面改成了住家样式，自己住在楼下。

房东老两口很爱清静，听说只有一个单身男子来租住他们的小楼，就宁愿多让点租金，并答应供应茶水。他们有一个女儿，原是本市某女中的学生，是一个共青团员，今年一月里，考进了设立在武昌南湖的中央军事政治学校女生队，很少回家来。两老闲着没事，因而对柳竹的照顾特别周到。

接着，一连好几天，区委们的工作特别紧张。因为好几个厂的工人在五一节前，都感到了厂方有借口停工歇业的迹象。厂方故意放出谣言，一下子说燃料不够，一下子说资金周转不灵。区委会准备看哪一家工厂先开始实行停工，就拿哪一家开刀示示威。这是一个极有必要性的斗争。资本家是想借停工歇业威胁武汉工人的生活，涣散革命队伍。其最终目的，是配合蒋介石和帝国主义的反动进攻，动摇武汉革命中心。因此，这个斗争必须取得胜利。区委认为，这个斗争也是保卫武汉的第一次练兵。

看情况，兴华厂和面粉厂有先闹停工的可能。因此，这两个厂的斗争准备工作，就布置得特别具体。对兴华厂的政治经济活动的调查组是由江西前线回来的敢死队队长蒋炳堃领导着。他几乎每夜都要到区委会去向柳竹汇报工作。

在一切都有了准备的时候，各厂又反映上来，说是资本家要停工歇业的气氛，比五一节前，仿佛和缓了些。大家估计，是由于五一节的大示威和五一节前后工人纠察队在市内逮捕了几个奸商，使资方胆怯了一点。但是大家互相告诫不要放松。眼前，已连续忙了几天几夜，稍稍松松气，消除一下疲劳，倒是需要的。

这天晚上，没有安排会议和工作，大家觉得很轻松，饭也吃得从容点。区委会里，一向是晚饭吃得最热闹：刘平虽多半日子在大同厂，晚饭前总到区委来碰头，就在这儿吃晚饭。彩霞婚后，她的新家随洪剑安在区委会了。刚结婚头几天，彩霞上桌来吃饭时，不大好意思，尤其这儿尽是她平日敬服的领导同志，总觉得不敢放肆，老是红着脸不多说话，赶快吃完就离开桌子。现在，她也习惯和大家一起说说笑笑了。要没有她来吃饭时，大家反嫌太清静。

这天，从工厂回来，彩霞想着大家连着忙了几天几夜，该慰劳慰劳，就顺路买了两斤豆丝，一些猪肉、雪里蕻和明笋片，算给大家添菜。她亲自动手，把猪肉、明笋都切成细丝来炒豆丝和雪里蕻，炒了两大盘送上桌来。大家吃得非常香甜，又赞美彩霞的好手艺。

饭后，柳竹打算到市内长江书店去翻翻书，再看看几个朋友。刚走出门没几步，迎面就遇到了同学冯吉明和他的爱人王毅。他们是特地来看柳竹的。柳竹从乡下回来后，还没跟冯吉明碰过头，就邀他们到他的新居菜花巷去。路上，柳竹告诉了吉明关于家乡和吉明姐姐家的情况。

吉明今天穿了一身崭新的浅色斜纹布中山服，比从前胖了些，满脸容光焕发，明显是一个生活在幸福中的青年人的样子。

“老弟，你长壮了！”柳竹一边走，一边拍着吉明的肩说，“我们这一阵忙得吃饭睡觉都没工夫，你怎么能保养得这么好？”他瞅着他的面孔，心里想：“这个家伙，气色这么好，是爱情的幸福呢，还是工作的愉快呢？”

他们一路走着、谈着，柳竹又在一家糕饼店里买了一包花生米和一包孝感麻糖，招待客人。王毅跟冯吉明结婚后，这还是头一次来看柳竹。

吉明很羡慕柳竹新居的幽静，说自己住在市内，又是临街的房子，日日夜夜吵得晕头转向，整天像在戏台上一样。

王毅把满屋子打量了一回之后，赞赏说：“看不出你这个单身汉，屋里倒收拾得灵灵醒醒的！”

“啊，我这是牛屎外面光咧！表面上把你的眼睛骗住了，内容可查不得。”柳竹微笑着说。

“那倒不会，我大哥从来就爱整齐。我们从前在一起的时候，总是他嫌我把屋子搞得太乱了，一走进门就忙打扫……洗澡啰，换衣裳啰，总是他催我。”吉明对王毅说，“将来做我大嫂的人，不为难，比你省事些。”

柳竹看着吉明笑了笑，顺嘴骂道：“这小鬼，还是一张油嘴！”然后就奔下楼去了。他跟房东太太要了一壶开水提上楼来，冲了一壶茶，大家这才坐下天南地北地聊起来。

柳竹邀王毅吃麻糖的时候，注意到本来是矮矮瘦瘦的王毅，现在穿了一件宽宽松松的、白地紫花格的自制西式连衣裙。衣裳虽然很宽松，却依然显出了胸脯过分的发育和腹部的隆起。柳竹猜到那是妇女怀孕的迹象，就笑对吉明说：“你们的成绩不坏啊，要做爸爸妈妈了！我也要做大伯伯了啦！”

王毅低头看了看自己的腹部，羞红了脸，没有作声。

吉明满心欢喜地向柳竹谈他们有了孩子后将如何安排生活，但看见柳竹听得不怎么有兴趣后，忽然一本正经问道：“大哥，你的婚姻问题到底也该有点消息了！难道为从前那件事，就一辈子打单身不成？”

“少胡说八道，什么从前、过去，现在没有消息就是没有消息嘛！”柳竹想岔开吉明的话。

柳竹在中学时代曾和一个女同学热恋过。柳竹原把那位女学生当成五四时期的先进女性，后来才发现她是一个很自私的资产阶级小姐，就绝交了。他痛恨自己在这次恋爱中的跌跤，自此把恋爱视为畏途，甚至有些偏激地拒绝和女性交往。参加革命后，虽然觉到这种偏激也同样是幼稚可笑的，但总觉得还是要多加谨慎。因此，他在恋爱问题上老显得不积极，甚至把一些较好的机会也错过了。为此，吉明好几次为柳竹可惜，劝他改变态度。

“不，老兄，你不必遮掩。”吉明诚恳地说，“你今天在这个问题上过于消极的态度，是和从前那件事有关的，你有些矫枉过正啊！怎么到今天还是那么冷冰冰的，到底也该结婚了！有些同志问我：柳竹是一个那么热情的革命同志，怎么不跟女同志讲恋爱……嗯，我也答不出，你倒是对我说说吧！”

“得了，老弟，你要变成恋爱专家了！”柳竹笑着说，“有消息自然告诉你，没消息又怎么能给你说呢，瞎胡扯吗？”柳竹尽量扭转话头，不愿人家谈他的婚姻问题。

话题转到了时局上来。吉明是在印刷业工会工作的，王毅则在店员工会。他们向柳竹谈起那两方面的情况。自去冬店员工会领导店员和商店老板斗争胜利以来，店员工会工作发展得很好，年轻店员们积极性很高。在执行政府的法令、禁止银圆出口的这个工作上，他们帮着纠察队做了很多工作。他们对老板的财政，做了细致的调查……只要老板一有现银交易，他们就一清二楚，两只眼睛紧盯着老板，使老板难得有机会勾结反革命把现洋运出武汉。他们还多方动员老板把现银兑给国家银行。

柳竹也给吉明夫妇略谈了本区的情况，又不断说到故乡的新局面和父老们的新面貌。这晚上，他们谈得非常高兴。自从柳竹搬来后，小楼上还从来没有这么热闹过。

说话的时候，吉明好几次细声问王毅：“身体困倦不？”“回去晚了身子吃得消不？”“要不要躺着歇会儿？”王毅下楼上厕所，吉明又嫌梯子太陡，怕有孕在身的王毅会跌倒，就亲自陪同她下去……柳竹止不住嘲笑起吉明来，说：“真没想到，从前那个有名的小蛮子，跟人打架打得头破血流的吉明，如今会这样温存，这样会体贴老婆！”吉明也打趣柳竹说：“我今天是特地来向你示范的。”柳竹心里想：“见鬼，讨个老婆有这么多麻烦，还不如一辈子打单身的好！”

送走了吉明夫妇，柳竹独自转回来，收拾了一下屋子，就躺上床去。睡了半天，睡不着。他从不闹失眠的，今晚怎么翻来覆去没有瞌睡啊……吉明和王毅两个那缠缠绵绵的样子，当时很看不顺眼。现在，又隐隐有些刺激他。“怎么，还是那么冷冰冰的？到底也该结婚了啊！”刚才吉明对他说的话在耳鼓里响着。他从来没有为吉明惯有的那些笑谑动过心……可是，他自己承认：今晚，吉明的话有些刺激他。他想起自己错过的一些机会……终于，想到了文英。自从文英参加革命后，他就开始关心她了。以后，他自己逐渐感到越来越喜欢她。他自参加革命后，曾暗自发誓不和资产阶级式的小姐谈恋爱。文英呢，除了她那些美德之外，这也正是合乎他这个条件的。但是，他觉得自己很不善于像洪剑、吉明那样，大胆热情地对女同志表示感情。从前，他也不敢确定自己对文英的爱情究竟成熟了没有。今晚，他忽然明白自己已经很爱她了。和文英在家乡的相见，和她同归汉口的途中，他和她，彼此都在不知不觉中显示了对对方的关怀。而且他看出她在感情上也逐渐大胆倾向于他。想起同在徐家棚旅馆那晚上她对他的信任，他记得初来时，她连端杯茶给他都有些畏怯的……想起她当时的样子，他不禁好笑起来。他又想起从乡下回来后，她对他大胆的关心。有一次，在舅母那里，她发现他的衣服肩上有块挂破的地方，就硬叫他坐下来，站在他身后给他缝补上了……在以前，那个沉默而腼腆的文英，怎么可能那样做呢？他不能不承认，是自己先使对方感到了什么……他忽然了然：她已经是在期待着他了。“啊，要是尽拖着，那我就很对不起她……对这个深沉、宁静、温柔而刻苦努力的女子，是绝不能有负于她的，应该找机会坦白谈谈啊……”

他打了个呵欠。“见鬼，你真是个十足的小资产阶级……怎么刚有了点闲空，就胡思乱想呢？”他嘲笑自己，又斥责自己，决心好好睡觉。蒙眬中，他觉得屋子里有人走动，原来自己并不是单身汉，屋子里还有他的妻子。妻子看见他睡了，怕打扰他，就轻手轻脚在走动，归拾屋子。一会儿，她走到他的床沿旁站住了，好像要跟他谈点什么。他睁开眼睛一看，这个女人正是安静温柔，黑头发、黑眼仁的文英！他忽然觉得：“是呵，我们不早就是夫妻了吗！”他催她上床来，早早安歇……他伸手去捉她，可是，什么也没有，她的身影在黑暗中消失了……眼前确实有个人，却不是文英，而是有着络腮胡子的关正明。他自己呢，也不是睡在床上，是在一个会场上听关正明慷慨激昂的演说。最后，正明把拳头一挥，喊道：“来啊，打倒反动派！保卫武汉革命阵地！”他和许多同志一道，跟着正明向前飞奔着……

二十四

五月中，兴华厂工会得到了厂方的通知：缺乏燃料和原料，资金周转不灵，生产维持不了几天。说是如果工会想不出好办法来支持厂方，那么，就得停工。

斗争开始了。

区委们刚刚才松了口气，如今又要拉紧弓弦了。目前形势正合乎区委们的想法。头两天，面粉厂的情况比较紧张，有展开斗争的趋势。但是大家嫌面粉厂是个小厂，影响不大，认为最好是先来个大厂。如今兴华厂仗着自己牌子大，胆敢先向工人挑衅，那正合乎大家的安排。

兴华厂工会执委现在公开忙碌起来。纺织总工会也派人来协助布置工作。

甘老九和胖妹等，整天在东升巷工会里研究斗争的步骤和方式，并遣兵派将。

杨广文被指定领着王麻子、陈士贵几个，协助工人纠察队作护厂工作，防止工贼或反动派破坏机器，或者搞其他破坏行动，作为停工的借口。

蒋炳堃领着一个调查组继续加紧调查工作，甚至对白经理和几个重要职员每天的行动都密切注意。

两天来，女工班和童工班也停了课。彩霞、银弟、甘明、王艾、金秀、郑芬，还有几个积极分子，白天黑夜在夜校课堂里轮班忙着。胖妹本说不叫文英露面的，这回人手不够，也把她提上阵了。他们安排人来写标语传单，又把宣传队一队队组织好派遣出去。有的上街头贴标语，有的上别的工厂作宣传和联络。

洪剑不断到课堂来指导他们，把早已编好了的一套标语和传单发给了大秦。从前写传单标语的时候，总还是有长街小学里的老师或同学来帮忙，现在完全是工人们自己动手了。甘明、王艾、金秀是能动笔写的。文英就领着几个人印油印。两天工夫，文英成了印油印的好手，无论上油墨、卷滚筒，她都成了行家。

接到厂方通知的第二天，工会就打电话给白经理，请他来厂开谈判。接电话的人回说是："没工夫。"工会又几次派代表到白公馆，要面见经理，总是回说："不在家。"这情况，原在工人们意料中。可是这天代表们刚从白公馆回到厂来，经理室又派人来找甘老九和胖妹，说请代表们去谈谈。代表们明知道白经理并没有到厂里来，本打算不去的，后来一商量，觉得还是去的好。于是甘老九、胖妹、金梅、杨广文、杨老老、大姨妈等几个代表去了。没想到在经理室接见代表们的却是升作事务长不久的沈一帆，大家不免又气又好笑。

沈一帆原是北伐胜利后兴华厂在逃的旧缉查处处长王西林手下的一名职员。北伐军进驻武汉时，他投机加入了国民党，已经在国民党里谋得了个什么名义。他在厂里，又用他的国民党员资格向副经理买好。厂方本想利用他和工人打通关系，把他升作了事务长。但是因为他脚踏两条船，又跑国民党，又兜揽工厂的事，厂方觉得他一直没搞出什么名堂来，正不满意于他。他这回自告奋勇，向厂方卖弄，说他可以先为厂方对工人缓冲一下。

工人们从来就是恨死厂里那些专做狗腿子的缉查处的职员的，虽说北伐胜利后，缉查处处长逃了，沈一帆也摇身变了事务长和国民党员，可是工人们还是正眼也不爱睬他。现在看见他不知羞，竟找工人代表来谈话，气得直冒火。有人正想发话，金梅却对沈一帆打了个大哈哈，笑着说："哎哟，沈先生，是你吗？你不怕在我们女工跟前，再吃一次亏！刘彩霞的拳头是不饶人的呀！"

金梅的话没说完，所有的代表们都哈哈大笑起来，大家忆起沈一帆一个可笑的故事来。

两年前，沈一帆想打彩霞的主意，几次向彩霞献殷勤，彩霞正眼也不瞧他。有一次，大黑早，彩霞做夜班放工回家时，沈一帆趁天不大亮，堵在彩霞住的巷口上拦住彩霞，想吊膀子。彩霞气得狠狠地揍了他几拳，嘴里还连声嚷着"有贼哟，抓贼哟！"把他吓得亡命溜了。这故事在厂里传播着，笑话了很久。这会儿，金梅一提，大家自然又想起这个故事来，止不住哄然大笑。杨广文还添上一句说："可惜今儿彩霞没跟我们一道来，要来了，有戏看呢！"

沈一帆气得脸上红一阵白一阵，半天没说出话来。

甘老九指着沈一帆说："得了，沈先生，你照照镜子吧，这样大的事，你能跟厂里负得起哪方面的责任？我们这回连副经理都不找，还用得上你吗？你一定要揽点儿活干的话，就请你带个信给白经理，告诉他：当面商谈，事情好办。要不然，我们自有我们的办法。"

说完，大家掉头走了。

一个突然变得酷热的日子，上午，汉口法租界一条幽静的马路上，从一所讲究的小洋房里，开出了一辆新式小轿车。兴华厂的白经理坐在车里面还睡意蒙眬，不断地打呵欠——昨晚从夜总会出来后，被新结识不久的舞女，艳名红老六的，缠住了。他原来担心这两天厂里有事，不打算在红老六那里过夜的。可是终于被这个小妖精征服了。一个多么迷人的女人啊！他想起了红老六给过他的各样甜蜜的滋味，止不住弹着车窗笑了。他算算在她身上花的钱，可也真不少了……要照那年工人闹罢工时算账的数目，三七二十一,四八三十二，嗯，够一千多工人领一年的工资了。他愉快地记起，那次，他把新买到的镶钻石的项链挂上她那大理石样光滑的脖子时，她滚在他怀里，给他的那些甜蜜得醉人的亲热来。"这个小妖精嗨！"

一阵急刹车使他猛然一惊。像做梦一样，红老六迷人的影子立刻消失了，一群武装工人包围了小汽车。

"什么事？问问看！崔秘书，崔秘书！"他连声喊着。忽然想起在红老六那儿过夜时，平日像影子一样跟着他的崔秘书被他遣回去了。眼前并没有这个老是给他跑腿的崔秘书，他忽然紧张起来……

坐在司机旁的保镖陈雨，马上推开车门跳出来，抽出挂在他屁股上的勃朗宁手枪，恶狠狠地对武装工人吼着："哪儿来的强盗！"

两个武装工人纠察队员也对他举起了手枪，不许他动。又一人从陈雨手里夺去了勃朗宁，轻轻对他说："不用着急，我们不要你这东西。怕你惹祸，暂时代你保管一下。你跟我们一道走走路吧！"

"你们是些什么人？"被解除了武器的陈雨惊慌失措地问。

一个纠察队员笑了："老兄，吓糊涂了吧！我们手臂上有工人纠察队的红臂章，没有看见吗？"说着，他挟住了他的胳膊，让他跟他们一道走。给别人保镖的，现在被人保护了。

白经理坐在车里一动不动，看见保镖被人缴去了手枪，吓得满脸惨白，浑身直打哆嗦，纠察队员和陈雨的对话，他又没听见，以为自己被盗匪绑票了。“这回，不丢性命也得大花钱啊！”他想。

马上有三个手上有武器的人钻进了车子，一个坐上了保镖陈雨的位置，另两人在白经理两旁一边一个坐下了。

“陈雨，陈雨！什么事？什么事？”白经理还在叫唤。

“陈雨被他们缴了枪，挟走了！”他的司机说。

坐在陈雨位置上的纠察队员对司机说：“不用你多嘴，把车子开到兴华纺织厂！”

司机一声不响，掉过头来看着白经理，意思是问他：“我究竟怎么办？”

那个纠察队员又说：“你要不愿开的话，就让我来开。你下去，照陈雨样跟他们一道走吧！”

“开吧，开吧！”白经理生怕司机再被撵下去。

坐在白经理两边的两个人中，有一人虽然手里有武器，却是工人服装，这是兴华厂工人蒋炳堃。他告诉白经理，他们是兴华厂工会派来请经理去开谈判的，叫他不用惊慌，大家毫无恶意。

车子开动了好半天，白经理还痴痴地坐着，没说一句话，疑心蒋炳堃的话是哄他的。他轮流瞅着这三个陌生人。后来，似乎清醒了一点，想起既是叫车子开到兴华厂，当然是厂里来的人了。

“我犯了什么罪？你们这样对付我？”

“并不是抓你去办罪呀！”坐在他身边的那个武装纠察队员鼓起眼睛对他说，“你自己想想看，工人们请你到厂里去开谈判，你不去。代表到你家里去，你不见。不用这个办法，工人怎么见得着你？”

蒋炳堃比较客气地说：“白经理，受惊了吧？不这样，没有法子找到你呀，请原谅。”

白经理现在完全放了心：不是被土匪绑票，没有性命危险了。知道是工人跟他过不去，他的恐惧完全消逝了，不知不觉又装起神气来。他撇着嘴不搭理这两个人，自己点起一支香烟抽起来，心里有点埋怨红老六：那个小妖精，像条蛇一样缠着我……昨晚要不在她那里，今天，工人们大概找不着我。只要挨过了今天、明天。后天是星期天，工人们休息，趁此厂里不开门，就完全可以按预定计划停工了。他原拟下星期三动身去上海的……现在计划怕会给打乱。不过，他觉得也还不要紧，反正没有燃料，没有棉花，没有资金周转，巧媳妇做不出无米炊。任他们把我怎么办！想着想着，他忽然明白了一件事：刚才打到红老六那里，说家里有事的电话，显然不是管家打来的，一定是这群东西搞的鬼！上当了！上当了！可是他又觉得奇怪，他给红老六买的这所房子，连太太也不知道，怎么这纠察队不但晓得了这个地方，就连电话号码也搞清楚了呢？并且他昨晚宿在她那儿，太太也不知道的啊！“这么说，昨晚即使在家，他们也会设法把我骗出来。唉，难道工人中间……有个福尔摩斯……”车子忽然开得非常慢了，他朝车窗外一看，街道两旁贴着红红绿绿的标语，小小街道的两旁，每三五步远，就有穿着制服的童子团举起木棍站着岗。有很多人看热闹，但并不喧哗……童子团拿木棍在指来指去维持秩序……

“这是什么地方？”他疑惑着，好像往日从没经过这儿似的。

“长街。”司机回答说。

“今天是什么纪念日？”他问蒋炳堃。

“不是什么纪念日。”蒋炳堃笑着说，“白经理好久不到厂里去了，工人们欢迎你哩！”

走过长街，车子完全进到了工人区。白经理从车窗看出去，街道两旁的人，比平日多得多，快到兴华厂跟前的时候，人更多了：两边站岗的已经不是童子团，而是全副武装的工人纠察队。他看见有人指着他的车子讲讲笑笑……甚至有人走到车子跟前伸着脖子朝车里瞄。车子无法驶快点，一步一移。纠察队把这边拥到汽车跟前来的人劝开，那边又有人拥上来了。

“不是说，找我来开谈判吗？搞得这样严重做什么？”白经理气鼓鼓地问蒋炳堃。

蒋炳堃冷笑了一下，慢吞吞地说：“白经理，你们当大老板的，整天坐在小洋楼上逗姑娘们玩……真有点不晓得世道哩……你不知道，你给工会那么个停工的通知，闯下了多大的祸！”

“啊！这有什么闯祸不闯祸的，没得法子呀！”

“全区的工人都要打倒你！”蒋炳堃看见白经理听到这句话，脸色一下变得煞白，忍住了笑，继续说，“我们如果不派纠察队来沿途维持秩序的话，工人们早把你从车上拖出来，叫你吃亏了！”

“全区的工人吗？兴华厂的事与别人有什么相干？”白经理看了看车窗外的人，又转过脸来看看蒋炳堃严肃的面容问。

“哼，白经理真的不知道吗？……据五一节头晚上抓去的万祥益绸缎联号的老板说，上海方面的反动派有人来勾结这边的大商人和资本家，叫他们故意闹停工歇业，好拆武汉革命政府的台……”

“啊！真有这回事吗？”白经理好像很为震惊的样子。

“告诉你，厂里得了你的停工通知，就一下子传开了。别的厂的工人都来支援兴华厂的工人。他们认为你就是万祥益老板讲的那种资本家，要认真对付你！”

“我又不认识万祥益老板……我只是没有燃料，资金周转不灵。”

“不在乎认识不认识……”蒋炳堃说，“不过嘛，我们厂工会觉得还可以跟你商谈。所以请你来，并且保护你……你不信啵？”他指着车窗外边说：“看，现在，正在车窗外边走过的……唔，是铁工厂的代表，看吧，都有他们厂工会的旗帜哩。喏，喏，那是大同厂的代表……试试看好不好？我们都下车去，只留你和司机两位在车子里，试一下！”说着，蒋炳堃伸出手来，做出要打开车门下去的样子。

“喂，慢点，慢点！”白经理急得一把抓住了蒋炳堃的手，生怕他离开了自己，“不是到厂里去谈吗？你又走什么呢？”蒋炳堃笑起来，说：“我们保护了你，你还把我们当绑票的土匪、强盗哩。要是光让你的保镖在这儿，他挡得住这么多的工人群众吗？”

白经理没有作声，从西装口袋里掏出绸手绢来不断地擦着满头大汗。嗯，做好做歹都是你们！如今落到你们手里了，只好忍口气吧！他憋着一肚子闷气想着。

二十五

车子到了厂门口，白经理无可奈何地跟着蒋炳堃下了车。这时，厂里厂外成千上万的群众全都伸着脖子集中视线在这位资本家身上。白经理长得中等个子，穿着一身银灰色的英国料子的西装，天青色绸衬衫的硬领上，系着一条绣了红花的银色缎领带。脚上穿着一双浅灰色的拔佳公司的皮鞋，头上戴着一顶浅灰色细草帽。尖尖的下颚，面容也和衣着同样是灰色的。手里捏了个套了上等香烟的象牙烟嘴。他现在紧跟在和他同车来的两个纠察队员后面朝厂里走着，心不在焉地吸着烟。有几个穿白色中山服的新闻记者蜂拥而上，紧跟在白经理的后面，朝厂里走去……他们嗅到了从白经理身上散发出来的香水味……

“好香啊！”其中一个耸了耸鼻子，低声笑对他的同行说，“是上等的巴黎香精呢！大概是红老六亲手给洒的吧！”

“少废话，未必你的报道上还要捎带这笔艳史吗？”那一个也含着微笑说。

跨进了厂门，白经理回头望了他们一眼，不知道是听到了他们的谈话呢，还是无意中回头的。然后他掉过头去，视线落在厂大院当中的布告板上。那儿贴了几张标语，上面写的是：“打倒勾结上海反动派的资本家！”“打倒破坏革命政府经济的反动派！”他耸了耸肩，冷笑了一下，心想：“好，只要你们拿得出证据来，就给你们打倒吧！”

厂门洞开，厂里厂外，虽然人挤得满满的，但秩序却非常好，大家安安静静等候着，只有低声的谈话和挥动扇子的声音。纠察队、白经理和新闻记者这一串人走进厂门的时候，群众自然让出了一条路来。

纠察队队长黄顺生从锅炉房、各大小车间、办事房等处，巡视了他所派出的把守重要岗位的队员们。巡视一周，刚走出门来，迎面遇见了白经理等人。他向白经理点点头，算是打了个招呼。白经理气得没有理他，心想："这个粗坯，从前见了我要举枪立正的，如今居然像我的老朋友一样，跟我点头呢！"

黄顺生心里明白白经理不理他的原因，止不住好笑："哼，不再是你的奴才了！跟你点点头，算客气哩！"

厂里大院子周围的走廊上，都挤满了工人们，只有院子中心空敞点，那是特意留作谈判的地方。

甘老九、胖妹、金梅、大姨妈、杨老老、杨广文、银弟等等一班工会执行委员，正在院心里围着甘老九站着。甘老九站在一条板凳上，提高大嗓子对着院子里楼上楼下的群众在报告什么。执委们看见白经理走了进来，就扯住老九，不叫他讲下去。甘老九马上停止了他的报告，跳下板凳来迎白经理。白经理还一直往里面冲。

"白经理，不用进去了！"甘老九大声地说，"我们就在这儿谈话吧！"

"这里谈话？这个院子里？"白经理绷着脸，把眉毛一扬，"这叫什么名堂！太阳底下开谈判？我的办公室也用不得啦？"

甘老九用手指着周围群众说："你看看，这么多工人群众在等着，他们要我们在这儿谈，他们都要听听。"

"不行，这种谈判我还没见过……"他停了步，仍叼着烟嘴，昂起头，望了望耀眼的晴空，这才看见二楼三楼的走廊上，也挤满了女工们。

"啊，你们今天已经停工啦？"他问甘老九。

"不，不。"甘老九连忙摇头说，"刚停一会儿，大家都要听我们的谈话。我们谈完，大家就回车间去继续做工。白经理一定要到办公室去谈话，我们只好问大家同意不同意。"于是他提起响雷样的嗓子向群众高声喊着说："同志们，工友们，白经理不愿在院子里谈话，要到他的办公室去谈……"

"不同意……不——同——意！"厂里厂外响起了轰隆的回答声……

接着，正面二楼的走廊上发出了清脆而明朗的女高音："请白经理和我们工会的执行委员，就在大院子里谈话！全——厂——工——人——今——天——要——亲——自——参——加——旁——听！"最后一句话是一字一顿说出来的。这声音刚停，马上厂里厂外的群众照着这句话重复了一遍，声音是那么整齐、洪亮，好像高空中出现了一个巨人在讲话一样。

一位新闻记者找着一位执委，问二楼上说话的那个姑娘的名字。这个执委告诉他："她叫刘彩霞，也是工会执委。"胖妹对白经理说："听到了吗？群众的要求我们不能不接受吧，白经理？"

"你们打算叫我谈什么？"他依然绷着脸，满肚子不痛快，叉开腿站在院子当中，没有拿烟嘴的那只手，摘下了头上的帽子当扇子扇着。他是惊惊慌慌下得车来的，扇子和皮包都扔在车上了。

"白经理，请你态度和气点，大家好好商量厂里的事嘛，不是来跟你扯皮的！"大姨妈鼓起眼睛，瞅了他两眼，气鼓鼓地说。

"不是我们叫你来谈什么……是你自己通知工会，叫工会设法。你不是说：如果想不出法子来，厂里就要停工吗？对不对？"工会执委杨老老说。

"是呀，你们想出了什么法子呢？"他的脸色稍稍和缓了些。

"我们早就给厂里想出了办法，要告诉你。可是你死躲开我们，死不肯跟我们见面，这不是有意想停工吗？"胖妹说，她的小圆面庞上，失去了向来的笑容，"我们现在要请你对大家谈谈，厂里究竟是为什么要停工？"

"我不是有通知告诉你们吗？还叫我说什么？"

"不，白经理，你现在弄出麻烦来了，这件事对你很不利！我们愿意跟你搞明白，所以要你先谈……"

"有什么麻烦？"

"五一节头一天，万祥益老板被工会纠察队逮捕了的事，你该知道吧？"甘老九说。

"刚才听到你们哪一位说过啦，那与我有什么相干呢？我们有我们的难处，从前是长江下游禁运，封锁武汉。如今呢，不晓得搞什么名堂，连湖南方面也什么东西不运来武汉了。粮食、燃料，湖南都不许出口。现在武汉搞企业，多为难！巧媳妇做不出无米炊呀！"

"你的事与湖南无关。据万祥益老板的口供说，有的反动资本家受蒋介石指使，要拆武汉政府的台，专在武汉三镇搞停工歇业的阴谋，要从工商业上，从财政上破坏革命……现在全区的工人都怀疑到白经理是参加这项阴谋活动的，所以……"

白经理不等老九说完，马上插嘴说："难道湖南禁运你们不知道吗？你们工会执行委员们对这事怎么看呢？”

“湖南的事，你不用提了，你比我们更清楚：湖南的情况一点也不影响咱们厂！”胖妹说。

甘老九赶忙接上说：“你问我们什么看法吗？我们现在对你还不做肯定……要是厂里目前的确有困难，实在没有法子继续生产下去的话，看法当然要不同。要是分明有办法，却故意闹停工，那就……嗯……难说啦！万祥益老板的话值得研究……”

“好，就算我是故意闹停工吧！任你们怎么办就是。”他气愤地说。

“白经理今天能说的话就是这一句吗？”甘老九问。

白经理没有回答。

“好，我们把你这句话转告大家好了！”胖妹说，“算我们白跟你辩护啦，我们本想好好听听你的困难才能下判断的！那么，先告诉你，吃了亏请莫怪我们。我们对你的爱护是尽过力的！”胖妹指着板凳对甘老九说：“你站上去告诉大家吧！”

“我的困难难道你们不知道吗？”他赶忙抓住甘老九说，“别急，我们慢慢谈呀！”

“那就请白经理亲自对群众谈吧，大家等了这么久了。”甘老九看见对方和缓了点，也就把自己的态度放缓和了些。

“让我想想吧！”白经理说。他在三步之内的空隙地方低着头来回走着，显然是心事重重。执委们有的看着他发笑，有的在轻轻谈什么……终于他走到甘老九跟前，用一种商量的口气对他说：“我哪有那么大的嗓子，还是你代我说好。燃料成问题……”

“等等，白经理，等等说吧。要我代你说，先得记上，我怕说错呢。哎，做记录的，快来吧！”马上，孙猴王艾和女才子金秀，每人手里拿着一个本本和一支铅笔走到白经理和甘老九身边来了。

白经理接着说：“首先是没有煤。湖南禁运煤，连过境都禁止。下游被封锁。武汉目前无燃料，这也不是我们一家的事……没有煤烧，不由得我不停工！”

“做记录的，记上了吗？”甘老九问。

“记上了。”他的徒弟王艾说。

“还有什么困难，请白经理一气讲完吧！”杨老老说。

“工资也发不出来，现在银根紧得很，大家也是知道的。”他本来还想说棉纱也缺乏的，但是又怕这个秘密，可能外面有人知道，而且说一句，记上一句，有些讨厌……他想还是尽量少说话为好，于是沉默不作声了……

“一气讲完吧，还缺什么，大家好商量！”金梅大声喊。

“要说缺，厂里目前缺的东西多呢，不过有这两个大难题挡在前面，就算别的不缺了，也是不行呀！”白经理说。

“还缺棉纱吗？”杨老老带着嘲讽的口吻问。

白经理看了杨老老一眼，把双肩一耸，两手一摊，装作没听清的样子说：“你们看，这不就够为难了吗？可惜你们总是不相信……甘老九，你代我告诉大家吧。”

“就是刚才这几句话吗？”老九问。

“得啦，够啦！还有什么可讲的！”

甘老九跳上板凳放开他的响雷样的嗓子对大家说：“同志们请听，请听：白经理因为嗓子不行，教我代他告诉大家。他说，要停工的理由是没有燃料，没有煤烧，不得不停工。再呢，银根紧，发不出工资来。”甘老九在走下板凳之前又大声问道：“白经理，话是这样说的吧？没错吧？”

白经理点了两下头，仍旧在院子里来回踱着。

二楼走廊的正中央，彩霞又开腔大声说话了：“请工会组织的调查团，向大家报告调查情况。”白经理惊愕了一下：“还有调查团？工人的花头越来越多了……”不过，他又觉得：“你们能调查出什么呢？看吧！”院当中的执委们，挤在一起谈了几句什么之后，甘老九又走上板凳来对大家笑了笑说：“调查团的同志，还是要借我老九的大嗓门代他们说话……”话没说完，惹得厂里厂外群众哈哈笑起来。甘老九继续说：“调查团调查出我们兴华厂需用的煤目前并不成问题，仅就我们跟大冶方面订的合同就可以维持半年！”

白经理皱了皱眉头大声说：“合同有什么用？弄不来呀！”他心里有点七上八下了。他想：“看他们底下还有什么哟……”

“白经理说是煤弄不来。但是据调查团了解，现在，在长江上，离我们汉口往下游去不远的水路上，停了一只我们厂里的运煤船，船名字叫作‘飞剑号’，船名字叫作‘飞剑号’，大家听明白了吧，船里现在满载了我们厂从黄石港运来的煤，因为有人劝白经理闹停工，船开到半途停了，没有让它上汉口来起货……”

听到这里，白经理浑身哆嗦了一下，觉得身子要摇晃起来。他闭了一下眼睛，咬着牙根，让身子站直，尽量不要晃动，在心里对自己说：“要顶得住！”于是他昂起头来，使劲吸了口烟，然后慢慢地向空中吐着芬芳的青色的烟圈……

“啊……啊！拆穿啦，拆穿啦！”群众纷纷嚷起来。

“骗人，骗人……工人们是骗不了的！”

“啊……啊！拆穿西洋镜啦！打倒勾结上海反动派的资本家！打倒阴谋停工、破坏革命的资本家！”

群众纷纷举起手，跳起来，嚷叫着口号，但都没有离开各自的位置。

“同志们，请安静一点，话还没有说完啊！”甘老九喊了半天，群众的叫嚷才渐渐静止下去。甘老九继续说：“白经理说是发不出工资，据调查团了解到，厂里的确是有几笔货款没有收回来。现在，明白说，工会愿意协助厂方收回这几笔货款，并且有这几笔货款做抵押，国家银行也能周转的。”这时老九又红又黑的大脸庞上，显出了不可遏止的愤怒，布着皱纹的额头上，汗流不止。他擦了擦汗，继续说：“现在联系到一个问题来，同志们，工会早就提出工人参加工厂管理的，厂方没有答应，现在，同志们，我们不能不过问了……”

又是拍掌声和欢呼声。甘老九又请大家安静，继续说：

“工友们，同志们，调查团要向大家做的报告，暂时到此为止，有必要时，再报告其他部分。现在，工会执委会要请大家安静等待一下，我们马上要跟白经理商量厂里的事。因为厂里给我们的通知并不是说立即停工，那么，工会现在就有责任给白经理想想办法。请你们等等，听商量的结果。”

群众纷纷鼓掌表示同意。

甘老九领着执委们把白经理围了一个圈。甘老九问：“白经理，你有什么声明吗？”

白经理苦笑了一下说：“我声明什么呢？说你们不知道，你们又费劲调查了很多。说你们知道呢，你们呀，知其一不知其二……嗯，可真是不了解我的难处。股东们不齐心，这个要这，那个要那……你们知道为什么煤运不到汉口来呢？就是……唉，我怎么说啊……”他把两肩一耸，两手一摊，显出有许多苦恼的样子。

胖妹有意让甘老九休息一下，自己走上前来很客气地对白经理说："白经理，你这点为难，我们也调查得很清楚。我们知道你在几个股东中间还算是识大体的，当初，也是愿意靠近革命的。所以群众一开始就要很不客气对你，我们不同意，还加意保护你。我们现在大家来好好商量一下，看怎样能够不停工，行不行？"

白经理机械地点了点头，表示同意。

"现在你该清楚了吧，"胖妹接着说，"你看，工人们绝对不是把这个问题，只看成自己的生活问题……当然，这里并不是没有生活问题。老实说，我们工人不比你们资本家，你们一辈子不做工，也花天酒地，我们就不行。不过，今天的事，工友们都看成是革命关头的一个政治问题。因为蒋介石和帝国主义要破坏革命。看吧……"胖妹用手指指厂里厂外的群众说："全区各工厂，都派代表来参加我们的谈话。要光是工人生活问题的话，别的厂为什么那么关心？并且，你也知道的，自从北伐胜利后，除了对帝国主义、对军阀之外，工人们几时对资本家有过这样大的行动？这里，证明今天的工人们看重革命的前途比自己的生活问题更重要……"

"我当初并没有考虑到这点，只晓得有困难，难搞，就停工。你们如果有好办法挽救过来，那很好。"白经理插嘴说，显出还可商量的样子。

胖妹笑了笑说："大家商量呀，如果能够扭转局面，不停工，你可以洗掉群众对你的怀疑。如果老是躲，坚持停工，那么，白经理，万祥益老板的话……怕要叫你受些影响。"

"这个胖丫头，一张嘴好厉害！哼，还说是照顾我呢！"白经理看着胖妹的由于兴奋而通红的小圆面庞，想道，"算了，今天算完全落到你们圈套中了。"于是他苦笑说："你们帮忙？怎么个帮法呢？"

"我们的意思，你马上叫'飞剑号'开到汉口来，赶忙起货，起完货去黄石港再运，按照合同把厂里预订的煤全部运完。"

"什么'飞剑号'！你们真是异想天开！"白经理含含糊糊说。

"哎呀！难道'飞剑号'不是我们厂的运煤船吗？"杨广文挥起拳头嚷起来，"你怎么不承认了呢？"

"这家伙真鬼，又想赖了。好，看你赖吧……"胖妹心想，可还是笑嘻嘻地说，"白经理，你要不承认'飞剑号'，那我们厂就吃亏不小啊！告诉你，总工会的纠察队发现这条运煤船停着不动，正要找物主认领。你自己晓得的，武汉到处需要煤，要是没有人认领的话，就算私货，充公。或者卖到最需要的企业上去，好比大同棉织厂吧，他们就很乐意接收这船煤呢！”

白经理歪着脸，好像牙齿很痛的样子，半天才说：“不是我不承认呀，船上没有开销了，人都跑了。再呢，起货上货，码头工会规定，要现款开支。”

“这好办。”杨广文说，“船员也好，码头工人也好，都是有工会的，他们也要听总工会的指挥调配。这件事请你交给总工会，总工会可以给我们想办法……”

银弟也说：“我们白经理也说得太笑人了，难道起货上货、开销码头工人的工资都拿不出来了吗？”

“这问题放在下面谈吧，马上要解决第二个问题，厂里银根紧的问题哩。”胖妹说，“运煤的问题，白经理同意请总工会帮忙吗？”

白经理机械地点了点头。

胖妹把刚才的谈话对白经理重复了一遍：“‘飞剑号’马上开来汉口起货，起完再去黄石港继续运煤。对不对？就这么来回运，照合同上的数目运完，如果厂方认为船员和码头工人有问题，需要工会帮忙的话，工会一定协助。白经理，对不对？”

“行！”白经理说。

“做记录的，记好了吧？”胖妹问。

“记好了！”王艾和金秀同声说。

“那么燃料问题算解决了！我们来商量第二个问题，好不好？”胖妹问。

“第二个问题，资金周转不灵，哎，你们能帮忙吗？谈何容易啊！”白经理来回走着，对执委们说。他现在表面上完全是很好商量的样子。

“你的几笔货款并不是难收的。如果真难，工会答应帮忙呀。”大姨妈说。

白经理没有作声，心想：“这恐怕就是他们插手参加工厂管理的由头了。不行，这种事也交给他们，资本家还有什么做头？”

“你把储存的现光洋交到国家银行去，就很好周转了！”杨老老说。他看见白经理老不开腔，心里着急了。

“什么？现光洋？我哪儿来的现洋？”白经理故作不解。

银弟马上插嘴说：“现在政府禁止白银出口，可是我们厂里有那样的老板，把银圆弄到上海去了。还有没运走的，只怕也会长腿子了啊！要这样，周转怎么会灵！”

白经理嗤了一下鼻子，冷冷地说：“你们说是哪位老板，就去问那位老板吧。我管不着人家的私有财产，我只管厂里的事，厂里并没有这样的现银。一句话，没有这回事。”说到后面几个字，他的声音特别大起来，态度也变得强硬了。

“谁说没有这回事，难道是我们扯谎？”杨老老嚷道。

“是不是你还要违法乱纪，运白银出口呢？”另一位执委说。

“违法乱纪，你们抓起来吧！”白经理咬着牙根，恶起来。胖妹没有跟执委一道朝白经理叫嚷，她觉得刚才的情况分明在好转，怎么忽然又争吵起来呢？怕有点不大合适啊……她沉默着。她记起前晚在区委开会时，柳竹同志一再嘱咐说：“先争取他签字，答应不停工歇业，就是最大的胜利。这个胜利目前对三镇各厂影响极大，而且我们的准备工作是做得相当周密的。因此，只许成功，不许失败。”

“是的，只许成功，不许失败。”胖妹在心里来回想着柳竹的话。那天会开完，柳竹同志特别把她和甘老九拉到一旁细声告诫说：“人多了，有时你一言我一语，很容易走题，纠缠在枝节上，忘了本题。你们两个要特别注意，莫让大家抓住一两句话的毛病，争争嚷嚷，纠缠不清，抓不住重心。记住，要抓紧机会，让他答应不停工，并且马上签字。”

“是啊，柳竹同志真是预料到了！”她想，“而且白银问题，我们的了解还很不够，争来争去，怕露马脚……”想到这里，胖妹着急起来。这时执委们还围着白经理为白银问题在嚷嚷。金梅推着甘老九站上板凳去说什么。胖妹望望甘老九：甘老九不断在擦满头的汗，两眼布满了红丝，像棕毛刷子样硬挺的头发，几乎都要竖起来了。“这家伙，这些日子太辛苦！有些晕头了！”她赶忙走到甘老九跟前问道：“你又打算报告什么？”

“他还不承认银圆的事，再揭穿！”老九气呼呼地说，嘴里往外喷着唾沫。

“你记得柳竹同志的话吗？”胖妹低声问。

“什么话？”老甘猛然一惊。

“先争取答应不停工的签字……只许成功，不许失败啊！”

“不是……要不揭穿，他……他还不低头！”甘老九有些犹豫起来。

“从我们今天要达到的目的来看，银圆是枝节问题。并且这问题，我们还了解得不够，我们不该纠缠在这个枝节上，忘了本题。柳竹同志特别提醒过我们的！”

“哎呀，你提醒得对！”甘老九忽然惊觉过来，“我真是有点晕头了，让我静一静吧！你赶快去！”他把她往执委们中间推去。

胖妹挤进嚷嚷的执委们中间，大声说：“同志们，我们还是集中谈刚才提出的第二个问题。请大家冷静点，要这么扯，会争到天黑……”大家只好停嘴了。胖妹接着说：“第二个问题是资金周转问题，白经理说连工资都发不出来，这问题很重要。白经理，请你告诉我们：这么大个厂，为什么经济上会忽然这么为难起来？这困难是从哪方面来的？你要工会帮忙，工会得知道实情才行。”

“我能说什么？你们说什么就是什么吧！你们说我把白银运出口，就开审吧！我等着……”白经理还是狠狠的态度，但是心里却很怕这位胖姑娘。他觉得她每一句话像钉子一样钉在他心上。他宁愿像刚才那样，大家跟他叫叫嚷嚷，他就好东扯西拉，文不对题混过去……

胖妹一直把题目扣得很紧，她继续说：“白经理，请你心平气和一点，你既然给工会通知，工会就不能含糊。我们也相信你的确是有困难。但是你事先老躲开我们，现在又死不肯把困难说清楚，加上又有个万祥益老板供出了那样的事实，叫我们怎么替你分辩呢？”

“你们爱怎么说就怎么说吧！”他口虽然硬，但态度倒转缓和了，心想：“就是这个胖丫头不好含糊！”

“白经理，我们有些不明白，”甘老九觉得该赶快给胖妹添加火力，接着说，“当年老军阀吴佩孚在这儿，一开口就给兴华厂摊派十几万，你们缴得出。说要现银，就是现银，你们不敢哼一声。白经理，这些，你难道忘了？小军阀肖耀南也刮了好几笔，当时你们也没闹到停工歇业呀！当然，我们工人是吃了苦头的。你羊毛出在羊身上嘛！北伐胜利后，你表示很高兴，说打倒了老军阀，没有人刮你们了！还说打倒帝国主义，你们好振兴实业。你这个想头不错呀！不久以前，你还想把大同厂抓过来……”

白经理听到这里，不由得浑身哆嗦了一下。

执委们也听得很高兴。胖妹想：“好老九啊，他现在完全清醒了。”

“可见你的力量还是很雄厚。”老九继续说，“当然，不能说没有困难……”

“是呀，困难多得很！”白经理赶快岔了一句。

“但是，就我们所了解的情况看，你不是没有力量克服这些困难。九江、南昌节节胜利之后，中央国民政府在武汉成立了，英租界收回来了。那时候，你很乐观，大同厂没抓得过来，你还有心扩大兴华厂。你是搞企业有经验的人，不是买空卖空的人，这种打算，绝不是没有底子、没有基础的空想……你要没有办法，能做这些打算吗？”

白经理微微地点点头，一声不响地看着甘老九。他想：“看不出这个大老粗，能这样懂得我的心啊！”

甘老九也止不住微笑起来：“这种情况，离今天才几个月呢！怎么你一下子就干枯到这个程度？叫谁能相信呢！现在，政府是要支持你们企业家的，资金周转真是不灵的话，你找政府想过办法没有？工人、工会，也是愿帮你忙的。我们现在想尽各种方法请你来谈，你怎么不谈呢？有什么不能谈的苦呢？”

“要么是他们想插手参加生产管理，干预财政。嗯，我就再困难也不能对他们谈的。要么就戴我反革命的帽子……这两条路，都不能让它实现！罢，罢，罢，算我倒霉，只要能一切照旧，就是好事！”白经理想。他又咬紧了左边的牙关，眯起眼睛，推脱说：“账目不在我手里，今天，就连秘书也没有跟来，这一摊子事的负责人，不止一个，我怎么一下子说得清？可不可以给我宽裕的时间，让我好好盘算一下，再来跟你们谈呢？”

“我们并不叫你开细账。你弄到要停工，心里事先总有个大概的底子！困难在哪里？能不能解决？这不是好说清楚的吗？”老九问。

“究竟还能维持多少日子？几时起需要停工呢？”胖妹接嘴说，“照你说，是三五天内。真是三五天吗？你再说明白点，不好吗？”胖妹觉得他是想拐弯了。

白经理又低着头，在三五步内来回走着，终于他把很不想说的一句话说出来了：

“让我再盘算一下吧，能不停工，总是不停的好。”

“那到底是停还是不停呢？”执委们又嚷起来，“要说定才行啊！”

胖妹笑得露出了酒窝，柔和地说：“这样吧，你盘算一下，能找国家银行或找政府想出办法就更好，要不行，再找工会商量。我们尽量支持你，你也应该尽量支持革命政府。在今天，一个民族资本家支持革命的表示就是尽量办好企业，对不对？”

“大家来支持，也许能不停吧。能不停，大家好。停了工，停了厂，我还做什么经理！”白经理说。

“那就干脆说不停吧！何必含糊呢！”胖妹说，

“可以不停啦！”他禁不住对胖妹笑起来。

“做记录的，快记上吧！”胖妹喊。

“哎呀，还记上吗？”他想，“赖不脱了……”

“那么，你给我们停工的通知，怎么搞呢？”杨广文问。

白经理低头想了半天，又抬起头来，慢吞吞地说：“不要紧，我的通知也只是要跟你们商量嘛！问题解决了，我能回去了吗？这样的谈判好累人呀！”他从口袋里掏出绣花手绢来擦脑门。

“请等等！”甘老九说，“这么多群众在静候谈判结果呀，哪能不交代呢？”于是甘老九捧着王艾递给他的记录，又跨上了板凳，放开他响雷样的嗓子，对群众说：“同志们，工友们，我们跟白经理仔细磋商的结果是这样：‘飞剑号’继续来回送煤，燃料不成问题了。资金周转问题，白经理回去考虑，能找政府和国家银行解决更好，要不然，他还可以找工会协助。他已经决定不停工了。”

“不停工，要签字！口说不为凭，签字才算数！”彩霞又从二楼走廊上发出了她那清脆的女高音。马上，群众也应和起来，喊口号一样：

“不停工，要签字！口说不为凭，签字才算数！”

“听见了吗？我们替大家办事，只能听大家的意见！”甘老九跳下板凳，走过来，笑对白经理说。

“不停工，就是照常工作呀，又签什么字？”白经理不耐烦地蹙紧了眉头。

“还是签字好。”老九说，“我们都要签的，对群众负责呀！你先签上吧！”

王艾走过来，递给白经理一张像学生们画图画那么大的白厚纸，说：“请签字吧！”

白经理接过来一看，上面写道：“× 月 × 日厂方经理白云生和工会执委们共同研究的结果，本厂目前困难，可设法解决，不必停工，仍继续照旧生产。× 月 × 日厂方给工会的通知作废。如厂方一定要停工，则工人每月工资厂方必须照发。”

“你们的花头真多！”他把纸交回王艾，对甘老九指着最后一句话说，“为什么来这么一句：‘要停工工资照发’，这是什么意思？”

“什么意思也没有，只是叫你不好停工。”老九坚定地大声说。

“我们绝不想白拿工资不做工，但是你如果一定要停工，就得替工人的生活着想。”杨老老挤过来说。

“只要你不停工，这句话就是多余的。但是必须写上。”胖妹肯定说，“资本家从前答应了这个、那个，没有在纸上写好，我们上过多少次当啊！”

金秀一手端了一方砚台，一手拿着毛笔，走到心事重重的白经理跟前停住了。

白经理轻轻抽了口气，又对金秀摇了摇手，无可奈何地从自己西装口袋上抽出了他的派克金笔，接过王艾手里的纸来，在上面签上了自己的名字。接着，工会主席甘老九和副主席齐八妹也都在纸上签上了自己的名字。

签完字，金秀又把一个记录本递给白经理说：“请你看看这儿记录了你的谈话，要是记错了，请提出来。”

“这是做什么呢？你们有这么啰唆！”白经理皱着眉说。

“你还是看看好，明天我们要把记录公布出来的。”老九说。

“要我一下子哪看得出来啊！”他说着，还是大概看了一下，“公布就公布吧！”他把本子递还给了金秀。

于是甘老九站上了板凳，把签了字的字条给大家高声朗诵了一遍，厂内外响起了一片欢呼声和鼓掌声。最后甘老九宣布道：“工友们，同志们，现在谈判已经结束了！请工会执委留下再开个会。此外，请大家各就各位。做日班的，回车间去生产。做晚班的，回去睡觉，下午好按时上班。还有，还有外厂来的代表们，我们感谢你们的支援，请把我们的胜利传达给你们各厂工友们。我们今天的胜利是全体武汉工人的胜利！是革命前途的胜利！”

狂热的欢呼鼓掌声震动了全区。

白经理走到自己小汽车跟前的时候，蒋炳堃走来对白经理说：“你的保镖已经在车上等你哩！他的手枪也还给他了。”

“唉，早知如此，不如先不打这个主意倒好些！”白经理坐上车后，心里无限地懊恼。

二十六

柳竹的朋友郭寿衡是上海“四一二”事变后逃到武汉来的，因为有事耽误了一些日子，挨到五月下旬才准备动身返沪。柳竹赶在他动身前去看看他。

一跨进他住的旅馆房间，他就看见郭寿衡和一个穿白帆布西装裤、白西装衬衫、戴眼镜的青年同志在小声谈话。打过招呼之后，郭寿衡拍着柳竹的肩膀笑着说：“你们的事儿干得呱呱叫呢！老兄，你真有一手！”说完，郭寿衡向柳竹跷起了大拇指。

“你这是指什么事？为什么打闷葫芦？直说吧，我可不会猜。”柳竹一边脱着夏布长衫一边说。

“哎呀，全武汉都在谈你们区里兴华纺织厂工人和白经理打擂台的事。那可不是老兄领导的吗？”

“啊，指这个，不稀奇嘛！斗争才开始咧！”

“不稀奇？把资本家们吓得都赶忙缩着颈子像乌龟啦！他们说，嗯，中国纺织界的翘楚白云生，对工人纠察队都奈何不得，我们躲开点，少惹事吧。你看，这几天武汉资本家都不敢再提关厂的话了！”

“哟，哟，哟！你这个上海佬，怎么那么清楚我们这儿的事！”

“那还不清楚，这儿有记者……对，我给你们介绍一下吧。”郭寿衡指着那位戴眼镜的正在吸烟的青年人说，“《工人日报》记者唐卜清同志。”又指柳竹对唐卜清说：“这就是我们刚才谈的那位领导工人区的柳竹同志。”

“啊，你们《工人日报》关于兴华厂那个报道写得不坏呀！工人们看了很高兴……”

“高兴什么？你们高兴，人家可失业了！”郭寿衡哈哈笑着说。

“失业？失什么业？”柳竹问，在窗前一把椅子上坐下。唐卜清拿出自己的香烟请柳竹吸，柳竹谢绝了，从衣袋里抽出折扇来，打开扇着。

“前天早上，国民党中央宣传部把他们《工人日报》总编辑叫了去，说关于兴华厂那个报道有煽动武汉工人闹事的嫌疑，把总编辑连写报道的唐卜清同志一起撤职了！”

“啊！有这种事！”柳竹不免惊喊了起来，“报是你写的？唐同志……”

“啊，不用急，只是撤职，还没说查办哩！”郭寿衡笑呵呵地说。

“那么唐同志……现在？”

唐卜清拿开嘴里含着的香烟，赶忙说：“没关系，撤职的，自然走。不撤职的也得准备走了！你想，这样的报道都写不得，《工人日报》还有个屁办头！”

“哎呀，那么武汉国民党左派……”

“冒牌左派！汪精卫已经派人去上海求蒋介石的谅解。老蒋呢，一手牵着汪精卫，一手扯着帝国主义，要来个反动大合唱。”唐卜清说。

“左派这样糟糕，夏斗寅在鄂西的叛变没解决，这两天，长沙又传来了马日事变，这就不大好搞啦……”柳竹说。

“搞马日事变的许克祥还不是受了汪精卫的指使！不过湖南农民武装强得很，好搞的！夏斗寅嘛，中央军校的学生马上要出发征讨他。这条狗，没有什么，他的军队是些痞子兵，经不得两仗就会垮的。现在武汉需要的是打通京汉路……”唐卜清说。

屋里沉默了一会儿，唐卜清又接着说：“冒牌左派还不止一个汪精卫，还有孙科、谭延闿哩，这几个狗蛋，现在是沆瀣一气，争着向蒋‘该死’送秋波，酝酿什么宁汉合作，你知道，秋波越俏，将来官越大呀！”唐卜清哈哈笑了，吸了两口烟之后，继续说：“你们兴华厂的斗争算干得快，再过几天，汪精卫叫起书的《劳资仲裁法》恐怕就会公布出来。那里面左一个‘限制’，右一个‘严禁’，你们兴华厂那场斗争就算是违反了他们的这一禁、那一限了。”

“所以我说，你老兄真有一手呢！”郭寿衡对柳竹说，“至少，暂时煞了一下资本家闹关厂的歪风，工人们还赢得时间整顿组织，充实力量！”

他们又谈了好半天，柳竹才告辞出来。回来的路上，他心里虽然觉得很沉重，但又觉得当记者的，总不免有些夸大其词。回到区委会，看见刘平正送一位客人，是一个自己没见过的男同志。

吃晚饭的时候，刘平告诉大家，说刚才那个客人是她的表哥，刚从长沙来的，原在湖南总工会工作。马日事变发生的那晚上，他们总工会正在开会，一下子被许克祥的反动军队包围了，反动分子冲进来，当场就砍了两个同志，还抓去一些人。她这个表哥，个子小，行动快，马上溜到后院跳墙出来，才留得性命。他走到街上时，工人纠察队已经跟反动派短兵相接，打得噼噼啪啪。纠察队事先毫无准备，牺牲不少。

大家惊叹着怎么长沙会闹到这样一个反动局面，柳竹也没敢说在郭寿衡那里听到的话，怕惹起大家的惊慌。正谈论着，市委秘书徐学海敲门进来了。看见大家在吃饭，就匆匆忙忙说："正好，你们人都齐全……"

"有什么事，你这么慌慌张张的？"柳竹问。别人让他坐下，让他吃饭，他全没听进耳，光用大手绢拭着满额满脸的汗，然后像背书一样快速地说："市委通知各级组织，像你们这样太公开的机关，要收检一下重要文件，并且马上看房子，最好六月初以前搬好家，把机关隐蔽起来。各工厂各支部，你们都得去安排一下。"

"怎么，武汉的国民党也要杀人了吗？"老廖圆睁着眼睛，放下碗筷问。

"哎哟，你不要惊慌嘛！我们不过是……提高警惕，也许，什么事都不会有……可是，可是，多做点准备不好吗？"

柳竹看了徐学海两眼，心里很不高兴地想："看你自己这样子，够惊慌的了，还叫别人莫惊慌呢。有什么话不能坐下来从容点讲？"可是他迟疑了一下，只说："吃饭吧，坐下来，大家慢慢谈嘛！"

"没有工夫慢慢谈了，我还要通知别处去哩！"徐学海说完就走了。饭桌上又议论起来。洪剑忽然问刘平："你表哥为什么跑到武汉来呢？"

"他是和湖南省委一个同志来向中央汇报情况并请示办法的。"刘平说。

"他们自己有什么办法吗？"老廖问。

"办法嘛，据说还不成熟。"刘平说，想起刚才表哥讲到十万农军有马上围攻长沙、打退反革命的可能的话来，可是没对大家说。因为表哥说，好像陈独秀并不同意这个做法，说要"和平解决，宽容让步"。

"湖南农民的武装力量相当强呀！我看湖南工农群众自己能解决这批反革命

的。”洪剑说。

刘平笑了笑，点点头，疑心刚才在会议室里表哥跟她讲的话，洪剑听到了点。

“还有京汉路呢，开封、郑州，听说打得不坏。把京汉路打通，革命军到达北京，湖南工农收复长沙，武汉就渡过难关了。”洪剑说，“柳竹同志你说对不对？”

柳竹微笑着，点了点头，没有说话。

大家谈来谈去，陈舜英忽然想起一件事来，告诉大家，说前几天米只有十八元一担，今早买菜时听说涨到二十元一担了。如果时局不好，怕还会涨。她埋怨老廖，说她今早本打算买两担米的，老廖说她“爱听谣言”，不叫买。“你看，上了你的当啰！盐也紧得很呢！蒋‘该死’封锁武汉，别的不要紧。没有盐吃，怎么得了！”陈舜英担忧说。

“国家这么大的事，你不着急，光惦着你那点子煤米油盐！”老廖嘲笑他的老婆。

“别说那些大道理，难道只有你懂阶级斗争，别人都不懂？”陈舜英放下手里的饭碗，对老廖白了一眼说，“你反正不管吃饭的事，我巧媳妇做不出无米炊呀！”

洪剑不以老廖的话为然，他想：“煤米油盐，也是国家大事。蒋‘该死’就正是用这些办法对武汉实行经济封锁啊！”但是这话说起来很泄气，他没有作声。

“不管怎么样，我今晚一定去买担米来！”陈舜英肯定地说。

柳竹一直沉思着，没有说话，过了一阵，对陈舜英慢慢说：“陈舜英同志，我知道你很为难，但是今晚的米还是不要买。区委马上要开个会，研究区委和各支部如何转入隐蔽工作，你也得参加。开会的时候，送米的人出出进进也不好。你明早买吧！我们这个机关，大半年来，公开惯了，把从前那套秘密工作原则都丢生了！得恢复起来。机关警号也该恢复……再呢，你还有一个重要任务，留意找房子。刚才市委通知，你听见的，区委会要搬家才行。”

陈舜英点头。

会开得很晚。夜深了，柳竹才从区委会出来，朝菜花巷走去。

长江岸上的五月夜晚，清新而神秘。从江上飘来的带着潮水味的微风，吹拂着夜归的行人。小巷子里，没有街灯，夜晚的繁星，把大地照得明亮，菜花巷地面上一块块的麻石连同它们之间的缝隙在月光下都一清二楚。头两天下了两场雨，从菜地和水塘那里传来了闹成一片的蛙声。走到家门前，柳竹想放松一下，决定先不进去，趁着星光，去水塘那边，散散步。可是看见门缝里有灯光，他奇怪起来。照平日习惯，房东老两口这时已入梦乡了，怎么今晚这么晚没睡啊？好奇心使他放弃了散步的念头，推门进屋了。

原来是房东的女儿回家来了。她是中央军校女生队的学员。他们一家三口，正围着屋子当中的一张方桌坐着谈什么……

“你家们还没睡啊！”柳竹和他们招呼。

房东把女儿给柳竹介绍了。姑娘叫刘伯容，因为一向在学校受军事训练，学校又在武昌那边，不常回家来，这才头一次和柳竹见面。但是她已经从父母嘴里知道柳竹是一位专门从事革命的职业革命家，她以很大的敬意向他招呼。

姑娘矮矮瘦瘦的，穿着一件大约是新发下不久的灰布军装，灰布帽子底下露出短截的头发。这么热天，还按着军人的习惯绑着绑腿，黑袜子外蹬着一双草鞋……

“不常回来呀！”柳竹向她招呼说，“今天军校放假吗？”

“柳先生，又打起来了呢！”房东太太没等女儿答话，就插嘴说，“愁死人啦！”

柳竹知道定是这位姑娘带消息回来了，就笑了笑说：“你家怕打？我们一直都在打呀！北伐军还要打到北京去！”说话时，他发现房东太太脸上有泪痕。

“不是这个意思，你请坐吧！”她招呼柳竹在桌子空着的那方坐下，说，“我是说，旧军阀又要打到武汉来了……”

“妈，你别瞎说呀！有哪个军阀能打到武汉来呢！”

“连你们这些才学了几个月的丫头兵都要派出去，不是很紧张了吗？”

“柳先生，夏斗寅在鄂西叛变了，要来攻打武汉！你知道吗？”房东老先生慢条斯理地问柳竹。

柳竹站在桌前没有坐下，点了点头，看了看姑娘那张有些烦恼的面容，猜到这家子发生过争论，觉得自己在这儿不大合适，想上楼去，可是房东老先生继续对柳竹说：“如今，派这些学生兵上战场打去……姑娘小伙子嘛，还是拖鼻涕的娃娃咧，打得过人家老军阀吗？……我们这儿，这位做娘的，”他指了指他的老伴，“舍不得姑娘上战场！”

“打仗哪在乎老少！跟吴佩孚打了胜仗的叶挺将军，才二十几岁，吴佩孚可是个老军阀啊！”柳竹歇了歇，又说，“你家们既让姑娘进了军事学校，怎么又怕她上战场呢？马上出发吗？”柳竹转过来问刘伯容。

“明早，男生队、女生队集中到南湖开会，举行西征誓师。”姑娘感觉得到了柳竹的支援，高兴得转过脸，笑着对母亲说，“妈呀！柳竹同志说得对，哪有进了军校的学生不打仗的呢？”

正说着，有人敲门。柳竹赶忙去开门，他疑心老廖来送什么消息，没想到门一开，一个背上驼了个大包包、穿白色短褂的人，不声不响挤进来了。房东太太一边急忙迎上来，一边轻声嚷道：“哎呀，到底买来了！算你神通大！”那人把肩上臃肿的布袋卸下来，放在地上，一边擦额头上的汗，一边说：“买是买来了，价钱可是二十四块一担。”

柳竹看情况，知道那是一包大米。

“为什么呢？”房东太太惊问。

“晚上不卖，没有牌价了！说是明天还要涨。我冒失给你家做主，讲了人情，花十二块买了半担。”这人一边说，一边从米袋里掏出个小布口袋，放在桌上，“细盐嘛，说是没有了，讲人情也不行。只好跟你家买了两斤粗盐……也好，比细盐咸些。”

“行，行，多两块就多两块，做么事又只买半担？”房东老先生一边让那人坐，一边说，“我们哪有人去挤？这是我的堂侄儿，在一个机关搞伙食工作。”房东老先生转过来告诉柳竹说。

“你说，明天米还要涨，真的吗？”柳竹有意和他搭话。

“粮米的事，老百姓的命脉，还能造谣乱说，不怕杀头吗？涨是一定涨的。”那人拉长面孔，圆睁着眼睛，毫不犹疑地回答说，“不过，我看，米还事小。本地多少还搜得出些粮食来，不过贵点……就是盐不好搞。下头管你洋船中国船，干脆不开上来。我们两湖嘛，自己一粒盐也不出，就靠下边来。如今蒋‘该死’狗日的，真狠，和洋人商量好了，卡着武汉没米没盐，把你封锁起来，好逼你投降……”

“照你说，武汉就只该投降啦？”房东老先生说。

“我不是那个意思。我看，只怕人心不齐。要齐心的话，上海有工人，武汉

有工人，湖南还有几百万农民，大家一声闹起，白刀子进，红刀子出，还怕打不过洋人和蒋‘该死’吗？！”

“娃儿，老实点，说这话，小心你的脑袋！”房东老先生走过来拍拍那人说。

那人笑了笑：“哎，我这叫作背后使劲，一点屁用都没有。”

六月初，西征的学生军消灭了夏斗寅，胜利班师回来。接着，报纸上又报道国民革命第八军占领了郑州和开封。许多人转忧为喜，觉得安定了鄂西，打通了京汉路，武汉在经济和政治上被围困的难关可以解决了。

一天，柳竹到市委去参加市委扩大会议，走进丰寿里会议室，鸦没雀静，知道定是改期了。寻到秘书处，找到徐学海。徐学海同志告诉他说，党中央召开紧急会议，市委书记周伯杰和关正明都去了，因此，这里的会改期。徐学海又告诉柳竹：两个号称国民党“左”派的将领已经在郑州开了会议，联名通电响应汪蒋会见，主张反共反俄，促进宁汉合作。

“糟啦，不是说这两个是招牌打得最左的军队吗！”柳竹惊讶道。“消息准吗？”他问。

“千真万确。在他们军队里做政治工作的共产党员已被捉去了几个，逃回来了几个。中央开紧急会，大概是讨论应对办法。”徐学海说，“不过，你暂时不必对下边谈。”

“街上的标语，还是‘活捉蒋介石、张作霖！’‘革命的到左边来！’呀！”柳竹搔着头说。

“学生哪知道？还给汪精卫辟谣呢！”徐学海苦笑着说。

柳竹在回家的十字路口遇到了一队北伐募捐队。一些小学生在毒日下热得满脸通红，拦着些过路的人捐款。有个孩子大声演说：“同志们，请捐出你明天的早餐来，慰劳北伐军，他们才打下了郑州和开封。他们还要打倒帝国主义，还要消灭蒋介石、张作霖！”

柳竹看着这群热情的孩子，心里有些难过。要在从前，他一定欢欢喜喜地摸出点钱来，给孩子们凑兴。现在，他只好绕另一条路避开了……

二十七

七月初，区委会接到市委第二次通知，催各级党的公开机关刻不容缓地做转入地下活动的安排。

区委会一直没有找到合适的房子，拖到现在还没搬走。老廖的孩子生病了，陈舜英忙不过来，直到这两天，老廖算勉强看定了一处既贵又小的屋子，也只好将就算了。现在区委正忙着搬家，几间屋子被翻得乱七八糟。

这是个酷热天。午后，炽热的太阳特别显示它的威力，空气是热烘烘的，凝滞不动，收拾搬家的人忙得一身黑汗直淌。

这个时候，有两个男子敲响了区委会的大门。一个是中年汉子，个子高大粗壮，穿着白布中山服；另一个年轻些，个子也略小些，可是也健壮得很，穿着白布短打……这是工人纠察队第五支队队长黄顺生和总工会干部陆容生两个。

一进门，他们看见堂屋里很零乱，满地是废纸破烂。一个四五岁的小女孩坐在废纸堆里挑拣什么，嘴里哼哼着歌儿。

柳竹上身只穿件线背心，还满身汗水淋漓，正坐在会议室的会议桌前，面向着堂屋，在清理文件。看见他两人也不起身，只叫他们进来，心里还在琢磨某个文件是否该保留……

等他们进到屋来，柳竹看见大个子黄顺生那么一副哭丧脸，忍不住笑着说："怎么样？只喜欢干痛快场面，不喜欢看坏场面吧？同志，没有老是一帆风顺的革命啰！"

"咱不打算一帆风顺！可是总得叫人有机会把劲使出来呀！"黄顺生说。他们两个面对着柳竹，垂头丧气地坐下来了。“上级叫纠察队缴械哩！”陆容生说，“柳竹同志，你知道了吗？”

柳竹一笑：“缴械吗？国民党军事委员会想得那么便宜，别理他。”虽然柳竹听说陈独秀要跟国民党讲妥协，同意国民党的意见：让工人纠察队解除武装。但是他知道，中央还有坚持不妥协、不缴械的同志，他认为陈独秀的意见不见得能通得过。

“哎呀！现在是陈独秀同志已经发了命令催缴械呢。”陆容生轻轻敲着桌子说，“一上午，你没看见总工会呢，好些纠察队员气得直吼，不愿意缴出枪支来，都有人抱着枪哭呢。”柳竹听得一怔，把摊在自己面前的一些文件推到了一旁，痴望着他们两个，没有作声。

“说是陈独秀同志讲，要缓和国民党，缓和汪精卫，莫让他们翻脸，就只有缴械，表示我们别无二心，只愿长期的和平合作。”

“我呢，反正打死我也不缴！没打败仗，先把枪杆子交给敌人，没听说过！”黄顺生咬紧牙根说。

“别的支队打算怎么样呢？”柳竹慢吞吞地问黄顺生。

“总归是……没有一个甘心愿意缴枪的。”黄顺生说。

三人沉默了好一阵，大门外又有人敲门。在自己屋里收拾搬家的陈舜英走出来开了门，是老廖给孩子买药从外边回来了。他把药包递给陈舜英，就朝会议室走来，气都没喘过来，劈头一句就对柳竹说：“陈独秀同志已经下了命令，叫纠察队缴械……你知道了吗？”

“他们正在说呢！”柳竹指着黄、陆二人对老廖说，“你从哪儿听到的？”

老廖脱去白夏布长衫，坐到会议桌的顶头上，说：“我先在长江书店听小王告诉我，还不信，后来我从总工会走过，看见一批批的工人捏着拳头，绷着嘴脸，气得鼓鼓胀胀的样子走进会里去了……大概是为这事。”

“就是呀，就是为这个。”黄顺生点头说，“就为这件事，一上午总工会一批批的工人来问……哪个不气炸了心肺……”

陈舜英给他们送了茶壶、茶杯和两把扇子，又钻进屋里忙自己的事去了。

黄顺生看见扇子才觉得身上热，他站起来，脱了中山服和衬衫，只剩汗背心。柳竹这才注意到黄顺生已经穿的是便服，不是纠察队的制服了，他一边给大家斟茶，一边笑道：“你已经自动解除武装了啦！”

黄顺生也笑起来，说：“解除不了的，这回更武装到心坎儿里去了！老实跟你说，俺已经把那支宝贝藏在一处鬼也找不到的地方。真他妈，谁也别想从老子手里得到它……”

他接过老廖递给他的扇子，又坐了下来，沉思了一会儿，继续说：“柳竹同志，俺扛了半辈子枪，给军阀、资本家……那些有钱人利用了半辈子！直到前年和甘老九结了朋友，才开始懂些道理。后来又听你讲了好多，俺才懂得，自己从前不是人，是走狗……”说到这儿，这个一向雄赳赳的坚实的大个子，止不住伤心地全身抽搐起来，一耸一耸地耸着鼻子，掉下了大颗大颗的眼泪……三个听的人看着他，也感到心情沉重，一声不响。他用大手掌抹了眼泪，又说：“这一年参加了工会，进了纠察队，又入了党……这才觉得自己做了人！就死心眼要给咱们工人、农民……唉，俺也是农民，俺老子在乡下打零工，俺是看牛娃仔出身……俺死心眼要为革命干他一辈子！这一年，怪痛快！咱劳动人民翻了个身，俺工人纠察队收回了英租界，赶走了神气十足的洋兵……眼瞅着狗军阀倒了台……俺……心里感谢党，替咱穷人办得好事，也把俺引上了正路。这两个月，听说国民党狗日的变了心，他妈拉个巴子！”他说着捏起个拳头在桌上擂了一拳，继续道：“就天天等上头下命令：‘开火！’”他举起手使劲叫出“开火”两个字，好像他自己正对弟兄下命令似的。“好，那老子就痛痛快快端起枪来，对这些狗养的噼噼啪啪打他一家伙……”说到这儿，他皱起眉头，又在桌上捶了一拳，“做梦也没想到呀！哪儿会想到……现在不是叫‘开火’，天啦，是叫‘缴械’哟！”他说到这儿停住了，转着眼珠，瞅着听他谈话的三个人紧绷着的面孔，“柳竹同志，俺心肺都气炸啦！唉，气炸啦……啊，俺说了些什么啦！陆容生同志，你看，越扯越远了，该怎么说呢！你给俺说下去吧！”

陆容生拍了拍自己的后脑勺，低着头，想了想，说：“别扯个人啦！干脆言归正传吧……是这样，柳竹同志，他们几个支队长有这么个意见：要集中武器对付国民党的叛变。据他们估计，在三镇上，加上汉阳兵工厂那边早藏下的一些武器，大概两千条枪不会少……这点武力应该保存。敌人正因为我们有这点武力，才没敢下手。湖南的农民，前一向说要打长沙，至今没有下手，听说也是独秀同志不允许！敌人是得寸进尺的，看见长沙问题我们拖下来了，现在又要消灭武汉工人纠察队了！你说是不是？两湖农民，至今多少还存在些武装力量的，从长沙到武汉，把工农的武装连接起来，大家认为还能挽救一下革命！

军队里也一样……我就知道军队里有咱们自己人想动。柳竹同志，敌人分明起了杀心呀！不过，知道我们还有点武装力量，知道咱们不好惹，所以想先把我们的武器骗去，等我们手无寸铁的时候，他就会下毒手揍我们了！哎呀，分明是这么一局棋嘛！陈独秀怎么没想通呢！刚刚吃过饭，他们几个支队长谈了一下，现在分头忙起来，各人找机会向组织反映这个意见，希望上头听取，并且要赶快来安排、领导这个斗争。你看怎么样？这就是我们来找你的意思。"

柳竹沉默了半天，问老廖说："你听见了吗？你觉得怎么样？"

"我吗？对这种工作……一窍不通……不过我很奇怪，明明是敌人要来杀我们了，不安排对敌，独秀同志怎么反倒把枪和刀送交反动派手里呢！难道怕他们杀人的刀枪还不够？我不好说，这……这……这不是投降吗？我……我是……有点摸不清……"

"都这么说呀，今天在总工会，同志们都说缴械是投降，不能缴的呀。"陆容生急切地说。

柳竹在心里是同意陆容生的说法的，但是他还没有接到上级的指示，不知上级究竟有什么安排，就他的身份来说，不便随便对陆容生说什么，就站起身来说："我给你们反映意见好了。就是这些话吗？还有什么话？说干净吧。"

"没有什么话了！"陆容生说完，和黄顺生对看了一下。

等他们走了之后，柳竹赶快把还未分好类的文件用一根小麻绳捆起来，收到自己的皮包里，到后院去洗了个脸，赶忙上市委去了。

这儿已经是市委新搬来的地方了。柳竹在这儿没找到一个负责人，只有两个年轻的同志在收拾屋子。新搬来，一切还未就绪，各个屋子里到处乱堆些东西，柳竹等到天黑了好半天，才等到了市委秘书徐学海。

徐学海告诉柳竹：周伯杰和关正明都有事过江去了。柳竹只好把陆容生的话告诉了徐学海。徐学海说："我还正要找你去呢。听说黄顺生不肯缴械，伯杰同志过江之前，叫我告诉你，要你说服黄顺生第五支队统统缴械！你倒先来给他们说话了！我看你算了吧——你和关正明两个，老不相信'工农运动过火'的话，你看，现在搞成这个坏局面……伯杰同志还要找你谈话呢！"

"搞成这个局面，是工农群众搞坏的，还是反革命搞的呢？"柳竹气得红着脖子、睁大眼睛怒视着徐学海，质问他。

"我不跟你争，这是陈独秀同志讲的！"

“陈独秀对你讲的？”

“听伯杰同志讲嘛！你这么火干什么？”

柳竹忽然惊奇自己为什么冒这么大火，就缓和过来说：“哎，我们两个争也没意思。现在是群众提了意见，我理应反映上来。请你把这些意见转告伯杰同志，请他不折不扣反映上去……但是，我还是想同伯杰同志直接谈谈。他什么时候回来呢？我出去吃点东西再来……”

“今晚肯定回不来，你不消再来了。”徐学海冷冷地说。柳竹只好回到了区委会。这时会议室墙上挂的时钟正敲了八下。

他坐下来，瞧着昏暗发红的灯光愣了半天，后来从衣袋里慢慢摸出带回来的几个烧饼，放在桌上，斟了杯凉茶，算是吃晚饭。

一会儿，徐学海像有人在屁股后边追着一样，气急败坏地赶来找柳竹。他一边脱着外衣，揩着满头的汗，一边对柳竹说：“伯杰同志回来了！叫你马上去！”

“召集临时会议吗？”柳竹喜得一股劲站起来，感到有机会把下边的意见反映上去了。

徐学海笑起来，缓了缓气说：“不是这个意思……是叫你离开一下区里的工作，有个任务，要你到外边去跑一趟！”

“什么？”柳竹猛然一惊，瞪圆眼睛，扬起眉毛高声问，“到外边跑一趟？你是说我吗？”

“不说你是说谁呢？”

柳竹目不转睛地盯了对方好半天，好像不认识他似的，慢慢说：“这儿工作这么紧张的时候，叫我到外边跑去？这是什么意思？如果说是早就决定了的，那么刚才在市委你怎么没对我说起？这么快又来了个新决定！”

“柳竹同志，你懂得组织纪律吗？我不晓得什么新决定、旧决定……我只是奉伯杰同志的命令来告诉你。”

柳竹觉得头脑混乱极了……他坐了下来，闭起眼睛，把头往后靠在椅背上，静了一会儿，然后问道：“要去几天？到哪儿去？”

“这我还不知道，你去市委，伯杰同志会告诉你的。”

“几时走呢？”

“刚才不是说过，马上叫你走！你先到伯杰同志那里……带行李去，免得来回跑！”

“这儿的工作呢？扔开就走吗？”

“伯杰同志说：你没回来之前，叫老廖代替。”

“正当这样紧张的时候，叫我离开这儿。上边怎么不考虑到工作的损失、群众的影响呢？”

“柳竹同志，我劝你不要把自己的作用估计得太高了！这儿就永远离不了你啦？你太个人英雄主义了！”

柳竹觉得当头挨了一棍，他低下头没说话。“是的，别把自己估计高了，应该服从命令。”他想，就走到房门口对着后院高声喊老廖。老廖从后院走了出来，他打着赤膊，嘴里含了根烟，脸上、胸前都有黑泥，不知从哪个角落收拾东西来……眼里布满了红丝，显出极劳累的样子。

“徐学海同志有话对你讲。”柳竹说。

徐学海把刚才的话告诉了老廖，老廖听得目瞪口呆，半天没作声。他抽出嘴里含着的大半截香烟，糊里糊涂扔到地下踏熄了。然后睁着他满是红丝的眼睛，瞪着徐学海，好半天才问道：“柳竹同志一定得走吗？”

“一定得走。”徐学海说。

“那么，叫刘平代替他吧，我怎么行？”

“说是你，就是你，推来推去做什么？”徐学海又转向柳竹说，“我看，柳竹同志，你明早再去市委吧，今晚太晚了，这儿大概也还有事需要你跟老廖交代。明早八点以前到市委，伯杰同志会有话告诉你。该随身带的就带走，几天之内，怕回不来。记住，八点以前啊！”

说完，他就走了。

徐学海走了之后，屋子里突然陷入沉默中。两个人痴痴呆呆坐了半天，不知从何说起。

“他们怎么一个也不在呢？”柳竹望了望大门那儿问。

“啊，我没来得及说，彩霞是吃了晚饭才走的，兴华厂工会开干部会，安排转入地下的步骤。铁工厂和面粉厂听到国民党要工人缴械，不答应，闹得很厉害。洪剑在那两处，一时回不来。刘平那边，厂里的事儿更麻烦，她们连生产管理都是工人自己的事，转入地下更不容易，她一时也回不来。”

“你看，这种情形，我怎么能走呢！”柳竹急得在桌上敲了几下，停了停，叹了口气又说，“等明早见了伯杰同志，我再跟他当面争取，尽量争到能不走为好。这么走了，我人虽去了，心还在这里！”他说到这儿，不知怎么，觉得心里很难过。两人沉默了半天。柳竹说:“我现在，不知道该怎么向你交代，兴华厂的工作，虽然时局坏了，但近来倒是发展得特别好。你可以找甘老九谈谈。铁工厂里有些问题，有人怀疑有坏分子混进工会执委会来了。火柴厂嘛，工作还健康，只是……魄力不大。啊，对啦，不要让各厂各支部知道我暂时被调走了的事，恐怕影响不好。此外……临时有事，多找刘平和洪剑商量，工人同志中的情况，他们比你熟悉。”他望着灯，想了一会儿又说:“我担心洪剑这小家伙，知道调我走，心里不痛快，会闹情绪……希望你能说服他，大难当前，我们只能服从组织纪律，主要是共同对敌。该跟你还说些什么啊……我一时真想不起来……”

“你回去收拾去吧！”老廖也感到在最艰苦的时候，要和一个战友分开的难受，他几乎要流出眼泪来，“今天一天，够你累的，你家里乱七八糟的文件，恐怕还得收拾一夜。我和舜英要搬家，小弟病也没好完全，腾不出工夫来帮你的忙。我们如果明天搬不了，后天就再也挨不得了。你走吧，太晚了。”

“不行，不要挨到后天！下决心明天搬吧。”柳竹坚定地说，一边穿起长衫，一边提起白天没收拾好的文件皮包和老廖分手了。

二十八

走回家来，房东太太迎着柳竹没头没脑地对他说："你知道，外边风声紧得很呢！"柳竹对她笑了笑，想上楼去。房东太太又赶过来，摊开两手拦住柳竹说："你知道吗，我们伯容的军事学校都解散了！"

"啊，是听说要解散的……"柳竹心不在焉地说。

"是这样，我告诉你，要是有人问你，请你切记莫说出她是在中央军事学校学过的呀！"

正说到这儿，房东女儿刘伯容和另一位姑娘从后面小屋里出来了。刘伯容一边对柳竹点头招呼，一边对母亲说："妈，这不消你老人家嘱咐，柳同志比你懂得多！"

刘伯容讨伐夏斗寅回来后，又在家里住过一天，那次跟柳竹作了一次较深的谈话，柳竹觉得她是一个觉悟较高的姑娘，因此也更觉得自己暂时住这屋子还比较稳当。这时，他看见她已经改了装，穿的是短衫黑绸裙，而不是军装，便问道："怎么，改装了吗？"

"昨天军校就宣布解散了！"

"怎么这么快呢？前两天还听说你们军校开大会誓师，东征讨蒋呢！"

"还讨什么蒋，武器都给搜去了！武汉国民党的敌人不是蒋介石，不是帝国主义，是革命者，是人民！"刘伯容气愤地说，"变得真快，我们女同学，一下子都不能穿军装上街，学校周围布满了流氓在胡闹。我托人带信回来，让我妈今天过江，给我们送了便装去，我跟她才回得来的。这是我的同学雷小平。"她指着另外那位姑娘说。柳竹向她点了点头。刘伯容说:“否则都回不来了!”

“啊,想不到变化这样快啊!”柳竹摇头叹息。

“其实,也不算快,人家早就有杀心了,不过现在才摆到面孔上来。”刘伯容说,“他们什么都预先布置好了……你看吧,一部分男同学调到城外,不知到什么地方去了,没去的,也被监视得很紧……”

“生怕我们闹事!”雷小平插嘴说,“有几个人围在一起谈话,马上就有国民党的鬼家伙来监视。真碰到鬼啰,密探都混到学生里来了!”显然这个天真的姑娘是憋了一肚子闷气,想找机会发泄发泄的。

“你是湖南人吧?”柳竹听出了雷小平天真而有些稚气的口音,笑问道。

“是哟,急死人了!要回去又买不到车票……”停一停,她又说,“回去也冒得意思,我们那里比这里更反动,家乡来人说,街上都躺了革命者的尸体,十字路口挂了人头!牺牲好多人啊!”

“柳同志,你们有什么工作要帮忙吗?”刘伯容说,“我这个朋友想找点革命工作干。”

“正是的。你介绍我吧,只要是革命工作我就干,我又不怕死。”

“好,我替你留意吧。”柳竹辞了她们上楼来了。

“只要是革命工作我就干,我又不怕死!”柳竹念着这位湖南姑娘的话,心想:这是今天千千万万革命青年的声音啊!

回到房来,柳竹对着灯坐在桌前,思想乱得很。时局急速的恶化,工作忽然的调动……今早离开这房间时都没想到的。虽说明天要去力争不走,但他知道,怕是很难扭转过来的。柳竹心里明白,分明是由于自己不合投降主义者的口味,才硬把他调走。在这种情况之下离开这儿,叫他怎么放得下心啊!哪怕是叫他个人受处分也好,受点委屈也好,他都可以不计较,但无论如何,不应当在这样紧张的局面下离开这儿……

他很想在走之前到几个厂里去,找支部同志谈谈,安排些工作,但是怎么来得及呢?而且同志们面对他们,他又怎么说呢?不能去……

他又想到必须在走之前看见刘平和洪剑。“刘平这个时候还住在厂里,是不合适的!必须去提醒她。洪剑这家伙,是的,他聪明能干,勇敢,可是太年轻了,警惕性不够高……再者,上级这时调我走,他一定会有意见。前两次市委书记周伯杰同志在干部会上的谈话,洪剑就已经嗅到了他的右倾情绪,有所不满……这样，他会闹脾气哩……”柳竹此时非常惦念起洪剑来。真不放心他啊！得和他谈谈才好，最好，马上到铁工厂宿舍里去找他出来。还应该到刘平那儿去一趟。可是，屋子里又有这么些东西要清理……明早，八点以前，怎么来得及？！”

他抽出几个抽屉一看，里面乱七八糟的，满是来往信札和文件，心里又这么乱，不知从何着手收拾起。忽然，他想起好几次洪剑夸奖文英，说她有组织能力。啊，那我今天就正需要她的帮助了。一想起文英，他繁乱的心情感到了一种宁静，一种喜悦。他决定把她找来帮忙收拾一下屋子，这样自己才抽得出工夫去找洪剑他们。

柳竹跨进工房院子，远远就看见舅娘的窗子是漆黑的。他想：她们睡了，还得把她们闹醒，不大好吧！他犹豫起来。等他走到门前，才发现房门上锁上了一把锁……原来她们两个都不在家。这使他很懊恼，他感到，现在多么需要她啊！他从未像现在这样急于想见到她。柳竹在门前踌躇了一阵，决定先到铁工厂宿舍去找找洪剑。半途上，在一条漆黑的小巷子里，他看见有两个黑影子迎面走来。他感觉那应该是舅娘和文英两个开完会回来了。他故意咳嗽一声，问道：“是舅娘和文英吗？”

“你怎么有工夫跑到这里来了？都这时候了！”黑暗中，舅娘惊讶地问。

“有点事，想找文英给我去帮帮忙。”他开门见山地说，“刚才到过工房，碰了钉子了！文英，你愿意去吗？”

“既是有事要人，还问愿意不愿意？走吧，到哪里去？”文英马上停了步。

外甥从来没有向她们要求过什么的，舅娘现在体会到她的外甥此刻工作的紧张了！忙把文英向柳竹一推，说：“赶快去吧，你们小心点啊！”自己提起步子独自往前走了。

自从时局紧张以来，柳竹还没到工房去过，文英心里正十分惦记他。昨天支部会上，胖妹曾一再提到柳竹同志嘱咐了这样，提醒了那样。她就不断想着：“柳竹不知忙到什么样了……”现在，柳竹来找她去帮忙，实在比让她回工房去睡觉还好得多，尽管今天一天已经累得要命了。

文英还从未到柳竹宿舍去过。黑夜里，柳竹不能不亲自把她送到菜花巷来。上到小楼后，他简单地告诉了文英，说上边有事调自己出去几天，明儿绝早就得走。他现在还得去找刘平、洪剑有点事，因此，他请她来帮他把这屋子收拾一下：主要是把来往书信和文件搜集、烧毁。可是文件散得很乱，必须搜干净，不留半个字在这屋里。麻烦的是：在销毁以前，还得检查一下，怕万一有需要留的东西……

“还有，这里面也有些，要拿出清检一下！”他拍着扔在床上的一只皮包说。

他告诉她，书架子上某些书是他需要随身带走的，请她拣出来，放到他床下的衣箱里去。其余的书籍，请她整理好，留在这屋里，万一他一时不能回来，请她设法保管起来。交代完，他就急急忙忙找洪剑、刘平去了。

文英依照他的嘱咐，先从桌子的几个抽屉里搜出文件来，破碎纸当即扔到一边，然后又在书架上、床上搜检着。她一边收拾东西，一边在奇怪：他为什么这么匆忙呢？他怎么完全不像往常那样？平时，他老是笑，老是快活的啊！他是经过事的人，是从不说困难的人啊！为什么局面紧张一点，就变得很烦恼呢？为什么在这样紧张的时候，上边偏调他走呢？他在这区里，不是主要的负责人吗？厂里同志要知道他这时候被调走了，不是会影响不好吗？她怨自己政治水平和文化水平太低，不能理解这些道理，也不能代他分些烦忧，不能趁此替党多做点事……

提起床上那只皮包的时候，她怎么样也无法打开它。皮包口上并列的两处暗锁都锁住了。柳竹没有给她留下钥匙。她在抽屉里、床枕下、衣箱里翻遍了，都没发现钥匙。她心里像着了一把火似的焦躁，不能完成人家托自己的事，怎么对得起人！而且是这样紧急的时刻。有一阵她坐在床上对着电灯发痴，不知如何是好……后来一想，急有什么用？只有等他回来，他有钥匙更好，没有呢，两人共同想办法。自己今晚不打算回去算了，给他尽通宵把事办完。他要累了，他睡他的，我为他把事料理完，哪怕明天不能上厂……这样一下决心，她就安静了下来，坐到桌前去清理已搜齐了的、压在桌上的那些文件。

清理了一次之后，在准备烧毁之前，文英把文件又检查了一遍。她把那些上边来的开会通知、各支部送来的过了时的工作安排以及和别的机关来往的不重要的公函、信件等等确定为没有必要保留的部分。另外有几份文件，她抽了出来，可是觉得自己的水平低，还不能判断是属于该保留的或是该毁掉的，她把它们分别放在两旁，留待柳竹回来，问清再毁也不迟。

长街上传来了打三更的梆子，声音是那样凄凉而忧郁。在这种时候，更增加了她对那个人——此刻还在外边忙碌的人——的安宁的忧虑。

她听了听楼下，房东家的姑娘们还在轻轻地说话，走动，她没有马上下去。又按柳竹的吩咐，清理着书籍，给他把要随身用的几本书放到小皮箱里去。箱子里也很零乱，她整理了一会儿，又从柳竹的枕头底下、席子底下搜出了几件换下来没洗的汗衣裤、手绢、袜子之类。等到楼下房东一家全都睡了，她才把该烧毁的文件放在脸盆里，把脏衣服盖在上面，轻手轻脚摸到楼下房东的厨房里。她一边放开自来水管洗衣服，一边慢慢在小煤灶里烧毁文件。她想，睡在床上的房东听到水声，只当她是在洗衣服呢。虽然柳竹告诉她房东一家不是坏人，可谨慎点总没错。

把两件事做完，上得楼来，看看桌上的马蹄表，已经是后半夜两点钟了！怎么柳竹还没有回来啊……不会出事吧？她感到从来没有像今晚这样惦记他……

文英找出了一根绳子，把一端系在墙上的一个钉子上，另一端系到窗框上，把洗好的衣服晾上，又给他归整了一下屋子。一切都收拾妥当，柳竹还没有回来，叫人好不放心啊！她把电灯扭熄，看了看窗外：楼下小巷子里，是一片漆黑和静穆，好像从来没走过人，也永远不会有人来似的。她的惦念越加深沉了……她怕柳竹回来摸不着自己的家门，又把电灯扭亮了。她此刻才感到有些困乏，就伏在桌上歇一会儿……

蒙眬中，她看见窗外楼下黑暗的小巷里，有个人影往这边走，正是柳竹回来了。但，马上一些持枪舞刀的人把刚要走进家门来的柳竹包围住了。那些恶棍们，把柳竹反绑了双手，拖着就走……她急得飞奔了出去，决心去抢救他，她追着恶魔们喊闹起来……可是心里憋得很，怎么也喊不出声，只听到"嗯哼，嗯哼"瓮声瓮气的叫唤……

"文英，文英！"有人在摇晃她。她抬头一看，是柳竹。她还以为是他自己挣脱了恶魔，跑回家来，站在她身旁了！

"你在做梦吧？好像哼得很费劲呢！"柳竹含着微笑轻轻拍着她的肩和背，像母亲安慰在噩梦中受惊的孩子一样。

她这才从梦境中清醒过来，心里还残留着梦中的惊恐。悬在窗前的电灯亮得刺眼睛。她看见站在她身旁的柳竹是那样精神抖擞，想起梦中情景，不禁暗自好笑。

“不晓得怎么的，一下就睡着了……做了个噩梦。”她不好意思地对他笑了一笑，没说梦中的内容。

“搞得这样累，为什么还洗衣服呢？”

“再不洗，要发酸了！”她说，像一般姑娘们喜欢说笑小伙子不会照料自己的生活那样。她笑话他：“姨妈还老是夸你，说你是顶爱干净的男子汉呢！叫她老人家来看看这些才好玩啦！”

“这几天太忙了！”他有些不好意思，笑起来，“怎么办？你回不去了，外边下雨……”

“下雨了吗？没关系，这里事也没完。”她说，停了停又问，“……你找到他们没有？”

“找到了刘平，可没找到洪剑……算把该对洪剑说的话告诉了刘平。谈久了，耽误你啦！不过，不下雨，你也回不去了，长街上戒严，我是绕柳树井和后面菜地回来的。路远得多，下雨又不好走，要不然的话，也不会搞得这样晚……”

“且不管那些，谈我们的吧，该销毁的文件，已经烧掉了。有几件事告诉你。”她拉开抽屉，拿出一小沓文件对柳竹说：“这几份，我没敢烧毁，你再看看，我怕还需要保留……再呢……”她走到床跟前，拍着床上那只皮包，说，“皮包锁了，你没给我钥匙，打不开，真急死人了。我满屋也找不到一个钥匙……这里的文件看来还不少呢！”

“哎呀，糟糕，糟糕！”柳竹拍着双手发急了，“我走急了，没给你钥匙。这是区委会的东西，比我家里的这些还麻烦得多……今天白天只理好一部分……”

“不消急，只要你有钥匙打开它，我再坐下来清就是。”文英反过来安慰他说。

“再还有……”文英又指着床底下说，“你的衣箱后面，还有个小匣子，那是架油印机吧？该怎么处理？你没说起。”

“哎呀，是的，也忘记告诉你！”他拍了拍自己的脑袋，看着她说，“你检查得多细致哟！”

“有只抽屉里，还有油墨、蜡纸和一些毛边纸哩！”她补充说。

窗外的雨声渐渐大起来，飘了雨点进来，接着响起了轰隆轰隆的雷声，他们把窗子关了起来。

“好吧，反正你也回不去了，我们一同来清理文件。”他把皮包提到桌上，摸出钥匙，打开了它，从里面掏出了一卷文件。他让文英坐下来，再端来一把椅子，放在文英身旁，自己也坐下来了。在清理文件的过程中，柳竹很惊奇文英在短短的文化学习期间就有了这样好的审阅能力。

等从楼下厨房里第二次把文件烧毁完，两人再轻轻摸上楼来时，雨已经停了。他们又打开了窗子。从菜园子那边传来了此唱彼和的雄鸡的鸣叫和雨后聒噪不休的蛙声……

“快天亮了！我来给你卷铺盖，好不好？”文英说。

“那不急。等会儿，我自己会卷，还有话要跟你说呢！”他们重新坐下来，柳竹从身上摸出一把房门钥匙，递给文英，说，“房门钥匙交给你，如果我不能很快回来，我会带信给你，让你替我把房子退掉，把这儿的东西搬到你们那里去保管。油印机和油墨、蜡纸等等，告诉洪剑来拿走……”

窗外飘进了一阵凉风。他看见文英还只穿一身葛布衣衫，有些冷的样子，就起身走到床前，把挂在帐钩上的一件白帆布中山服上衣拿来，走到她身后，替她披上了。

她正有点儿冷，抬起手来，把他给她歪披在肩上的上衣理正了，依然没有作声。

远处，又传来了雄鸡的唱鸣……

“天该亮了，关上灯吧！”文英先打破沉默说，然后抬起手关了灯。果然，熹微的、鱼肚白的晨光好像在外边等待了很久似的，灯一灭，它们就马上从窗外倾泻进来。

“还有一件事，我刚才忘记对刘平说，你记住告诉洪剑和彩霞两个：老廖找的房子恐怕很小，不知道有没有给洪剑住的。如果没有，就让他们两个先住到我这小楼上来，我会交代房东的。”柳竹说到这儿，闭了一会儿眼，好像考虑什么……一会儿又睁开眼睛说：“看来，彩霞不能做工了。洪剑是要完全隐蔽下来的，彩霞公开做工就不好。他俩结婚时，闹得满城风雨，坏蛋们一定知道彩霞的丈夫是干什么的，只要等彩霞下厂时跟她盯一回梢，洪剑就会被发现……太危险了！”

“不只是他个人……还要牵连全盘工作啊！”他补充说。

“哦，你想得好仔细！”文英钦佩地说。

停一下，他着重地补充说："记住，莫忘记告诉他们，说我讲的，半点马虎不得，叫彩霞不要任性。还有，如果情况不好，叫甘老九避开几天，这家伙的红帽子比火还红啊……"想起那个总是忘我工作的甘老九，他笑起来。

"胖妹呢，有什么要告诉她的吗？"她问。

"胖妹……不用我说，她一家人都懂这些。"

"情况就这样坏吗？"她忧虑地问。

"啊，你不要太紧张，我们当然得考虑得远一点，朝坏的方面多考虑一下，早做安排，有好处，没有坏处。"

"我呢？朝最坏的局面想，我能做点什么事，你怎么不给我讲讲？"

他带着微笑，两眼对直地瞅着她，握起她的一只手说："你嘛，我正要说呢！"他深邃而透明的眼睛燃起了烛照人心的光亮。他的面容显得特别快活、明朗，"文英，五一节晚上，你不是看过俄国的电影片，高尔基的《母亲》吗？"

"是啊，几好的一个母亲！"

"你就学那个母亲吧……"

"我怎么配比她！"

"这一年来，你的进步不小。我想过，兴华厂的共产党员几乎都公开了，只有你比较少露声色些。这样的人马上会有极大的用处……正是需要你发挥更大作用的时候了。你考虑问题是细致的……你只是，到必要的时候，需要再大胆些！"

"我恨我的政治水平、文化水平都太低了！"她叹了口气。

"慢慢来，莫急。提高政治觉悟，并不单靠书本，主要是靠在阶级斗争中锻炼。目前，阶级斗争越来越尖锐了，你是肯踏实苦干的人，只要紧紧跟着党，我相信你会锻炼得更坚强。我希望你能下决心去锻炼……"柳竹见她轻轻摇头否定自己，又补充说，"不，不要否定自己。你知道的，我不是爱讲奉承话的人，刘平也很喜欢你，你该有信心。再说一句，必要时，放大胆点。"

"你难道就不回来了吗？"

"我不是说过了，要多从坏的方面做准备！我一定争取赶快回来。你看，我的房子都没有退呀！"停了一会儿，柳竹又继续说，"如果，万一，一时回不来，我会设法带信给你的……我一定带信给你……我希望……以后，我们，我们……”他本想说：“我们以后永远在一起。”但他还是不想在这种时候说这些话，就改口说：“……放心，我们会再见的！”

他忽然全身涌上来一股热流、一种渴望：想抱起她亲一亲……但是，他驳斥自己：“这是什么时候啊，怎么搞那一套呢？”他努力压制着这种冲动，于是站了起来，在屋子里来回走着，避免看她……心里很后悔：在这以前，没有抓紧时机解决他们两个感情上的问题，而现在，又不是时候……

“姨妈问起你呢，我怎么说？”文英问。

他停了步，望着窗外，没敢看她。想了想说：“你替我做主吧，看该怎么说就怎么说，别吓住她老人家了！对别人，别提起我。我走的消息，区委暂时不会对支部宣布。”

小巷子里已经有人声了！房檐上，开始有麻雀喳喳的鸣唱声。

文英忽然站起身来，说：“我要回去了！”忙把身上披着的中山服放在桌上，朝房门走去。

“还早呢，那么急干什么？”柳竹大步赶到房门口，拦住了她。

“让我走吧！”她恳求说，“趁房东还没起来……我不想跟他们打照面了。”

“那是为什么？将来还靠你来和他们打交道呀！”

“你看，哎！”她的脸上忽然红得像樱桃，迟疑了一下，摇头说，“不好……晚上来，早上走……不知道他们把我看成个什么……人了！多讨厌！”

他抱歉地笑了一下，脸上显出负疚的神色，又握起她的手细声说：“文英，不要紧，昨晚上，你来了，我下去的时候，房东太太已经问过我。我都对她说明白了。我告诉了房东太太，我说，你……你是我的……我的……是我的爱人，是我的未婚妻！文英，这是真的啊！”

文英的脸上又泛起红潮，一直红到了耳根。她低下头来，看着地板，避开他灼热的视线……

柳竹再也压制不住自己的感情，猛然伸出双臂，抱过她来，热烈地吻她。

他向她约好，等回来后，他们就住到一起来，再也不要分开了。文英一句话也没说，微微点着头，忽然，眼里涌出了晶莹的泪珠。柳竹从她的大襟上抽出手绢来，给她擦着泪，抚慰她……

柳竹把文英送上长街后，才转回来捆起行李，到市委去了。

二十九

纠察队第五支队队长黄顺生，从前本来就是住在兴华厂的集体宿舍里的，担任纠察队队长以后，虽然总队那边有他的住处，但是他并没有放弃他的老住处，因为他这一队更多的时间是驻在这个工人区。

那天他约好陆容生去找柳竹，但担心上边紧催着缴械，怕一时对付不过来，就决定先回家去把心爱的枪支藏起来。他是队长，除长枪外，还有一支手枪。这支小手枪，他预备永远随带在身边，做临时对付敌人之用，长枪则非早早藏好不可。

回到集体宿舍来，他的同室人和附近几间屋里的工友都做日班去了。他的房间是在宿舍最后一排。后院的竹篱外是一片荒地。他依窗对院子看了半天，考虑着把枪究竟藏在哪儿好，终于打定了主意。他想起看门人老张的屋里有把锄头。老张是上了年纪的人，他们一直很谈得来，就走去找老张。

走到老张那儿，看见十五岁的童工王艾正跟老张两个在咬耳朵说话。看样子，也不免是谈目前的政局。黄顺生是急性人，顾不得回避什么，向老张借了锄头扛起来就走。他走到后院，攀过一段倾斜的竹篱，到了竹篱外的荒地上，选定了靠竹篱边的一块杂草丛，就在那儿挖土。

王艾这个礼拜是做晚班，早上出厂后回到集体宿舍睡了一会儿就醒了。因为这几天时局不好，他想到他的师父甘老九家去打听打听消息，不打算再睡了。走到大门口，被老张叫进去，问他外面的风声。他和老张还没谈上几句，恰值黄顺生来借锄头。王艾是聪明透顶的孩子，看出了黄顺生过于紧张的神色，心里有些奇怪，就从老张屋里出来，跑到黄顺生那儿，想探听些消息。但是屋子里并没有人。他想，刚才分明看见黄顺生往这儿走的呀，怎么没人了呢？想起刚才黄顺生是借了锄头的，这越发激起了他的好奇心。前前后后找了好半天，最后在后院，他仿佛听见有人的抽泣声。他向周围搜寻着发出哭声的方向，终于，透过竹篱，他发现那个平时看来雄赳赳的、威风凛凛的大汉子，现在坐在杂草丛里，手里抱着一个什么东西，在伤心地哭泣。

这个鬼精而好奇的孩子，止不住轻手轻脚，真像孙猴那样拨开杂草，钻到了竹篱外，溜到了正在哭泣的人身后，站了半天，他猜不透原因，忍不住问道："叔叔，你这是做么事？"

"妈拉个巴子！"黄顺生猛然一惊，紧抱着手里的东西跳了起来，"我揍死你！"他没听清王艾的问话，疑心他的事被什么反动分子发觉了，打算要跟这个坏蛋拼一场命。但是定神一看，原来是王艾！

王艾吓得往旁一闪，后来看见他并没有动手脚，就轻声说："是么样要揍我呢？有么事我给你帮上点忙不好？你把我当反革命啦？"

黄顺生想起王艾是个共青团员，是个好小子，是老九的徒弟，就平静下来，慢慢说："小家伙，你知道这是什么？"说着他拍着手里用布包裹好了的东西。看那形状，再听到刚才的声音，王艾马上猜出那是枪支。这时，他才看见地上已经挖好了一条深沟，他不免又生气又惊奇地问："你是么样哟！怕当纠察队啦？好好的武器为什么要埋起来？我想要一杆都想不到哩！"

黄顺生这才明白这孩子还不知道今天发生的事，就简单告诉他上边叫缴械的命令。王艾听了，气得跳起脚来，嚷着要去找甘明同到总工会质问去。

"别跑！"黄顺生抓住了他说，"你既然看见了这事，就帮俺收拾好这儿！现在你去吵，有个鸟用！我们纠察队的弟兄吵了一天一夜，心肺都气炸了也没有把局面扭转过来……"

王艾抄着手站着，气得半天说不出话来。

"好孩子，别闹气了！先帮我把它埋藏好。你可得给我发个誓，这事可不能告诉外人啊！"

"发么誓？哪个狗娘养的当反动派，我挖他狼心狗肺！"王艾跳了起来嚷。

"得啦，别嚷出些人来，那就糟了！"黄顺生劝王艾。于是他们把枪轻轻放在挖好的深坑里，用土盖好，再把泥土踏平。这以后，黄顺生才与陆容生一起，到区委会找柳竹谈话。

当晚，他还集中了另外几个不愿缴械的纠察队员的枪，又邀王艾来帮忙，把它们埋在同一处，那儿共埋了五支枪。

第二天一早，黄顺生得到通知，叫他带领第五支队全体队员上午十点到总工会听训话。他明白，到那儿就是强迫缴械了，他没有去。

果然，他们支队去了总工会的副队长和其他队员，被逼着缴出了枪支，解除了武装，下午都空着手垂头丧气回来了。副队长告诉黄顺生情况时，揩着眼泪，擦着鼻涕，像由于饥饿贫苦被逼着卖了儿女的父母……

次日晚饭后，陆容生满区里找黄顺生，好不容易在甘老九家里找到了他，叫他赶快躲开，因为凡是没缴械的纠察队员都被国民党坏蛋列入了黑名单。据说，不肯缴械的第二支队队长、汉阳兵工厂的工人陈家甫和一个队员，下午四点遭到国民党的特务的逮捕。因为拒捕，跟特务打得很激烈，陈家甫当场牺牲了，尸体现在还躺在江岸码头上，那里一时绝了行人。江岸一带的店铺早就关门打烊了。汉口已在一片白色恐怖之中……

陆容生把这些情况对黄顺生讲完，就赶忙跑了。他自己算是侥幸从总工会逃出来的。他打算溜回家去取点衣物，并通知金梅母女一声，然后到朋友家去避避，因为他有家在工人区，坏蛋们是知道的。

黄顺生跟甘老九商量了半天，他宁可做亡命客也不愿交出枪支，决定暂时避到武昌一个朋友家去。这朋友是个没有公开的共产党员，在国民政府警卫团工作。

黄顺生和甘老九告别的时候，不断地擦着眼泪，一再嘱咐老九，说在他没回来之前，让王艾多去照料他埋在地下的枪支。他说只要有机会他就来取……好像一个迫不得已要离开故乡去流浪的人托人照顾家中的亲人一样……

三十

七月十五日，汪精卫在汉口召集了反共会议。这些叛变革命的国民党党徒，完全否定了孙中山先生的“联俄、联共、扶助农工”的三大政策，否定了代表中国工农利益的共产党的合法存在。此时，国民党开始了针对共产党的“清党”运动。所谓“清党”，就是要把参加了国民党的共产党员和倾向共产党的进步分子清出国民党。反共会议开完立刻下令封闭一切共产党的机关和许多革命群众组织，如工会、农会、学生会、妇女协会等等，并对共产党人进行残暴的搜捕和屠杀。

同时，中国共产党发出了革命宣言。宣言痛斥以蒋介石、汪精卫为首国民党党徒们背叛革命的罪行；申明代表中国工人阶级和广大劳动群众利益的中国共产党，决不能再和这样的反革命集团合作；决定撤回参加武汉政府中的所有共产党员。

北伐军队伍里的共产党员，在这个宣言之前有的已被逼走，有的已经被逮捕了……

以宋庆龄为首的国民党左派，已剩不到几个人了，但他们的革命立场依然坚定。他们也发出了声明，表示仍坚决拥护孙中山先生的三大政策，指出宁汉国民党的叛变，其前途只有与旧军阀同流合污，成为帝国主义的工具，认为共产党的革命路线是正确的。

武汉开始了白色恐怖。全中国开始了人类历史上前所未有的残酷的屠杀。

在总工会青年部工作的李小庆——胖妹的爱人，和几个小伙子在青年工作部办公室里拿着当天上午共产党发出的革命宣言，在热烈谈论着。

“好，这才叫痛快！咱们当众宣布国民党是反动派，不跟你反动派合作，我们誓把革命进行到底！”一个小伙子喊着说。

“真他妈，憋了两天的闷气，看了这张宣言，好像一下子都吐出来了。干脆就准备干咱们的吧！”小李说。

“可是，现在干的办法不同了，先得隐蔽起来！别忘了刚才的通知，叫我们马上都离开呢，要离开总工会这个会址啊！”原来，当天早上，上级来了通知，叫党员和革命群众立刻离开总工会会所，预料敌人很快会到这儿来进行搜捕。

小李跑回寝室收拾东西。同室住的小谢忽然气呼呼地跑来说，国民党武装特务逮捕没有缴械的工人纠察队第二支队队长陈家甫，陈家甫和纠察队员王春生在街上和敌人打开来了，要小李和他一块去。小李不假思索，抛下眼前堆着要收拾的衣物，挥着拳头就和小谢一道直往外奔。刚出总工会大门，迎面遇见了工会干部、共产党员程兴文。程兴文见这两个小伙子面红耳赤，挥拳捋袖地往外奔，就拦住他们，厉声问道：“你们上哪儿去？”

“帮他们打去！”小李说。

“还打什么？陈家甫已经给打死了，王春生被抓走了，你们还嫌不够，再把自己送上去呀？”程兴文喝道。

小李和小谢两个彼此对看着，愣了好半天。

“可惜老子们手里没有枪了！”小李挥着拳头，恨恨地说。

“赶快离开这儿呀！上边的通知，你们怎么不遵守？三令五申都不听，像话吗？”

小李和小谢转身往里走去……

“见鬼啦，怎么还往里边走？”程兴文抓住两人的胳膊，又气又急地喝住他们。

“拿衣服行李嘛！”小李说。

“背着行李走，挂招牌吗？怕人家不知道你是被逼走的共产党员？”程兴文瞪着小李，又急切地低声说，“快走，快走，越快越好！陈家甫的事一发生，就怕会有宪兵来封门……”说着，就把小李他们往街上推。

“那你自己呢？怎么不走？”

“我来通知你们，还有两个要通知的，我也马上就走。”

小李只好转身朝家里走去。长街上，遇到陆容生和金梅夫妇俩。陆容生通知黄顺生后，就急忙回家和金梅收拾好，正要到朋友家去躲几天。

这对夫妇一向是心思周密的人，他们劝小李不要回家去。小李只好又改变计划，到长街上开店铺的姐夫家待下来，让姐姐给父母和胖妹送了个信去，免得他们牵挂。

果然，当晚小李在姐姐家里就听到姐夫的朋友来讲，说城里刚才一会儿就封闭了好几处地方，有总工会、学生会、妇女协会，并捉去了许多人。

小李在姐姐家待了两天，姐姐和姐夫两个就为他吵了两架。作为商人的姐夫，不久以前是常常以有这个在总工会当干部的小舅爷向人夸耀的，现在却非常不欢迎这位戴红帽子的妻弟了。第二天吃晚饭前，小李向刚从外边回来的姐夫打听外边的消息，姐夫却冷冷地说："你怕什么？！你们搞革命的，鬼花样多，准能够长命百岁。只是我这一家，怕要给你替死了！"

小李想到党的指示，忍了一口气没有作声。但没多一会儿，又听到姐夫和姐姐在他们小房间里面争嘴，小李感到赖在这里也不是个办法，就决定回家和父母以及胖妹商量去。特别是一想到胖妹怀了孕，就越发惦记她。算起来，她已经有三个月孕了吧……他们两个快一个月没见面了。趁黄昏时分，小李从姐姐家跑了出来。

到得家来，他的岳母和母亲都埋怨他不该回来。他把姐夫的态度告诉了她们。母亲气得直跺脚，骂那个无情无义的女婿。他的父亲、岳父和胖妹都不在家。母亲料理他吃了晚饭，洗了澡之后，他觉得一身很轻松、快活，心里埋怨自己不该听陆容生的话，躲到姐姐家里去受了两天闷气。"早回来，也少呕些气……"他想。

两家的小弟弟，小李永和齐小海看见他们在总工会工作的哥哥回来了，尽来纠缠他，向他提出许多问题："纠察队为什么要缴械？""国民党为什么忽然反革命？"

两个孩子又向哥哥诉说他们童子团也被解散了的烦恼……

掌灯很久了，胖妹他们都没回来，两个母亲坐立不安地等待着，不时从堂屋里跑到院子里、柴门口张望。直到快十点钟的时候，胖妹和两位父亲才先后回来。胖妹匆匆吃过晚饭，和小李一道在齐舜生那边屋子里谈了一阵。岳父也埋怨女婿不该回来。

“我们全都得躲开几天，你倒往家跑！”齐舜生说。

远远地传来了几声枪声。胖妹的妈妈叹了一口气，说：“好吧，不早啦，今晚睡觉去，明早收拾好，到乡下姥姥家去躲几天！姥姥总不会像你那个只认得钱的姐夫。”

胖妹和小李从母亲屋里退出来后，在院子里站了一会儿。七月中旬的夜晚，古老的柳树井在暗淡的星光笼罩下，如在神秘而不可捉摸的梦境中。村后的丛林，被风吹得飒飒作响。阴森的树丛深处，不时传出几声尖哨声、号叫声，使人听得惊恐不安。荷花池周围，漆黑静悄。虽然池里不饱满的莲蓬还依旧随风向四周吹送着清香，但那只能使一两个在这儿踽踽行走的夜归人，增加寂寞之感……

齐、李两家的老小，这时也和别的人家一样，带着不安的心情上床睡了。胖妹和小李小两口在院子里站了一会儿，就回到了自己的小屋子来，他们没有点灯，星光从窗口落进来，屋子里一片银色的幽辉……他们搬两把小竹椅坐在屋子里的星光下，低声谈着话。

“胖妹，你看到我们的革命宣言了吧！真痛快，我们向人民宣布汪精卫、蒋介石跟旧军阀一样，都是帝国主义的走狗！宣布我们要把革命进行到底！”

“我们都讨论过了，个个都说痛快。可是，不晓得为什么，我好像还不觉得局面就坏成这样了！”胖妹叹了一口气说，“我们这几天，天天在安排兴华厂工作怎样秘密起来……刚才会后，洪剑又叫我和甘老九两个躲开几天。我呢，安排是那样安排，可对自己的事，一点也没准备，觉得暂时还不要紧。”

“我也想过，我们总得干革命，躲又躲到哪天为止呢！妈妈他们明早又会催我们走。你看，到底哪儿好？躲到姥姥家里干点什么呢？”

忽然小李想起胖妹的身孕来，关切地问道：“么样？身体吃得消吗？三个月了，我的儿子。”说着又叹了口气，“这个小捣蛋，来得不是时候！虽然我很喜欢有个儿子……”

“别不害臊！什么儿子儿子的！”胖妹说，“看你这样子，哪像个做老子的？我也不像做妈的。我根本不想就做妈妈……今晚，天上的星星，怎么要亮不亮哟！”说完，她仰起头看着窗外暗淡的星，感到自己心里不太宁静。

“上回你说在车间站得腰酸，是不是怀这小家伙的缘故？妈妈怎么说？”

“我还没有告诉妈妈她们……唉，有什么说头！”

"怎么，你还没告诉她们？真闷得住呢！……好吧，你害臊，明早我来讲。唉，要不是这种时候，她们会喜欢死了的！"

胖妹拿起一把大蒲扇给自己和小李两个一边扇着，一边说："你听我说，我不想生孩子，我们两个，都这么年轻，孩子来得太早了，要耽误工作的，又碰上这种坏局面……我打听过了，有人会打胎，我正想等你回来，跟你商量……悄悄打掉它……"？

"什么？打胎？你简直胡说八道。我们工人阶级要革命，也要子孙呀！要不然，是哪个来接替我们的革命事业？这种话以后不许你说！我们不生孩子，光让反革命有后代，我们的革命事业岂不要中断？你真糊涂……"他一边打了个呵欠，一边说："好困哟！"

"困就睡吧。这事，等下再商量。我还没洗澡，你先上床去。"胖妹站起来，准备朝外边走。

他捉住她不放手，说道："不要洗了，要么再谈谈，安排一下往后怎么搞……要么上床睡。看你也够累的了！"

"莫扯我，我一身臭汗，非洗不行。一会儿就洗完了，又不是再也见不着的！"胖妹把他一推，转身朝厨房走去。

胖妹到了厨房，没点灯，摸着婆婆照例给她温的一罐热水倒在澡盆里，把向堂屋和向后院的两张门都扣上，就坐进盆里，慢慢洗起来。今晚会议上的一些问题又钻进她的脑子里来了。她觉得今晚的会结束得太急，有些问题没有布置好，比如，有些转入地下工作的事，是得她来安排的；另外有些呢，是得甘老九负责的。但会开到末了，洪剑又叫她和老九两个躲开两天，如果他们两个躲开，那么，这几件事由谁来负责？

她又想到洪剑这个同志平日工作起来总是欢欢喜喜地指点这样，安排那样，为什么今天有些愁眉不展的样子呢？他是经过"二七"斗争、"五卅"运动和坐牢监等等许多考验的啊！听人说，"二七"斗争的时候，他才十五岁！当他听到父亲当场牺牲时，只是咬了咬牙关，依然站在岗位上指挥他的赤色儿童团，没有离开岗位一步，直到纠察队长派了人来接替他，叫他去看父亲的时候，他才走到已经血肉模糊的父亲的尸体旁边去。以后，他一边安慰母亲，安葬父亲，一边还从未中断过战斗……今天开会前，大家嚷嚷着批评陈独秀不该让纠察队缴械时，他也没有作声。为什么呢？是兴华厂的工作就这样令他不满吗？胖妹想到这儿，忽然觉得也难怪洪剑，洪剑很久就没有抓兴华厂的全局工作了，都是柳竹在指导……这两天，柳竹怎么自己不来呢？为什么忽然换人呢？

不知道是思想太集中了呢，还是澡盆里被她扰动的水声盖住了黑暗的厨房外的动静，她一直没有觉到有什么人进到她们家来……忽然，她听到了惊人的哄闹声在堂屋里震动：一群人的吼叫声，皮鞋踏得叮叮咚咚，桌子板凳碰得一片响，好像还有铁链条的声音，厨房的门窗墙壁都震得直摇晃。她急忙从澡盆里站了起来，都没来得及擦干身上的水，就穿起了衣服，踏上布鞋。这时她听到爱人小李的怒骂声："你们才是强盗，你们才是土匪……共产党整天干革命，犯了什么罪？"

天啦，要来的事终于来了。怎么来得这么快啊！她急忙要开堂屋门出去，准备和她的爱人一同抵御敌人。他俩在许多恩爱的时刻曾誓同生死，誓在革命道路上永远携手前进的……现在，是时候了！她把手伸向门闩，就要开开门跨步冲到堂屋去……忽然压在门闩上的手，停着不动了。她想："我这不是送肉上砧板吗？为了和爱人在一起，我应该自动向敌人献出自己吗？我应该陪爱人去呢，还是应该尽量为革命多保留一分力量呢？让敌人捉去一个好呢，还是捉去两个好呢？"

立刻，她得到了正确的回答：在敌人还没发现自己的时候，她应该赶忙藏起来，尽量不被敌人发现。于是她认真扣牢了通堂屋的门，迅速开通向后院的门，溜到了小院子里，躬着腰沿着房檐往西溜过去，到了自己家后院的屋檐下——他们两家的后院本来就是相通的。快走到尽头，在她以前住的那间小屋子的窗下，她站住了，她听到自己父母家里也是同样一片喧嚣，听到父亲沉着的声音，是在驳斥敌人，责骂敌人……"他们是找我呢，还是找爸爸呢，还是两个都要呢？"她心里在考虑着。马上，她听到杂沓的脚步声，从妈妈屋子里涌进她小屋里来了。她赶紧从窗下溜到了房子西北角上她家的猪圈后边蹲了下来，又听到母亲在堂屋里的哭声。她靠在竹篱跟前，正想如何攀过竹篱逃出去，猛然听到李家那边打开了厨房对后院的门。随着凶恶的叫嚷，院子里乱踏的脚步声，一只电筒射出长长的苍白的光柱，在院子里乱晃。胖妹急忙趴到猪圈底下，喘息都屏住了……好几次，从两只电筒里放射出来的白光交织着在猪圈上方。有两个敌人探头进猪圈看了两次，她简直觉到敌人已发现她了，那颗心啊，扑通扑通地跳得好像要突破胸怀，要突破衣襟，爆炸出来了。但她努力克制着自己，一动也没有动。终于后院的敌人乱撞了半天，又都到前面去了，两家的前院和堂屋里又吵闹起来：门窗碰得噼噼啪啪响，刺刀和铁链撞击着什么，发出铮铮声。

胖妹趴在猪圈下太久了，先觉得手足麻木起来，后来好像自己都没有手足，也没有身子了，只感到心还在跳动……“难道这些恶魔们要永远驻屯在我们家里吗？！……为什么天老这么漆黑漆黑的，永远也不亮啊？……”屋子里一直陷在天翻地覆的骚乱中……胖妹听着，觉得此刻比一年的时间还长些。过了一阵，所有的声音涌到了前院，接着涌出门外……她听到弟弟小海追着人群伤心地哭喊：“爸爸，爸爸……”接着是满村子里一片狗吠声和受惊的小孩的啼哭声……像忽然从迷梦中惊醒过来，胖妹止不住涌出了眼泪：“天啊，爸爸被他们捉去了！小李——我的那个亲爱的人，一定也是被捉去了……捉去了……捉去了……他们几时回来呢？……”

不知待了多少时候，胖妹听到外边人声完全寂静了！两家屋子里依然有灯，有轻轻的谈话声和女人的哭泣声。看来，敌人去远了。她就从猪圈下爬了出来。她这才觉得浑身沾满了猪粪，两腿麻木得几乎不会动弹了……忽然，她看见有个黑影子出现在院子里，先是吓了一跳，但是马上觉出这个人既不声不响，又轻手轻脚在院子里来回走着，在找寻什么……她认出来人是小李的父亲，是她的公公。他是来寻找忽然不见了的儿媳妇的。胖妹用低得几乎听不出的声音说：“爸爸，我在这里！”

黑暗中，李庆永一句话也没说，一把抓住儿媳妇的手，拖着她沿着竹篱高一步低一步往东走了一阵，忽然停下来，指着竹篱下黑洞洞的一处说：“这里有个缺口，钻出去……”

胖妹抓着老人的胳膊，站着没动。老人急得轻轻顿脚道：“快从缺口钻出去，沿着篱笆后面那条小道，往井那边走，敲寿星老的窗子，今晚躲到他那里去再说。”说完，他死命按下胖妹的身子，把她往缺口那儿推……

在黑暗的草丛中，胖妹机械地听着公公的命令，趴在地下，公公帮着给她分开杂草，把竹篱下的缺口轻轻攀大些，胖妹终于钻到竹篱外边去了。公公从缺口处伸出一只有力的手来，继续推着胖妹，意思叫她赶快逃……她定了定神，问道：“爸爸，到底捉去了几个人？”

“四儿……还有……还有你爹！”

蹲在竹篱两边的两个人止不住哽咽对泣起来……

“你家也该躲开一下……怎么他们没有抓你家？”

“要我？要是可以换调一下的话，宁可拿我去换一个回来……”他的身子轻轻颤动着，“因为追问你，他们还打了四儿……我们说你没回来。说不定大门外还有人……等你。好娃儿，听话，先躲开两天吧，快走！”

胖妹现在完全懂得她应该赶快离开这儿，免得被敌人发现。但是，两脚像有千斤重，她怎么舍得离开她和她爱人一同生长成人，同他们的命运连在一起的院子呢？！她怎么离得开对面蹲着的、无声咽泣的老人呢？！屋里面两个母亲隐约的凄恻的哭声，像是一根根的针刺着她的心。是的，即使老人不说，她也猜到了，是哪两个亲人被敌人捉去了！是她的父亲和她的爱人……

刚才父亲驳斥反动派的严正的声音在她耳朵里震响着……她记起，她刚跨进少女时代，父亲就开始启发她认识和批判黑暗的社会——这个使她不能和别的女孩子一样去上学只能做童工的社会，父亲又引导她一同参加了革命斗争……如今，老父落到残酷的敌人手里去了！还有，还有那个从小就亲密无间的伴侣啊，他也落到敌人手里去了……她跟他才做了几个月恩爱夫妻……她和他曾共同发誓，为革命献身……几个钟头前，他还在探问她腹内生长着的小生命——革命的后代呢！

父亲、爱人，爱人、父亲，这两个形象在她脑子里晃动着，晃动着。她料想，他们都会遭到敌人毒手的……她又想到今晚上还不知道有多少人遭了殃啊……革命真的失败了吗？她的心忽然像被人插进了刀子一样绞痛……

篱笆里边的老人，也依然蹲着没有动，全身哆嗦地抽泣着。刚才在屋子里边的时候，对着两个伤心啼哭的母亲和孩子，他不能不故作镇静。现在，在这个黑暗的草丛中，对着正在饮泣的像亲闺女一样的儿媳，自己的同志，他再也克制不住了。他也同样惦念那两个亲人：胜过手足的一辈子患难与共的异姓兄弟，还有那个他用点滴血汗抚养成人的勇敢的爱子。不知还有多少人的父亲、儿子落到敌人手里了啊……他痛惜着已经到手的革命的胜利又被新出现的敌人捣碎了！

“爸爸，爸爸，爸爸呀！”小李的弟弟小永在屋子里惊叫起来。他没看见父亲，担心爸爸也和哥哥、齐大伯一样被敌人捉去了。

老人听到屋里的哭叫，叹了一口气，站起来，对竹篱外细声说：“快走，小心点！我明天去看你！”

“爸爸，你家也该躲开一下呀！”

老人没回答她，进屋去了……

第二天绝早，寿星老把胖妹打扮成个男孩模样，叫孙儿把她送到市内一个亲戚家暂时躲藏一下。

寿星老送走胖妹后，按照胖妹的托付，拄着拐杖，由一个重孙扶着，亲自到了齐、李两家。他毫无商量余地死逼着李庆永赶快离开家躲出去。寿星老发誓要看着李庆永走了他才回去。李庆永照办了。果然，当晚敌人又再来搜寻被他们昨夜漏掉了的两个共产党员——李庆永和齐小妹。这回，他们扑了个空。公公和儿媳一早都平安离开柳树井了！

三十一

不久以前，到处可以听到革命歌声的武汉三镇，骤然间变成了人间地狱。午夜，睡在床上的人们忽然被一些骇人的喧嚣惊醒：从黑暗的街头发出长得令人毛骨悚然的口哨声；大皮鞋在麻石街上踏得橐橐响；枪支和刺刀碰击金属的铮铮声；远处时不时传来的射击声、机关枪声；还有反动军警们在这家那家的捶门声、吼叫声；有些人家的狗也跟着狂吠起来，好像从魔窟忽然遣来了一群魔鬼，到这个城市来逞凶。深入梦境的孩子们，时常被这些罪恶的声音惊醒，吓得死命号哭。这儿开始了骇人听闻的白色恐怖的岁月。

工人区一连数日来了几次大搜捕。黑夜里，反动派派来的宪兵警察在工房里横冲直撞。家家都被惊醒，不敢点灯，好像一点灯，恶魔们就会跳进屋来。有的人家吓得把窗子都关上了，宁可闭在屋子里闷热得透不过气来。

“大姨妈，大姨妈！”文英隔邻的陈大婶，惊慌失措地敲文英的墙壁，“听到了吗？到咱们院子里来了啦！”

文英早已跟姨妈挤到一张床上去了。

“找哪一家呢？”姨妈问，一手扪着自己的心口从床上坐了起来，文英也随着坐起来了。

“还搞不清……”陈大婶在隔壁轻轻回答。她的六岁的小儿子从梦中惊醒，号哭着，叫唤着妈妈…

姨妈觉得心窝里很冷，急忙抱起文英的一只胳膊问：“文英，你看，要来我们这里吗？”她感觉到自己是工会执委，文英是党员，恐怕都走不脱了。

“摸不准……”说着，文英又略略提高了嗓子问，“陈大婶，听得出吗，进了哪家？”

“还冒听出来呢！哎呀，什么世道啊，哎，哎，莫哭，我的好毛毛，妈就在这里……唔唔……我毛毛要睡哟……”陈大婶拍着她睡得不安的哼哼着的儿子……

文英望望窗外，原是满天星斗的夜空，现在红了半边天，星光黯然失色。不知什么地方着了火，在火红的那半边天空下，忽然发出了天崩地裂的爆炸声……从大江上，一阵阵传来异乎寻常的喧闹，像是排山倒海的波涛……长江咆哮起来了！

有好几次，纷乱的脚步声在文英窗下急促响起——文英有些惊恐，心里怦怦跳动，觉得她和姨妈两个这回会被逮捕，马上又想：怕什么鬼呢，左不过是一死！既然干了革命，就决心不怕牺牲，那还有什么可担心的？于是她的情绪平静了下来。有一阵，文英觉得外屋完全被撞开了，但是一阵纷乱的脚步声、口哨声又过去了……她们的窗外又没有人了……整个工房仍在魔掌的威胁下……

黑夜是这样险恶又漫长。远处传来了江涛声、枪击声，还夹着一种爆裂声，还有一阵军号声，这个城市仿佛成了战场。

又挨了不知多少时候，好不容易，像是一阵狂风把恶棍们卷走之后，就听到有几家妇女们放声号哭……

大姨妈和文英两个好半天还对坐在床上倾听外边的动静……终于文英叹了口气，活动了一下身子，这才觉得身上的衣裤已经被汗水浸得像从水盆里刚抓出来的一样。她急忙跳下床来，准备换衣裳。

“文英，知道吗？”陈大婶又敲墙壁了，“甘老九给捉去了！”“啊！”文英猛然一惊……其实，她早已料到老九是免不了的……想起她把柳竹叫老九避开几天的话告诉老九时，他毫不在乎地哈哈笑着的样子，文英又生他的气。

“还有哪个？”文英一边问，一边借着星光，摸出衣服来换。

“好像西院还有人呢！”陈大婶的丈夫陈寿生回答。

“说是工会执行委员都免不了，可是，你瞧，没来抓我，嫌我老，不要我，唉，可是留我有什么用啊……不如留年轻的……甘老九会要遭罪了！”姨妈叹道。

好些人家大声议论起来，有人出到院子来走动了……多半是去看望遭了难的人家。文英劝姨妈睡下，自己起来跑到后院去看甘九嫂子。

文英来到甘家时，已有好些人挤在甘家了。甘九嫂子的屋里显然是被搜查过，床上、桌上、地上满是什物破衣，凌乱不堪。大家帮着九嫂归拾起来。

甘明咬着牙根，一声不响在旁照顾哼哼哭哭的弟妹，看见文英，像见了亲人一样，叫了一声“文姑姑！”就掉下眼泪来了！马上，他自己又急忙揩去……

“好甘明，莫伤心了！妈妈全靠你来撑持哩！”文英拍着甘明的肩，轻轻说。

甘九嫂披头散发，满面泪痕，对着满屋的人们，连哭带诉，讲述恶棍们如何撞进来，如何凶神恶煞地拿出手铐给老九带上。老九被强迫带上镣铐后，气狠狠地踢了那个恶棍一脚……

“有种的，咱老九到底是条好男儿汉！”有人赞叹说。

文英打听到除老甘之外，还有陈士贵和另一个工会执委也被捕去了。她不放心陈士贵的老婆陈香玉，就赶忙去看她。

陈香玉家里这时已经挤了许多人在劝慰她。香玉正哭着，看见文英就一把紧抱着她放声大哭。文英一再安慰她，抚着她的头和肩，也止不住流着眼泪……等人渐渐散了，文英还一再嘱咐她不要过于哀伤。文英原来还想到另外那家遭难的人家去看看的，可是香玉死抓着她不放手，只好陪着她直到第一次汽笛快鸣叫的时候，才赶忙转回来收拾进厂。文英本想今天不上工了，精神实在够疲劳的，但是如果不去，又怕姐妹们误以为她也出事了。而且，像这样的日子，姐妹们天天能见见面是多么必要啊！昨天，胖妹没来厂，大家就议论猜疑了一天，说是柳树井齐李两家被逮去了人，有的说胖妹也在内，又有人说胖妹当晚根本没回去。散工后，文英本决定去柳树井看胖妹去的，但有人叫她不要去，说是柳树井周围还有敌人巡逻，因此，胖妹那里就一直没有准确的信息。

今天上厂去，能看见郑芬、银弟她们，诉诉心里的闷气也是好的。

早饭，文英简直吃不下，只好收拾饭篮，多带点饭进厂吃。刚走出工房，一个十二三岁的小姑娘把她拦腰抱住了。文英仔细一看，是彩霞的妹妹刘彩云。“糟糕，定是彩霞出事了！”她想，便问道，“大清早，你怎么不上学去，跑到这儿来了？”

“妈妈叫我来问你：我姐姐、姐夫住在什么地方。”

“干什么？这么急着找她！”

“是这样的，昨晚上，我妈妈……我姐姐……今天早上……他们……”彩云喘着气，结结巴巴说不清。

“慢慢说啊……好妹子！”文英说。

文英耐着性子听彩云讲了半天，才知道昨晚上敌人也去过彩霞的娘家，追问洪剑和彩霞两个的踪迹。亏得他们不在那儿。现在妈妈和爹爹想尽方法要通知彩霞和洪剑不要回家去，也不叫彩霞上厂做工去，因为听敌人的口气，是知道彩霞在兴华厂做工的。但是家里不知道彩霞的新住址，因此妈妈叫彩云来向文英打听……

文英听着，想起柳竹临走时嘱咐她告诉彩霞到时不要去厂里做工的话来……“哎哟，又给他说灵了！”她想。文英也不知道彩霞的新住址。前天，文英把柳竹的话转告了彩霞：“你们如果没找到房子搬家，就先住到柳竹同志的小楼上去。”可是彩霞告诉她，说她们已经搬好家了。文英已经懂得了一点秘密工作的原则，在这种时候，洪剑——一个做地下工作的同志——建立的秘密机关，怎么好盘问呢？！那么，现在用什么办法把消息通知给他们呢？彩云愁眉苦脸地看着文英，想起昨晚那些敌人那种横冲直撞的野蛮样子，要是姐姐、姐夫落到他们手里就遭了殃。“怎么搞呢？急死人了！”彩云哭丧着脸说。

文英冷静一想，彩霞父女两个在这区里做工好几年，到处是熟人，在区里洪剑的熟人也多，她们的秘密住址绝不会就在工人区里，一定是离区较远的地方。如果从远处到区里来，或到厂里来的话，长街的西口是必经之路。文英出主意叫彩云赶快到长街西口去堵住她的姐姐。

“爹爹跟妈妈也是料到姐姐会经过长街西口的。”彩云说，“他们已经到长街等她去了！”

“你爹爹不也要上工吗？”文英想起这个怪脾气的老人来，“他没有骂姐姐吧？”

“没有……爹说，今天要是找不到他们，他就不上工，也不叫我上学去。爹比妈还急呢！妈妈还不大晓得外边的事，有些摸不清……”

“啊，你爹爹真是个好爹爹！”

“爹爹说，洪哥哥是个好同志，不要让那些鬼家伙捉去。”停了一会儿，彩云又补充说，“爹爹如今心疼洪哥哥，比疼姐姐还厉害些……”彩云说着说着，掉下眼泪来了……

“你跟我同到厂门口看看，万一遇到你姐姐，我们就护着她趁人多混着回转去。”文英一边走一边给彩云揩了眼泪，心里也深为那位老人所感动。

“爹爹担心，如果姐姐已经进了厂，怎么办？怕他们到厂里来抓人。”

“她不大会进厂的。如果到了厂里，到了车间，我们有那么多姊妹，一定能给她想办法，这个，你回去叫爹爹、妈妈放心好了！”文英说完，又补充一句，“如果到了车间，我们一定想法子安排她。”

到了兴华厂门口，文英和彩云在人丛中张望了半天也没看见彩霞。文英又担心彩霞冒冒失失进了厂，就决定自己赶快进厂去，叫彩云在厂外张望。文英走远了两步，彩云又追上去告诉文英说：“我爹讲，叫洪哥哥再不要到铁工厂去了，今早上，有人来告诉我爹，说铁工厂这两天带去了好多人……有个跟洪哥哥到我们家来过的吴大茂，说是前晚就给捉去了！捉吴大茂的时候，还尽追问着要洪哥哥呢！”

“啊，吴大茂也被捉去了吗？”文英又是一惊，马上忆起在胖妹新婚的夜晚，生龙活虎般赛唱的吴大茂来……又想到吴大茂是银弟的爱人，不知银弟知道这件事不。“哎呀，什么人都遭殃啦！”文英气得顿足说。

文英进了厂后，首先找到彩霞的细纱间，彩霞没有来。她找到了郑芬。郑芬正在偷偷掉泪。原来她进厂后，有人告诉她，说她的未婚夫杨广文昨夜在单身宿舍里被捕去了。文英来不及多安慰她，就把彩云的话告诉了郑芬。郑芬答应说，如果彩霞来了，她就去找文英共同商量保护她出厂的办法。郑芬原是团员，不久前，是彩霞和杨广文两个介绍她入党的。郑芬跟彩霞一向要好，听到这些消息，心情更加凌乱不安。

文英回到自己车间来，看见胖妹车子前依然没有人，这当然是意料中的事。车间有人传说，昨晚敌人又到了柳树井胖妹家里。“糟了，连去两夜，胖妹一定逃不脱的！”文英想。一会儿又听到姐妹们说，女单身宿舍里，昨晚捕去了银弟。今早还有人从面粉厂工人口里得到了确信：面粉厂工人孙玉楷和他的妻子兴华厂女工王玉蓉也在昨晚被捕去了。好几个跟王玉蓉、银弟要好的女工坐在楼道上，纺车也不去开，在边哭边说呢！“唉，银弟才十六岁的小姑娘，王玉蓉还有两个孩子哩！难道也能对她们下毒手吗……”女工们在谈论。

文英现在心里乱糟糟的，说不出地难受。她看见人家流眼泪，自己也流了出了。由于她的注意力不集中，织布的机子好几次出了岔子。乱纱线结成了一团，新织出的布匹上起了个大疙瘩，她不得不关上车子，慢慢拆去这一段。又有两次，几乎把手都轧了。她从来心灵手巧，即使在初学的几个月里，也没像今天这样出过岔子……她很担心会出大事，怕像那年王汉英那样把脑袋轧进机车里去。好几次下决心定下心来，把注意力集中在机车上，但是刚刚勉强打起精神织了，一会儿，思想又像无羁的野马，不知跑到哪里去了。

郑芬在午饭的时候跑来告诉文英，说她简直无心干活，车子上出了几次岔子，直担心把手轧断。文英现在倒反过来劝她安心点。

王艾进厂来，听到他师父的消息，失声哭了出来。这天，甘明没有来厂，王艾勉强挨到中午，到底跟班长告了假，溜出厂去看师娘和朋友甘明去了。

下午，好久不敢露面的恶霸工头董超、薛霸、李夜叉、李三姐等人，又都得意扬扬地在厂里、车间里出现了……他们在工人当家做主的日子，是躲得无影无踪的。

这些工头们整天在车间这儿那儿到处乱转，宣传说总工会、纺织工会还有各样工会都被封了，捉去了好些工会领导人和共产党员。说得满厂里人心惶惶……

下午，郑芬又溜过来告诉文英，说彩霞幸亏没来，李夜叉和李三姐领了个不认识的男人来，查问过几次了，问刘彩霞今天为什么没有来，问她和她的丈夫住在哪儿。由此，她们猜到彩霞夫妇大概还没有落入敌手。

放工的时候，文英、郑芬和工友们看见厂门里大院子的布告板上，贴出了厂方的新布告。布告上说，自当晚起，停工一周，以便清除赤化分子，消灭赤色工会。并声明过去和赤色工会签订的一切字据，通通作废……布告两边散站着一队武装巡逻队，他们在等候着，如听到任何一个工人发出一句半句怨言，就把他逮捕了去。

工人们看完布告，沉着脸，你看看我，我看看你，敢怒而不敢言地走开去……没料到这样迅速的袭击啊！文英想起，不久前，正是在这里，大家在甘老九和胖妹领导下取得了对白经理斗争的胜利。甘老九的大嗓门、彩霞在二楼走廊上领导大家喊的口号声，现在还在耳边震荡。如今这些人有的被抓去了，有的没有消息，是什么样的灾难临到了工人们头上啊！新的敌人比旧军阀还残酷！

厂门外又和从前一样，出现了凶神恶煞般的巡逻队，厂门两旁架起了长枪，摆出了马上作战的阵势……

工人们像开过追悼会一样，沉着脸，不说话，走出了厂，仇恨的烈火在内心深处燃烧着……

三十二

经过两晚的大搜捕，全市大大小小的监狱、拘留所，都挤满了革命者。反动派甚至临时又找寻了一些里巷的民房来关人，但马上又塞满了。敌人原来还想对这些革命者一个一个拷问，现在取消这样的做法了。首要原因是到处有人满之患，而按照他们的计划，还有许多人要逮捕。另外，他们又听到一些使他们不能安枕的消息：共产党还藏得有枪支，要搞暴动，要劫出被捕的人。于是敌人就下令，立即处死他们认为重要的人犯。

在市区的西北郊有个小湖，湖周围是一大片阴森森水草丛生的地方。几天前，反动派就派了几批武装队伍在这里用几步一岗的双层岗哨，圈出了一个大警戒圈。两天来敌人把一车车的革命者拉到这里来进行疯狂的屠杀，这附近的居民，仿佛忽然移住到正在作战的前沿阵地，从早到晚，只听到一阵阵的机关枪声、噼噼啪啪的射击声。多少生龙活虎般的革命者就在这罪恶的枪声中，献出了崇高的生命啊！

工人区里，被敌人搜捕去的许多革命同志，大多数被押送到这片荒地的警戒圈里。他们共有好几十人，其中有铁工厂共产党员吴大茂和胖妹的父亲齐舜生、胖妹的爱人李小庆，兴华厂的甘老九、杨广文、章银弟、王玉蓉，还有王玉蓉的丈夫——面粉厂工人孙玉楷。

这些人的手上脚上拴着铁链条，被押上了几辆大车。他们中好些人彼此并不认识，即使有熟人，在黑暗中也没法认出来。但是由于同样遭到敌人的迫害，经受同样的命运，知道大家都是有着共同目标的革命同志。

三十二

兴华厂的女工王玉蓉和她的丈夫——老共产党员孙玉楷，是同在家里被捕的，也同关在一个监狱里。刚才王玉蓉从女监被押出来时，她看见孙玉楷也被押出来了，她猛然省悟到今晚他们的生命都要完结了，就不顾一切奔到丈夫跟前，不肯和他分开，叫敌兵把他们两个拴在一起。在厂里，友伴们一向认为王玉蓉是温和胆小的，但这些时日，她已锻炼出来了。现在她捏起拳头鼓起腮帮，向敌人横眉怒目，坚持她的要求。敌人无法，只好满足了她的愿望。上了囚车，她紧靠丈夫站着……孙玉楷还像在家里一样，不时抬起戴了铁链的手照应妻子。王玉蓉对着丈夫，止不住掉下泪来：“玉楷，我们的大毛小毛两个，一晚上就丢了爹跟娘！”

“莫难过，玉蓉，不只是我们的娃儿，这几天，多少孩子丢了爹娘，多少爹娘丢了孩子！革命不会中断！活着的人，会替我们报仇的。长江的水流不尽，革命的同志是杀不完的！”几辆车子在朝荒地开去，革命者们像是去赴纪念会一样，唱起《国际歌》来。雄壮的歌声在漆黑广漠的空间震荡……不管敌兵是怎样抽打他们，威胁他们，也无法使他们停止歌唱……唱到“团结起来，到明天”一句时，革命者们都忘记了身上的镣铐，他们挺起身子，挥动着手吼唱着，铁索发出铮铮的响声，和歌声一同震惊了午夜沉睡的居民……

这是一个没有星光的、酷热的夜晚，荒郊上黑漆漆的……敌兵把革命者们从车上推下来，往一片浅草地上赶去的时候，齐舜生一边拖着沉重的铁链走着，一边对走在他后边的女婿说：“小庆，我的儿，紧跟着我！”

小李拖起他的脚镣，勉强赶到了岳丈的肩下，满不在乎地说：“要不是这些鬼铁链，我哪会要费力来赶老头子呢！”他好像跟他的岳丈是在运动会上赛跑似的……

齐舜生听到女婿无忧无虑的爽朗的声音，忽然伤心起来，哽咽着说：“我的儿，我跟你爹一同，在党旗下发了誓，愿为工人阶级的事业，一同生死。没想到今晚，一起的……是你……”他的咽喉里像梗着什么，说不下去了。停了一会儿，又勉强继续说：“我不是想他……你知道，如果不是你跟我一道的话……我心里会好过些，你……太年轻了！我的儿，你应该留下，接替我们，战斗下去！”

“不，还是我跟你一道好，爸爸，我把你带得年轻些了！看你刚才唱得好起劲啊！”说着，小李忽然也感到了岳丈的悲伤，有一会儿没有作声……忽然又笑起来，说："爸爸，我跟胖妹也是同在党旗下发过誓的。这两天，我好想念她啊。但是，敌人没有抓到她，我又很快活……给党保留了一个好同志！爸爸，胖妹真是个好同志呢，她的党性多强！我不如她！"停一会儿，他又说："爸爸，你知道吗，她肚子里有个三个月的娃娃哩！"

"啊！……真的吗？"齐舜生很惊喜，但想到就要失去父亲和丈夫、还怀着身孕的爱女，就止不住滚滚地涌出热泪来了。"她十三岁当童工，如今，如今……"齐舜生哽咽着。

小李有意劝慰岳丈，用快活的声音说："真的，你家莫嫌我年轻，我都有儿子承继我们的革命事业了……"

"同志们，我们来喊口号：中国共产党万岁！"黑暗中，受难者的队伍里，一个洪大的、响雷样的嗓门喊起来。

"哎呀，这是兴华厂的甘老九啊！"好几个人说。

"中国共产党万岁！"响雷样的嗓门又喊。

大家轰隆一声应和着："中国共产党万岁！"

"中国工人阶级革命万岁！""工农联盟万岁！""打倒新军阀蒋'该死'、汪精卫！"

吴大茂在口号雷动声中，听到一个尖尖细细的声音，这是他最熟悉的声音，他心里一惊："好像是她啊！"黑暗中他寻声转过头一看，在他左边的妇女队伍里，他发现了一个身材很像他的爱人章银弟的姑娘……"天啦！是她！真的是她哟！他们怎么把这个小姑娘也弄来了啊！"于是他朝她撞去，不管押送兵如何阻拦和抽打，甚至由于铁链绊了脚，使他跌了一跤，他还是不顾一切，使劲朝银弟奔去，终于窜到了银弟跟前，刚要开口叫她，他的声音颤抖着叫不出来……

"啊！小吴，是你吗？！"银弟看见挨近自己的身影，又惊又喜地叫起来……但口号声中，银弟招呼爱人的声音只有吴大茂听见……

"是我，银弟……亲爱的！银弟，银弟……我的爱……"他一时激动得说不下去了。好半天，他又继续说："亲爱的，我们还没结婚，我们倒是为革命一同献出了生命！"吴大茂靠紧银弟，转过头来，想借敌人打来的手电筒的光看看爱人的面容。银弟什么也没说，哽咽抽泣起来……被捕以来，银弟是非常坚强的，从没哭过，她还以她坚强的革命意志感染了同监的人。现在，在这种场景上，在最亲爱的人跟前，她怎么样也止不住滚滚热泪了……

“莫哭……亲爱的！我再没想到……今晚有你……跟我一道呢……好，我们能在一道……这也算……喜事……”吴大茂断断续续说。

“是啊，小吴……我不哭啦！靠紧我！”银弟举起手摇晃着手腕上的铁链说，“我们的血今晚流在一起……这是我们的喜事！”

“啊，真是，敌人给我们安排了这样残酷的婚礼！我的银弟，我的爱人……”

“全世界工人阶级团结起来！”吴大茂和银弟跟着大家一同高呼着口号。

“站住……站住呀！不许动……不许嚷！”刽子手们在乱叫乱吼地发命令，“就在这里……这里……”

“同志们，我们再唱一次《国际歌》！”吴大茂和银弟并肩走着，放开嗓子喊。铁工厂的这位有名的歌手，希望把自己和同志们的革命的歌声，最后一次传播在人间。马上他又低声对银弟说：“来，银弟，跟我一道开腔，领唱！”

“起来，饥寒交迫的奴隶……”他俩一同领唱着，声音比头一次更洪亮、高亢……

“起来，饥寒交迫的奴隶……”革命者都跟着唱起来。

“不许动，不许唱！不许唱！”气急败坏的刽子手们阻止不了越来越慷慨、越激昂的歌声。歌唱着的人们，似乎看见饥寒交迫的奴隶，已经从各处翻腾起来了……

歌唱者的眼前：旧世界崩落了，一幅崭新的、由无产阶级领头建立起来的红星闪烁的新世界出现在眼前……

猛然，响起了一连串机关枪声……歌声骤然中断了。

“中国革命成功万岁！”

“共产党万岁！”

一连好多晚，这地方一次又一次地震荡着这些勇敢而高贵的人雄壮的歌声和口号声……其中，交织着刽子手们发射的罪恶的枪声……

血，流成了河，流成了海……刽子手们从这儿走出去时，把沾在脚底上的血迹，一直踏到了好远的大路上。那个小湖，完全被血浸红了。

三十三

文英明知道厂方出布告停工不是好事，但她没把这件事放在心上，巴不得暂时休息几天。她心里只是惦记着彩霞、胖妹的安全，只是为甘老九、杨广文、银弟、王玉蓉等等同志被逮去和革命的失利而伤痛……

从厂里出来，她先拐到彩霞家里站了一会儿，知道彩云母女今早在长街上已经碰到了彩霞，把她们挡回去了。彩霞算安然脱了险……这使她悬了一天的心，落了下来。走回工房来，院子里一堆堆的人群在谈论停工的事。大家叹息着如今既没工会领导，又没有自己的纠察队，受气的日子又来了。好些人家的女人在诉说已经都没米下锅了，又要停工，逼死人了呀！甚至都有人哭起来。一整晚，文英几乎没有开腔说话。她头痛得要命。姨妈也是疲乏得很。她们两个草草弄了晚饭吃过后，洗了澡，就上床睡觉了。文英想：就是天大的事来了，也得睡好一觉，明早起来再说。一会儿，就沉沉地入了梦境。

午夜，外屋门叮咚一声，有人哄哄嚷嚷拥了进来，文英被惊醒了！马上看见有端起枪的人站到了她的床前。她还当是做梦呢。她从容坐了起来，揉着睁不开的眼睛。几只电筒放出一道道苍白可怕的凶光，在满屋子里晃来晃去。

几个恶狠狠的声音叫嚷着：

"王素贞，走出来！"

"王素贞，王素贞，赤化工会委员……"

这下子，文英完全清醒了，知道不是做梦了。她气得吼叫起来："你们是哪里来的贼骨头？怎么三更半夜摸到人家家里来！撞鬼了吧！"不知道为什么，她不像昨晚那样吓得心惊肉跳了，她憋了一肚子气，正待发泄："王素贞睡在自己家里，碍了你们哪根骨头？！"

一只横蛮不讲理的手把文英从床上拖下来，吼道："带走她，好个赤化分子，还没抓她，就先恶起来！"

"你们到底是要哪个？"大姨妈迅速跳下床来，用全身向拖着文英的恶棍扑过来，厉声问，"作兴乱抓人吗？"

"王素贞，兴华厂赤色工会委员！"

"王素贞是我！"姨妈说，"她是个小姑娘，屁也不懂，你们也不搞清楚！"

"姨妈，你家睡觉去！"文英死劲把姨妈往床上一推，挺身站在恶棍中间，想替代姨妈。然后对恶棍们吼叫说："抓吧，不怕你们！看你们有几大本事！能把厂里工人抓得干净？！"

"到底谁是王素贞？"

"我就是王素贞！"姨妈说。

"我就是王素贞！"文英说。

"点起灯来！"一个恶棍说。

"早就该让人点灯的呀！"文英气鼓鼓地说，她趁着电筒的光，抓过衣服披上，又在外屋桌上摸着了洋火，点燃了小油灯。

有的恶棍在里屋打起电筒在床上、箱子上乱翻，另一些恶棍们把姨妈也推到了外屋。恶棍们打起电筒对文英照了半天，拖着文英，要给她套上铁链，嘴里嚷着说：

"一起都带走，趾毛丫头也不是好东西！"

"你们到底是要哪个？要王素贞就得是王素贞嘛。不兴乱抓呀！"姨妈一边顿着脚，一边气得使劲在文英屁股上捏了一把，咬着牙根对文英骂道，"死丫头，你莫多管我的闲事！好好蹲在家里看家呀！"

文英好像被扎了一针，忽然从混沌中清醒过来，知道自己搞坏了事，没挽救出姨妈，连自己也要赔进去了，如今弄得两个都要被带去。"带去两个，比带去一个，损失总是大些啊！"她这才着急起来，嚷道："你们要一个人，怎么带两个走？带我就不兴带她呀！"

"走，走，一起都走！"

一个矮个子、鼓眼睛的恶棍，拦阻着，对站在文英身旁的恶棍小声说："不行，人已经够挤啦！你不知道吗？”马上，他又转过脸来叫道：“到底哪个是王素贞？”

“王素贞是我，兴华厂的老女工！有本事来抓人，又没本事认人？丢人啊！”姨妈吵嚷着，又转过来骂文英道，“死丫头，你不给我好好看家，屋里丢了一根针，回来我揍你！厂里停了工，没饭吃，正好叫这起不成才的重孙子养我！”

恶棍们你看着我，我看着你，搞不定谁是王素贞。闹了好一阵，窗外好像有人知道谁是王素贞，传进话来说：“老的是王素贞，不要那个跶毛丫头！”于是恶棍们一窝蜂把姨妈拖着走。

“王素贞犯了么样罪？你们天天晚上来工房胡扰个鬼！”文英气愤地指着他们骂。

最后一个走出门的恶棍用双手捉住文英的两臂，扔石头一样，死劲把她往屋里一抛，文英被抛得在门上、墙上连撞了几下，就跌倒在地上了。

…………

半明不灭的油灯照着被翻得乱七八糟的阴暗的小屋子，文英睁眼一看，有个女人陪着她一道坐在外屋的地上，端着一碗开水喂她喝。房门口也有几个人在叹息低语。她这才清醒过来：姨妈被恶棍们拖走了，自己被恶棍打晕在地上，坐在自己身旁的是隔壁的陈大婶。她痴痴地凝视着桌上的小油灯。鬼火样的灯光，摇摇欲熄……这也是人世间吗？她瞅了瞅陈大婶和许多来看望她的邻居愁苦的面容，不知道该跟她们说什么，她也不知道下一步该怎么办。她的思绪凝滞了，老那么痴痴地盯着摇曳的灯焰……

“文英，再喝一口开水！我看，你好点了呢！”陈大婶摇着文英的胳膊说，“莫尽坐在地上，潮湿呀！”

她从陈大婶手里喝了几口开水，这才想起这位好心的陈大婶还陪她一同坐在地上。她和陈大婶慢慢爬起来，又痴痴地坐在桌旁。

邻居们借着油灯的微光，给她归拾屋子。有人用着自己也没有把握的调子劝她莫发愁，还说了些什么，她也没听清。

夜，是黑沉沉的。文英坐着不动，也不说话……过了很久，也许快天亮了吧，陈大婶和邻居陆续走了。

文英关了房门，走进里屋，想躺一会儿，可是一看见空了的姨妈的床铺，心里就像被尖刀戳了一样绞痛。在被地主钱子云逼得走投无路的时候，是姨妈像活观音似的把她救了出来，从此，她和姨妈这两个孤苦的女人，就形影不离了。她们共同在这所篾编的屋子里，受着生活的熬煎，流着思乡的眼泪，又共同享受着胜利的欢乐，共同怀着对未来美好的希望。虽然她和胖妹、彩霞一起，比姨妈多走了几步，但是她每前进一步都没有瞒着姨妈，每一步都得到姨妈的鼓励和帮助。她能跟姨妈密谈许多内心的欢乐和悲伤，姨妈已成为比妈妈更亲的人了。如今姨妈被敌人抓去了，今后叫她怎样单独在这个屋子里过下去啊！

文英又走到外屋桌旁坐下，对着灯发痴。她想到胖妹，想到彩霞，想到她们共同为之奋斗的革命事业。如今，被压迫阶级的解放斗争遭到了失败，已经到手的胜利，又落空了。日子比从前更阴暗，更凄惨，更险恶。她思念着柳竹——她和姨妈共同的亲人。在从前，姨妈有个三病两痛，总是柳竹来和她一道应对难关，替她分去了主要的忧烦。如今，这个和她分忧的人呢？他也是那么突然地、不可捉摸地离开了这里。他现在安全吗？是不是也落到敌人手里了呢？连姨妈都不能逃出敌人的毒手，难道柳竹能够平安无事吗？！她恨不得放声痛哭一场，但她从来都不是那么任性的女人，她得咬紧牙关忍着……但是，叫她一个人留在这凄凉的屋子里，怎样生活下去呢？她宁可去代替姨妈，或者代替那个她揪心惦着的男儿汉，但又没有可能……她刚才不是愿意去顶王素贞吗？可是姨妈提醒了她，不让她去。姨妈是对的。她几乎搞坏了事，差点儿两个人都被捕去。现在，她既然留下来，就得有点用场啊！她明天该怎么做呢？柳竹、胖妹、彩霞、刘平，从前一有事，她就找她们去商量，如今，这些人一个也找不着。她该跟谁去商量呢？她不得不定下心来，细细思量。

三十四

天明之前，有人轻轻敲门。文英刚一开门，一个中年男子闪了进来。文英吓了一跳，仔细一看，是蒋炳堃，这才放了心。蒋炳堃过去在江西组织敢死队，在反停工歇业的斗争中，领导调查团很有成绩。这信息别人并不都知道，文英是从胖妹那里得知的，因而对他很有敬意。蒋炳堃一进门就向文英摇手，叫她别声张。

一坐下来，蒋炳堃就低声告诉文英，说和大姨妈一同被捕的还有他们同院的杨老老。他向文英分析着，说杨老老和大姨妈虽然是工会执行委员，但不是党员，是群众，敌人头晚并没有捉她们，是昨晚补进去的，问题不会太严重。他又说，前晚跟甘老九一同被捕的陈士贵，昨天下午回来了，他认定陈士贵是背叛了党，敌人才放他回来的。因为陈士贵一回到家来，就找住在隔壁的史大杰，悄悄谈国民党的“清党”政策如何好，骂共产党和红色职工会是俄国人的走狗。并且史大杰还告诉蒋炳堃，大姨妈正出事时，有人来把陈士贵悄悄找了出去，他就跟那些恶棍们在院子里奔来奔去忙了半夜，直到带走了大姨妈和杨老老之后，才回去睡觉……

这真是晴天霹雳，文英一下子吓得发呆了。她盯着蒋炳堃，好半天才“啊”了一声，吐出口闷气来。她记起昨晚敌人在这里辨认不清她和大姨妈两个时，外边好像是有个能确定谁是“王素贞”的人……现在想起来，那定是陈士贵了！于是她把这个情况告诉了蒋炳堃。

“哎呀！”蒋炳堃拍着自己的大腿说，“那么，史大杰和我的推测，一点也没冤枉这个狗杂种啦！”

“史大杰是个么样的人呢？”文英问。

“一个很好的老头儿，可靠的群众，和杨老老是把兄弟，没有错！”蒋炳堃肯定说，“史大杰还讲，陈士贵说，他今天要找我谈话，意思想拖我和他一道反水。我马上得躲开他。自己队伍里有叛徒，真麻烦，我打算躲过江去……”蒋炳堃说着，并不动身，瞅了文英半天又问道：“你能找到党吗？我想先找到党汇报一下……”

“我正愁找不到党咧！”文英叹了一口气。

“你不能找到柳竹同志吗？”蒋炳堃问。在北伐军没到来之前，蒋炳堃曾被柳竹约到这屋来开过悄悄会的，他一向知道大姨妈和文英两个跟柳竹有亲戚关系。这是他目前能想出的跟上级联系的唯一的线索了。

文英摇头说：“我现在连彩霞都找不到了！他们的住址隐秘起来了！”忽然她又问道：“哎呀，陈士贵认识柳竹同志吗？他知不知道姨妈跟柳竹的关系呢？要知道的话，姨妈可更糟了！”

蒋炳堃翻着眼皮盯着文英半天不动，猛然，若有所悟地喊：“对了，这狗杂种为什么找我谈话呢？定是要我找柳竹同志。你这么一说，我倒明白了。他想叫我不声不响出卖柳竹。有两次他到我家来，看见我跟柳竹两个谈话，他大概认为我们关系密切。大姨妈跟柳竹的关系，他……不见得不知道。糟啦，糟啦！他们昨晚不抓我，现在要跟我谈话是为什么啊？不用说，是为柳竹同志了……哎呀呀，大姨妈为柳竹也要吃亏的…我看你也该躲开一下……”

文英被蒋炳堃说得愣了半天，胸中好像有口气堵塞着喘不过来。大姨妈、杨老老被叛徒出卖了，还要找柳竹，还要拖蒋炳堃。谁知这个死狗脑子里还有些什么花头呢？她已经来不及考虑到自身……可是，这死狗连姨妈都不放过，那么，洪剑、彩霞，还有一些他认识的其他同志，不会遭他的毒手吗？姨妈要为柳竹吃亏……柳竹要是忽然回到区里来了呢？这一连串问题在文英脑子里翻腾，她满心为同志、为亲人忧虑起来……心中对陈士贵冒起了仇恨的怒火。她伸长脖子吐了一口闷气，咬着牙根埋怨蒋炳堃说：“你们怎么把这么个混蛋搞进来了啊？”

“这……哪个能预料呢……”蒋炳堃说着站了起来，“没有办法，我只好自己走了算了！”

“再坐一会儿，商量个办法嘛！”文英着急说，“说不定今晚又有人遭他的毒手呀！你怎么能只顾自己一走完事呢？”

蒋炳堃对文英原本没抱多大希望，他来看她，只是希望从她这里找到柳竹，好商量对付陈士贵的办法。她既然找不到党，他就什么话也不打算对她讲了，只说：“你也躲开一下算了，咱们现在只好各顾各！”

文英皱起眉毛，摇头说：“老蒋，你是个老同志，这样说……不对吧？咱们只管自己一跑完事，让陈士贵来祸害一个一个的革命同志！对得起党吗？”

蒋炳堃被文英责备得很高兴，一屁股又坐了下来，叹了一口气，说：“该怎么搞呢？我只有两条路：找党想办法，或者自己逃脱。找不到党，我只好顾自己了！唉……你看，没有党，一点办法也没有！”

文英没有作声，她想起已经被陈士贵出卖了的姨妈和杨老老，想起还要继续战斗的柳竹、洪剑、彩霞和许许多多的同志都有可能遭这个叛徒陷害。她想，就算马上找到彩霞，让彩霞带信上去，上边再派人来了解情况，至少也得两三天，可是两三天之内，又有多少人要遭殃啊！她忆起从前听到洪剑和胖妹讲过，一个党员同志干掉一个叛徒的事来……她心里忽然有点紧张起来……难道现在也到了那种时候吗？就算是必要那样做，也得党来指导呀！是的，要找党！可是她心里又盘算了一下：她所认识的党员同志中，老甘、杨广文被抓去了，胖妹下落不明，金梅跟陆容生躲开了，王玉蓉也给捕去了，只有洪剑、彩霞应该是还在区里，但一时无法找着。究竟怎么办呢？难道就真个不管这件事，只顾自己一跑算了吗？可是，刚才自己还责备老蒋啊。忽然，她想起和柳竹分别的那个夜晚，柳竹一再嘱咐她的那句话：“到必要的时候，需要再大胆些。”是啊，这真是点中了我的毛病哩！我就是胆子小，瞻前顾后，现在正是得放大胆干事的时候了！她打定了主意，可是觉得还该先试试蒋炳堃。她咬了咬嘴唇对蒋炳堃说：“你领导过敢死队，又搞过调查团，应该是有经验的人，就想不出半点办法来吗？就算马上找到了党，党也会叫我们提出我们的做法啰！”蒋炳堃看了文英一眼，慢条斯理地说：“我就算有主意嘛，你看，一个人，单枪匹马也不好办事啊！”

他们两个彼此都感到思想很接近了。文英又追着问道：“你是什么主意呢？如果一时找不到党的话，我们自己找人帮忙做……不行吗？时间紧迫呀！”

现在，蒋炳堃完全信赖文英了。他举起右手，伸出食指来，做出开手枪的姿势说："干掉他！我还有这个小东西。"文英又深深地呼出了一口气，好像憋了很久的一口闷气，这会儿才吐出来似的。她喜得在桌上轻轻拍了一掌，说："正是呀，得赶快动手！我还不知道你有这个东西呢……早知道，我也不憋这半天闷气了。"

"不过，我现在只有一个人，得有党指导，也得有人帮忙。我愁的就是这……"

"找党，当然是要找的，可是一两天找不着呢？我们跟这个狗杂种，已经临到你死我活的紧急关头啦！"文英圆睁着眼珠，凝视着蒋炳堃。蒋炳堃忽然觉得从文英眼里射出来的光芒，咄咄逼人，完全不像往日那个文静腼腆、老是带着羞涩微笑的青年女工杨文英了。他感到她说话的调子也和往日不同，好像每一个字音都是挤出来的："下决心，今晚动手干吧！"

蒋炳堃听得又喜又惊，抬起头来，他看见文英满脸涨得血红，紧咬下唇，怒视着他，好像他成了她要干掉的对象。他叹了一口气，有些羞愧自己不及这个女同志的果断。

"你说……就不找党啦？"蒋炳堃问。

"不是不找，我们再尽点力找去。但是，一点把握也没有，只能做找不到的打算。先商量好今晚的行动……"

蒋炳堃点了点头。两人半天没开腔，都在紧张地考虑着。

天蒙蒙亮了！在往日，工房该活跃起来，一家家在安排上厂的人的早餐……可是，现在停了工，又一连两夜被恶棍们扰了个鸡犬不宁，工人们这才刚刚睡得一会儿。工房现在依然是死寂的，前院后院只有几声雄鸡打鸣。

蒋炳堃望了望开始发白的窗口，把油灯拨熄了，轻声说："对付那条狗，今晚倒合适，他正要找我谈话，我打算就约他到柳树井后面丛林里去，可是，一个对一个……怕不把稳，怕他万一有准备……我得有个帮手。你能找个可靠的人帮我吗？"文英想了半天，说："我跟男同志来往少，只有两个娃娃，我信得过他们！"

"是哪个？"

"甘明，王艾。"

"小娃娃呀！"蒋炳堃摇着头说。

文英用一只手掌蒙着眼睛又想了半天，忽然抬起头来，斩钉截铁说："事到临头，再没别的人啦！别小看这两个娃娃，就算差不多的大男子汉也赶不上他们，他们坚强，勇敢，办法也多，你去跟他们谈谈就会晓得的，莫再三心两意，摇摆不定了，要耽误大事的！”

蒋炳堃慢慢点头同意了。

于是他们商量好，蒋炳堃和陈士贵约好，晚饭后到柳树井后边的丛林里去谈话。王艾和甘明先埋伏在那里，必要时出来给蒋炳堃做助手，详细布置，叫蒋炳堃找甘明、王艾事先安排妥当。文英叫蒋炳堃趁现在黑早就去找甘明。她是坚信甘明、王艾会对蒋炳堃有帮助的。文英自己准备早饭后设法去找党组织。她告诉蒋炳堃，叫甘明下半天来一趟，因为甘明从这儿来来去去不惹人注意些。如果找到了，文英好告诉甘明。找不到的话，就按刚才安排的计划行事。谈好，蒋炳堃就悄悄走了。

文英候了很久，看见蒋炳堃没有转来，知道他和甘明一定谈得顺遂，算放了一点心。于是，心里只盘算如何找党了。

在蒋炳堃到来之前，文英的脑子里为失去姨妈的悲伤所占据。现在，她完全没有心思去考虑姨妈个人的安全了。“今天要找到党”成了她此刻独一无二的思想。早饭后，她借口到外边去给姨妈想办法，托陈大婶看家，自己就在外边跑了一趟。

两天的工夫，市面上完全变了样了。家家工厂门口，从前是武装工人纠察队护厂，现在又换回了旧军阀时代那些凶神样的巡逻队在摆来摆去。不久前，到处可以遇到手拿红色短棒、口唱革命歌曲的童子团，现在看不见了。街头墙上，贴招贴的地方，从前是大幅革命口号：“共产党万岁！”“工农兵联合起来！”“全世界无产阶级团结万岁！”现在都被洗刷掉了，换上了反动标语：“铲除赤匪！”“共产党是苏俄的走狗！”“杀绝共产党暴徒！”

文英——这个从来是那样温柔安静的女人，一边走着，一边瞧着这些标语，气得满胸发胀，恨不得一手伸过去把那些反动标语撕个粉碎。可是眼前还得忍着这口气。

文英先到了彩霞家里，问彩霞的母亲昨早和彩霞碰见时，约好以后相见的地方和时间没有……回答是否定的。文英马上就想走，但是彩霞的父亲刘大爹死命要留她多坐一会儿。刘大爹十分同情姨妈的被捕和文英的孤苦。他自己也惦着女儿女婿的安全，愤恨时局和厂里的变化……面粉厂也和兴华厂一样，今天停工了。他正有多少牢骚，要找人谈谈啊！

直到面粉厂有个工人来找刘大爹，文英这才从刘家脱身出来。前天，文英就要到胖妹家去探问胖妹消息的，那时姐妹们不叫她去，说柳树井还有狗腿子盯梢。现在，她想，抓姨妈去也没抓她，看来不要紧了。而且，同厂做活的小姐妹家里出了事，去看看，怕什么？到了胖妹家，偏逢胖妹母亲齐大妈不在家，胖妹的婆婆李七婶对文英不大熟悉，不敢对她说什么。文英问齐大妈到哪里去了，什么时候回来。她吞吞吐吐，好像有什么苦衷。问胖妹究竟是给捉去了呢，还是早躲开了。她就坚持着当晚对付反动派的话："根本没有回过家。"问到齐大伯和小李的消息，她就哽咽啜泣，什么话也说不出来了。文英只好耐着性子把七婶劝慰了一番，才走出柳树井。

文英去看金秀，问金梅和陆容生藏身的地方。金秀轻轻告诉她，陆容生可能已经不在武汉，跟一批学生军到南昌去了，据说党会在那里起大事。姐姐金梅因为有孕，不能一道走，组织上另外给她安排了工作。文英问到金梅现在的地址，金秀说她还没去过。她姐姐只托人带了个口信来，要了几件衣裳去了。金大娘满肚子烦恼，正盼个人来诉诉，一见文英，又听说大姨妈昨晚被捕去了，这一下哪里肯放文英走，又值午饭时分，金大娘和金秀两个就死拉活扯硬把文英留着吃午饭。文英偷偷问金秀知不知道大同厂的高玉家里。以前，高玉跟刘平的联系是很多的。但是金秀不知道。金大娘自从文英进屋来起，一张嘴叽叽喳喳说个不停，讲一阵，揩一阵眼泪，又安慰文英一阵，光一顿午餐，几乎吃了一个钟头……

吃完午饭，从金大娘家出来，文英唯一的希望就在菜花巷楼上了！她希望到那里能得到柳竹回来的消息。她现在不想回家去，怕甘明知道她没找着党会露出失望的脸色来。

过了晌午，正是一天最热的时候，赤日当空，满街上没几个行人。麻石地烤得滚烫，腾腾的热气，直往人身上扑来，文英觉得就好像是从着了火的场子上穿过一样。卖凉粉、西瓜的小贩，半睁着眼，坐在自己的摊子旁，有气无力地叫唤着。走了一阵，文英口渴极了，在一个西瓜摊子跟前，买了两片西瓜。吃完，她拿出一张钞票叫卖西瓜的老头儿找钱。老头儿劝文英再吃两片："再吃两片就不消找钱了。"老头儿缩了缩颈子，看看跟前没人，又说："如今这世界，留钱有个鸟用！脑袋长在颈子上，信儿都不给，就给你'咔嚓'一声砍掉了！

真是乱世道啦！”

“唉……是在什么地方杀人？你家看见过吗？”文英想听到些消息，忍不住问了，顺手又在摊子上拣了一片西瓜吃起来。

“我去看做什么？这些伤天害理的事……听都听得叫人挠心！”

“死了些什么人，你家晓得吗？”

“不消问，都是好人！”老头儿一边用扇子赶开西瓜周围的苍蝇，一边补充说，“哼，老天爷，没长眼睛啰！”

有人走来买西瓜，谈话就停止了。

文英到了菜花巷，房东太太告诉她：柳竹一直没有回来过。文英本想掉头就走，房东太太又留她啰唆了半天。她说天天晚上只要听到国民党满街奔忙，到处抓人，她就坐起来念佛经。又告诉文英：她女儿离开武汉了，走后至今没消息回来。又悄悄说：“你还不晓得呢，说是大智门车站，有几个人头挂在电线杆上，挂了几天，都有气味啦。什么乱世道呀！你要常来看我呀！”文英答应了她，她才依依不舍地含着眼泪放走了文英。文英又去郑芬家里，知道郑芬只傻坐在家里怀念她的爱人杨广文，别无办法，就只告诉她姨妈被捕、陈士贵反水，别的没说什么，就出来了。

回到家来，陈大婶告诉文英，说：“有个女亲戚来看你。说是住在城里的哩！”

文英奇怪起来，她有什么亲戚住在城里呢？“姓什么？长的什么样啊？”文英问。

“是我们家门，说是也姓陈咧。长得圆圆胖胖的一位太太。她说惦着你们，知道我们这儿很乱。可是没来之前，并不知道大姨妈的事！”

文英又把这个女人的样子、口音向陈大婶盘问了好半天，还是不得要领……心里直纳闷：“长得圆圆胖胖的一位太太……这是么人啊？好人吗，还是坏人呢？党派来的吗，柳竹打发来的吗，还是陈士贵捣什么鬼呢？”

一会儿，陈香玉来了。陈香玉的口气完全变了，也不像昨天那张泪眼婆娑的哭脸。她得意扬扬地告诉文英，说陈士贵被释放回来了。还没来得及等文英开口说话，她劈头就问文英知不知道大姨妈有个姓刘的亲戚，是共产党负责人。文英心里一惊，马上明白是指柳竹了。却是心想：“死蠢猪，亏你连名姓都没搞清楚，还想做坏事！”但嘴里却慢慢说：“姓刘的亲戚？是男的还是女的呢？”

“说是男的嘛！说是你们同乡人啊！”

“男的，我更搞不清楚了。姨妈在这儿是老工人，不只兴华厂，工人区里别的厂也有同乡人来过。我哪搞得清这么多人！”

陈香玉是一个月前和陈士贵结婚后才搬到这边工房来住的，她对柳竹和大姨妈、文英的关系原无所知，见文英说不知道，她也就不知如何往下问了。

“啊，你不知道？”陈香玉瞅着文英的面孔迟疑了好一阵才说，“可惜哟，搞到他，好发大财呀！你再想想吧。不过这事儿，我还没搞得很清楚，等晚上问清了老陈，我再跟你商量吧。”

“问老陈？今晚要你老陈的狗命！”文英忍着一口恶气没敢吼出来。

接着陈香玉开始向文英作起反动宣传来，说共产党这一年来是搞得太凶了，把地主打倒了，资本家也要打倒，说国民党要“清党”是完全有道理的。文英装糊涂，问她是怎样懂得这么些大道理的。她说是陈士贵和她谈过，明天还叫她进城去跟国民党一个什么人见面，谈厂里情况哩。文英听得心里又着急又冒火。她又问文英，和大姨妈两个参加共产党没有。她说要是参加了，就赶快声明退出，不要吃眼前亏。文英当然否认了，心里却惦着她讲的柳竹的事，又不好多问，怕露马脚。陈香玉说，大姨妈如果真不是党员，她一定让陈士贵给大姨妈帮忙，设法把大姨妈弄回来。说因为大姨妈、文英一向对她好，她要报答她们。

原来，陈士贵和陈香玉刚要好不久，就发生了不正当关系，等香玉怀了孕，陈士贵又想打别的姑娘的主意，不打算跟她宣布结婚，并且领陈香玉去找一个巫婆打了胎，陈香玉几乎都送了命……大姨妈、彩霞、文英、银弟几个人知道了这事，都愤愤不平，纷纷责难陈士贵。姑娘们又让大姨妈出面，叫陈士贵赶快和香玉正式结婚。陈士贵这才勉强跟陈香玉搬到工房来正式结婚的。因此，陈香玉很感谢文英和大姨妈。

“见鬼！那时候不管你们的屁事倒好了！”文英一边想，一边捶着自己的额头，只说是头痛。

陈香玉又向文英认真地提出了一些工友的名字，说这个像共青团，那个像共产党。其中除已经被捕了和躲开了的不算外，她还数了郑芬、金秀、甘明、王艾几个名字……她问文英知道这些人的底细不，问文英知不知道彩霞夫妇如今住在哪里。她劝文英好好想一想，明天和她一道拟出个名单来，好把厂里的赤化分子清除干净。说这样做，厂里还会请她们做工头呢！听着陈香玉的这番话，文英气得浑身冒火，心想："死狗婆，想谋害这么多性命，就为谋一个工头当，真是贱货！"可表面上，还装得不动声色，不敢和她搞翻……叫文英放心的是，看起来，陈香玉对柳竹的事是一摊子糊涂浆——什么也没搞明白。

香玉临走时，还一再嘱咐文英要赶快打听出彩霞的下落来。她走后，文英在家里像热锅上的蚂蚁一样，坐立不安。应该么样办呢？她想到陈香玉变坏是她那个鬼男人教的，如果把陈士贵干掉，她也许会好些。于是，文英想着把陈士贵干掉后，就如何设法挽救陈香玉，劝转香玉……可是想来想去，觉得还是不行，国民党的坏蛋们要找不着陈士贵了，定会把陈香玉抓得更紧，到那时，我要对她说什么，她都会把我的话都告诉坏蛋们，那我不是等于向她暴露了自己吗？听她刚才的口气，已经完全是国民党那套反动调子了，明天就要进城去和坏蛋们联系啊……时间紧迫得很呢！文英又想起她刚才提到柳竹，提到柳竹与大姨妈的关系，提到金秀、郑芬、甘明、王艾一连串名字，还打听彩霞的去向……她的愤怒再也不可遏止了！她觉得怎么也不能放过这个背叛工人阶级的母狗！想来想去，忽然明白：你不干她，她就会干你，还是先下手为强。"干掉她！一定得干掉她！"这么一决定，文英不禁奇怪起来，不久前，为陈香玉受陈士贵的欺侮，她和姨妈与一些姐妹们为她打抱不平，昨天早上，还为她丈夫被捕而去安慰她，陪她流了许多眼泪……才不到两天工夫啊……自己现在怎么变得想干掉她了呢？！她在心里自己问着，难道是自己变坏了心肠吗？可是她自知从来不是心肠狠毒的人啊！"不，不是自己变坏了，是陈香玉变坏了，是她变成工人阶级的敌人了。"她在心里这样肯定地回答了自己的问题。她叹了一口气，这才体会到同志们常常说的"阶级斗争是尖锐的，复杂的"这句话的道理来。两天来的现实斗争，叫她懂得了半辈子也没懂的道理。

本该生火，准备烧晚饭了，可是文英没有心思，她急着去找蒋炳堃、甘明他们，好商量这件事。刚跨出房门，看见甘明朝她这儿走来了，她这才想起，本来是约好了叫甘明下午来的。

甘明一进来就告诉文英，说他已经来过一次，看见陈香玉在这儿就没敢进来，工房里已经有很多人知道陈士贵反了水，在背地里骂他呢！马上他又探问文英是否找到了党。得到否定的答复后，甘明并没有难色，捏着拳头低声说："没法子，咱们只好自己干了！"

甘明把今早和蒋炳堃、王艾一同商量好的想法告诉了文英。甘明说，他们三个都觉得有把握，叫文英放心。接着文英又把刚才陈香玉的谈话告诉了甘明，并说出了自己的主意……甘明连话都没听完就瞪着眼睛，挥出拳头说："一起干掉吧，这对狗公狗婆！"

文英听得很高兴，觉得甘明越发坚强、果断了。但是陈香玉是个女人，该怎么下手呢？文英叫甘明告诉蒋炳堃，最好再碰头商量一下，甘明点了点头，只说声"好办"就走了。

甘明走后，几家邻居又不断来看文英。黄菊芬也来了，她的住处离工房很远，是听说大姨妈出了事，特地来的。文英因为一心惦着甘明他们要办的事，没心跟大家说话。黄菊芬看见文英失魂落魄的样子，只当文英为大姨妈的事伤心，就替文英生起了火，烧了晚饭，陪文英一同吃了。临走前，还对文英说了好半天劝慰的话，又细声问文英有什么难办的事没有，她可以叫她的丈夫王裁缝去办。她还打算明天让她的丈夫到城里去打听打听大姨妈他们的消息。文英看见她这么殷勤照顾，心里着实感激，觉得真是"日久见人心"。那个时候，大家热闹哄哄，打草鞋，上夜学，黄菊芬来参加，姑娘们还不爱理她。如今在这样困难的时候，她倒是比谁都更关心人些。

黄菊芬走后，文英洗了澡，没点灯就赶开蚊虫，放下蚊帐，上床躺下，免得再有人来打扰她。她在床上翻来滚去睡不着觉，一心只等甘明或蒋炳堃干掉陈士贵，来给她报消息，还要商量对付陈香玉的办法。陈大婶两次敲墙问她睡了没有，她没搭腔，装睡了，好让陈大婶放心不惦记她，免得蒋炳堃或甘明来，被人家注意。但是左等没人来，右等也没人来。院子里乘凉的人也静了，还没个人来敲门。她先是万分焦急，怕他们的事不顺遂。盼来盼去，累极了，到天明前，她睡熟了。

早上，醒得很迟，起来吃了点粥，直到十点过了，无论是甘明、王艾、蒋炳堃，都没有来。文英急得跟什么似的。料是事情不顺遂，三个人反遭了殃；又担心陈香玉去祸害金秀、郑芬她们。她想去找甘明，又怕蒋炳堃来扑个空。心里真像十五个吊桶打水，七上八下，一分钟也不安宁。

一会儿听到前后院纷纷攘攘起来。文英先没有在意，以为左不过是哪家没有钱买米，或挤不上盐，又在吵吵嚷嚷。后来听到许多人往隔了一道巷子的西院奔跑，事情似乎有点不寻常。接着又听见人们嚷嚷着："哎哟，看吊死鬼哟！""看啰，怕死人了！""上吊了，上吊了！"……文英听得吓了一跳，定了定神，又直纳闷，不知道西院到底出了什么怪事。还是陈大婶到西院看了一阵，打听明白，回来告诉文英说："哎哟，你看，陈香玉昨晚在自己屋里上吊死了！"文英听得一惊，没说出话来。陈大婶说："真吓人！现在还伸着舌头悬空吊着呢。样子怕死人了！真见鬼，她的那个鬼老公陈士贵昨晚出去了，到这时还没回来。硬是古怪啊！"

一会儿，从西院回来的人在院子里纷纷议论，文英在一旁听着。有人奇怪着说："要是陈香玉自个儿上吊，为什么不是在屋子里面扣上房门，而是外面倒扣了门？"又有人疑惑陈士贵为什么头晚被捕了，第二晚放了出来，第三晚又整夜不在家？有人推测，说陈士贵投降国民党了，想高升，寻个漂亮老婆，就逼死陈香玉。有人向陈香玉的隔邻史大杰老两口家打听，但史家两老说昨儿早睡了，没听到陈家有半点儿响动，陈家周围的邻居也都这么说。

文英心里渐渐明白过来了，只是疑惑他们三个人，手脚怎么会这样利落！一会儿甘明走进文英屋里来，笑嘻嘻地低声说："文姑姑，痛快吧，都干完了！"

"小鬼，咋不早点来告诉我，把人都急死了！"文英埋怨说。

"我们跟蒋叔叔都觉得，一不做，二不休。趁热打铁，不用商量，早动手，早安心……"

"你怎么这时候才来呢？"

"哎哟，昨晚，在柳林里，把那个搞完了，转回来又搞这个，搞到半夜三点才回家睡觉，累死人了！文姑姑，你知道吗，陈士贵狗杂种叫蒋叔叔出卖柳叔叔呢！好险啊！"

"啊，果然给老蒋猜对了！"文英骂道，"这个狼心狗肺的家伙！"

"你们早料到了吧！呵……呵……"甘明说着伸开胳膊打了个呵欠，又说，"不是院子里闹得凶，弟弟和妹妹他们吓得乱哭乱嚷，我都会睡死去，醒不来的。你家去瞧瞧孙猴嘛，在我床上睡得像条死猪，我捶他的屁股也捶不醒……"甘明说完咯咯地笑个不住。

"那个……搞得干净吗？不会……活过来吧？"文英担心地问。

甘明忍着笑说："卫生丸子穿胸过，还活得了吗？！"

"这个……是么样又想出了这么个怪主意啊？吓死人哩！"文英手指着西院说。

甘明笑了笑，说："蒋叔叔说，对付这么个臭婊子，他还舍不得糟蹋一颗子弹！并且，宿舍里响枪也不行。他跟孙猴两个进去，我在外边把风。人不知，鬼不晓就完了事！”

第二天有两个不知来历的人，来找陈士贵夫妇，看见他老婆上吊死了，惊得在院子里愣了半天，又恶狠狠地向左邻右舍打听陈士贵的去向，终于得不着要领，绷着面孔走了。有人说，这两个人中的一个，在大姨妈、杨老老被捕那晚，就在院子里奔来奔去。

好几天后，有人在柳树井后面的丛林里，发现了陈士贵已经发臭了的尸体。

谁也没有兴致去收埋他。

三十五

东升巷工会在大搜捕的夜晚，就遭到了封闭，反动派把看门的魏老汉也逮了去。第二天，这儿就成了所谓“警备司令部”派来的一个分队临时驻屯地点。

赤色的东升巷，如今成了本区白色恐怖的大本营。

国民党用欺骗手段，也办起工会来。在警备司令部分队隔壁的一所房子里挂起工会牌子，这就是黄色工会。他们也学会了发传单，说旧的工会是赤俄的走狗，号召工人积极拥护新工会。

工厂里原是说停工一周，现在一周已经过去，还没有开工的消息。

工房前前后后的院子里，经常有一堆堆的人在探问厂里开工的消息。

主妇们愁米贵，愁买不着盐。

“大婶，听见了吗？大米涨到三十块一担了！逼死人了哩！”

“你倒阔气，讲究吃大米，我屋里早吃南瓜了！”

“国民党也省子弹啦，我们都饿死不就干净了吗？！”

“饿死也不容易，长江两岸的青草也能喂饱肚子的。冒得盐吃，可逼死人了！没听说吗，武汉三镇快没盐了，下边的盐，蒋介石不准运上来。真是遭难啊！”

有些人家把大点的孩子派出去排队买盐，孩子常被挤得哭哭啼啼回来。这还是好的，要过半天不回来，做母亲的就急得坐立不安，因为也曾有被挤死踏死的。心里一不顺遂，一家子夫妻两口、婆媳两个吵嘴的也多起来。现在工房里是一片愁云惨雾。趁这种机会，那些国民党指派来办黄色工会的小流氓和厂里的工头工贼，就钻进工房来活动，劝工人参加新成立的工会，又打听是不是还有共产党员在活动。好些工人远远望见那些办工会的流氓和工头进了工房院子，就从后院溜走，躲出去，怕他们来找自己。

女工头张大婶来看过文英一次。文英进厂就是大姨妈找张大婶设法的。张大婶把文英看成还是当初进厂时的那个杨文英，觉得她倒是一个最乖顺的女工。她对文英说，抓大姨妈去，就因为共产党在这儿的时候，利用了这个老女工的名气。大姨妈上了他们的当。以后遇到这种事，要赶快报告上去，莫让他们利用。张大婶叫文英不消着急，只要厂里一开工，还是会用她。

“你从今起可得放灵活点，”张大婶警告文英说，“再不能那样死眉瞪眼，万事不管了！要是晓得点共产党的什么风声，就来告诉我……你跟你姨妈，老是只死钉在自己的车间，听凭共产党作怪，姨妈这才吃了亏啦！懂吗？”

文英只好点头装傻，假说：“懂了！”

第二天上午，黄菊芬包了一小包盐，来看文英。上次她给文英做饭时，知道文英快没盐吃了。她告诉文英一个情况：李夜叉今早去找她，劝她加入国民党搞的工会。李夜叉还挑拨黄菊芬说：“那些共匪，瞧你不起，有事不理你啵，我们倒是顶看重你的。将来还想派点工作给你呢。”

黄菊芬问文英该怎样对付李夜叉。依她的脾气，她想骂她一顿，赶她出大门。

文英想了想，劝黄菊芬好好应付李夜叉，暂时不要跟她闹翻。

黄菊芬担心李夜叉再来麻烦她，将来工人们会把她看成李夜叉一党的。文英说：“任有什么事，你来找我商量吧。”

黄菊芬又告诉文英，说她的丈夫王裁缝前天进城到警察局、卫戍司令部，到处打听大姨妈的消息，没打听着，还差点儿被卫戍司令部扣留下来。昨天才探得消息，知道姨妈和杨老老还在警察分局临时弄来做拘留所的一所民房里。好像一下子还不会解上去，因为上边人太多了。王裁缝当即买了点食物，托在拘留所工作的同乡带了进去。会见是不许可的。大姨妈带信出来说，想要几件换洗衣裳。文英当即清了几件衣裳给黄菊芬，又交了点钱给黄菊芬，托王裁缝送衣去时，再买点食物送姨妈吃。

黄菊芬走后，郑芬来探问大姨妈和她爱人杨广文的消息。文英和她谈到张大婶、李夜叉等工头婆的活动。郑芬也谈到她们那条街上，有些落后的工人，对国民党工会还抱了点希望的情形。恰值甘明也来了。他把王艾近来被逼着躲在长街小学里的情况告诉了文英。他们知道国民党的坏蛋正在活动，心里焦急得很。组织垮了，群龙无首，他们都觉得自己人应该聚集起来，做点工作，揭破反动派的欺骗。

谈来谈去，文英提议现在在座的三个党团员成立一个临时性的小组，经常碰碰头，通通消息，联系那些还有革命性的同志和工人。

三人都同意了。接着就商量小组马上应该展开的工作。大家认为首先是要了解党团员和积极分子在事变后的态度，因为有些人起了变化。三人小组要尽量对态度好的保持联系。只是对成年男工，还没有适当的人可去联系。蒋炳堃干掉陈士贵夫妇后，史大杰硬逼他躲开了。他走前叫文英去看看史大杰。文英觉得这是个好线索，可是自己去联系，怕惹人注意，就把这任务交给了甘明。

甘明提出三人小组目前该发出一份传单，揭发国民党办工会的阴谋。当即由甘明执笔，他们三个，你一句、我一句凑了半天，凑出了个草稿。甘明又修来改去，最后终于搞出一张小传单来：

亲爱的工友同志们：

你们不要以为共产党被反动派消灭了。共产党还要革命，还要办工会。革命的工人要办红色工会。

国民党办的工会是黄色的，是假的，欺骗人的，切莫信它。

红色工会才真正代表工人利益。你们想，国民党天天屠杀工人，屠杀革命者，他们搞得好工会吗？那些工头、工贼从来就是帮资本家压迫工人的，哪里会革命呢？这不就很清楚了吗！莫上当啊！团结起来，搞红色工会，打倒国民党反动派！

中国共产党万岁！红色工会万岁！

工人区红色工会
×月×日

甘明整理好之后，把它收到口袋里，准备和金秀两个各写几张分发出去……马上又叹了口气说：“要是能油印就好了！”

这句话启发了文英，她忆起柳竹楼上那架油印机来。她想了想，向甘明伸出手来，说：“给我吧，说不定我能想到办法。”

“你能找到油印机？那就让我来刻写，我在东升巷写过好多！”甘明说。

文英摇头说：“不行，不能拿到这里来！稿子给我！你晚上再来拿印好了的传单就是！”

“哎呀，那真好死了！”郑芬和甘明同声叫着，甘明都喜得跳起来了……

“小家伙，大嚷不得啊！”文英低声止住他们。

文英决定自己到柳竹楼上去印传单，等郑芬、甘明两人一走，就赶忙吃了午饭。然后，想到要把自己稍稍打扮一下，别让柳竹的房东看出自己憔悴不堪的面容来。她近来常常懒得洗脸梳头，也是马马虎虎对付着，常常不开火，弄点开水泡点剩饭，买点咸菜下饭完事。有时一天才吃一顿。家家嚷米贵了，她也不放在心上。人人都说她瘦得变了个相，她也不在意。只是自己感到最近有个毛病，常常想事情想得发急的时候，呼吸凝滞，喘不过气来，满头汗直淌，四肢发冷，要好半天才喘过口气来。她知道这是过于虚弱的现象，目前也无心去医治。现在对着镜子端详了一阵，才的确感到自己瘦得不像样了。

纵然打扮了半天，房东太太还是说文英瘦得叫人认不得了。“哎呀，几体面一个姑娘啰，是么样搞得像脱了一层皮！惦着柳先生吧？”文英羞红了脸，摇头否认。她对房东太太假说柳竹从上海给她来了信，要她取出点东西邮寄去。还说怕屋子里东西受潮，要打开窗子吹吹晒晒。在房东看来，这也正是柳竹的未婚妻该做的事，他们热烈欢迎她。房东太太还告诉文英，她的女儿刘伯容跟一批军校的同学到南昌去了，说那里有共产党的军队会起事，她又欢喜又担心。“就只来过一封信呢！”房东太太叹息说。

上得楼来，文英先打开了门窗让屋子透透风，又把桌椅家具上的尘土打扫了一下，不由得忆起在这儿和她告别的那个人，跟她做过亲切谈话的那个晚上，还有他那些诚挚而温存的约言……如今，这个人啊，怎么半点消息都没有呢？那个叫她贴心惦着的人啊，难道已经牺牲了吗……她止不住热泪盈眶！革命失败了，好些同志被捕了，牺牲了！连姨妈也被恶棍抓去了！今儿要是有柳竹在，她想，她会扑在他身上痛哭一场的。可是，他的消息，比谁的都渺茫些。对朋友和姨妈的惦念，她还能公开和人谈谈，而对这个她还没向人公开的爱人的思念啊，只有深深地把它埋在心里！她想放声哭一场，可是又怕把房东惹上来，只能无声啜泣……

工作的责任心，逼着她抑止了悲伤，揩去了眼泪，准备工作。她叹了一口气，关上房门，从从容容地把床下的油印机拖了出来收拾干净，又把抽屉里的油墨、蜡纸、钢笔、钢板等等拿了出来，再裁好一些纸，就坐下来写钢板……

她是在东升巷工会里印过油印的，可没写过钢板，一点也不知道写钢板有这么难。她是去年年底才开始学文化写字的，平日用一般的纸笔写字也不轻松，哪能写钢板呢！写了好半天，头一张蜡纸，完全给弄坏了：先是写不出，就使劲划，后来由于下笔重了，把蜡纸戳得尽是洞。后半张洞少点，字又大一个小一个的，不成样子……屋子里热得很，周身被汗水浸透了，心里急得浑身直冒气，几乎没有耐心再继续写了。但是，一想到空手回去，会叫甘明多么失望啊！甘明那个勇敢而天真的孩子，总是愉快地接受任何艰巨的任务。她惭愧起来，决心再努力干干。她放下钢笔，站起身来，揩去额上背上的汗，扇了半天，又细细研究了一阵，在作废了的蜡纸上，练了半天，觉得有把握些，可以写了，就换了张蜡纸再从头写起。写了两行，觉得还好，拿来在油印机上一印，半个字也没印出来。这可把她急得要跳起来了。是么道理呢？她耐心琢磨了半天。她想起，在东升巷时听人讲过：下笔轻了就印不出来。于是她体会到下笔轻重要恰到好处：先是下笔重了，戳破了纸；现在写轻了，就印不出来。她又按着这点体会，重新坐下来写，但总掌握不好，又几次戳破纸了。到后来纸不破了，再看看字呢，歪歪斜斜，大小不一，有的挤作一团，有的又散散松松，怪模怪样。她觉得靠自己的这点本领实在无法继续下去。她叹了一口气，拿起甘明写的草稿，看到最后“中国共产党万岁！”几个字，忽然感到一种力量，这股力量在鼓舞她，要克服困难的决心加强起来。她想：共产党员要都像我这样，没有决心完成一件艰苦工作，中国共产党怎么万岁得了呢？于是她又咬紧牙关坐下来写，每一字、每一笔，从头到尾，都不草率，不急躁。每写好几个字，就上下左右细细审看一回。又试印了一次，觉得还好，就继续写起来。越写到后面，越觉得高兴。尤其写到“中国共产党万岁！”的时候，她恨不得放开嗓子喊几声。

写完，赶忙印。印油印，她算得熟手，印出来很不坏，虽然有些笔画多的字仍有点模糊，但总算能叫人猜得出来。字不多，印出来只是五六寸见方的小传单，人们带几张在身上是很方便的。她满心欢喜着，好像完成了一个伟大的任务，一身都觉得轻快了。搞完，她把所有工具照原样归好，用粗纸擦去手上、桌上沾的油墨。又打了盆水上来，仔细洗过手，擦过桌子，使屋子里没有留下半点印过油印的痕迹。然后把传单包好放在带来的一个小藤提篮里。她无限欣喜地含着微笑，关好窗子，锁好房门，离开了这座小楼。

回来时，先到郑芬家里，给了她一小沓传单。然后，又拐到黄菊芬家里，给了她几张，问她散发得出去不。黄菊芬想了想，笑着说："行，我们车间有几个姐妹还好，大家见面就问：'共产党几时回来？我们还有出头的日子没有？'我拿这给她们念念，大家正好宽宽心。"

"人家要问你这东西哪儿来的呢？"文英问。

黄菊芬想了想，说："这还不容易？我说我在街上走，有人从我身边晃过去，递了我几张纸，我当是卖人丹、十滴水的广告，好拿回去包东西，谁知道回来一看是这个。"

文英听得放了心，就辞别黄菊芬回家来了。

甘明在文英屋里见到油印好了的传单，喜得直蹦。他呆愣愣地望着文英，慢慢说："文姑姑，你分明跟上边有联系嘛，怎么老骗我，说没有联系呢？要不是上边帮忙，油印机哪儿来的？"

文英不好跟他说明情况，只含糊笑了一下。

"他们没打听到我爸爸的消息吗？"甘明问。说到爸爸，这个一向坚强的男孩，忽然伤心地哭起来了……

文英也止不住难受，她摇了摇头，表示没消息，扯下绳子上晾着的毛巾，给甘明和自己揩去了眼泪……

其实，文英和工房里许多人，早已听到甘老九他们牺牲的消息了，但觉得消息不一定准确，希望会有好点的消息来，就决定先不说出去。连王艾都受到文英的嘱咐，叫不对甘家母子说。王艾躲回自己宿舍都哭过几场了，却始终没对师娘和朋友透出风来。他也希望这不过是谣言。

当晚，工人区的一些大街小巷里，出现了红色工会的传单。

好些人家关起门来谈论着：

"共产党是杀不完的，又出传单了！"

"国民党的工会，是假的呀！他们那叫作黄色工会，这回可搞清楚了！"

"记住，要红色工会才行！"

“是的嘛，共产党是红色的，工会也是红色的！红的是真牌货，黄的是冒牌货！”

“共产党会回来的！”好多人肯定地说，“记得吗，从前不也是吗，先出传单，后来就有人出面了！”

“天老爷，保佑他们早点回来吧！这日子会闷死人的！”

兴华厂工房里，还有一种传说，说陈士贵两口子是冤死了的共产党员的灵魂把他们干掉的。因为他们投了国民党，害了共产党。有人甚至说得活灵活现，说看见谁的英灵，到过陈香玉家里。有人胆小，听了这些话，晚上只嚷“怕鬼”。另外有些人说：“怕什么，你只莫出卖自己人就行。甘老九、银弟嘛，都是些好人，活着干好事，死了也不会冤枉人的！”

三十六

童子团的孩子们，以为反动派只是杀害成人，不会延及童子团。但是，这两天，相传各厂都有童子团的孩子被捕了。有人警告王艾，叫他提防点，因为他是兴华厂里出头露面领导童子团的人。本来，文英早就劝甘明和王艾两个暂时躲开这里一下的。甘明估计自己目前还不要紧，而且厂里几个年轻的团员，还跟他保持联系，他要一走，这伙孩子就失去了中心。王艾也不想走，一来他和甘明共同在团结这群孩子，二来他无处可去。而且在他师父甘老九出事后，他向甘明发过誓，要共同分担甘明的家庭负担。再则呢，黄顺生临走时，把看守埋藏了的枪支的责任托付给他……他老幻想着时局一转变，马上领人去把枪支起出来，好向反动派开枪，为牺牲的同志报仇。因而他更觉得自己离不开工人区了。

那天，王艾替师娘挤了点盐回来，就在师娘那儿吃晚饭。饭后王艾走回宿舍去，刚跨进宿舍的大门，看门的老张就偷偷告诉他，叫他马上躲开，说厂里最恶的工头薛霸在这儿打听王艾这一年的活动，又来来去去盘问童子团里另外两个孩子：一个是王根生，一个是程小弟。老张已经给程小弟家送了信，只是还找不着王根生。

“与这两个小鬼有什么相干呢？他们只是普通团员。”王艾说。

“不知道呀，不知道他们为什么把这两个孩子跟你一同提出来。”

“没有问甘明吗？”王艾焦急地问。

“没有。他口口声声说三个搞童子团的……好像是没有注意到小甘。”老张说着，催王艾快走。

王艾从宿舍出来，打算到甘明那儿去。一路走着，他想，他们搞童子团搞得起劲那阵，董超、薛霸不在厂里，大概是摸不明白，把程小弟和王根生估计重了……后来一想，既然敌人没有注意到甘明，我到甘明家藏起来，反而连累他了。他决定不藏在甘家。那么，他上哪儿去呢？自从祖父死后，除了甘家父子，他是没有什么亲人了。最后想起只有长街上区立小学这条路。不过他还是溜到了甘明家里，把情况告诉了甘明之后，才往小学奔去。区立小学已经停了课，算提早放暑假，老师们都离开学校了。他只好求看门的沈七公暂时收留他。沈七公和他祖父是朋友，是小学里仅有的两个工人。王艾的祖父死后，就只剩沈七公一个人了。

沈七公暂时收留了他。暑假期间，学校没什么人，但沈七公不许他跑进跑出。只有夜晚才允许他到后面小操场上走走，乘乘凉，换换空气。头两天还好，甘明从后面矮墙缺口处翻进来，和他在小操场里见面，聊天。据甘明带来的消息，敌人当晚真个派人去宿舍抓王艾来。现在虽没找着，但恐怕也不会放松。王根生已经被抓去了。甘明劝王艾到武昌或汉阳那边找点什么临时工做做。王艾暂时还不想动，他老认定反动的局面不会长久，他还等着要去起出枪支向反动派报仇哩……

第三天一早，小学里涌来了一批军队，说是要驻屯在这里。看门的沈七公只说了一句“请你们先去找校长交涉”，就被一个横蛮不讲理的所谓“北伐军”，照他脸上打了两巴掌，还捎带骂了些丑话。气得沈七公跑到校长家里去诉苦……校长却劝沈七公另找工作去，说是武汉的学校，下学期开不了学了。“国民党要‘清党’‘清共’。怕共产党领导学生闹事，没有清过的学校，一律不让开学，说不定一年也上不了课！连我这个校长也准备卷铺盖了，你还看什么门！”校长垂头丧气地说。

沈七公回来，把情况告诉了王艾，叫他先走。王艾左思右想没地方可去，忽然记起黄顺生和他一同埋枪支时，曾说过要去武昌那边一个朋友那里。他想如果到那里去探问到黄顺生的话，和他一道干起来，岂不是一条好路子？于是他赶快来到汉口一码头，过了江，在武昌照黄顺生说的地址，找到了通湘门外，可是左问右探，怎么样也找不着一个什么“陆家浜”“海月巷”。他想，可能听错了，那就一点办法也没有了。他想再找一阵，若还找不着，也只好不找了。可是，怎么办呢？他一面走一面想着。肚子又饿了，沿路买了几个大饼充饥。不知不觉他走到了宾阳门外。这里是车站附近，热闹非凡。他想起父亲是在码头上做搬运工人的，自己今天也好来干干这行，就在车站一带，给人背送行李，不是也好？反正现在天热，晚上就在车站睡觉，比工房宿舍还强些。这儿人来人往，说不定还能找到熟人接上组织关系。他又想到甘明在厂里也不把稳，搞得好时，再把甘明一家也弄来，仍然可以跟甘明一道工作，一同照顾师娘和弟妹们。想好后，他立刻就行动了起来。果然他就在车站一带混过了两天，每天挣的钱，吃饭有余，比在厂里还强些。有天，他看见一个中等个子的中年人，嘴唇上有撮小八字胡子，穿着白夏布长大褂，从一辆人力车上跳下来，车上还有一只提箱和一个小被包。他走过去问道：“要送行李到车站吗？”

这人一边开发车钱，一边回过头来看了王艾几眼，没有作声，又跟车夫说话去了。人力车夫跟他争车钱，王艾就站在旁边等着，瞧着他，忽觉得这个人有些面善，只想不起是在何处见过。王艾觉得这人的八字胡子讨厌，不像个好人，心想，不要遇着跟厂里有关系的什么坏人就糟了……后来又一想，怕什么呢，他有行李，我是空手，要确实是坏人，我甩手一溜，他还跑得过我吗？于是依然站着没有动。那人跟车夫的交道打完，看见车夫走了，这才转过身来，对王艾看了半天，然后低声说：“你不像这车站上的脚夫啊！”

王艾眯起小眼睛笑着说：“谁说不像？从来就在这儿干这行。”

“哼，哼，哼！”那人把脸一绷说，“我知道你是汉口那边搞童子团的小鬼！一定是闯了祸，躲到这儿来了！”

“真倒霉，可真遇见坏人了！”王艾想，“一定是个叛徒。哼，老子就算要跑掉，也得先教训他一顿，这个不要脸的狗东西！”他瞧瞧左近，觉得没人注意他们，就伸出拳头来，想照着八字胡子的面孔揍他几拳再飞逃，可是他刚一伸出小拳头来，就被对方双手捉住了。王艾还要挣扎时，那人摇着王艾的手，低声笑着说：“别撒野了，小心人家来看热闹，你我两个就都糟了！你不是小王艾吗？我跟你开玩笑的呀！”

这一下把王艾弄糊涂了，从这人现在的面容和声音看来，好像是没有恶意，已经不是刚才绷起脸、哼着的那副恶样了。他们两个都放下了手，看见有人要走到跟前来了，八字胡子便装得很正经地说："提着行李，走吧！"王艾还不放心，打算扔开他逃了算了，后来到底还有点好奇，想要把这个人搞清楚，就只好以小脚夫的身份，提起他的行李，朝车站走去。走了一小段路，那人忽然把王艾拖过来，对他眨了眨眼睛，把嘴一努，手指着车站的西边，王艾只好朝他指的方向走去，那人跟在后面。这是从车站朝附近一座村庄走去的方向，越走人就越稀少了。王艾心里直纳闷，不断地回头来看这人。直到他们拐进了一片稀疏的丛林，这人才问王艾道："你怎么不记得长街小学的学生邵立南啦？"

"啊，我记起来了，你是邵立南的哥哥邵平南同志！"王艾把行李扔下来，转过身对这个人又跳又笑地说，"你怎么弄这么点鬼胡子到嘴上，穿上件大褂，像个老头啦！"

"别停步啊，我们还是一边走一边谈吧！"邵平南提起他的小提箱，依然让王艾给他提被包，一边走，一边问："你怎么跑到这里来了啊？"

王艾把他最近的遭遇告诉了他。然后又问他："你刚才怎么吓唬我呀？"

"吓唬吓唬，试试你的胆量啰！"

"要是我给吓跑了呢？"

"吓跑了就算了啵！"邵平南笑着说。

"那这么说，我伸手打你，还打对了啦！"王艾笑嘻嘻地说。

"以后可不兴这么蛮气了哟……你一个人伸手打反动派，就能消灭反动派吗？弄得不好，反而被人抓去……你这是无组织无纪律的勇敢呀！"

王艾没有作声，觉得邵平南的批评是对的。

邵平南的兄弟邵立南是长街小学的学生，和王艾很要好过。邵平南原是汉口市共青团里一个负责干部，他不但从胞弟邵立南口里知道了王艾，而且还在区小学傅老师的屋子里遇见过他，看见过他请傅老师改的作业。邵平南还不止一次地听傅老师夸奖过他。

"邵立南好吗？他在干什么？"王艾问。

"他呀，他回家乡去了。反正书也读不成了，他打算到农村去做点工作……"

"哎呀，你们都有地方跑，我可是没地方去呀！"

“你不是从来就在这儿干这一行的吗？”邵平南学着刚才王艾的口气说，两人都咯咯地笑起来了。一路上，邵平南又询问工人区近来的情况和王艾对目前局面的看法，一边走一边讲，终于走进了一所四围是菜地的茅舍。

茅舍里有个男子，瘦削面孔，披着件白布短衫，敞开胸襟，露出了干瘦的胸脯，五十多岁，站在房屋中央，迎着他们：“来啦，我说哩，再不来……我要当是你们出事了！”那人说到后半句，声音压得特别低。

“印不出来啊，昨晚搞通宵，又写又印。唉，你不知道那是在什么样的条件下进行工作的……哪像你这儿，独门独户，四围又空旷……”邵平南说着，脱下长衫，挂在墙壁上的一个钉子上，又揩着额头上的汗。

“难道邵平南身上还带来了印刷品吗？”王艾听着他们谈话，心里纳闷。

“这娃娃……”那人一边眯起眼睛打量着王艾，一边说，“哪里搞来的？”

“给你弄来个小交通，你们这里的大毛不是要走吗？”

“啊……原来他正需要我做工作！”王艾听了高兴得很，也眯着眼睛向那陌生人笑道，“什么都干，只要是革命的。”

那人点头笑起来，马上指着他们放在地下的箱子和被包，对里屋努了努嘴。王艾立刻提起箱子和被包送进里屋去了。

“倒是蛮机灵的，成分好吗？”王艾听到那人在外屋问邵平南。

“真正的工人阶级，勇敢得很的娃娃，还能读能写……我看对你的工作很有帮助，难得的机会……”王艾听到邵平南说。

接着邵平南又问：“你们的会开得怎么样？”

屋主人回答说：“不错。分批开的，连开了两晚。大家都相信湖南农会的武装力量，说只要湖南能挽回僵局，粤汉路北段两旁的农民马上就好响应……”

邵平南准备走之前，跟王艾谈了一场话。邵平南勉励他：“你过去是一个工人，一边做工一边参加革命。现在呢，你成了专门以革命为职业的职业革命家了！应该比从前更努力，特别要加强组织性和纪律性。”王艾一一答应了。完了，他又托邵平南把自己平安的消息捎给区小学的沈七公，让沈七公设法把他的情况告诉甘明。

黄昏时，一个被叫作大毛的十三四岁的本地农家孩子来了，屋主人给王艾介绍了一下，并叫大毛领王艾出去跑跑，搞清附近的地形和几家需要常去联系的农家的住址……王艾到这时才搞明白：这是武昌郊区党的农运工作一个新成立的秘密据点。那位屋主人让王艾称自己作舅爷，王艾算他的外甥。

夜里，舅爷把邵平南提来的提箱和被包打开，从一件棉衣和一条棉被的棉絮中，摸出了两三卷宣传品。舅爷把宣传品分成几沓，叫王艾送到附近几家农民同志家里去。

王艾就欢天喜地地在这儿开始了新的战斗……

三十七

一个满天星斗的炎热夜晚，没有风。

工人区的南面，汉江沿岸的大桥头和浮桥一带，人声喧闹。尽管江中的污水、岸上的垃圾散发出臭味，但是附近的居民都还是毫不在乎地坐出来乘凉、聊天。汉江中，横了些船只，船里的人，白天被毒日曝晒得久了，晚上也正是出来活动的时候。城里已经到了戒严的时辰了，可是在沿江这一带，还喧嚷得厉害。岸上、船上，老太婆在唠唠叨叨，孩子唱唱嚷嚷，哭哭叫叫，大人们谈心、骂架，很是热闹。

有两个半大的男孩，一个矮小瘦弱些，披着蓝布短褂，背上挂顶草帽，像个农家的孩子。另一个是高大个儿，青年工人模样。两人在大桥头左边一堆碎木片旁，彼此打了个照面，就一前一后，一声不响地沿着江岸，朝上流走去。在人多的地方，他们前后相距约莫一丈远，渐渐地走到没人烟的岸旁，才会合到一起来……

这是王艾和甘明两个。

"唉，差一点点儿见你不着了啊！"矮小的王艾走近高个儿的甘明身边，低声说。

"为什么？不是说，工作得很起劲吗？"

"刚开始工作几天，我们那个机关就出了事！"王艾说，"晚上我和舅爷开会回来——你知道，我叫直接领导我的同志'舅爷'呢！——我们快走近家门口了，从土地庙后边跳出个农民同志来，拦着我们说：'你们回去不得，现在有反动派在你们的屋子里，正等候你们呢！’你看，好险！再等几分钟就到家，那就完了！”

“别说啦，到前面芦苇丛里找个地方歇下来，咱们再谈。”他们沿江朝上流走去，经过一段高低不平的斜坡，走到荒僻而稀疏的芦苇丛里，这里岸上没有人家，江中也没有横舟。甘明向周围望了望说：“就坐在这儿吧，这儿好，人家看不见我们，我们却看得见人家。”

缓缓流着的汉水，在这一带被一些船户和两岸人家弄得很污浊。天上的繁星，映在水里，模糊不清。对岸在朦胧的星光下，山峦、庙宇、亭阁都若隐若现。汉阳兵工厂黑压压的楼房高耸着，烟囱冷冰冰地竖在那里，没有冒烟，下面也没有人声。工人们到哪里去了啊！两个孩子望着对岸，他们的心情很沉重。坐下来，半天没说话。

“小甘……”王艾抬头看了看星星，又转过头来看看被星光照得苍白瘦削的甘明的面容，把背上的草帽取下来，当扇子扇着，慢慢说，“跟你才分别几天，我好像跟你隔了半辈子一样。唉，朋友，让我告诉你罢。这几天，我知道了我从前不晓得的很多事。”

“我也是……”小甘抱着头哽咽地轻轻哭泣起来了。

“你怎么啦？”王艾惊讶着，双手捶着甘明的肩膀问，“谁给你受委屈啦！”

“谁给我？除了反动派还有谁？猴儿，我现在知道爸爸已经牺牲了！”小甘压着嗓子哭得全身抽搐着。

知道父亲牺牲的消息后，小甘因为要劝慰妈妈，没能痛快地哭一场，现在见了亲如手足的朋友，又是父亲最喜爱的徒弟，他止不住哭起来了。

王艾也止不住掉眼泪，没有作声，半天才慢慢说：“我早知道了！”

甘明忽然对王艾瞪了一眼，气鼓鼓地说：“怎么，你也瞒着我？”

“杨文英同志说，消息不很准，先别告诉你，怕师娘知道，白难受。这你不能生人家的气，都是好心。我一个人躲着你，哭了几场了。那时候，要能告诉你，我也少憋得慌些。”停了停，王艾又问师娘，“知道了吧？她怎么样？”

“哭了几顿，还不是要活下去！唉，其实，先前虽然没有准信，我也早猜着了！”甘明揩干眼泪说，“伤一阵心，也没用！”甘明一边说，一边捡了一块石头使劲扔到星辉中泛出微光的污浊的水中，好像这样就可以泄泄他心里的悲伤和郁闷。

“对，你应该宽心点。我这几天真是感觉到……唉！个人的牺牲，算不得什么。中国革命这回吃了大亏，真是可惜！还要花好大的力量才能翻转这个世界来哟！”

“当然啰，革命那么容易吗？”甘明说。

“哎，小甘，你还不晓得呢，前那一向，你我都痴头痴脑以为大家一闹，三两个礼拜，我们的工人、农民又抬起头来，纠察队又武装起来，国民党就会被我们打垮。现在，我才知道不能那么快、不是那么容易的事。我们……还得付出很多的牺牲和流血。我们不只要跟帝国主义、国民党反动派斗争，我们革命内部也还有斗争呢！内部斗争要不搞清楚，国民党还打不倒的。”

“你这话，怎么说，我不明白。”甘明疑惑地看着王艾，他这才感到王艾此刻不像往日那个猴儿般滑里滑稽，他现在像个大人一样，鼓起腮帮子，在认真考虑问题。

“我们先不是不相信吗，有人说党里边陈独秀的领导是机会主义。我们两个不是还生气吗？现在我可知道，陈独秀真是机会主义！”

“唉，才几天工夫，你怎么就鸡会主义、鸭会主义讲得这么顺嘴啦！”

“别胡扯，我不是跟你开玩笑！机会主义的意思就是投降主义！”

“我也不是跟你开玩笑！说正经的，孙猴，你要是没搞清楚的话，别瞎说啊！”

“唉，一点不错，我没有瞎说。叫工人纠察队缴械的就是陈独秀。从前，在北伐军里，主张共产党员只许作政治工作，不许带兵的，也是陈独秀。他总是要对国民党让步。这就叫作机会主义，也叫作投降主义。陈独秀有一套主张，他认为现在是资产阶级革命，要让国民党领导，共产党和工人阶级不能领导，怕破坏统一战线。你看，很明白了吧，机会主义简直就是投降主义……”

甘明听着，听着，眼睛睁得越来越大，死瞧着这个才别离几天的朋友，几乎要不认识他了。一则呢，从他最信任的朋友嘴里指责着他最崇敬的党的领导者，他觉得稀奇；二则呢，他奇怪着，王艾和他才别离几天，怎么一下子晓得了这么多的事情呢！满口大人话，说了很多新鲜名词，什么机会主义、投降主义、破坏统一战线。他不禁叹了一口气，慢慢说：

“哎呀！孙猴，你先别跟我作政治报告。我不懂那么多的主义。我……我……我听不懂你那一套。先把你从小学去武昌后的情况、这几天的工作和生活，给我讲清吧。”

王艾只好补叙了这段过程，然后告诉甘明，说自己开始这个工作时，心里非常高兴，想到湖南能有十万农民的武装起义，还怕不成事吗？马上，粤汉路两边的农民一响应，那么武汉工人也好应声起来，这就能够恢复两湖的革命局面了。因此，他心里说不出地快活。但是没几天，有人来告诉舅爷，说湖南方面预备攻打长沙的十万农民，早被陈独秀下命令撤回去了。结果，撤退的农军，就被敌人包围的包围，打散的打散。这样一来，恢复两湖革命阵地的理想，暂时是没有希望了。这也罢了，没想到，沿铁路的几个农民运动工作站又被敌人破坏了。敌人捕去了大批同志和农民。他和舅爷两个也几乎被抓去……现在，他和舅爷两个暂时住在一个农民家里。

“那么，你打算怎么办？”甘明问。

“哎呀，你看，我一跟你碰了面，多少话都要说，不知道从哪里开头好。谈了这半天，把顶要紧的倒忘记说了。”王艾轻轻笑了一下，又担心地侧耳听听下游的动静。这时人们的谈笑声渐渐稀疏了，周围的芦苇沉默地伫立着，蚊虫嗡嗡嚷着。王艾把嗓子压得尽量低些，继续说：“告诉你一句要紧话，今晚是约你来分手的，我明晚就要走了，真正拿枪杆子打反动派去！”

“真的吗？”甘明不免一惊。

“真的。这种时候，谁来开玩笑！”

“哎呀，多好！到哪里去哩？”

“到湖南，到毛泽东同志他们那里。”

“啊，你怎么会碰到了这样好的运气？”

“听我说，从前，武昌有个教导团，几乎全部都是党、团员。国民党要我们缴械那阵，他们坚决不缴，听到毛泽东同志在湖南要领导农民整顿武装力量，他们就一鼓作气，带起枪，通通跑到那儿找毛泽东去了。这些人走的时候，教导团里还有几个同志，因为有别的任务，没来得及跟大伙一道走，现在，任务完了，准备赶上去。我那个机关的负责同志就把我介绍给这几位同志，让他们带我一道去。哎，小甘，我自己当然是高兴死了，只是，我舍不得你。我希望他们也能把你带走，几次提出要求来，他们不同意再添人了。没有法子……唉，小甘，我对不起你……”王艾一边说，一边用手推开遮住了甘明半边脸的、被微风吹得摇曳着的一丛芦花穗，紧瞧着甘明，叹了一口气……

“有什么对我不起呢？你这话真怪！”甘明说这话时，心情很复杂：朋友有了好出路他很欢喜，可是，要和朋友分手，自然难受。他又羡慕王艾轻松自在，说过江就过江去，说去湖南就去湖南，而自己一时还不能。

“我原跟你发了誓，要跟你一道照顾师娘和弟妹……”甘明不等王艾的话说完，就插嘴说：“你这些话不用说了！连我自己也保不定哪天要离开她们。我们是革命第一呢，还是照顾家庭第一呢？难道……姓甘的，连这点也不懂！”甘明一边严肃认真地说，一边拍着胸脯。

“哎哟，看你，多么像师父的口气哟！连拍胸脯的样子都像！”王艾说完，心里难过起来，他想起了师父和师父给他的革命教导，越发感到舍不得离开甘明和师父这一家人。

“黄队长埋枪支的地方，你记住了吧……看守那几杆枪支的责任，就交给你了！”沉默了半天，王艾说。

“这不用你说，我知道的。我要走，也一定会托付人。”停了一会儿，甘明又说，“我还不明白，你刚才不是说，陈独秀不叫农民起事吗？那你们去有什么用？”

“你不知道……党里还有反对陈独秀做法的同志，我刚才不是说，还有内部斗争吗？毛泽东同志就是跟陈独秀斗争最坚决的大好佬！听舅爷说，毛泽东同志从来就主张说，要革命就要有革命人民自己的武装队伍，陈独秀不听，这回吃了大亏。他现在坚决组织农民军队，准备先搞湖南的秋收暴动。我们就是去参加湖南农民的秋收暴动去！”王艾说到这里，孩子般地眯着眼睛得意地笑起来了，“小甘，我们要能打出一个局面来的话，我尽量设法把你弄去，我们又会到一起闹革命的！”他说得高兴起来，不知不觉地在甘明肩上死劲拍了一掌。

“瞎说，难道只你们在那里革命，我们这儿就不革命了？我们也要把这个反动局面翻过来的。到那时候，我们打起红旗接你回来不好吗？”甘明也孩子气地嘻嘻笑着，看看王艾，又仰起头瞧瞧星星。他眼前出现了一幅图景：他撑着红旗，迎接打了胜仗回来的同志，那里面有他童年的朋友王艾。

两个朋友感到了难以分舍的别离在即，谁也不想回去睡觉，就决定今晚在芦苇丛里，谈它一夜。

许是要涨潮了，原是缓缓地流着的汉水，哗啦哗啦变得湍急起来。两个孩子听着，越发增加了临别前的凄凉滋味。沉默了一会儿，他们又彼此叮嘱着，要努力学习，跟着党，勇敢地干下去。又回忆到以前的欢乐和悲伤，回忆到开车间会、修筑革命广场、建立童子团的快活，又谈到未来的理想……忽然，王艾对甘明说：“哎，小甘，不管是胜利或者失败，我走到哪里，都忘不了这儿的工人区和你。还有几个朋友，这些人，这辈子……怕见不着了！”他叹了一口气。

“女才子金秀，一看见我就问你呢！”甘明说。

王艾昂起头瞅着暗淡的星空若有所思，半晌才说：“是的，一开始就是洪剑同志把你、我、她三个领起来搞童子团。这姑娘……多好，我也是忘不了的。”

“我知道……你忘不了她。”

“鬼精灵，你是我肚子里的蛔虫。什么事都给你摸着了！”王艾碰着甘明的胳膊肘说。

“这与鬼精灵、蛔虫有什么相干？我们都是好朋友，如今要分开，谁不惦着谁呢？她现在日子也不好过，她姐姐、姐夫走了，他们街坊上那个要账鬼，天天找她妈讨账。她妈直哭……女才子告诉我说，她也想跑了算了，就是丢不下妈妈。唉，我们这儿，现在没有一家有好日子过的！”

两人又沉默了好一阵……

王艾嘱咐甘明替他问候金秀，鼓舞金秀努力工作，好在胜利的红旗下见面……

甘明告诉王艾，说他跟文英、郑芬组织了临时小组，发了工会传单。工作慢慢可以恢复了。

“啊，那才好呢！你要把我的情形告诉文英同志啊！”

“我知道的。”甘明说。

下游的人声，完全寂静了，只有逐渐加急的江流声，冲破旷野的沉寂。江风带来了凉意，吹得他们瞌睡起来。两人都伸开四肢在芦苇里躺了下来。有时一个在说话，另一个听着听着，不知不觉睡着了，又忽然惊醒，勉强自己不要睡着，好陪伴朋友。

夜深了，西边的天空飘来了一片浮云，掩盖了星空。田野更黑了！有节奏的江涛声，和芦苇里唧唧的虫声，成了他们的催眠曲。两个孩子终于失去了控制睡神的能力，都不知不觉睡熟了。

天明前，王艾醒了，使他奇怪的是，甘明已经不在他身旁了……他惊讶得一个翻身跳了起来，向黑暗的四周张望。没有人。他想叫唤或者找他去，后来一想，慌什么呢，大概到什么地方大小便去了。就坐下来歇歇，等他回来。

过了好半天，还没见甘明回来，他几次站起身来，向四周寻望，一无所得。他轻轻叫唤了两声，也没人回应。他又着急起来：难道掉到江里去了？借着开始发白的熹微的晨光，他从自己的脚下展开视线朝江水望去。觉得掉下水去是不可能的，这儿虽然是斜坡，却并不是平滑地斜下去的，高低不一，而且近处是丛生的芦苇。那么，为什么没人了呢？也许移到旁边什么地方坐一会儿，又在那儿睡着了吧。他不免到周围寻找起来。一边找着，一边轻轻叫唤着。他在周围走了几转，也没发现半点影子。再走远点，又寻找了一阵，还是没有人。怎么办呢？这家伙不能偷偷跑回家去啊。难道有人来害了他？王艾想到这儿，浑身打了个寒噤。不免烦恼起来："要今天找不着他，我也走不成了，我绝不能失了朋友不管就自己走了啊。"但他又觉得不会毫无声响就让人害了，自己也没睡得那样死呀！最后，他决定还是走回原处去等。离开了原位，会弄到你找我、我找你找个不休的。

他于是慢慢往回走。等王艾刚跨进原来芦苇丛时，就看见甘明正坐在芦苇里等他呢。

"淘气鬼，你滚到哪里去了？害我好找！"

甘明站起来咯咯地笑着，一言不发。

"你怎么弄了一只黑狗来啦？"王艾问，他看见甘明身后伏着一只狗，奇怪起来。

"对呀，我就是给猴儿去弄这只黑狗来嘛！"甘明止不住哈哈笑。

"你们两个鬼伢，怎么平白地骂人呢！"王艾以为的黑狗，跳了起来，变成了个小姑娘闹起来了……

王艾猛然吓得退了两步，仔细一看，原来是女才子金秀，就欢喜得止不住撞上前去，抓住金秀的两手跳跃起来喊："哎呀，你是么样大黑早跑到这儿来了啊！"

三个孩子的笑嚷，惊扰了清晨旷野的沉寂。江对岸缭绕着他们说笑的回声……堤岸上几株古树上的鸟雀，被惊得拍着翅膀飞起来。

"小声点，你们太放肆了！"甘明提醒说。

"听我说，"金秀快活地小声说，"我在做梦，梦见我姐姐和姐夫跟一队革命

军打回厂里来了。我们就开车间会欢迎革命军。你们两个来了。你看，正是你们两个来帮我贴标语。贴得正起劲，有人在敲窗子，叫：‘金秀，金秀！’我说：‘是哪个？’窗子外边的人说：‘是我，是小甘。孙猴叫我找你去！’咦，我想，这两个家伙不是刚才还在贴标语吗？我睁开眼睛一看，你们两个不见了。是在我家里，我还睡在床上呢！哎呀，窗子又敲起来，我又问：‘是哪个呀？’‘是小甘呀，你开门嘛！’这时我妈正睡得打呼噜，我就溜起来开了门，他就把我带到这儿来了。真好玩，我很少到这儿来，尤其是大黑早起……”说完，金秀转头，睁着眼睛，瞅着对她是陌生的清晨的江岸，止不住孩子气地傻笑着。江风吹得她的短发轻轻飘动。

“你们还得小心点，听听看，我们三个的声音，把这个野外都扰翻天了！瞧啊，树上的小鸟都被我们吵得不安，飞起来了……”

他们顺着甘明的手望去，高坡上，一群原是云集在古藤树的云雀正喳喳叫着，张开翅膀往对岸飞去。

王艾这时说不出地欢喜，他心中无限地感激甘明，问他：“你怎么想到去找她的啊？”

“我只睡了一会儿就醒了，我瞅着龟山的影子，瞅着黑漆漆的兵工厂。”甘明指着下游对岸，低声说，“我心里说不出地难过，我想，世道变得多快啊，连我们都要起变化。明晚上，孙猴就要离开武汉当革命军去了。我们什么时候再见面啊！我想，有钱的孩子们一分别，就要送别，送纪念品。我们……哎，送什么呢？没有东西。就算有，孙猴也不稀罕……但要是在分别前，和顶要好的朋友谈心，比什么都有意思。我就想起女才子来，我看你，睡得那么香，就轻轻溜走了。我摸黑到女才子窗子底下，把她叫醒了，她一开门我就把她拖来了……孙猴、金秀，你们一辈子都不要忘记今早晨……唉，我们三个，以后还能到一起来闹革命吗？难说啊！”甘明又叹了一口气。

他们在芦苇丛里坐下来了。

“甘明说，你要当革命军去，神气咧，像个大人了啊！”金秀叹息说。

“听说你姐姐、姐夫也是去当了革命军，不知道是走哪条路。”王艾问。

“是我姐夫去了。姐姐去不成，她肚子大了，要生孩子。姐夫是去南昌，好像那里会大闹一场革命！你呢？你去哪里？”

“我去湖南，找毛泽东去。”王艾得意扬扬地说。

“毛泽东！哪个毛泽东？就是写湖南农民运动的那个？”

“当然，不是他还有第二个？”

“哎哟！你怎么会碰到这样好的机会啊？”

“他们也招女兵咧，你去吗？”王艾说着，避开金秀，对甘明挤眉弄眼做了个怪相。

甘明一本正经地没说话。

“真的？”金秀一个劲儿跳了起来说，“只要他招，我马上走！你是来邀我的吗？”

“嘻，你坐下来，莫大声嘛！哎，秀秀……我跟你开玩笑的。连甘明想去都去不成，哪里能够轮到你们小姑娘啊！”

“你这个死猴儿，马上要分手了，还拿人开心……”

“好秀秀，莫埋怨我！不是拿你开心，那是我的心愿。你想，假使还和当初搞童子团一样，你和甘明又能跟我一道同受毛泽东同志的指挥，当革命军，那我岂不要快活死了……”

又沉默了一阵，两个都感到有许多话，不知从哪里说起。金秀叹了一口气，摇摇头说：“男孩子到底方便，说走就走。到处都有人要。我们女孩子……嗯……”停了停，她又说：“你要写信来啊！”

“上边讲过，不能给朋友写信。第一，革命军队的行止，不能随便让人知道；第二，害怕收信的人受牵累。不过，只要不牺牲，总会见面的。”

“别说这些泄气话，要去就勇敢点！”金秀责备王艾说。

他们三个又彼此说了些勉励的话。终于，甘明站起来，指着东方的天际说：“走吧，那边聚了一大片黑云，太阳出不来，要下雨了。”他们顺着甘明的手望去，果然，一大片黑云正在扩展着。

“好，我走了。我一辈子也忘不了你们两个，忘不了今天早上！甘明，你送女才子回去！”王艾说。

“我要人家送干什么！甘明，你送孙猴过江去。他安全到了，大家好放心。”她的声音，说到末了越来越轻，只见她几个箭步，从芦苇里跳了出来，头也不回，朝堤岸上的一条小路走去。

“好，再见吧，别忘记我！”王艾说，和甘明并立着没动，瞅着她的背影还想说句什么，没说出来。

金秀止不住回过头来，动着嘴唇对他们说了句什么又止住了，她紧咬着嘴唇，不让自己哭出来，又勉强向他们点了点头，就果断地掉回头去，大踏步走了。

三十八

上午，彩霞的妹妹彩云来看文英，说："有位太太一早来看妈妈，是姐姐那儿来的，临走的时候，叫我悄悄带个信给你，叫你今晚上到一个什么刘太太楼上去……"

"刘太太楼上？那是什么地方啊？"文英愣住了。

"她说，只要一提，你就会知道的！"

"真的？啊……啊！"文英疑惑着……忽然明白那是指菜花巷柳竹的楼上了。"这人长的么样？姓什么呢？"

"姓什么，姓什么……我没弄明白。长的嘛……矮矮的，圆圆的，胖胖的，和气得很！"

"哎呀，又是圆圆的、胖胖的吗……"文英忽然记起陈大婶讲来工房找过她的，也是个"圆圆胖胖的太太"。

"那么，又是那个太太吗？是彩霞、洪剑那儿来的，那不就是党派来的吗？天啦，党来找我们了！"她喜得想喊出来，又恨不得马上把这个好消息告诉甘明和郑芬去。但她并没有告诉任何人，她怕万一猜错了，反惹孩子们失望，不如等晚上见过面再说。

这一天的时间，文英觉得特别长，简直盼不到日头西沉……她早早吃了晚饭，又洗了澡，还挨了好半天，天色才黄昏下来。文英急忙走出工房……打从走出房门起，就不断遇到饭后出来乘凉的人。一看见文英，他们就探问大姨妈的消息，说些安慰她的话。又都说她瘦了，叫她好好照顾自己。文英虽然尽量客客气气地说些感谢大家挂心的话，心里却只希望人家少给她啰唆点，好放她早点去会见那位圆圆胖胖的太太……可是偏偏沿途不断遇着熟人，而且人人都是堵着她纠缠好半天。直到走上长街时才好点，这时天已经大黑了。

一拐进菜花巷，她心里扑通扑通跳起来，心想，等一下该从哪儿讲起呢！她忽然觉得她有生以来，任是去会什么人也没像现在这么欢喜，这么着急，这么心跳过……只是同四月里回乡下去的时候，下了火车往家奔时的心绪有点儿相似，但也还没这么激动。离开妈妈的日子，是数得清的，妈妈的生活那时是一天比一天好的，心情自然比这时平静些。现在呢，离开党虽然才几天，可是党在苦难中，自己也在受苦受难。失去了党几天，比两年不见妈妈都痛苦得多……

忽然她听到有个好熟的声音轻轻喊："文英姐！"她猛回头一望，黑角里闪出个人来，定神一看：天啦，是彩霞！这比见到圆圆胖胖的太太还要叫她开心……她几乎在街上就要扑过去，嚷起来……

"小心点啊！等进了屋吧！"黑暗中，从彩霞身后又闪出一个男子来，那声音，又是那么熟悉的。原来是洪剑和彩霞一道。文英喜得几乎又要嚷出来了。但是洪剑沉着的声音和摇头示意的样子，使她冷静了。

他们编了一套话告诉房东，说接了柳竹的信，说他要回来，特来看看他回来了没有。

房东老夫妻两口生活得很寂寞，正盼有客人来，因而热情招待他们。房东太太还特意把文英拉到一旁，说几句体己话。她再次告诉文英，说她女儿到南昌去后，总共只来过一封信。她心里日夜不安地惦着呢……

上得楼来，一开房门，还在黑暗中，彩霞和文英两个什么也不顾就抱到一起来，好像隔了多年没见面的亲人。看见彩霞，文英不由得想起不知下落的胖妹和许多遭了难的同志们，止不住伤心落泪了。彩霞也为革命的突然失利、好些同志的遇难、好友的离散而伤心，抱着文英的颈子也哽咽不已……

洪剑把提来的一只手提箱搁在一旁，先扭开了电灯，看见她们两个抱作一团哭泣，又气又笑，说："唉，这是女同志的见面礼！"接着他打开了窗子，扫了扫桌子上和椅子上的尘土，然后走到还把头凑在一起的两个女人跟前，轻轻说："妇女们，见面礼还没送够？收得起啦！"

她们两个止不住放开手笑起来。

文英这才看出洪剑穿了一件宽宽大大的、半新旧的蓝竹布长衫，摇着一把黑折扇，脚上穿的是一双浅口布鞋，就好笑地说："从来也没见你这么打扮过，穿上这件长大褂，像个小老板了！"

"真的吗？那就算我的化装成功了！"洪剑得意地说。他脱去了长衫，把它扔在只铺了一床旧席子的板床上，接着说："可是……你看，我这位老板娘，还不大像呢！"

文英这才借着灯光，仔细打量彩霞，彩霞苗条的身子上，穿着一件白地起浅绿色花朵的花布旗袍，她的胸脯，比从前丰满了，显得十分健康，脸蛋也胖了些，灯下看起来，两腮红润润的，光泽鲜艳，大大的眼睛显得更加明亮了。文英止不住又喜又爱又气，在彩霞的腮上捏了一把，笑道："死丫头，日子这样难过，你怎么倒越长越标致了！可真是不大像老板娘，倒像个招人欢喜的女学生了！"

"不要紧，我在蓄头发。"彩霞摸摸后脑上的头发说，"再蓄长点，打算掺点假头发，梳个牛屎巴，自然就像老板娘了！"停了停，她又叹口气说："这些日子，真把我憋死了，我咧开嘴打个大哈哈，他就说：'你这不像个当家婆，要学，要改！'等一会儿，不知什么事把我急得跳起脚来嚷，他又绷起脸对我说：'不行，不行！你不像老板娘！'你说，要命不？我们两个现在要装作生意人——小老板和老板娘！"

瞧着彩霞，文英又想起胖妹来，叹了一口气说："不知道胖妹怎么样了！"

"胖妹嘛，完事啦！"彩霞摇头轻轻说。"天啦，她也完了吗？"文英止不住全身战栗起来，眼泪也要涌出来了。

"哎呀，你误会我的意思啦！"彩霞赶忙摇着文英的双肩说，"我是说，胖妹现在平安无事，很好呀！"

文英定了定神，愣愣地瞅着彩霞问："哎呀，急死我了。你说是……她……她很好吗？真的？怎么个好法子？"

"说是啰，她先躲在寿星老家里。寿星老又把她送进城，藏在一个亲戚家。过两天嘛，胖妹自己出来找到了组织关系，如今，党也给她派了工作了！"

文英听着，嘴里不断念："谢天谢地！"念完，又说，"我的妈呀！那个胖丫头，有命了！我只疑心她已经完蛋了呢。"说着，不由得流出了又是辛酸又是欢喜的眼泪来，又追问道："你见过她吗？"

“没有，我是听老廖说的！”彩霞一边说，一边仔细盯着文英憔悴的面容，惋惜地说，“几天不见你，瘦多了！一身像脱了一层壳。眼睛周围，一个黑圈圈！老了十岁了！你不好过啊！听说大姨妈在拘留所还好，你要宽心点！”

“也不止为姨妈一个。”文英叹了口气，说，“你看，这样艰苦的日子，搞丢了党的关系，你们一个也找不到，遭难的遭了难！剩我和几个娃娃，叫人是么样吃得下，睡得好？啊，我姨妈的事你们都知道啦？”

“怎么不知道？第二天不是有人到工房去看你来！”洪剑说。

“哎呀，有个什么圆圆胖胖的太太，那是谁呀？”文英记起陈大婶和彩云的话来。

洪剑说：“是陈舜英同志跟你去接关系的啦。你不认识她吗？”

“老廖的爱人啰！”彩霞补上一句。

“我不认识。”文英摇头说，“真把我的脑子都想得要裂开了。我不在家，她告诉陈大婶，说是我的亲戚。天知道，我有个什么亲戚来！我问陈大婶，这人长得么样。陈大婶说是长得圆圆胖胖的一位太太。今早彩云来，又说一个圆圆胖胖的太太叫我去。我想，不管怎么圆的胖的，这个大概就是那个了。既然是彩霞那里来的，那准是党派来的了。我就来了！”说得三个都好笑起来。

文英又问到金梅的消息。他们告诉她，说金梅最近被调到武昌德胜门外，到一个纱厂帮忙去了。虽然她大着肚子，可还能干点事。那儿正在进行恢复组织的工作，很需要人！陆容生嘛，听说早就跟一批军队到南昌去了。

“楼下房东太太也说她女儿跟一批学生军到南昌去了。南昌大概还有点搞头吧？”文英问洪剑。

“是啊，那儿要集中我们的一批武装力量直接斗反动派！”洪剑扬起一只手，卷起汗衫袖子，快活地笑着说，“文英同志，莫心烦，这回我们要组织自己的革命武装力量啦！懂吗，自己有军队啦，自己有武装啦！这就是用革命的武装，对反革命的武装啰。我们党早就有人这么主张。毛泽东同志在《湖南农民运动考察报告》里，就说了要加强农民武装，反对地主武装，可是陈独秀不听呀！”

文英似懂非懂地望着洪剑说：“既然要组织自己的武装，那么，为什么又让咱们工人纠察队缴械呢？唉，哪个工人不埋怨缴械的事！洪剑同志，你说嘛！”

“对，那是个错误呀。那是陈独秀领导的大错误……”说到这儿，洪剑沉默了，怕讲多了文英不懂，转口说，“好嘛，有了错误，就得了经验教训。现在不是就搞我们工农自己的武装吗？”

“枪都缴了，一下子搞得起来吗？”

“有办法的。难道我们就只有纠察队缴的那几杆枪？今后，我们的武装力量，重点是在农村。这问题，以后有机会，我再跟你谈，今晚来不及了。”

“好。我也零碎听到一些，半懂不懂，真想搞明白。”文英说。

文英又向他们问了些别的消息，后来止不住慢吞吞地、有些羞涩地问到柳竹的安全……

他们都摇头说不知道。文英几乎想哭出来了，“怎么这么多好消息，就没有他的啊！”她想。

“我只担心姨妈要为他吃苦头呢！”文英说完，低下头来，咬紧自己的嘴唇，怕朋友看出她心头的难受。

“哎呀，你问了我们这么多！现在，我可要听听你们的情况啦！”洪剑说。

文英叹了一口气说：“是哟，我应该向你汇报汇报工作了！”

这时房东太太给他们送来了茶水，又叮嘱他们走的时候，要把门窗关好，才下楼去了。

他们坐下来继续谈。本来坐在窗口比较凉快些，但是怕谈话声传到街上去，就坐在离窗口远一些的板床跟前。洪剑坐在床上，让她们两个坐在椅子上。

文英觉得是逢着了久别的亲人，几乎想把这些日子发生的所有事，无论大小，都一句不漏地告诉亲人。洪剑好几次提醒她：不要搞晚了回不去……有时不太要紧的，洪剑就打断她，给她另外提出问题来。

她谈到陈士贵、陈香玉背叛的事时，洪剑问彩霞道：“你记得吗？你跟我在东升巷读书班屋子里争嘴，就是为你要介绍这个陈香玉入团呢！亏得没让你把她搞进来啊！”

“哎哟，你是神仙！会算卦！”彩霞眨着眼睛嘲讽，“那你为什么没算出陈士贵来？”

“并不是每个人都容易看出来的，难道真有算卦算出来的吗？……文英继续谈吧。”洪剑说。

文英又继续讲如何和蒋炳堃商量，如何干掉了两个叛徒。

“那么，是你们几个干掉这两个家伙啰？”洪剑问。

文英点点头。

“好啊，英雄好汉是被逼才上梁山结伙的呀！”洪剑笑着说，“干得好，干得好！干掉两个叛徒是件好事，我们的杨文英同志也给锻炼出来了！还有王艾、甘明两个娃娃啊，也受到磨炼！”

文英明知道干掉陈士贵两口子是件好事，但是事先并没得到党的许可，每想起，心里就有些忐忑不安。现在听到洪剑的夸奖，她喘了一口气，胸中马上宽舒、轻松起来。

彩霞目不转睛地盯着文英，半天没说话。洪剑碰了碰彩霞的胳膊，问道：“发什么痴呢，你不认得她啦？”

彩霞笑道：“真要不认得她了！她刚进厂的时候，大姨妈对我们说，‘我文英好慈悲心肠哩，走路都轻轻的，怕踩死了蚂蚁子呀！’你看，哪里想到才三两年工夫，怕踩死了蚂蚁子的乡下女人，变得这样狠了！哎，不是狠，是变成坚强的共产党员了。真了不得！”

“这是从阶级斗争中锻炼出来的啊！”洪剑说。

文英又继续向洪剑汇报，她们如何组成了临时三人小组，如何发出了赤色工会传单，如何进行了对同志和积极分子的调查和了解。她告诉他们：黄菊芬就不错，态度比从前更靠近咱们一些，他们夫妻两个都帮着散发传单，打听被捕同志的消息。史大杰老头儿，过去几乎是没被人注意的，现在成了最可靠的积极分子。甘明现在常去跟他联系，他时常给甘明报告些厂里反动分子的活动。姚三姐态度就很不好，郑芬把传单分给她，她不但不肯接受，还警告郑芬，问她怕不怕脑壳搬家。有时候，她还跟反动派一道骂共产党。有个赵引弟，是团员，虽不像姚三姐那样，可是怕得要命。郑芬去找她，她躲着不出来，叫她妈对郑芬说“不在家”。

洪剑指示文英，以后做工作，还要细心审慎。譬如史大杰、黄菊芬这样的态度，洪剑觉得文英的观察一般是正确的。但是，他提醒文英要小心，他说：“以后可能会有人比黄菊芬态度更好，可要提防是不是反动派指使来试探你们的。”

“哎呀，还有那种事吗？我倒从来没那么想过。我只晓得好就是好，不好就是不好。譬如史大杰，如果不是他把情况告诉蒋炳堃，我们就吃了陈士贵的亏啦！”

“史大杰当然没问题。我是告诉你，有那种事哩！以后得细细观察人。”

文英感到提醒她这一点，很有好处。

听文英谈到他们三人小组如何拟出了红色工会的传单，文英又独自到这个小楼上来写蜡纸和油印的情况时，洪剑兴奋得不知不觉卷起衣袖，捏着拳头，站了起来，在屋子里走来走去，后来又走到文英身后，轻轻在她肩上拍了一下说：“再也没想到，这张传单是你写的呀！真了不得！怪不得彩霞死瞧着你，说要不认得你了哩！”说完，他又在屋里边走边自言自语地说：“这次革命虽然遭受了挫折，但党却锻炼出多少干部来了啊！真了不得！”

文英眼眶里不知不觉涌出眼泪来。一个走失了很久的孩子，找回家来，受到了母亲的抚爱和安慰，怎能不又欢喜，又伤心呢……

文英谈到王艾跟教导团去湖南找毛泽东同志的消息，洪剑扬起眉毛，显出惊异。他想起小王艾那个孙猴样的机灵劲和他那股子革命热情和干劲，不觉又笑了起来……一会儿，他摸着自己的大额头，赞叹说：“好啊，他倒有机会参加秋收暴动了，这个娃娃，到了毛泽东同志他们那里，会锻炼成铁汉子的。那里现在是革命火焰最旺的地方……哎，哎，这个小猴娃，真是在阶级斗争的大风大浪中成长起来了啊！”

文英看着洪剑，忽然觉得他那种深思熟虑的神气，有点像柳竹，完全不是第一次看见他时那个毛手毛脚的小伙子了……

“老练得很了啊！他一声声叫别人‘娃娃’‘娃娃’的，他自己大概也才不过二十一二岁吧！他也正是在阶级斗争的大风大浪里成长、锻炼成钢的啊！”文英想，不觉对他格外敬重起来。

“你自己呢，不也锻炼成了钢铁了嘛！”文英笑着说。

“对，我也是在锻炼……可不敢说，成了钢铁……当然，应该成钢铁。”洪剑看了看文英，又看了看彩霞，点着头，重复着，“应该成钢铁！”

洪剑当即批准了文英他们的临时三人小组，确定文英来领导，以后每周和洪剑碰一次头。洪剑让文英设法了解一下王麻子的情况，据说他有些消沉，见人躲躲闪闪的。洪剑还告诉文英，他已和两个男工接上了头，等再了解些情况后，将介绍他俩和文英认识，以便研究恢复支部生活。还说，甘明他们，也该研究恢复团的组织。文英一听到恢复支部生活，不觉笑起来……

洪剑又告诉文英，有些被捕的人，可能最近会放出来。因为，据确实的消息，虽然处决了不少，但现在监牢里还是挤得装不下，反动派感到人太多了，无法处置。所以像杨老老、大姨妈这类人，最近可能出狱。这使文英心里又觉得宽松了一些。

他们三个谈个没完。有时，文英和彩霞谈到遭了难的战友，止不住哽咽，落泪。有时，他们又谈得笑个不住。文英提到蒋炳堃舍不得把一颗子弹花在“臭婊子陈香玉”身上，以及陈香玉死后工房里的一些传说时，她和彩霞都好笑起来。洪剑也开心地哈哈笑了。

末了，洪剑催文英回去。文英实在舍不得离开他们，觉得还有许多话要讲，特别是想跟彩霞谈。临时，彩霞出了个主意，让洪剑独自先回去，她想和文英一同在小楼上住一宿。洪剑最初不赞成这种做法，后来扭不过她们两个的要求，只好同意了。再呢，他带了只小皮箱来，是准备把油印机装走的，现在太晚了，怕遭检查，弄出事来，让彩霞在这儿住一宿，明早拿走也好。

洪剑走后，两个朋友叽叽喳喳谈个不停。夏夜的蚊虫咬死人，她们索性不打算睡觉，准备谈通宵。俩人一会儿坐着，一会儿躺在床板上，不断地挥着手中的扇子……

忽然，彩霞一个翻身坐了起来，捉住文英的胳膊说：“文英，我跟你总算好朋友一场，是话都谈。我从来没对你瞒过半句话，可你这个闷猴子鬼，我知道，你有件心事，一直没对我提过。今晚可不能饶你了！老实点，给我照直招来！莫叫我好盘问……”

“招什么呀？”文英装傻，抿着嘴只管笑。

“莫装痴，你倒是说说，你跟那个人的感情到底怎么样了？你们两个真奇怪，说你们好嘛，又像没事一样，安静得很。说你们不好嘛，他走了，你这么牵肠挂肚的。他呢，那么相信你，这屋子，他为什么就交给你照管呀？”彩霞一句紧接一句地问道。

文英虽然有些害羞，但很高兴能有机会把郁在心里、从没对人说过的话，对知己朋友谈出来，就一五一十地把自己的爱情告诉了彩霞。

“哎哟，说了半天，你满口里他呀他的，他到底是谁呀？姓什么，叫什么名呀？”彩霞调皮地笑着说。

“死鬼伢，人家掏心挖肺给你讲真话，你倒拿人家穷开心！”文英气得在彩霞腿上捶了一拳。

“不是拿你开心啊，我的好姐姐，是替你高兴呢……你的这个他呀，确实是个好同志，区委会里，个个都喜欢他。哎，我希望他快点回来，你们赶快在一起吧，我好吃你们几块喜糖……”

“看，好好的，你又说怪话！”

“不是怪话，我的好姐姐，这是真心话。你们既然已经这样好了，难道各人还老打单身不成？他也早该有个家了！以后的工作条件越来越艰苦，让他老这么单干，容易出事……就算不出事，这样的工作环境，一个单身男子，有几多难处……难道你不心疼他？你别跟我装傻，看你，你现在想他都想得瘦成猴样啦！”

“死鬼，又胡说八道！”文英又在彩霞腿上捶了一拳。

“别捶人，听我说呀！”彩霞一本正经地说，“你听我说，这怎么是胡说八道？等他一回来，你们就到一起成家吧！你能帮他一些忙，他也能提高你，这样子对革命只有好处。你说是不是？说良心话，我算是有这么点经验啦！”

文英觉得彩霞的话，句句说在她的心坎上，心里又喜欢，又感激，又难受，低着头没说什么……

“我知道，你现在得不到他的消息，心里够苦的，又没个讲心腹话的人……看你瘦成这个样子……刚才我第一眼看见你的时候，心里好难过……”彩霞说着，止不住掉下眼泪来。停了一会儿，又说：“今晚上，你有什么想头，都对我讲了吧，讲完，心里会痛快些。”

文英听了，觉得不能辜负彩霞的一番好意，慢慢地揩去涌出来的眼泪，叹了口气说：“我也没有什么想头，只要知道他还好好地活着，就安心了……你说吧，像这样大灾大难的日子，反动派天天杀人放火，这个人……半点消息都没有，叫人怎么放得下心呢？！至于以后的事情，我还没来得及去想它。”

“我看，事情是没有的！这，你放心好了！”彩霞安慰文英，“要是有什么坏消息，那早就传出来了……总归是派出去了，那是我早听说过的。”

彩霞安慰了文英半天，又告诉文英说：“你看，文英，我有两个月没来那个了！怎么搞啊！要是有了小孩……才要命啰！凭你说，我自己还够淘气的，哪里会做妈妈哩！又碰了这种苦日子，烦死人了！”彩霞嘴里说烦，可是说话的声音，却像对大姐姐撒娇的调子，夹带着准备做母亲的快活……

她又向文英谈了别后她如何学习做秘密工作的情况。她告诉文英：“前两天，我差一点出事，那就没有命见你了！”

“那是怎么回事啊？”文英问。

“是这样的，我送文件到一个机关里去，那机关已经被破坏了，那儿的同志被捕了！他们被捕前，没来得及把警号放出来。我一看，没事，打算进去，忽然抬头看看，楼上窗子里有个人影一晃，我的眼睛尖，觉得那人影不像自己同志，就小心点，先不进去。我到隔壁杂货店去买把扇子，跟老板娘聊天。老板娘告诉我说：‘隔壁人家，早上来了宪兵队，把夫妇两个捉了去……现在里边还有宪兵呢！’你看，我算留了命了！后来我在那儿等了一会儿，又来了一个同志，我告诉了他，他才没进去……”

“哎呀，那你做这样工作，已经很内行啦！”文英惊叹说。

彩霞告诉文英，她虽然也学会了机关工作，但是她怎么样也止不住对厂里姐妹们的想念，对厂里斗争生活的想念……她说，不知道为什么，好几次她听见邻居踩缝纫机的声音，她就迷迷糊糊觉得是到了车间，听见马达轮子响……她昨晚还做梦来着，梦见跟郑芬两个看见夜叉婆进了车间来，就吹起口哨给姐妹们报信。

“那是从前过惯了的生活啊！”文英拍着彩霞说，“你忘不了。”

“是啊，我真是喜欢做厂里的活。现在想起来，哪怕跟姐妹们吵嘴呢，也是有味道的！”

文英也叹了口气：“前天，我从厂门口过，外边那些鬼巡逻队持枪舞棒的，我望了望大门里，想起五月里闹反停工斗争的时候，就是在那里，胖妹跟老九两个，跟白经理争得满脸淌汗，你站在二楼走廊上，领大家唱歌喊口号……唉，才几天工夫啊，如今一下子变成这个死样子……”

“别说那些丧气的话啦！”彩霞说，“文英姐，你想过没有，革命成功了，你干什么好？我倒是想过了，我还是要在工厂。有一天，我们不止消灭了地主，还要消灭资产阶级，咱们自己管理工厂。你想过吗，自己管理工厂呀！我们只做八小时工。我们工厂里自己办学校，个个工人上学。听着，有工人正经的学校，不是你那个可怜巴巴的读书班啰。我还要组织俱乐部，还要组织唱歌队。我们的纱，织得又细又白，像丝一样。我要搞出顶好看的图案来，织出最好看的花布。花布，做成衣裳哟，要把全中国的姑娘打扮得像彩云里飘出来的仙子……”文英没听完就笑得捶了彩霞一拳，说：“彩霞，你活着是个快活人，明儿死了，也定是个快活鬼。天天跟你在一起多好，几大的闷气，也能由你一张嘴说得消食化气，哈哈不停的……唉，可惜，天一亮，又要跟你分开了！”

早上，她们分手告别后，文英独自在回家的路上走着，完全不是昨晚来这里前的那种情绪了！半个月来她感到有块大石头压在心上，现在，似乎这块石头已搬走，心情轻快得多了……

文英回到家来，还有件叫她快活的事：姨妈昨晚被释放回家来了！

文英昨夜没回来，反累得姨妈为她担心了一宿。和姨妈一同出来的，有东升巷工会看门的魏老汉，和姨妈一同被捕的工会执委杨老老。因为供出了姨妈和杨老老的陈士贵，后来不见人了，没了对证，别人都说这两个老人家什么事也没沾手，监狱里又人满为患，反动派只好把这一批人暂时释放了。

姨妈告诉文英，说杨老老昨晚来对她说：“现在我们没有路走了，非跟共产党不行，我决心走这条路，逼上梁山了！你有没有办法给我设法加入共产党？”

“啊，这个好老老！你呢，姨妈？”文英问。

“我当时没有作声！”姨妈对文英严肃地说。“不过，我后来想：从前，你们人多，我老太婆进去，不见得能起什么作用。现在，你们人少了，多一个人就多一分力量啰。我看杨老老是真情。你再看看啰，要行，就介绍我跟老老两个一起进去吧！”文英喜得抱着姨妈的脖子亲起来，轻声说着：“啊，我的好姨妈，我的亲娘，我的同志！”

三十九

洪剑要到法租界去参加上级召开的一个很重要的会议。来通知他的张卓云同志叫他把爱人带去，还让两个都尽量打扮得漂亮点，因为秘密会址是在一所华美的小洋房里。装作是富裕人家的聚会，需要些漂亮的小姐太太们去点缀一下，好应付环境。

他们从来没有漂亮衣服。洪剑借来了一件湖色的秋罗长袖，头上脚上搞得整齐一点，算可以对付过去。彩霞借了陈舜英当教员时候做的一条浅蓝色印度绸裙子，头晚上连夜给腰围缝小了一点才合身。上身穿上最近她自己缝的一件麻纱上衣，是淡青色底子上起同色略深点的花朵，花心撒着红色小点点。样式很摩登，不上领条的方领口，下摆角是圆的。上衣的尺寸做得非常合身，配上那条裙子，可以说是她平生第一套时髦衣裳。衣裳穿在她线条优美的细挑身材上，看去又健康又淡雅。听了同志们的劝告，她在脸上薄薄地施了点脂粉，使她无羁的、有些撒野的美貌，带了点闺阁气和妩媚温柔。

午饭后，洪剑和彩霞一同从自己住处走了出来。

走进法租界住宅区，他们觉得一路来经过的闹市的喧嚣和酷热，一扫而空。行人稀少的寂静的柏油路上，两边绿树成荫。一座座小铁门里，尽是洋楼、小花园。里边静悄悄的，像没住人一样。也许屋主人还没起床吧，也许是他们上庐山或青岛避暑去了。偶然，谁家的台阶上，有一只毛发光泽的猫或洋狗在睡觉，听到门外有人走过，它们抬起头来懒洋洋地叫唤两声，又眯上眼，放头睡了。花园里，绿丛中，发出吱吱的单调的蝉鸣。

彩霞没来过租界，看见这样的环境，加上自己一身的打扮，感到很不舒服。她想起她父母住的那个狭窄的家，门口那条终年有点臭味的陋巷，经常有人家在大门口生炉子，洗衣裳，弄得满街是煤灰、柴片和污浊水。夏天，矮屋里闷热，家家在大门口吃饭，待客，还睡觉。人们在街巷里打架，吵嘴，还有人撒尿……这些为她所熟悉的生活场景，马上在她的脑海里闪了出来，是辛勤劳苦一辈子的人啊，为什么生活得比人家的猫和狗都不如呢？我们劳动人民要不闹革命，哪天才翻得了身啊！

在人行道上，两个外国人——大约是夫妻两个——勾着胳膊，从对面走来，不满意朝他们走来的彩霞、洪剑没有给他们让路，很没礼貌地指着他们叽叽喳喳说了几句什么，从他们旁边走过去了。彩霞咬着牙根，转过脸来，怒视着他们的背影。

洪剑看着彩霞笑了笑，轻轻警告她说："你还欠锻炼哩！"

"嗨，你真不晓得，我满肚子有气！"彩霞说。

"我怎么不晓得？记住，我们伟大的事业，不是对付几个人的问题……"他看见彩霞还打算争论什么，而对面人行道上，有一群姑娘在走着，就低声止住她说："快到了，仔细点！"洪剑是到过这机关的，他的眼睛已在侦察周围的环境。

他们又装得轻松快活地向前走去，很像一对有闲的、无忧无虑的情侣。

忽然，洪剑碰了碰彩霞的胳膊，低低说："糟糕，只有一个花盆了！"

"啊，坏了吗？"彩霞惊问，声音低到对方几乎听不见。

两人的脚步都放慢了……

原来他们要去的这个机关的安全标志是在二楼临街的小阳台上，摆两盆开得茂盛的花，必须是两盆，多一盆，少一盆，或没有盆，就是不安全的警号。在外边看见这个警号的同志，就不能进去。

"你看准了吗？是哪一家？"彩霞细声问。

"对面……洋槐树梢最高的那家……楼上门窗都没开呢……你不要死盯着那里……"洪剑靠紧彩霞低头小声说，好像一对恋人，在说情话的样子。

"我看见了！"眼睛锐利的彩霞也低声说，"我们转去吧！"

这时，那座阳台上，忽然出现了一个人，居高临下地看着正在人行道上行走的洪剑、彩霞。他们没敢抬头再望那儿。

"不能打转身，会惹人奇怪的！"洪剑小声对彩霞说，"把这条路走完，再拐弯，是一样的！”

一会儿，他们感到阳台上那个人进去了，又觉得他们前后并没有人，就渐渐分开了些，为的怕遇见坏蛋，彼此受牵连。他俩装作不是一道的，洪剑在前面走着，彩霞远远随着他，这一带，她完全陌生。

他们已经从那个有问题的门前走过去了。彩霞听到那座小楼房里，叮叮咚咚很不安静。不一会儿，那个大门里出来了人。他俩仍从容地走着，拐了弯。走了一阵，觉得没有事了，才放下心来。洪剑拐了一个弯，出了租界。彩霞依然远远尾随在洪剑后面。这儿路面宽敞，人来人往，喧闹得很。忽然响起一阵急促的警笛声。行人听到警笛，纷纷奔跑起来……彩霞远远地看准洪剑的后影，见他依然若无其事地在走着，彩霞自己也并不惊慌。有两个警察，从彩霞后面飞奔到前面去了，其中一个追到洪剑跟前，抓住了洪剑……彩霞不觉一惊，不知自己继续前进了没有，她忘记了自己，只是把视线紧盯在被敌人捉住了的洪剑身上。街上的行人，有意避开警察，远在旁边走着。最初她看见洪剑很驯顺地跟着捉住他的人一道走。一会儿，洪剑趁不备在警察身上猛击一拳，甩开了他，拼命往前飞奔。她止不住笑起来，想起他曾经告诉过她：就在去年北伐军快打进武汉来的时候，有一次，旧军阀的警士在一个出了事的机关逮捕了他，他就正是这样逃出来的。他跑得多快啊，像飞马，像闪电……彩霞的心在猛烈地跳动，默祝着他的胜利……她发现有三个追他的人，离他越来越远了……“他能逃掉的！”她想。

后面追的人大声喊：“站住！站住！不站住，开枪啦！”洪剑依然使劲地跑着。接着，就听到几下枪声。彩霞看见她的爱人身子摇晃了一下……“啊……中弹了吗？”她急得几乎想奔上去了，但是他又像没事人一样，继续奔跑。又是两声枪响，大街上空，冒起了一股烟……他只跑了几步，身子又摇晃起来，终于仰天倒在街心……

中弹倒下了的洪剑，这时神志异样地清醒，他想起他和彩霞并没有走进那个洋房里去，但是为什么现在有人捕捉他呢？定是有自己人叛变了。他甚至清楚地知道自己身上中弹的位置，是从后背左边打进，从左肋穿出来的，他感到那里在冒血，躺在被晒得滚烫的地上，整个上半身都是火辣辣的，口渴得要命……他仰视高高的上空，上面是灿烂而开阔的青天，几团云彩在烈日下互相追逐，他感到火焰般的阳光刺痛眼睛。刚闭上眼想养养神，心里琢磨着叛徒是谁，忽然听到杂沓的皮鞋声，停在自己跟前。洪剑睁开眼睛一看，有个男子蹲在自己身旁，是一个熟悉的面孔啊！他正对着自己的面部端详着呢。他想不起这是谁，这人手里还握着有点硝烟味的手枪……他猛然明白了：这是个叛徒，出卖了自己。一股怒火，涌上心头，使他获得了意外的力量，他忘记了身上的痛楚和那即将来临的死亡，猛然坐起来，迅雷一样，伸出右手，夺过了叛徒手里的小手枪，使尽全身最后的力量，对准叛徒的胸口，啪地开了一枪。叛徒应声倒在了他的脚下。他自己也因为伤后用力过猛，重又倒下，手枪从他的手里跌落下来。洪剑眼前一阵晕眩，什么都看不见了，但是脑子里还清楚地、快活地意识到：党啊，你的儿子临终了时，给你除掉了一个叛徒。他想说出这句话来，但他的呼吸困难，叫不出来，意识也越来越模糊了……

彩霞在马路一旁，屏着呼吸，艰难地走着。洪剑钉在她的视线中，看见洪剑再次倒下了时，她全身哆嗦了，她仍努力克制住自己，决定从容走上前去，夹在人群之中，作为旁观者去看看她的倒下了的爱人。她警惕自己，不要显出难受，不要流泪，以免让敌人识破。她故作镇静地才走了几步，上来两个警察，拦住她，把她也捉住了。

“你们这是干什么？”彩霞问。

“哎哟，我的干妹子，不消装傻啦！”一个躯体臃肿、身穿黑绸衫裤的便衣，推开警察，挺身站在她前面，一手摇着芭蕉扇，对她歪头斜眼地狞笑：“瞧，你的小情哥，已经吃了卫生丸子，翘辫子啦！跟我走吧！我也会逗你喜欢的！”一边说，一边涎皮赖脸地伸出手臂来勾彩霞的胳膊……

彩霞一时火冒三丈，举起右手使尽全身的气力，对着伸来的胳膊，一拳打过去，同时嚷道：“莫碰我，不要脸的东西！”她收回手时，感到手指手肘，都麻木了。

“女土匪，你打老子！”挨了打的人猛然退了一步，马上又向彩霞扑来。

“先生，还是让我们来吧！”一个警察指着一下子围上来的观众，挡住了便衣说，“这么扭打起来，要是有人领她溜了，我们怎么交差？”

就这样，警察把彩霞带走了。

四十

彩霞被敌人看成重要的政治犯，从警察分局迅速地转了两手，当晚就被押到了卫戍司令部。

夜晚十点钟后，彩霞被带到一间刀枪林立、戒备森严的大厅里受审。正面大汽灯下，长桌子后边坐了好几个人，有穿警官服装的，也有穿西装和长衫的。最初是那个突出着又瘦又尖的下颚、脸孔像猴子样、穿警官服的人问彩霞的姓名。

彩霞没有回答他。被捕以来，她知道凶多吉少，已不为自己的生命考虑什么了，只是为扑倒在街心的爱人，心里有说不出的伤痛。她想放声哭一场，可是一看见眼前这些面目狰狞的敌人，便忍住了眼泪……她的勇敢坚强的爱人，已经为革命献出了生命。虽是他们早已做好的准备，但是太早了啊！他父亲牺牲在旧军阀手里，儿子又牺牲在国民党反动派手里了！她的脑海里正闪现着那个在马路上风驰电掣、飞奔得叫两边行人惊服的好小伙子，中弹后坐起来，夺过敌人的手枪，打死一个敌人的莽勇形象……

有人使劲捶了一拳桌子，穿警官服的猴子脸，跳起身来，指着彩霞骂道："土匪婆，问了这半天，怎么不开腔？再不说话，就拿去毙了！"又是一拳："你究竟姓什么？"

彩霞摆脱了对洪剑的怀念，愣了一下。她倒不是怕"拿去毙了"，是在想应该如何回答他们，她该说姓什么。她记起和老廖、陈舜英他们约好的一些事：当晚不回来，就是表明出了事，陈舜英得去把他们家里藏的一卷文件处理掉……她如果出了事，用的姓名是卜秀英。她母亲娘家姓卜，她在乡下原本叫秀英的。

“姓卜，叫秀英。”她大声回答说。

“啊，这还像话嘛……”猴子脸坐了下来，又问，“住在哪里？”

“住在朋友家里。”

“什么街？几号门牌？”

“我初来汉口，不认识路。”

“瞎说，不识路也该说得出街名来，你又不是奶娃娃！”

“你们提刀舞枪的，把人都吓糊涂了……哦，好像……好像叫作什么白水井，大概是八十八号吧。”彩霞临时信口胡诌。

“白水井属哪一区？什么地界？”

“我来这地方不久，摸不清。”

“你到法租界去干什么？”“你们今天开什么会？”“马路上飞跑的共产党员是你的丈夫，还是未婚夫？”一连串的问题向彩霞提了出来……

彩霞想：糟糕，能问这些问题，一定是党里边出了叛徒……她又想，不管他是不是叛徒，看来总是不认识我的，就拿定主意，任何问题都不回答。

一连几个“不知道”之后，猴子脸又跳起来吼道：“女共匪，不消耍赖，要不好好回答，就莫想活到明天！”他从屁股上摸出一支有皮套套着的手枪，使劲往桌上一扔，说：“看见了吗，叫你见阎王！”

她以为他马上会对她开枪，就挺起胸，把两手叉在腰上，叉开腿站着，准备接受那颗子弹，她觉得这倒痛快。站了半天，那人根本没举起枪，反而坐下去了。她禁不住问道：“怎么，不是开枪吗？怎么不开？”

“把该讲的话讲出来，不死不好吗？”猴子脸说。

“哼！”彩霞没有搭理他。

坐在猴子脸旁的一个穿西装的中年人，把他的秃脑袋凑到猴子脸跟前，商量了一阵，就叫人把彩霞带到了大厅旁边的一间小屋子里，屋里一盏灯吊得老高，暗暗的。一会儿，穿西装的秃脑袋来了，很客气地说：“小姐，今天辛苦了！”

她不知道“小姐”是指谁……等她明白过来时，几乎想说：“我是一个女工，不是什么小姐！”但是她想到这样说会暴露自己的身份，就忍住了，没有开腔。

他们坐在一张桌子的两端，秃脑袋跟她讲三民主义如何好，共产主义如何不适合中国国情，共产党如何暴乱。又说："像你这样又漂亮又聪明的小姐嘛，嗨，为什么要跟共产党瞎胡闹咧？不如趁早回头，尽有好处啦。你要是把什么事都讲出来，小姐……那……不但保住了你的性命，还有一辈子荣华富贵好享呀！"

彩霞自午饭后和洪剑一同出门时，直到此刻，一直没有歇一会儿……现在一坐下来，只觉得又饥又渴，一身疲乏不堪，真想喝口水，再闭上眼睛养养神。听秃头在讲共产主义如何不好……她想，由你胡说去吧，我没精神跟你吵嘴了，趁此歇歇……她闭上眼睛，把头靠在椅背上，可是秃头的那些骂党骂同志的话，实在刺耳，她气得浑身冒火，想和他争论，又觉得暴露了身份不好，只好借题发挥，她嚷道：

"口干死了，拿茶水来呀！"那人望了她一眼，仍然在说三民主义如何如何……

"听见了吧，人都渴死了，拿茶给我喝！"她好像一位贵族小姐命令一个不遂她意的仆人……

那人无可奈何地起身，打开房门，叫门外的人，快点拿些茶水来。

她一连喝了几杯水之后，才觉得口里、心里润泽些，舒服些了。她的手绢不知什么时候不见了，只好用衣袖和裙子擦着满脸满脖子的汗……一会儿又站起身来，反手把汗湿得贴在背上的上衣，轻轻掀了几次。看见旁边茶几上有把扇子，又走过去拿起扇子拼命扇起来，好像没看见也没听见有人在跟她说话似的……秃脑袋气得跳过来，把她一推说："小狗婆，你倒是个什么主意？跟你说了这半天，怎么不搭理人？"说完，他走了出去，死劲把门一带，窗户、桌椅、茶杯都受了震动，直摇晃……

不知过了多久，又有人来把她领到了原先那个大厅子里。刚跨进门，就听到猴子脸把桌子一拍，嚷道："女共产党，你胡说八道，警察局调查过了，全汉口市也没有一个什么白水井的地方。你到底住在什么地方？你姓什么？叫什么名字？说呀！"

"叫卜秀英，住在朋友家里，白水井，八十八号。"

"胡说，老实讲。不许再说白水井！"

"朋友家里，白水井八十……"

彩霞的话没说完，猴子脸又在桌上捶了一拳头："不许你瞎磨牙啦，到底姓什么，住在哪里？"

"你才是磨牙呢！"她指着猴子脸骂道，"问了又问，翻过来倒过去问，这才叫磨牙！"

猴子脸从旁边一个人手里夺过一根皮鞭，向彩霞一扬，吼道："这东西不饶人的呀！早告诉你。"

彩霞冷笑了一声说："你们吓唬人的东西真多，第一是手枪，第二是皮鞭子，还会拍桌子打板凳，再还有什么呢？都拿出来献宝吧！"

那人皱起眉头，瞪了彩霞一眼，没有作声。接着，敌人交头接耳在商量什么。一会儿，大厅侧旁一扇门打开了，敌人带进来几个手上带了镣铐的男子，离彩霞约一丈远站着。彩霞看去，共是三个人，有两个穿长衫，其中一个高点的，戴玳瑁框眼镜，都文质彬彬的。另一个比较年轻的，身上的白西服裤子和汗衫都撕破了，脸上有被抓破的一条条伤痕和血痕，像是跟人打架来。彩霞眼快，一下子就看出那是头天来通知他们开会的张卓云同志。她心里猛一惊，抽了一口气……

"认识吗？"猴子脸指着张卓云说。

她摇摇头。猴子脸又指戴眼镜的问她，接着又指第三个……她都摇头表示不认识。

"莫装傻啦！老实把你的同志认出来，今晚就放你出去。"猴子脸哄她说。

"我不认识又有什么办法呢？你莫蛮气！"彩霞说。

"你们约在一起开会，怎么会不认识？"

"真稀奇，你看见我在哪里开会来？"彩霞问。

"刁婆，你少刁些吧！"猴子脸又在桌上猛一击，"老子要你狗命！"

"猴子鬼，你才该少刁些咧！"彩霞骂着，心里想，"反正怎样装傻，敌人也不相信我是没事人，不如索性骂骂人痛快些。"她就放肆闹了起来："人家在街上走得好好的，你们把人捉来，左审右审，左问右问，你这个猴子鬼才是个刁棍啦！"

满厅子人见她一声声骂那个人作"猴子鬼"，都轻轻笑起来，连被捕的三个同志也止不住站在一旁笑了……

"不许你嚷！"猴子鬼吼道，"再嚷，拉去毙了！"

“偏要嚷！你冤死人了，我为什么嚷不得？”彩霞跳起来，挥起拳头指着敌人嚷叫着，越嚷越起劲，“没开会硬说人开会。不认识的人，死逼着认。给你们折磨一天了，毙就毙吧，反正你们天天乱杀人，看你们有本事把老百姓都杀光！有一天叫你小心自己的脑壳！”

猴子脸龇牙咧嘴，跳了起来，奔到彩霞跟前，彩霞还没来得及招架，胸部就挨了一拳，同时被他一脚踢倒在地上，她晕过去了。

第二天，她清醒过来的时候，是独自躺在一间牢房的床板上……她感到浑身疼痛，一看满是伤痕，有几处皮肉肿了，痛得心里一阵阵抽搐……下身流了很多血，这才慢慢记起，她被猴子脸踢倒之后，又被拖到了一间灯光阴暗得像鬼门关一样的屋子里挨了皮鞭……接着就晕过去了……

她独自躺着，不能动弹，睁开眼睛，看不到一个人。小牢房里光线很暗，整天都像是黄昏。高高的房顶上，有个小天窗，外边好像是在下雨，天窗被雨点打得滴滴答答地响，从那里漏下雨水……她下身隐隐地痛，忽然记起，有两个月没来月经了，她原认定是有孕的……现在啊，流血了……那是不是……小产呢？她没有这种经验，只想起从前听人说过的有关这事的话。啊，那么完了，是给敌人打坏了，她咬着牙根骂了几声：“丧尽天良的豺狼！”想起她亲爱的洪剑牺牲了，他这点种，也没有保留得住，她一阵心酸，又迷迷糊糊晕过去了。

彩霞不知道又躺了多少时候，她曾经都以为自己死过去了，到了鬼门关……有天，送饭进来的看守开门，弄得铁锁咣当一响，她忽然清醒过来，知道是关在单间里。她饿得很，可又吃不下，只想喝水。她记得有一次为爬到墙脚下取那碗水，没爬几步又扑倒晕过去了……

过了几天，有个女医生来治彩霞的伤，给她擦身子，梳理头发，又给换了衣裳。据女医生说，是她把自己的衣裳借给了她。彩霞觉得身上舒服得多了。不知为什么，送来的饭食也比较好些了，先是白米稀粥，后来是细白米饭，还有些比较干净的菜蔬。这又是什么道理呢？

彩霞身上的伤一天天好起来，她已经能起床行动了……忽然，她发现床脚那头，有个包袱，她赶忙拿过来，打开一看，里面有几件旧衣裳，其中一件蓝洋布衫，肩上有个补丁。她觉得这件衣裳曾见什么人穿过……是谁呢？她闭上眼睛，想了好一阵，忽然记起是文英穿过的啊！分明是文英的衣服啊，怎么到这儿来了呢？再看看其他两件更旧的，她认出那是妈妈的衣裳。包袱里还有梳子、毛巾、大头菜、咸萝卜等等……“这是怎么回事呢？做梦吗？”她听听牢房外不断的嚷叫声、大皮鞋的橐橐声，她确定现在不是做梦。“那么，妈妈来过吗？文英来过吗？我怎么没看见她们呢？她们怎么会知道我被捕了，并且住在这儿呢？”

一连串的问题叫她迷糊……她不由得想起了被捕以前的生活……她的生命从来是活跃的、快乐的。她爱唱，爱笑，爱斗争；她爱同志，爱亲人，爱生活；但她也不怕死。从刚被捕的时候起，她就准备献出生命，但是为什么把她押来押去，受刑受审，还不叫她痛快地死呢？！

她永远需要朋友，怕孤单，现在，却偏偏被孤零零地扔在这间阴森森的牢房里，多么想找个同志谈谈啊！

她痴痴地捧起那几件衣裳，想起爹娘，想起朋友，想起文英，想起洪剑——她看得比自己的生命还可贵些的爱人……他已经牺牲了，只剩下她独自留在这个单间牢房里！还有爹妈，不知道他们为女儿愁到什么样子了！她禁不住伤心哭泣起来，被捕以来，这是头一次哭……

从前听说这个同志那个同志牺牲了，她为他们难受。现在，她羡慕他们死得痛快。

从前，她听说过一些同志，在牢狱里组织起来，又继续斗争，她也准备过，如果自己被捕了，要学他们那样……可是现在，除了自己之外，看不见半个人影……

四十一

一早，牢门打开，彩霞被押了出去。她以为是要处死她了，她并不惊慌，反而感到痛快。但强盗们把她推进了一辆小汽车，看来不是就刑的样子……她转念希望把她转押到有同志在一起的牢房里，即使再挨一顿打也好，总比一个人关着好些。结果，并不如她的愿望，她被送进一座漂亮的小洋楼上一个陈设得很精致的小房间里。这房间，后面还带着有一间小浴室。房门外窗下仍有带枪的人看守她。

一会儿，一个瘦瘦的中年妇人，笑眯眯地给她送来了精致的早点。到后边浴室里去收拾了一阵，出来对彩霞说："姑娘，你要洗澡吧？盆子都收拾干净了，扭开水管洗就是，衣裳也在后面。"

彩霞惶惑起来，她疑心又是在做梦，好几次她用手揉自己的眼睛，又使劲踏着地板……太阳从窗外斜射在屋角上，屋子很明亮。院子里鸟鹊声喧，送来的早点热气腾腾。一切都是真实的，并不是做梦啊！她止不住问送早点来的妇人："你们这是什么地方？为什么把我送到这儿呢？"

"姑娘，我也不清楚……"妇人说。她指着窗外，意思是窗外有人，她不敢说话，然后叹了一口气，低低说："没有我们说话的份儿。你饿了吧？先吃点东西……你问的事，自然会有人来告诉你的。"她说完就走了。

现在，她比住在牢房里更难受些……不知道敌人要玩什么花招。她参加革命的时间并不长，人生的经验也少得很，从没有听说过被反动派逮捕的革命同志，不关在牢房里，而住在一间这样阔气的洋楼上。她一辈子也没进过这样阔气的地方。

屋里有一张大铜床，上面挂着精致的罗帐，两边墙下是一套皮沙发和小茶几。悬着轻纱窗帘的窗下，有一张小圆桌，周围围着四把小靠椅。窗旁一角，还斜摆着一张小梳妆台……

“把我当一个什么大人物看待吗？”她想，“我通共也只这么大年龄啊！有什么人营救我吗？……我，一辈子也没有一个为官的亲戚朋友！并且，我至今也没有说出我就是刘彩霞呀！”她左思右想也不明白……

早点摆在窗下的小圆桌上，已经冷了，她也不放心去吃……她是一个纯洁而天真的女工，用她单纯的一生的经历，怎么样也猜不透残酷的敌人现在对她这么个女囚的这种安排有着什么意义……她整天坐在那张长沙发上没有动。时间过得真久，她像是在这张沙发上坐了一年、两年了！但是天还没有黑过一次。

中年妇人又送饭来了，看见早点还原封未动，就劝道：

“姑娘，你也吃一点啊！不饿吗？”

彩霞没有理她。

“要是把你关在这儿十天半个月呢，你也不吃吗？”她刚说到这儿，窗外看守人用手指弹着窗子，大声咳嗽了一下。她不说话了，只对彩霞伸了伸舌头。

“你们不说明这是什么地方，我是什么也不会吃的！”彩霞气鼓鼓地说。

“唉，那我可也没有法子了！”中年妇人摇头叹息，带上门走了。

黄昏时候，她在沙发上打起盹来……她又和文英在菜花巷楼上，柳竹的那间小屋子里会了面，文英在油印机前推着油墨滚子在印什么东西。恰恰是穿着那件曾经给她送到牢房来的、肩上有补丁的衣裳。她正要把她这几天的遭遇告诉文英，可是洪剑推门进来了，原来她的爱人并没有死啊！她喜得纵身要跳到他跟前去，可是猛一惊，醒了。睁开眼睛一看，还是那间陌生的屋子。她叹了一口气，又闭上眼睛迷糊起来。忽然她感到一支滚热的大手，捏住了她的手膀。一种自卫的本能，使她一甩手，惊醒了。

一个她不认识的高大个子的中年男子，站在她面前……涎皮赖脸地对她笑着，口里说：“小姐，受惊了吧？”然后伸出两条手臂来，似乎要搂抱她的腰肢……这瞬间，她猛然明白了一整天都没有猜透的谜：她落到一个淫荡的禽兽手里了。她顿时怒火中烧，大吼道：“哪里来的畜生！”同时一把推开了那个家伙，两手抓起摆在小圆桌上的一只饭碗和一碗菜汤，对准他死劲掷去……咣啷几下，碎碗片和饭粒、菜汤等等，飞溅了满屋子。那个畜生满身也都溅上了饭粒和菜汤。他向彩霞冲来，忙把彩霞手里又抓起来的一只菜碟夺过去了。彩霞急得一边吼叫着，一边挥起拳头，打在那人鼻子上。那个畜生大叫一声流出鼻血来了。门外的看守，这时踢破了被扣着的房门，撞了进来。他们凶神恶煞地对彩霞威胁着，有人把彩霞的两只手反绑了。又挤进来了几个狗男女，侍候流鼻血的畜生，把他扶出去了。彩霞气得用脚把那张小玻璃圆桌踢翻了，桌上剩余的碗碟又撒了个满地。她嘴里乱骂："你们这些狼心狗肺的禽兽！""不要脸的畜生！""反革命的刽子手！"……有人举起拳头要打彩霞，另外的人却对他摇摇手……乱了好一阵，这些人才走了。地上的碎片也有人来打扫干净了，房子里仍然只剩得彩霞一个人。终于她也感到声嘶力竭了，就仍旧在沙发上坐了下来。她的手被反绑着，不能动弹。她这时才发现自己的脚和小腿痛得很……大概是踢圆桌的时候受了伤，有两处肿了，有几处碰破了皮，流过血，现在又干了。她一整天没吃东西，这时感到又饥饿，又疲乏。她闭上眼睛休息了一会儿，想了想这一天发生的事……她的遭遇怎么这样奇特啊！现在，她再也不敢打盹了！只是痴痴呆呆地坐着，坐着，想不出下一步又会出什么事……

大概已经是深夜了，外面寂静无声。她希望明早会带她去枪决或杀头，这倒痛快些……她希望着这个时刻快些来到！

夜是多么漫长，多么寂静啊！难道就不天亮了吗？她不得不闭上一会儿眼睛，可不敢睡着。不知什么时候，她觉得门外边有人在扭锁，她马上睁开眼睛。该是押她去就刑吧？她很高兴她的好时刻到了。可是进屋来的是一位穿得很讲究的少妇和白天给她送饭来的中年妇人。她气得又闭起眼睛不看她们。少妇轻手轻脚坐到她的旁边，用很柔和的声音对她说："姑娘，我们斯斯文文谈一谈好吗？请你相信我，我对你一点坏意思都没有……"

彩霞睁开眼看了对方一眼，是一个长得非常漂亮的女人，但她对这个女人自然而然地产生了仇恨和厌恶……她狠狠地瞪了那少妇一眼，心想："这又是搞什么鬼呢？"她很烦躁，怎么尽遇着些料想不到的事啊……她把脸转过去不看她，也没有回答她的话。

"如果你答应不再动手打人的话，我给你把绳子解开好吗？"少妇轻轻地、慢慢地说。

"我又不是疯了！人家不欺负我，我会无缘无故打人吗？"彩霞说。

“这倒是真话！”少妇说，“来，张嫂，我们给她把绳子解开吧！”两个妇人给彩霞解了绑。那个少妇仍然挨着彩霞坐下。中年妇人站在一旁。

“你们玩的是些什么把戏？怎么不枪毙我呢？”彩霞一边恨恨地对她们说，一边活动着被绑得麻木了的两手。

少妇笑了笑，向彩霞说：“你知道今天被你打得流鼻血的是什么人吗？”

“我知道他是个畜生！”彩霞咬牙切齿地骂。

“唉，曾司令是个大人物呢！是蒋总司令最信得过的心腹。如今搞‘宁汉合作’，马上，南京政府一成立，他的位置怕比一个部长都高啊！”

“哦，曾司令又要高升了吗？”中年妇人问，“我还不知道哩。”

“是呀，没想到他就这样爱上了这位小姐！”少妇指了指彩霞，像是对中年妇人说，又像是在对彩霞说。

彩霞听得恶心起来，忍不住骂道：“你们是来搞什么鬼的？给我滚出去！我不要听你们放的屁！”

少妇赶忙对彩霞摇手说：“轻点，别嚷啊！你一嚷，那些看守，又会撞上来，我好容易才把他们遣下去的……”

“那么……你是个什么人呢？难道你不是他们一伙的吗？”彩霞觉得又是个谜。

“我嘛，我是这屋子里的主人！”少妇说。

“这屋里，还会有好东西？”彩霞瞪了她一眼，说。

少妇的脸色，顿时涨得血红，有些气恼的样子，不友善地瞥了彩霞一眼……停一停，又叹了口气说：“你要这样骂，也难怪。”看见彩霞又要开口骂了，赶快对彩霞摇手说：“姑娘，你太性急了，耐心点听我说完，先请你不要发火好吗？你一嚷，他们一撞进来，就什么都谈不成了。”

彩霞叹了一口气，把头靠在沙发背上，也想听听她到底会讲些什么……

“曾司令想你嫁给他。他家原不在汉口，一时没找到合适的房子，先借我这里作新房。只要你顺了他，他马上要给你找公馆，还买小汽车呢！”

“你原来是来拉皮条的！”彩霞又嚷起来，“给我滚出去！”少妇小声地劝道：“姑娘，请你莫急着嚷，听我说完嘛……你知道，现在你的命，就在他手里。只要他说声‘不管’了，你就会拿去枪毙！唉，要不是他看中了你，你早都没有命了！”

“那就早好了！我不想这么活着，快毙了我吧，不要说多话。”彩霞说。

“要么是活着，讨他喜欢，住洋房子，坐小汽车！要么是死！难道你就只想走死路？还是活着好啊！”

“住嘴！不许放屁！叫人来枪毙我！”

少妇凝神注视了彩霞一阵，然后叹了一口气，自言自语说：“唉，我也不明白：一个这么死犟、死硬。一个嘛，就是不死心……”她又转过头来对彩霞说：“奇怪，我真不明白，他为什么就这样看中了你。已经走了，又回过头来，托我再劝劝你，我这才来的。他怪沈一帆事先没有和你谈明白……”

“什么？沈一帆？”彩霞止不住惊奇起来。

“是呀，沈一帆，他说他是你的朋友……从前在你们厂里做过事的。”

“我才没有那么个狗朋友咧！”彩霞气愤地说。

“要真是做过朋友的话，那可真是个狗朋友！”少妇说。

“你跟他们是一党，帮他们来劝我。”彩霞翻起白眼，恶狠狠地瞅着她，“你再要开口，我就打人啦！”

少妇妩媚地笑着说：“姑娘慢点，可别性急动手，他托我来劝你，我只好答应他。我原不想管人家的闲事。”她说到这儿，站起身来，走到站在窗边的中年妇人那儿，放低了声音说：“张嫂，你到外边看看，别让他们上楼来，你就坐在门外看着吧。”

张嫂出去了，少妇把门关上，又挨近彩霞坐下来。彩霞像是落在浓雾里，周围的事，越想越叫人糊涂，不知这个女人是搞什么鬼……

“他托我劝你，我只好答应他。”少妇重复一次，继续说，“他叫我告诉你：你的命现在在他手里，你顺他，他会宠你。你一家也好享富贵。不顺他，就活不了两天。”

“我连两天都不想活了！”彩霞说，“马上就把我拿去枪毙吧！”

“你一点也不怕死吗？还这么年轻！”

“怕死？怕死就不是这个样子！”

“是的，我听说过的！你们共产党真了不起！”

“哪个是共产党？你乱说！”彩霞说。心里想：“她大概是来套我的口供的。”

“听沈一帆说，你是你们厂里有名的女共产党啰！你不是叫刘彩霞吗？”

“瞎扯！我叫卜秀英！”彩霞说。她心里止不住惊讶：他们怎么都知道啦！

沈一帆这狗东西，怎么知道我被捕的啊？

“什么卜秀英啊？”少妇微笑着说，“不是你母亲还给你送东西来过吗？那是沈一帆派人去通知你们家的啦！”

彩霞心里越发奇怪，可又不好说什么，怕她故意套口供，满心烦躁地说：“我跟你谈不来，请你走吧！你想劝我嫁那个狗蛋，那是白费！我一心等死，多话莫说了。请你走开。你还要把我的手绑起来吧？绑吧！死都不怕，还怕绑？不稀罕你这点屁人情……”

少妇没有作声，也不走，她低下了头，很不好受的样子，好几次摇着头，终于又叹了一口气说：“刘彩霞姑娘，你真是了不起！我其实是借劝你的名义来看看你的。”她停了说话，又从头到脚打量了彩霞半天，才继续说：“你们的事，我本不想管，曾司令要借房子，我只好借给他。但是听到你打了曾司令，打得满屋子乱七八糟，我倒是有意要看看你这位女英雄了！你今天打得真好，连带也给我出了口气。不过，看起来……”她说到这里，走到门口听了听外边的动静，又轻轻叫了两声“张嫂，张嫂”，门外还是那个中年妇人应了一声。

“好生看着啊！”她向门外轻轻嘱咐说。

“知道了！”外边回答说，“放心吧！”

她又坐到彩霞身旁来，继续说：“看起来，你的性命很危险！我也救不了你。你有什么事，要我给你帮忙吗？”

彩霞没有回答她，屋子里寂静了好一阵……

“……好比，你的家里有什么困难……”少妇打破了沉寂，“我能尽点力吧？”

彩霞冷笑了一声。

“你一直把我当坏人啊？”少妇脸上显出痛苦难堪的表情。彩霞定神看了她一眼，不知该说什么。

“唉，姑娘，我也是个受欺侮的女人哩！”

“你到底是个什么人？”彩霞忍不住问道。

“你听，我愿意对你谈谈。”她叹了一口气说，“也许你会瞧我不起，唉，我嘛，对你说吧，我……我本来是……唉，是个妓女。汉口高等班子里的姑娘，照你们的话说，是‘娼妓’。”彩霞听得一惊，皱起眉头，看着对方，不知对方是真话还是假话。对方笑了笑说：“可是，我是一个好人。姑娘，别那么凶狠狠地看我，我没有坏心。我姓谢，名字叫谢宝钗，原来是汉口很有名的妓女……你知道吗？”

彩霞摇了摇头，止不住又重新打量她，这才觉得这个少妇虽然穿得很华丽，可还不那么妖里妖气：丰满的面庞，端正的鼻梁，那对水汪汪的黑眼珠里，流露出真诚的痛苦。“她倒像在说真话。”彩霞心想，但仍然不敢相信她。

少妇看见彩霞皱起眉头，一声不响，就问道：“姑娘，你愿意听我说吗？”

彩霞点点头。

她就继续说下去：

“北伐军一打进汉口来，国民党有个狗官叫作刘立侃，来找我。我本来打算什么人也不招待了，可是刘立侃死赖进来，并且说是来救我的。我先想：我又没杀人放火，又没贪赃犯法，要人救什么！但是他说有人告了我，说我通了吴佩孚的一个什么官。当然啰，我从前相好的，不能说没有吴佩孚方面的人。这就把我卡住了。后来，他说只要我嫁给他，就能保住没有事。我还在考虑，没有马上答应。他说，你先到这屋里来躲躲。这样就把我骗到了这屋里来。这些主意，都是沈一帆挨刀鬼给他出的。刘立侃和沈一帆，又找了一些旧官僚，有两个是过去跟我有过往来的，敲了他们的竹杠，弄了很多钱。硬说是我讲了他们要反对国民党的政府……你说气不气人？”

彩霞是个天真的姑娘，对这些话，并不太懂，只是见她进门时，笑得很甜的脸，现在锁着双眉，满带愁容，像是真正伤心人的样子。

少妇继续说：“国民党会有这样不要脸的东西，我哪会晓得呢？你看我住的屋子，很漂亮，吃穿也不错吧，可是……我现在成了刘立侃的私货。他哪里都不让我去……现在，除了这个张嫂是我的心腹，满屋子的人：看门的，开车的，保镖的，全是他的人，全监视我。他连到南京、九江出一趟差，都要把我带在身边，不让我有半点儿自由……”说到这儿，她伤心地轻轻啜泣。

彩霞愣愣地瞅着她，一声不响。看她伤心的样子，不免有点可怜她，但又不能不加小心……

“现在把你献给曾司令，又是不要脸的沈一帆和刘立侃两个出的鬼主意……他们想巴结他，好升官发财……他们专会欺侮女人，玩弄女人，还能从女人身上想出发财的办法……唉！我不晓得你是个这么刚烈性子的好姑娘。我以为今晚上，你们会在这儿成亲……你就算落到曾司令的手里了……”

彩霞听到这里，鼻子里哼了两声，气愤地说："我没有那么下贱！"谢宝钗红了脸，低下头，停了一阵，又说："姑娘，莫骂我，我也是迫不得已的。是的，我不配跟你比。现在我算明白，你确实是一个了不起的人物！所以我趁这个机会来看看你。姑娘，你相信我吗？"她握起了彩霞的一只手。彩霞犹疑了一下，终于不忍推开她……

"也许你并没有完全明白我的话，唉，这些肮脏事，你们这样清白的姑娘不会懂的。不过，我总算把我几个月来心里的闷气，对人说出来了……心里松快了一些……"她哽咽了一阵，又抬头看了看彩霞说，"可惜……我没有能力救你的命！我很难过……你的家里……好比你的父母，你的婆家，有需要帮点忙的地方吗？假使……唉，姑娘，假使你遭了什么不幸……"她说到这里，又止不住掉下泪来，哽咽着说："我们也算是认识了一场……我想跟你帮点什么忙！"

"用不着……谢谢你。"彩霞摇头说。

"我才该谢谢你哟，你叫我开了眼界！从今天起，我知道世界上的女人并不都像我一样，只是受欺的。世上还有像你这样出色的女人，任是什么恶人也欺你不下！你是出类拔萃的人物！从前，在我们姊妹中，我自以为了不起，有才有貌，男人欺我不了。我很摆架子，好些男人我看不上，就不理他们。现在，我才知道，那是虚架子。我哟，我是一个真正的可怜虫，落到恶人手里了！"她说到这里，又耸耸鼻子，伤心落泪起来……"可是，我也高兴，我倒是见着了像你这样刚烈性子的女子。你能告诉我，我有什么法子解脱我现在的境地吗？好姑娘！"

彩霞觉得自己今天也算是开了眼界，第一次知道这个社会，还有这许多又稀奇、又肮脏的事！也是第一次知道国民党不止会杀人放火，搞反革命，还会耍各种流氓手段欺侮人。看见谢宝钗那么瞅着自己，等待自己的回答，她觉得很为难，她无法解答她的难题。停了停，她问道：

"你刚才说，你的丈夫姓什么？"

"他姓刘，叫刘立侃。"

"刘立侃和沈一帆两个，究竟算干什么的？"

"刘立侃原来是特派员，现在的官位，好像很大，是新兴个什么机关，一长串名堂，我还说不上它的名目，总归……总归是专门办共产党的案子的。沈一帆呢，原先不是你们厂里的职员吗？现在他是刘立侃的头一个帮手。现在武汉三镇上，这些事，都归他们来搞。哎呀，也许还不止武汉三镇吧，广东、湖南杀共产党的事，他都管。沈一帆嘛，听说也会升官，前几天搞了一个大案子。”

“什么大案子？”彩霞装作不在乎的样子，平静地问，心里止不住惊疑。

“捉了共产党一个大人物，说是沈一帆的功劳啦！这人叫什么名字，啊……叫作什么呢，我说不上。”

彩霞还想问她，可是谢宝钗又接着说：“你的事，就是沈一帆查出来的……哎呀，说起来，你们夫妻两个，可真都是好佬！你的先生也真了不起，听说已经中了弹倒下来了，又爬起来，从开枪的人手里抢过手枪把他打死了！”彩霞听到这儿，想起她的洪剑仰卧在街心牺牲的情景，止不住心头激荡，两腮抽搐起来……马上又咬紧牙，努力克制住自己。谢宝钗继续说：“那个家伙一死，还有个要紧的人物，就没抓到……”彩霞听到这儿，心里激动地想：“剑啊，亲爱的，你救了一个同志了！”

“他们就想从你身上想办法啦，可是，那家伙一死，连你的姓名也没人讲得出……不是把你打个半死吗？”谢宝钗说到这里，又从头到尾瞅了彩霞一阵，深吸了一口气说，“姑娘，你真经得住……你已经算得是第二条命了！”

彩霞望着灯光，咬着嘴唇，不作声……

“一直连你们两个的姓名都没闹清，他们上上下下着急了。”谢宝钗说到这儿又好笑起来，“为你，他们也有几个下手吃了苦头，挨了打呢！后来刘立侃叫沈一帆想办法，沈一帆亲自跑到牢房一看，一下子就认出来了！那时候，曾司令正要寻找个漂亮的姑娘。这狗养的，广州有一大家子人，那里有大太太、姨太太和一串儿女。新在南京又弄了个女学生，听说房子、汽车不算，光是安家，就花了一万块白光洋。如今又要在汉口搞个家。沈一帆和刘立侃就出主意把你送给曾司令。沈一帆说，怕你不能很快讲通，就叫人到你家里去，叫你父亲、母亲来劝你。我听说，你父亲对派去的人骂了一顿。本说让你父母和你见面的，看见你父亲不好讲话，你母亲给你送东西来，就不许接见了。关于你的事，我就晓得这些……”

彩霞一边听，一边惊愕，这才明白牢房里那包衣服的来源。想起父亲、母亲为自己遭了这么多麻烦，心里越发难过……听到父亲拒绝了他们，还骂了他们一顿，高兴得止不住微笑起来，她很想快活地喊两声：“啊，我的好爸爸，我的好爸爸！”她又咬着牙恨恨地想到沈一帆：“好，这个狗杂种，干脆做刽子手了！这么一来，兴华厂里的同志，会大大地遭殃啊！”接着又想：“兴华厂又算得什么，刚才不是说，他都搞了我们一个大人物了！”想到这里，她心里着急起来，觉得应该尽快把沈一帆做了刽子手的消息告诉党，告诉兴华厂的同志才好。想来想去，唯一的办法，还是只有利用眼前这个女人。从她的态度看起来，她说的一切，都像是真的。可是今天这样的遭遇，使彩霞又担心自己太年轻，没有经验，不敢完全信任这个女人。最后，她想，试试看吧，反正多加小心不让她套出什么口供来就是。就说：

“你们这类的事，我从来不熟悉，哪能替你想得出办法来呢！如果你能替老百姓做点事，不是也好吗？”

“我能做什么呢？我只想到给你帮忙！”

谢宝钗还要说下去，张嫂在外边轻轻敲门，她皱了皱眉头，起身去开了门，问：“做什么？”

“听，外边喇叭响，好像是特派员的车子回来了咧。你下去吧！”

“是曾司令请我来的，名正言顺，不管他。”

“不，你不要任性，你来了这么久，又把他们的人打发开了。他是个多疑的人，要找我查问起来……我为难呢！”张嫂说。

“唔……唉，好吧！你到楼梯口去张望一下，我再说完一句话就走。啊，对了，你把皮夹给我。”谢宝钗说着从张嫂手里接过一只五六寸长、三寸宽的小黑皮夹，那是当时时髦妇女们出门时，装化妆品和零用物件的。张嫂走出房门后，谢宝钗仍旧把门关起，走到彩霞跟前，面带愁容说：“我没有自由，不能和你多谈。这样吧，你有什么事想告诉我，或者叫我帮点忙的话，你写上。”说着，打开小皮夹，取出了一沓洋信纸、两支削好的铅笔，向彩霞亮了一下，就走到梳妆台跟前，拉开一个小抽屉，指给彩霞说：“我把这些放在这儿，你要写什么，就拿着写。写完，仍旧放进抽屉去……”又指着镜台上一个粉盒说：“写完就把这只粉盒子，放到抽屉去，压在写的东西上面，万无一失。”说完，她就慌忙要走，刚把门打开时，又停步想了想，说：“姑娘，他们要问呢？”

“问什么？”彩霞一时愣住了。

“唉，他们是叫我来劝你回心转意的呀！”

“你真要劝我吗？”彩霞绷起脸说，“告诉他们，快拿我去枪毙，不消多说。”

谢宝钗点点头，开门走了。

一会儿，彩霞听到大皮鞋咯咯地走上楼来，走到她房门前，把门锁上了，她知道这是武装看守上来了。

彩霞坐在沙发上，开始回忆这一天稀奇的遭遇，想谢宝钗说的那些话，她不知道该不该相信她了！她想要有文英来商量一下多好！想来想去，她打不定主意。后来一想，算了，不管它，反正我要死了，管她是好人歹人，哪怕是狐狸精变的呢！等死就是。她安心闭上眼睛养养神。

一会儿，想到沈一帆直接做了刽子手，她又愤恨起来。“必须设法告诉党啊。”她想。她起身走到梳妆台跟前，打开了那个小抽屉，那小卷纸和两支削得尖尖的短铅笔正躺在那儿。她真想写，写点什么给妈妈，给文英，让她们把沈一帆的事报告上去。但是，她又想：“不行，怎么能够真相信这个女人呢？”她退回沙发上，坐下来。屋里的灯光特别照眼，但她又不敢把灯关上。夜，已经很深了，周围很沉寂，大概快天亮了吧。楼下先还听到一阵人声和皮鞋的杂沓声，她猜想马上会有人来押她去就刑，但很快一切又寂静了。房门外一个男人的鼾声响起，她知道那是看守她的恶鬼睡着了……

她现在只有一个念头：怎么把有关沈一帆的消息带出去。她既不想洪剑，也不想自己了。她亲密的爱人已经为党的事业献出了生命！她自己呢，马上就会追随他去！“我们一个大人物，是沈一帆害死的。我得把这个消息告诉党。”她想，“明天早上他们就会来拿我去处死，如果这个消息没有带出去，我死也不能甘心啊！”她急得跳了起来，又走到梳妆台跟前，打开小抽屉，盯着那卷纸和铅笔，心想：写吧！可是该如何写呢？要是写，得不让他们从我留的字条里抓到半点儿把柄才行。是的，应该小心这点……她站在梳妆台跟前想了又想……最后认定，这是唯一可利用的机会。对于写的内容，她也不知考虑了多久，终于，把要写的话，几乎连每个字都想好了。她轻轻走到门前，听了听外边……那个熟睡的看守的鼾声，越来越大，这叫她放了心。她赶快走回梳妆台前，拿起笔写了下面这封信……

亲爱的爹妈：

听说你们为我吃苦了，我很难过，我大概明天就会死，不能报你们养我的恩……

她写到这里，鼻子一酸，热泪夺眶而出，止不住哽咽哭泣起来。哭了一会儿，她又斥责自己："撞鬼了！还伤心什么？快写啊！"她揩干了眼泪，听了听门外，又赶忙写起来：

有要事告父母，我的仇人是过去兴华厂姓沈的事务长。他不止害了我，还害了共产党一个大人物，前几天被捕的就是他害的。

他现在和一个姓刘的，专管杀害共产党的事。

妹妹啊，记下我的仇恨！

女儿卜秀英敬上

署名之前，她迟疑了一下：不署彩霞这个真名，爹妈知道是谁呢？署彩霞吧，万一信落到敌人手里，岂不等于自己向敌人招了口供，承认自己是刘彩霞吗？那样一来，说不定又另出什么枝节……又一想，妈妈既然来探过监，当然知道卜秀英这个名字了。于是决定还是署上"卜秀英"。写完，又想：叫她把信送到哪里去呢……后来一转念：谢宝钗既然知道沈一帆到过我家里，那么她如果真帮忙的话，当然可以从沈一帆口里探听到我家的地址，不用多写了。她又想到妈妈一定会把信给文英看，说不定陈舜英也会到她家里去的。消息就会这样传上去了。她想到这里，止不住笑起来……"这个任务，大概可以完成啊！"她觉得松了口气……

"如果谢宝钗不老实，把信交给了反动派呢？"彩霞还是有些担心，反复思忖着，"那就是她自己作死了！因为从这封信可以推想到谢宝钗向我刘彩霞走漏了反动派的秘密消息……她怎么敢拿出信来呢？不敢的。"

她把信又来回细看了好多遍，认为最坏也不过是谢宝钗把这封信撕掉不送到，绝不至于交给反动派去。于是她决然把信放进抽屉里，把粉盒子压上，又退回沙发上坐下来……为的鼓励这个女人给她送这封信，她又苦苦思索办法。天明前，她补了一页给谢宝钗：

谢女士：

请你把信送到，对不起，我不能给你出个好主意。我相信，只有打倒旧社会，你的苦才得出头。

信送到，你受点苦也可以安心了，因为做了件大大的好事。光明的日子有日到来。祝你将来快活！

卜秀英上

刘立侃和沈一帆知道谢宝钗和彩霞谈话的结果后，并没有死心。第二天，刘立侃叫沈一帆亲自出马劝劝彩霞，作最后一试。谢宝钗知道不会有结果的，但她没有阻止。等沈一帆带着卫兵上三楼彩霞屋里去后，不一会儿，坐在楼下的谢宝钗，就听到彩霞高声咒骂沈一帆。骂些什么，听不清，只听到很多的“不要脸！”和“刽子手”几个字。谢宝钗一惊，生怕彩霞把自己告诉她的关于沈一帆的事兜出来……猛然，骂人的声音刹住了……一会儿听到几声呜呜吼着又吼不出来的惨叫。谢宝钗猜到定是沈一帆和卫兵们捂住了她的嘴，在打她。谢宝钗止不住流下同情的泪……“为什么对待这个玉洁冰清的姑娘这样狠毒啊！”她想。

这晚，敌人给彩霞上了镣铐，把她从谢宝钗楼上押走了。

过了两天，谢宝钗从沈一帆和刘立侃的谈话中，知道彩霞已被他们枪杀了。

四十二

兴华厂停工快两周了。工人们的生活，早陷入绝境。好在是夏天，有的人家把冬季的棉衣、棉被都拿到当铺去了。还有人上街去做小生意，或找别的手艺……工房里，儿啼母哭，愁云惨雾。

月底前，厂门外出了布告，说八月一日将开工，但是谣传要开除大批工人。工人们听说开工当然高兴，但是又人人自危，不知道自己是否属于被开除之列。

晚上，杨老老来看大姨妈。说王麻子去找过他，邀他一同发起，纠集工人们拒绝上工，条件是要一切按红色工会时代待遇，并且不许开除工人。杨老老自己没有主意，特找大姨妈商量。大姨妈也很犹豫，看目前环境，怕做不出名堂来，反叫敌人又抓去一批人。但是觉得王麻子是个党员，而且提的条件，又都是为工人大众的利益说话的。那么究竟该怎么搞呢？谈话时，她不停看着坐在一旁不开腔的文英。因为杨老老还不知道文英是党员，姨妈不好当面跟文英商量。文英当着较生的工友，总是装作自己什么也不懂的样子。但她心里想着洪剑对她说过关于王麻子的话，看来他对王麻子是不很放心的，因此要她去了解了解。她只是回老家看妈妈时，和王麻子同过一次车，从没往来，不便自己出面，因此就让甘明暗中进行观察。甘明也说王麻子像是消沉得很。为什么现在一下子又这样积极起来了呢？而且条件提得吓人：“照红色工会时代的待遇！”现在有谁敢这样提呢？从眼前的事实来说，党组织、工会组织破坏了，一时还未恢复起来，闹罢工，谁来领导？他王麻子能领导吗？王麻子为什么先不找党商量，却先找杨老老呢？目前情况，又怎么领导得起来呢？好些工人为生活，天天上市内做小生意，找零工去了，是一盘散沙……她很疑惑王麻子这个主意……也许，他知道自己要被开除，豁着闹一番了事？她忽然又记起洪剑曾经对她说过，可能有人态度装得好得很，而实际上是敌人派来进行试探的。她想到这儿，不禁打了个寒噤。王麻子是个党员，虽加入组织较晚，但能这样去想人家吗？还有，对杨老老又该怎样看呢，能绝对放心吗？她想来想去，觉得总还是多加小心的好。陈士贵的叛变，不也是事先料不到的吗？想到这里，她决定稳着点来。见姨妈不停看她，也怕姨妈说话露出毛病来，就插嘴说："姨妈，杨老老，你家们刚从局子里放出来，莫闹事了！如今这世道，多一事不如少一事。"

"就是呀，我看也搞不起来的！坏了事，白牺牲！"姨妈说。

"我也这么样想，不过，我看王麻子是很有把握的样子。他好像是党员呢，没有把握，他就来邀我吗？大姨妈，你也再考虑考虑，别让人家怪我们胆小怕事！"杨老老劝道。

大姨妈又看了文英一眼，没有答话。

"我看，姨妈就不用考虑了！从前，搞工会，当委员，是有甘老九他们领头。如今没领头的了，姨妈，你一个女人家，又多灾多病，顶得起什么事呢？"

"要是你们两个都给开除了，你不气吗？"杨老老问。

"要开除就算了，我们回乡下去。没法子嘛！"文英说。

"唉，也难怪，尽是些女人家……跟你们商量不出结果来的！"杨老老有些生气的样子走了。

杨老老走后，文英把自己的想法告诉了姨妈。姨妈觉得文英想得很有理，不过她认为杨老老没问题，是个好人，就是性急些。

第二天是预定了跟洪剑碰头的日子。厂里的问题、王麻子的问题、杨老老跟姨妈要求入党的问题，她急于要跟洪剑商量。

这天晚饭后，文英到了菜花巷楼上，刚把电灯一扭开，没想到来和她碰头的并不是洪剑，却是一位女同志。

"你就是杨文英同志吧？"女同志说，"我叫陈舜英。"

文英看见对方圆圆胖胖的个子，不觉笑起来，她想，这就是那个几次叫人猜得好苦的圆圆胖胖的太太了。她点头说："是的，啊，你就是陈舜英同志！洪剑呢？"

陈舜英皱着眉头叹了口气说:“糟了,他们两个都出了事!”接着陈舜英告诉文英,说洪剑被敌人打死在马路上。彩霞被捕后没消息,不知道是关到什么地方去了呢,还是马上被害了。

“啊……”文英听得目瞪口呆,捉住陈舜英一只手,半天说不出话来。想起几天前还在这楼上亲密地絮谈过的朋友,如今,一个已经牺牲了,另一个也落到敌人手里,生死不知……止不住簌簌落下泪来。

“杨文英同志,你该坚强点,我们现在没有工夫哭。一个人要顶十个人用呢!”陈舜英说。

文英收住了泪,向陈舜英汇报了厂里的情况和王麻子的态度,请陈舜英拿主意。

陈舜英也焦急起来,对文英说:“群众工作我还没有做过,厂里的情况,我也不大熟悉,我得回去等同志们研究过才能回答你。不过,我看你的考虑还不大离。目前你们厂里的事,就得你多操点心,还得大胆拿出主张来。”马上,她又告诉文英,说她是事先知道她和洪剑碰头的这个时间,怕她白等,特来通知她的。还说,洪剑他们这次的事,牵扯很大,看来,恐怕内部有叛徒,因而许多机关要赶快搬家,组织要重作调整。她已经忙得整整三天三夜没合眼了,马上还有事要走。为慎重起见,柳竹这间房子不要再利用了,区委决定叫文英马上向房东退去房子。于是她们两个又商量向房东退房子时如何措辞。她们商量好,文英只把一小箱子衣物书籍带走,家具只好暂时寄存在这儿,免得惹人注目,实际就是白扔了。

“那么,我以后跟上边怎么碰头呢?”文英百般焦急地问。她没想到今天的碰头会是这样狼狈……

陈舜英想了想,说:“三天后,我到你工房去看你。对外呢,我跟你的关系,算是表姐妹,你得跟你姨妈交代清楚。”她们分手后,文英提着柳竹的箱子在黑漆漆的街上一边走,一边想。柳竹的箱子里有书,放在她和姨妈两个女工家里不合适。她们工房,目前情况是不保险的。就先拐到郑芬家里想办法。郑芬爹妈倒好,并不追究箱子的来历,只让文英放下。郑芬答应万一家里也不稳当的话,就代她送出去寄存到可靠的亲戚家去。这样,文英算是比较放心地从郑芬家里走了出来。

文英今晚的心情,连她自己也说不出是什么滋味。她脑子里不断地闪现几天前和洪剑、彩霞两个在柳竹楼上见面的情景……才几天工夫啊，就一个已经牺牲，一个被捕不知生死，预料得到也是凶多吉少的！又是一笔血债啊！她想起跟彩霞一直是彼此帮助着，共同摸索着走上革命道路的。她记起和彩霞一同搞秘密工会散发传单的日子，更清楚地忆起了苏联十月革命纪念日的夜晚，在长街五十七号灯火辉煌的客厅里，她和彩霞并肩立着宣誓入党的情景！是交心腹共患难的战友啊。如今她出了事，自己没半点办法帮助她……她心里像梗了团东西一样难受。刚才见了郑芬，她很想告诉她关于彩霞夫妇的灾难，想起陈舜英叮嘱暂时不要讲出去的话，又只好忍住了。她只得不声不响地独自忍下这刻骨的伤痛。再呢，今晚把柳竹的房子退掉，她心里也是难受的。有这间小楼存在，仿佛还保持了她和柳竹的一丝联系。房子一退，好像她和他的什么关系都割断了……这个人究竟在什么地方呢，活着呢，还是遭了难呢？她此刻感到心里被刀剜着一样，一阵阵作痛……就这么走着，走着，走忘了神。一个女人向文英招呼，问她："这么晚了还找谁去，不怕淋雨吗？"她这才发现自己竟走过了家门口，到西院工房外来了！连下毛毛雨也没感到……于是掉头走了回来。

到家来，杨老老又在跟姨妈谈什么。

"文英，你说人心好险！史大杰说，王麻子靠不住了！"姨妈等文英好好坐下来，就凑到文英耳边，告诉她。

"他不是要闹厂里斗争吗？"文英装作平心静气的样子问。

"唉，得亏你们两人胆小！"杨老老急忙接上去说，"我昨晚回去回他的话，说大姨妈不成，怕事得很！我也只好不来了！他说别听那些婆娘们。我今早起，跟老史谈。老史说，他看见王麻子这几天跑东升巷黄色工会，跑得很勤，得小心点啊！他昨晚就找我讲这事的，没找着啰！你看，这不是有心来试探我的吗？这个招五雷轰的狗杂种，老子差点点儿上了他的当了！"

"我还不是一样，我要跟你一样急性子，就糟了！"姨妈叹息说。

"嗨，我昨晚，气你两个妇道人家胆小怕事。嗯，以后还是跟大姨妈多商量好！"

杨老老走后，大姨妈又低低告诉文英说："彩霞夫妇两个都出了事，你知道吗？"

文英吓得发呆，问："你家怎么晓得的呢？我还没有开口说话呀！"

“谁叫你开口说话？”姨妈瞧着文英那个愣样子，心里奇怪着，慢慢说，“刚才彩云来过，说有人来通知她爹妈，洪剑已经被敌人打死。彩霞被敌人捉了关在一个什么地方，叫她爹妈去看她呢！”

文英越发奇怪起来！刚才陈舜英还嘱咐暂时不要告诉她爹妈的，怎么又有人来通知她家？于是文英把刚才听到的关于彩霞、洪剑的消息告诉了姨妈。姨妈也担心起来，就说：“那么，你明天到她家里去看看吧。刚才彩云来，带说带哭，话也没说清楚，好像还有什么事，她妈等你去商量，等了你好半天。后来杨老老来了，她看天也太晚，只好走了。”

“那我现在就去吧！”文英说着就往外走。

“你发癫啦！”姨妈捉住文英说，“这么晚，人家都睡觉了，你黑更半夜串门子？外边也下雨呀！”

“还是让我去吧！”文英坚持说，“他们来找我，一定是有要紧事。彩霞究竟怎么了，我也想搞清楚，心里揣这么个闷葫芦，躺上床也睡不着……一点毛毛雨，怕什么！”她从姨妈手里挣脱了出来，顺手就扯了早上晾在外屋绳子上的一件旧衣裳，蒙着头当雨伞跑出来了。姨妈只好让她走了。

文英到了彩霞家里，彩云和刘大爹都睡了，只刘大妈还点着盏灯在摸摸索索收拾东西。听到敲门，先吓了一跳，听出是文英的声音，打开门一把抱住文英，就伤心地哭个不休。文英问了半天，怎么样也没法使刘大妈把情况说明白，亏得是后来刘大爹被两个女人谈话声扰醒了，等他起来后，才给文英说明白了彩霞目前的遭遇：

原来是当天下午来了个不相识的人找刘大爹说话。说刘大爹的女儿女婿都是共产党人，现在都给捉去了，洪剑因为想逃脱，被开枪打死了。彩霞呢，虽然关在牢房里，却是有位大官看上了她，说是只要刘大爹肯出面做主把彩霞嫁给这个大官，大官就可以救彩霞的性命，并且许刘大爹许多好处。把刘大爹气得吼了一顿来人，碰了钉子走了。

“你家是么样回答他的呢？”文英屏声息气地听完，急忙问大爹，她为彩霞的不幸又烦忧，又焦急。

“我哟，我先气得浑身发抖，连我自己都记不得吼了些什么！后来，我想，光闹也不成，得回人家的话。我说，哼，我是个卖气力的，是大老粗，你们该是懂仁义道德的人吧！照往日的旧礼教呢，姑娘在娘家总是听爷老子的安排；

出了嫁，就只好由婆家办事，我做老子的，管不着了！你们欺我穷，我人穷志不穷！给我金山、银山，也休想我会去劝女儿半句。我要你们的好处，穿了断手足，吃了挨镖枪！你们把人家丈夫打死了，又要霸占人家当小老婆，真是伤天害理，亏你想得出！”

“你看，这老家伙，讲话又不客气点……要害得彩霞更受罪呢！”刘大妈揩着泪，对文英说。

“少说蠢话！”刘大爹喝住妻子说，“彩霞到了这步田地，左不过是一死了事，还有什么大罪怕受！洪剑是个好男儿汉，也给人害了命，她还能贪生怕死，跟仇人结亲吗？文英，你听我说，我这个做老子的，算懂得自己儿女的脾气。我彩霞是条蛮牛，就跟她老子一模一样，没有走种。我算准了，彩霞宁可挨枪子儿打，也不会嫁什么狗官……”

“是哟，你家说得一点都不错。”文英同意说，“大概是跟彩霞没有说通，就来搬你家啦！”

“对啦！”刘大爹刚才还是气呼呼的面容，露出了一丝欣慰的笑，“哎呀，文英，你可真算得是我彩霞的知己朋友！懂得她！唉，真懂得她！好吧，告诉你，我请你来，想和你商量一件事：刚才这个狗卖麻皮的，临走还不死心，说明天还来领我们去看看彩霞。我是一口堵死了，我说，我不去看，打死我女婿，逼我女儿改嫁，还叫我来顶恶名，真丧尽天良！我叫他不消再来了。不过……哎，她娘呢，她这位老娘啊，文英，真叫难呀！一整天哭哭啼啼，说明天定要去看看女儿。文英，你想，做老子的心，也是肉做的啰，她哟，哭得我的心叮咚叮咚，像铁锤子捶得好痛……”刘大爹说到这儿，连连耸鼻子，眼泪也流出来了。文英看着这为女儿哭泣着的老两口，也止不住抽泣起来。大爹停了停，擤了擤酸心的鼻涕，叹了口气，又继续对文英说：“你说怎么好？我呢，我是打死也不去的，那些狗杂种再来，我都想揍他们！可是她娘要去呀，她哭得我如今也没主张了！文英，你说呢，要是明天有人来的话，她去得吗？能让她娘去吗？”

文英想了半天，叹了口气说：“我想，大妈去看看也不要紧……洪剑被打死了，她自己被关着，受罪啊……”文英说到这里，又哽咽得说不下去了。三人无声对泣了一阵，她才继续说：“我们大家也都惦着她，看她一眼，安心些。去看看，并不算是答应彩霞嫁人！彩霞自己也不是没有主意的人，你家说呢？再者，我想……让大妈把你家给那个狗杂种碰钉子的事……告诉彩霞，让彩霞也好欢喜欢喜啊！”

“哎呀，到底你们是知己朋友！”刘大爹高兴得走过来拍着文英的肩说，“好，好！你说得对，让彩霞知道她老子、娘跟她是一条心……唉，死也死得快活些……好吧，彩霞妈，你明天去吧，我不拦阻你了！你可记得把今天的事对彩霞说明白啊！”说到这儿，大爹站在屋中央，半天不作声了，后来低声自言自语说：“大概，这也就是最后一场会面了！”说得屋子里三个人又都抽泣起来……

夜深了，文英辞出刘家之前，彩霞妈擦着眼泪，打开一个包裹给文英看，说这是她打算明天带给彩霞的东西。文英看时，是几件换洗衣裳和两样咸菜……那两件衣裳很旧很旧了，其中一件补了又补，几乎无法穿了。文英知道彩霞的衣裳不在娘家，这是大妈把自己的破衣裳给女儿的。她觉得这些衣裳，还不如刚才自己蒙着头遮雨用的这件衣结实，就把那件最破的抽了出来，说：“这件不行了，不要拿去，听我姨妈说，监牢里顶费衣服啦！把我这件拿去给她吧！”文英热泪盈眶，把抓在手里的衣裳交给了大妈，又从口袋里掏出点钱来，请大妈明天去时，一路上买条毛巾、木梳、牙刷，再买点吃的东西，送给彩霞……

文英给大妈的这件衣裳，就是彩霞在监牢里看见的那件肩上有个补丁、褪了色的淡蓝竹布衫。

第二天，黄昏后，文英再去刘家问彩霞的消息，才知道大妈虽然去了，但他们不让大妈会见彩霞，只让她把包裹留下了……

约一周后，有一个穿戴得很整齐的中年妇人来看彩霞的妈，向她叙述了彩霞被敌人折磨、逼嫁和终于被杀害了的消息，并把彩霞牺牲前写给父母的信交给了彩霞妈。这个女人假称是与彩霞同在狱中认识的，其实，她就是谢宝钗家的张嫂。

知道彩霞的消息后，她爹妈的悲伤情况是可想而知的……

和彩霞的父母共同经受着这场悲伤的自然是文英了。文英悲痛地哭着，读着彩霞的遗书……她体会到坚强而又忠诚于革命的彩霞，写这封信的目的，是向党汇报一个重要的情况。因此，她向刘大爹要了这封信，交给了党组织。

四十三

柳竹走后的第二天，刘平从大同厂搬了出来，仍在老廖的新住处占了一个房间，她得帮助老廖坚持全区的工作。

接着是反动派几日几夜的大搜捕，她一直没来得及回去看看孩子。她早就安排着要把第三个孩子——已经两周岁的女儿，送到湖南家乡去，交给孩子的外祖母照顾。她的两个大孩子，两年来，一直就在那里。小女儿的保姆，也是她娘家从乡下给她介绍来的。目前，她的保姆正愿意领孩子回到刘平的母亲刘老太太那儿去。要是车票好买的话，她们都早已走了。

这样的安排，是刘平和她的丈夫关正明两个商量好了的。他们算定了，要不这么办，他们夫妇俩怕难以对付即将来临的白色恐怖下的工作。洪剑出事后两天，她跟老廖、陈舜英又要赶快安排区里的调动，越发抽不开身。

这天下午，她决定抽工夫回去一下。在工作忙碌的时候，她常常把家忘得一干二净，可是一走上回家的路，那个歪着毛茸茸脑袋吃糕的胖娃娃，那个黑皮肤、满脸络腮胡子、戴着玳瑁框眼镜的中年男子，像银幕上的特写镜头一样，定格在脑海里了。

走过西药房时，她买了一瓶麦精鱼肝油，预备给正明吃。他患咳嗽很久了，一直没吃药，又不去找医生。他常常热心为孩子买营养品，却从不给自己买半个子儿滋养身体的食物……只有她买了东西叫他吃时，他才没办法，规规矩矩吃下去。

一进门，知道正明不在家，她不免有些惆怅……就向保姆详细询问着这几天正明在家里的饮食、睡眠状况，还咳嗽不，等等……

“哎呀，都很少在家里吃饭啰！”保姆叹息说，“半夜里，钻回来睡了，只是早上临出门的那阵，交代几句话，问问孩子的事，我才碰得到他！”

孩子看见了久别的妈妈，欢喜得一个劲儿奔过来，把小脑袋直往弯下腰来的妈妈胸怀里撞。等妈妈抱起了她的时候，她就抱着妈妈的脸孔一再亲着，笑着，直嚷叫着：“妈妈，妈妈！”

孩子的体质比较壮了，小身体好沉啊！她在妈妈怀里淘气地滚着，摇晃着，把妈妈累得喘不过气来。她赶忙抱孩子进屋去在椅子上坐下来。“小妹，别淘气，让妈妈看看你胖了没有！”她一边说着，一边把快活得滚在怀里的孩子的小腿和小手摸着，捏着。小妹自从春季病了一场后，到现在算是完全恢复健康了！小胳膊、小腿，现在粗多了。小妹穿着撒红花的白洋布西式连衫裙，是五月里有一次刘平回家来时自己剪裁出来让保姆缝的。当时还以为剪裁得很宽大呢，没想到布缩了水，孩子也壮实了，现在穿在身上，刚好合身。孩子健康红润的肤色，配上这件鲜艳合体的衣裳，格外惹人喜爱。她那一对亮晶晶的眼珠又圆、又黑，加上那小小的圆面庞，简直越来越像父亲了……她想起正明说的笑话来：“糟糕，你养的女孩也像我，将来会是个丑八怪！”可是，她觉得孩子像父亲并不丑啊！

“小妹，这几天想妈妈吗？”她一边亲着孩子嫩嫩的两腿，一边问。

“妈妈，小妹不哭，王姐姐家里的小吉吉（弟弟）哭！”小妹所答非所问地在妈妈怀里笑着嚷着说。

“啊，小妹不哭是乖小妹！妈妈喜欢小妹！”妈妈说。

“妈妈，小妹会唱打扰将该希。将，逆，该，希……将，逆，该，希……”小妹在妈妈怀里滚着，笑得两腿乱蹬……

“你说些什么哟，小妹！”妈妈看着快活的孩子，止不住也笑了。

“她告诉你，她会唱打倒蒋介石啦！”保姆笑着替孩子解释。

“哎哟哟，那么唱个给妈妈听吧！从哪儿学来的哟？”

“妈妈，你听，是王多多（哥哥）教我唱的！”说完，小妹从妈妈身上滑了下来，准备一本正经地唱歌。她先站在房中央，学王哥哥教她唱歌时那样，举起捏着小拳头的右手挥动着，把两片嘴唇紧紧合起来，一会儿又翘得像个小喇叭，自个儿嘟哝了一阵，那种憨态，惹得妈妈笑弯了腰……

“啊嗯，妈妈，你笑，小妹不唱啦！”小妹鼓起两腮，放下了举起的右手，顿着脚说。

“不笑，不笑，妈妈不笑了！你唱吧！”妈妈一再哄孩子唱。小妹又摆了半天阵势，挥动着右手唱了起来……

“蒋，逆……该，希！蒋，逆，该，希！（蒋逆介石）”

“你金伐……你金伐（新军阀）！”

“的的达达……的达！（背叛国民革命）”

“的的达达……的达！”

“打扰他！打扰他！（打倒他！）”

妈妈忍着笑，让孩子一气唱完头一遍，就给孩子鼓掌，孩子于是高兴得一遍又一遍地唱着，叫妈妈听，叫妈妈鼓掌。她每唱到“的的达达”两句时，就惹得妈妈和保姆两个笑个不住……

玩了一阵，保姆打了水来叫小妹洗澡，小妹一定叫妈妈给她洗。小妹今天在澡盆里特别听话，也许是妈妈给她洗澡，她特别感到快活吧。小妹的脖子上和肚皮上略长了些痱子，洗完，妈妈给扑了些痱子粉。小妹也抢过粉扑来，淘气地给妈妈脸上扑了几下，然后自个儿呵呵笑……

吃晚饭的时候，小妹尽撒娇，一定让妈妈喂饭。喝汤呢，每喝一口，一定让妈妈先尝尝才喝，把妈妈搅得又快活，又疲劳。饭后，孩子好像预感到妈妈又要走，就哪儿也不肯去，紧跟着妈妈。因为妈妈回来，高兴得没睡午觉，这会儿困得眼睛迷迷糊糊，两手直揉眼皮，可就是不肯去睡。妈妈只好又把小妹抱到怀里来哄着，想起马上要把孩子送回家乡，会有一段长久的别离，也止不住老亲着小妹的小脸……慢慢地，困倦的孩子，在母亲的抚爱中，甜蜜地睡熟了……小脸上还凝着微笑，嘴唇吮奶似的掀动着……妈妈瞅着熟睡中还带着微笑的天真的小脸，十分不舍地把她轻轻放上了床，又匆匆给正明留了张条子，催他上紧点买车票，让孩子和保姆早点回乡去。

临出门时，保姆劝她今晚别走，留在家里等正明，说他晚上一定会回来的。“唉，他每早上走的时候，总是嘱咐说：你要回来，给你添点菜。他盼你回来比孩子还盼得切些啊！”保姆叹息说。

刘平动心了……她不也是惦着他，渴望和他谈谈吗？分别好些天了，今天还是没有看见他，心里不能宁静啊！但是她摇了摇头，还是抬起脚步走了。晚上的碰头会要紧，她想。她从来不愿因为自己停止一次会议或推迟一次工作。

回到区委会来，和老廖谈了一会儿，刘平就忙着要到大同厂女工高玉家去。老廖劝刘平特别小心，最好晚上不要去。刘平认为今晚在高玉家里的碰头会很要紧，一向代表总工会指示大同厂管委会工作的罗伯中同志要来参加。大同厂工厂管委会的工作，目前无形中停顿了。究竟该如何善后，很需要再做安排。

因为是去最苦的棚户区，刘平换了一身黑布短褂裤，完全像个女工样子。晚八点前，到了高玉家里。没进屋，就听到闹翻了天的号哭声，把刘平吓了一跳，后来才明白：是高玉隔邻，有一个孩子，白天因为母亲差他去挤盐，跌倒在人群中，被拥挤着买盐的人踩死了。直到这时，左右邻舍才替这家把血肉模糊的孩子的尸体找了回来。孩子的爹妈亲人正围着哭。高玉母亲看完孩子回来，哭一阵，叹一阵，只叫人心气痛。高玉和刘平劝她先去睡，她们两个还要等罗伯中来……谁知等到九点，一直没见罗伯中来。刘平估计市内已到戒严时间，罗伯中不可能来了，就打算动身回区委会去。刚要跨出门，门外捅上来了一批警察。刘平还只当是为隔壁死了孩子的事来的，谁知这些人一进门就把刘平和高玉逮捕了。高玉的母亲虽然出来申辩，说刘平是她的侄女，刚从乡下来找工做的，并不叫刘平，敌人仍是毫不怀疑地逮捕了她们两个。

刘平因常到高玉家来，早就跟高玉母女约好，对外只说刘平是高玉的堂姐，名叫高秀平，是从家乡来找厂做的。因而附近邻居，一直以为高玉和刘平是堂姐妹。

她们被送到警察分局，押了几天，后来忽然把她们解到属于军事机关的一个监牢里，关进了第七号女牢房。屋子小，关了三十多人，晚上只能轮流躺下。白天坐在泥地上，晚上也就睡在泥地上。号子里有四只盖不严的大马桶，从早到晚，臭气熏天。不管你平日是怎样爱整洁的人，在这儿住上两天，就变了个样，每人都能闻到自己身上的酸臭味……

刘平在这里有好几个熟人：一个女教师和两个妇女协会的会员。她们都在刘平的指导下工作过。她们知道她现在没有用真名姓，怕万一称呼错了，会露马脚，就一律叫她大姐。另外有一个女中学生，十六岁的共青团员，叫冯佩秋，是市学联的宣传部负责人之一。学联被封闭后，她曾到亲戚家躲了几天，后来以为没有事了，回到学校来取行李，打算回到乡下祖母那儿去。谁知被一个叛变了的团员告了密，反动派当晚就到学校宿舍把她逮捕了。在这个号子里，她算是最小的，大家都叫她小妹。

刘平进来的第二天下午，狱里同志估计今晚又要提人出去就刑。冯佩秋预感到自己今晚上不能免了，唱了一阵歌，忽然跳到刘平跟前，感慨地说："大姐，今晚我会跟你一道……我觉得很高兴！只是，我觉得，我这么个小鬼，死了算不得什么……我有些可惜你了！你……你是一个经过长久锻炼的革命者，留着用处大哩！"

"小妹，别说傻话啦！"刘平忙止住她说，"哪一个革命者遭到牺牲不可惜呢？怎么能够说这个可惜，那个不可惜！"

"唉，大姐，究竟你比我们有用些呀！"

"不哟，任何革命者牺牲了，总是可惜的！"刘平说，"不过，我认为用我们的生命，用我们的鲜血，去消灭，去打倒一个旧世界，去扭转中国人民的命运，是值得的！"

号子里沉寂了。有人点头叹息起来……

二十一岁的女教师、市妇女协会组织部部长曹慧明，有所领悟地说："大姐，你讲得真好！这几天，我想起妈妈，总是不好受……听了你的话，浑身都觉得轻松了！唉，'用我们的鲜血，去消灭，去打倒一个旧世界，去扭转中国人民的命运！'大姐，你这话，说得多么鼓舞人，要是我们的亲人也能听到这些话，将来也能减少他们的伤痛……我们不是白牺牲，是为中国人民翻身献出的生命！"

"怎么把我们的话带出去呢？现在都在监牢里！"冯佩秋叹息说。

有几个姑娘挤在一团在商量什么，一会儿她们当中的一个向大家说道："难友们，我们这儿凑出了一些纸……"说到这儿，她又推着另一个难友到小窗口去瞅瞅，怕有坏蛋来听见。这个姑娘跳到窗口朝窗外瞅了瞅，就用身子堵住了窗口。讲话的姑娘这才继续小声说："还有两支铅笔，咱们写信吧，写遗书吧，告诉亲人，我们牺牲的意义，劝他们莫悲伤，劝他们继续干……写革命的遗书！"

"遗书！"有人听得一惊，"唉，遗书……那是我们留给祖国，留给亲人的最后的话啊！"

"大姐，你先写！"曹慧明说着，涌出眼泪来了。

刘平考虑到应该使别人有更多机会去鼓舞她们的亲人，自己不要占去有限的纸张，就说："你们写吧，这点纸尽量给你们用，我不打算写。"

“不，大姐，你写的东西，当然比我们好，而且更重要。如果你要把纸写完，我们不写也情愿。”冯佩秋恳求说。好几个人也附和着冯佩秋的话。

刘平咬了咬嘴唇，安静地说：“同志们，为革命牺牲，我是早有准备的，该交代亲人的话，我早交代了，不用再写了。你们写吧。”

姑娘们看见大姐这样坚持，只好不勉强她。于是，她们排上班，轮流用两支铅笔写遗书……

没有桌子、椅子，写信的人，只好靠在墙上写。墙上的泥，零零落落掉下来，墙上的砖是凹凸不平的，纸上戳的满是洞眼，很不好写。

“唉，真难写啊！这种鬼墙！”一个姑娘叹息说。

“你们不如拿那把纸扇子垫在我的背上写还好些。来吧，我稍微弓起一点就行。”大姐说。

“不要用大姐的背，用我的好。”一个姑娘说。

“我们替换着用，就不累人些。”另一个姑娘出了个主意。

于是，大家替换着：你拿我的背、我拿她的背当桌子用，把扇子垫在背上写信。

姑娘们都是做好牺牲准备的，可是轮到拿起笔来给亲人写生死别离的遗书的时候，却止不住胸中的激动，流出了滚滚的热泪！不久前，还是嚷嚷笑笑的号子里，现在沉寂了……只听到蚊虫的嗡嗡声和写字时铅笔在纸上摩擦的声音……几个还没轮到写的人，陷入沉思中，在默拟遗书的草稿……

高玉走到刘平跟前轻轻说：“你真的不想写点给孩子，或者给他吗？写点吧！”

“不，我不写。”刘平一再摇头。轮到高玉写的时候，有人和刘平一同争着愿意用自己的背给她当桌子，但是高玉仍然用了刘平的。她对那位同志说：“你知道，我妈也惦记着大姐。我要告诉妈妈，说我写这封信，是拿大姐的背当桌子写的！”说完，高玉止不住抱起刘平的脖子，失声哭出来……

刘平沉默着，抚摸着高玉的头，劝她克制悲伤，给她揩去了眼泪……让她在自己背上写完了信，最后还叫高玉带上一笔：“高秀平给高大娘请安！”难道刘平就不怀念自己的亲人吗？！那个如今是白发苍苍的老母；那个誓同为革命献身的丈夫关正明；还有那三个渴望母亲抚爱的孩子……几天来，在她的记忆里，翻腾了多少次啊！但是她更懂得一个残酷的事实：需要许多的流血牺牲，才能取得革命的胜利。她既已和正明一同发过誓，愿用自己的生命去换取革命的胜利，那么现在正是时候了啊！坚决勇敢地向前去吧！几天来，她已经把个人生死置之度外了。只是因她被捕而扔下的工作，还十分叫她悬心……大同厂失去了高玉，是个大损失！区里呢，柳竹走了，洪剑夫妇牺牲了，要增加的干部还没来，她自己又出了事。叫老廖夫妇两个怎么应付得过来啊？！她觉得应该从厂里选拔干部来区委工作，不能尽等上头派人来了。她很想把这个意思告诉老廖，但是这些事，哪能在监狱里写呢？

"是上边一个机关被破坏了连及洪剑夫妇的。"她想起来被捕前听到的这个情况，"回家那天又没遇到正明，不知道究竟是哪个领导同志遭殃了，还有多少机关、多少同志受了牵累呢。"一连串的问题，在她脑子里萦绕……这些事儿，又怎能在监狱里写在纸上呢？她想写的比眼前这些姑娘们自然多得多，但是，却一个字也不能写……

姑娘们写完，有两人把大家的信收集起来，用块破布包好，埋在屋角上，准备找机会，设法把这些信带出去。

开晚饭时，好些人吃不下去，写遗书时的激动，还没平静下来。刘平劝大家努力加餐，好像准备远足旅行去一样。她说："不吃饭晚上会没劲喊口号、唱《国际歌》哟！"于是大家跟刘平一样，尽量把自己那份难以下咽的饭吃完了。

夜晚，在屋顶上一点鬼火样的灯光下，姑娘们兴奋得不能入睡，她们席坐在地上，不停地谈着。她们带着遗憾和祝福，在谈论未来的、被扭转了的中国人民的命运，谈论将用她们的鲜血换来的未来的祖国的美好前景……"啊，伟大的、光明的祖国啊，祝福你！"冯佩秋用战栗的声音喊着说。

高玉低声对刘平说："大姐，你记得吗？你在读书班讲政治课，给大家讲，将来革命成功了，新中国如何幸福……唉，我和你是看不见了……不过我总算是知道了会有那么一天……明天，子弹打着我的时候，我会想起你过去讲过的那幅好看的图画……"

深夜，牢门外有了脚步声。马上，门上的铁锁铮铮响了。大家不觉紧张起来。时候到了啦！有的人连忙整整衣裳，穿好鞋子，有人梳梳头发，有人对估计今晚不至于处决的人交代一些话……

敌人进来后，叫叫嚷嚷地唤了高玉、冯佩秋等七个人的名字，可意外地竟没有叫大姐高秀平。号子里的姑娘们早就估计到，像大姐这样的革命者，敌人是绝不会放过她的。被叫的七个人见大姐不和自己一道，好像有些失望，似乎和大姐在一起，她们会更感自豪，更加有力量。叫完名字以后，小妹冯佩秋不禁脱口而出：“怎么没有大姐呢？”

高玉用刚刚被套上了手镣的手肘，使劲碰着冯佩秋说：“该死的小妹，为什么一定要大姐来？你是游黄鹤楼去吗？”当敌人把不忍和七人分别、捅到了号子门口的刘平她们死劲推进号子，把牢门嘭的一声关上了的时候，高玉在牢门外，止不住喊了一声：“大姐，再见啊！”

一会儿，刘平、曹慧明和其他留在号子里的女囚们就听到前面院子里的汽车声，又听到敌人逼同志们上汽车的吆喝声和同志们愤怒的吼骂声。

车子开出去的时候，传来了悲壮的《国际歌》歌声……

四十四

一连三夜，号子里都有人被提出去枪杀，却一直没有叫高秀平的名字。三天中，也添了新的难友。

这儿是秘密监狱，从来不许接见亲人的，可是曹慧明突然享受了特权，把她叫出了号子和来探监的母亲会了面。回到号子里来后，曹慧明很烦恼地告诉刘平，说她的姐夫——一个国民党反动派的高级军官——在营救她。曹慧明给母亲提出条件：如果能把她和她的好友高秀平一道救出去，她就出去，否则她宁可牺牲，决不打算出去了。但是她母亲说，她的姐夫最恨她的一班女友，说都是共产党把她带坏了。刘平劝曹慧明如果有出去的机会，还是争取早出去的好，革命者当然不怕牺牲，但是如果在不屈辱的前提下有机会出狱，就应该争取。

“争取出去，是为的争取工作。”她劝曹慧明说。

曹慧明告诉刘平，说她姐夫营救她是不怀好意的。姐姐和姐夫两个想让她嫁给另一个反动军官。这事从前就提过好几次了。

刘平认为只要曹慧明意志坚强的话，先争取出去后，再跟家庭作斗争，设法逃脱那场屈辱的婚姻。正谈着，有人来提高秀平出去审讯。

在一间大房间里，敌人先请刘平坐下，然后一再劝她老实招出自己的真姓名来。说早就知道她是共产党里的负责人，因而很尊重她，只要她承认自己的身份和活动，不会难为她。刘平知道这是敌人哄她招认的第一套诡计，依然不开腔。

敌人又劝了好半天，刘平生气说：“说了姓什么就姓什么嘛，为什么不相信呢？”

“好，你这个执迷不悟的女共匪！”一个高大个子、穿白绸衬衫、戴黑眼镜的敌人，马上变了声调说，“好吧，看你究竟姓高不姓高……喂，带来！”

说罢，他向门外的喽啰们一挥手……一会儿有人引来了一个穿着一套旧西服的中年男子。这人面容憔悴、垂头丧气地朝屋里慢慢走来。刘平先没看清是谁，心里纳闷：弄这个人来干什么哟！后来忽然大吃一惊，她认出这是罗伯中了……那天晚上在高玉家里不就是等他等不来吗！这几天，她也怀疑到怕是这家伙靠不住了，可是怎么还有脸来跟我见面啊！戴黑眼镜的敌人走到刘平跟前，阴险地笑着说：“认识吗？”看见刘平摇头，就又冷笑了一声，说：“不认识？哼，他可认识你！”马上又转过脸对罗伯中说：“好，你们谈吧。”

罗伯中离刘平远远地站着，抬头看了刘平一眼，像有些羞愧似的又低下了头。

“喂，你怎么不说话了呀！”戴黑眼镜的敌人，粗声恶气对罗伯中喊。

罗伯中看了黑眼镜一眼，又看了刘平一眼，对刘平叹了一口气说：“没想到我们在这儿见面啊！”

刘平气得满胸发胀，板起面孔没有理他。

他又向刘平走近了一步，说：“刘平同志，这几天……吃苦了吧？”

“什么？谁叫刘平？你对谁说话？我不认识你！你在做梦吗？”刘平恶声说。

“唉，刘平同志，你不用遮遮掩掩了！我老实告诉你，早招出来少受罪。你干过什么，他们全知道。你说你叫高秀平，你看嘛，人家不信呀！”

“好！好！好！”刘平怒视着罗伯中，咬着牙说，“我完全明白了，我和高玉两个，是你出卖的！你这个狼心狗肺的家伙！”

“好好谈嘛，你们是同志嘛！”一旁的敌人说。

“刘平同志，莫说我狼心狗肺，我倒是有心照顾你。你看，高玉不就完了吗？我对他们说，刘平是有学问的，要把她争取过来，比我有用……”

“啊！你说什么？走近来一点，我没听清楚！”刘平故作镇静地说。

罗伯中果然走到了刘平跟前，像只猫一样，拉长脖子，伸出脑袋凑到刘平面前细声说：“我说呀，我是照顾……”

啪！啪！啪！刘平张开两臂对准罗伯中的脸孔，左右开弓痛打了两个双巴掌，高声骂道："你个不要脸的叛徒！还'同志''同志'叫哩！你配叫什么同志？"待还想打下去时，戴黑眼镜的蹿了上来，挡住刘平吼道："你……你……你怎动手打人！"

"哎呀，好厉害的女人！"房子里许多人惊叹着。

"看不出呀，长得顶斯文的嘛！"

"他妈的，你怎么打人呢！"罗伯中一边嚷叫着，一边向刘平扑上来，想要还手。

"都不许打了！"黑眼镜一掌推开了罗伯中。

"打了你，打臭了我的手！打人，你算得人吗？不要脸的叛徒！无耻的畜生！"刘平指着被黑眼镜挡住了的罗伯中，咬牙切齿地骂。她开始感到两手火辣辣地疼痛起来……

"好吧，你们今天不必谈了！你把他弄走吧！"黑眼镜对门外努了努嘴，马上，喽啰来把罗伯中引走了！几个敌人在一起商量了一阵，然后戴黑眼镜的对刘平说：

"喂，我看，高秀平，你怎么说呢？到底叫高秀平，还是叫刘平呢？"

刘平想："罗伯中叛变了，自己共产党员的身份是掩藏不住了。也好，那就干脆摆出自己的本来面貌来，痛痛快快跟敌人作斗争吧。"就回答说："都是一样，叫高秀平是我，叫刘平也是我！"

"啊，好，好，好！"这人连声赞赏，又说，"那么，刘平是共产党员啰！你得承认的呀！"

"共产党员就共产党员，又没犯罪！"

"啊，好极了！你现在很痛快，肯承认一切，那就好办！"

敌人以为刘平既承认了真姓名和政治身份，再劝劝也就可以承认一切，招供一切了。他们商议着要举行一次正式的庭审，诱导刘平在那里招供，转变，那就很可以影响一些别的政治犯。戴黑眼镜的又走过来非常客气地对刘平说：

"好，你现在很好。我们绝不亏待你。过两天，我们给你开庭审问，希望你抓紧这个机会，给自己找一个光明的前途。"他认为对刘平应该和对罗伯中不同，得把话讲得含蓄些。

刘平听到"开庭"两个字，心里很高兴，觉得公开和敌人争辩，公开宣传自己信仰的机会到了，的确，她应该"抓紧这个机会"。就笑了笑说："反正已经落到你们手里了，该怎么办就怎么办吧！”

“好，你真是痛快人！”黑眼镜得意扬扬地说，“我看，今天你也累了，该歇歇，我们改天再谈。”说完，让喽啰们把刘平送回了牢房。

七号牢房的姑娘们知道大姐在堂上打了叛徒，一顿带砂子、石头又发馊了的晚饭，吃得很活跃，像摆宴会一样，边吃边笑，连跳带唱，碗筷敲得叮叮响，欢笑声传到了号子外边。看守来干涉了几次也没止住，弄得几间男监的同志们直发愣，不知道女监里出了什么喜事。

过了两天，来提刘平出去正式开庭审讯。审讯的厅子里，满布了武装军警。几个负责讯问的人，装腔作势地坐在审判席上。两旁有听众，有记录，还有些法院方面的人。刘平入狱时穿的那身黑衣裳，已经又臭又破了。今天，曹慧明把妈妈给自己送来的浅蓝夏布旗袍让大姐穿了。刘平从容走进来时，厅子里静静的，只听到几声咳嗽声。一开庭，照老例是问了刘平的姓名、年岁。刘平坐在厅中间给她安好的座位上，承认了高秀平就是刘平，刘平就是共产党员。她准备在这场公开向敌人进行的斗争中取得胜利。坐在当中一个面孔黄瘦黄瘦的穿着法衣的主审官，故意装腔作势地站了起来，像礼拜堂里做礼拜的牧师一样，直挺着头颈，硬绷着嗓子，一板一眼地说：“高秀平，你承认了是共党，那么，你应该明白，你是入了非法组织，该趁早把你们的非法活动、危害民国的罪状，招供出来，可以从轻发落。”

这些话，刘平早已预料到了，她站起身来，挺起胸，从容回答道：“谁敢说共产党是非法组织呢？没有共产党，北伐军能打胜仗吗？你们的蒋介石和汪精卫欺骗中国人民，假说是要打倒帝国主义和军阀，等中国共产党领导全国工农群众赶走了反动派，你们就变了脸……”

“喂，喂，你不要扯远了！你只说你自己的非法活动吧。”

“我有什么非法活动？”刘平冷笑一声说，“这几天，我倒是看见你们的非法活动了。你们把一些无罪的人捉来关在又脏又臭的屋子里，连睡觉的地方都没有，吃的东西比猪狗食都不如。一到半夜，把这些无罪的人一批批提出去屠杀！我亲眼看见多少热血青年遭你们杀害……”刘平说到这里，从胸里爆发了愤怒，声音激动得发颤，她扬起手，厉声问道，“你们这是见得天日的行为吗？”

黄瘦脸子又站起身来，像念咒样，阻止说：“喂，高秀平！出乎范围外的事，不要讲。你……你讲话，要温和点……”停了停，他又硬着嗓子慢慢说：“我问你，你为什么要信共产主义？你如果能放弃这种杀人放火的邪门妖道，可以减罪。”

刘平从容回答道：“我根本没有罪，用不着你们减罪。请问：究竟是哪个在杀人放火？在上海、九江、南昌，到一处杀一处的，不是蒋介石吗？还有现在，在湖南、湖北，天天抓人杀人的，不是你们国民党反动派吗？请问：走杀人放火邪门妖道的，究竟是你们，还是我呢？”

主审官有些着急了，觉得刘平的态度，不如他们原来设想的情况，彼此不安地交换着眼色。

“高秀平！”主审官赶忙站起来说，“我们好好劝你，回头是岸，你不要强辩！”

另一个长着一副歪嘴歪鼻子的粗个子，也补充说：“我看，你慢慢想想吧，你如果能招认出自己的罪恶活动，转过向来，我们就不处你死罪，你会有很好的前途。你是有丈夫、有孩子的女人呀！”

刘平冷笑道：“我信共产主义，是信它的真理。你们不让我讲下去，就是害怕真理！”

黄瘦脸的主审官苦笑着，用带上海口音的话低声对歪嘴歪鼻子说：“这个女人倒蛮有意思的，先让伊讲吧！”

马上，他大声对刘平说：“现在抓共产党，是因为你们要搞阶级斗争，在乡下，在工厂，搞得乌烟瘴气，就是邪门妖道。”

“请问这一位，你是国民党员吗？”刘平平心静气地问。

“当然是，我们这里全都是国民党同志，要搞国民革命嘛！”

“那好！”刘平道，“我请问国民党总理孙中山先生的民生主义的要点，你们记得吗？”刘平停了停，看见他们彼此望了望没答话，就继续说：“民生主义里，确定了‘耕者有其田’，确定了工人只做八小时工。现在，工会和农会，只是要实现这些最低限度的民主要求，怎么能叫邪门妖道呢？如果你们认为实现中山先生的民生主义就是邪门妖道，那你为什么做国民党员？”

“什么！你说孙中山先生提倡耕者、耕者什么？”黄瘦脸说不上来，停了嘴。歪嘴歪鼻子提醒说：“耕者有其田。”

“啊，耕者有其田？唔没格，唔没的种事体！孙先生不会瞎三话四的！唔没格！”黄瘦脸不信地摇头，摆手。话说急了，他的上海口音全出来了。

刘平忍不住好笑。连歪嘴歪鼻的粗个子，也在一旁哭笑不得。

“我看，最好你把三民主义通通烧掉。否则的话，你就赖不掉。”刘平说。

“你们那些工人纠察队，今天抓这个，明天办那个，难道还有理由吗？”黄瘦脸无话可说，连忙提出另一个问题来岔开。

“你应该搞清楚，纠察队抓的是什么人呀！”刘平气红了脸，激昂地大声说道，“纠察队抓的是勾结帝国主义的汉奸！是欺压人民、捣乱革命重镇的奸商和不法资本家！是反革命分子！”

“你嚷什么？哪里来的反革命？”歪嘴跳起来，指着刘平吼，“你们共产党想搞共产主义，才是反革命！”

刘平想马上回答他，可口渴得声音嘶哑了，就说：“先给我一点水喝吧，口都说干了。”

黄瘦个子很高兴，以为刘平没有道理好说了，叫喽啰给刘平送一大杯茶去，希望她快点改变态度，他心里等得发急了。

刘平坐下喝完茶，觉得嗓子润了些，看看满厅人群中好些人注视着她，显出急于等她谈下去的样子，不觉又精神振奋起来，从容站起来，继续说：“不错，我们中国共产党人，最后是主张实现共产主义。但是还有第一个步骤，我们先要解放中华民族，要反帝反封建……”

“哎呀，什么第一个步骤、第二个步骤哟！你们干脆是挂羊头卖狗肉！”

“胡说！‘挂羊头卖狗肉’几个字，正好奉送给你们挂革命招牌干反革命勾当的国民党反动派！我们共产党人言行一致，用不着挂什么羊头狗头。”刘平这时干脆演说起来，“共产党号召全世界无产阶级和一切被压迫民族团结起来，首先反对我们共同的敌人，那就是帝国主义。接着要消灭一切剥削阶级，消灭一切剥削和压迫，要让全世界实现共产主义。因此，广大的工农群众拥护共产党。也因此，帝国主义、军阀、汉奸卖国贼就反对共产党！”

“不许你瞎说了！停止发言，停止发言！”黄瘦脸跳起来嚷嚷。

刘平像没有听见一样，滔滔不绝地继续说：“在共产主义社会里，所有的人都是劳动者。消灭了帝国主义，消灭了地主、官僚、资本家，消灭了剥削的人。”

黄瘦脸用力在桌上捶了一拳，吼道：“停止发言！……你……你！”他看见周围的人个个都竖着耳朵听，连他自己也感到阻止不住。而刘平的声音越来越高昂，她时不时转动着身子，看看四周的人。她的脸上洋溢着灿烂的微笑。

“告诉你们，到那时候，也完全消灭了你们这群欺侮老百姓的反动派的走狗！”刘平指着审判席上的那些人说，“到那时候，广大民众成为国家的主人，全世界不分什么黑种人、白种人、黄种人，没有种族歧视……”刘平说到这里欣慰地笑着，那个理想中的幸福乐园已展现在她的眼前了！她快活地补充说：“我请问：这样的好世界，为什么要堵住它，不让它出现？老实告诉你们：我们共产党人一定要领导全中国劳动人民，革你们反动派的命，要建立一个崭新的中国、崭新的世界！这样的日子，一定会来的！不管你们怎么杀……”

“停止说话！”黄瘦个子恶声地叫道。

歪嘴也跳出座位来应声吼着：“不许你胡说！”

刘平被他们扰得没法说下去，嗓子也觉得干渴难受，她索性停下来，打算歇一会儿再接着说。

审判席上几个人把头凑到一起商量了一会儿，那个坐在中间的黄瘦面孔站起来高声说：“高秀平，你是共产党员，你的态度这样顽固，依法是要处死刑的。但是我们还让你考虑几天，你如果不太顽固，可以减刑。”

“我不予考虑，也不承认你们的法律！”刘平大声喝道，“你们杀人放火，残害人民……”

“今天的审讯结束。”法官迅速站起来大声宣布。

从审讯厅退出来时，刘平看见好多惊奇的眼光向她投来……有人向她微微地点头，她理解到那是一种同情。有人想向她微笑，又担心地瞅了瞅那些狗腿子们，把微笑敛住了……

回到监狱来，天已经大黑了。敌人没有把她送回原来的七号牢房，而把她关到另一间间身牢房里。她不能和难友们在一起，有些懊恼。但是这屋里有一张木板床能放开四肢睡一夜。入狱以来，就是不得伸开腿躺下来睡一觉，那今晚就睡了再说吧。

躺下来后，她还有着残余的兴奋……回忆着自己的说话，想想有没有不妥当的地方。那些贪馋地听她讲话的面容也不断出现在她的脑海里。终于，几天的疲乏，催她入梦了。尽管蚤虱蚊虫骚扰不休，她在睡梦中，下意识地在满身抓来抓去，可还是熟熟地睡了一个通宵。

四十五

第二天上午，给刘平的号子里抬来了一张没上油漆的白木头桌子和一张条凳。一会儿，第一次审问过她的那个戴黑眼镜穿白夏布长衫、高大粗壮的人，手里提着一只皮包，来到了牢房。他对刘平说："现在你该明白，决定要处你的死刑了。但是，也还有另一条路，只要你能招出同党来，我们还可以优待你、重用你，我们爱惜你这个人才，你应该考虑。"

"死刑就死刑，一进牢门，就准备死！早就知道你们这些家伙是阎王殿的判官小鬼！"刘平绷起面孔对他说。

那人哼了一声说："你可不比别人，你要死还不能死得像别人那么便宜。先要打得你皮开肉绽、筋骨折断……怕你吃不消！"

刘平指着这人的面孔吼道："告诉你，任你是什么样的威胁也是白费！你以为我是罗伯中那样的无耻之徒吗？这些日子你们严刑拷打，害死了多少共产党员，一共有几个罗伯中？你们这些反动派，将来都要受人民的审判的！"

"哎呀，刘平女士，不要冒这么大火！"这人想起上边嘱咐的话来，只好忍着性子没再恶起来，勉强转过笑脸说，"好吧，我们也不太急，你慢慢想清楚，要是你觉得嘴里讲起来不方便，我们让你不声不响写出来。你看，这不是抬桌子来了吗……"说着，他又打开皮包，取出一厚沓八行信纸、一支毛笔、一条墨、一方砚台，放在桌上，又嘱咐看守马上送水来。"好吧，你慢慢想清楚再写，我明后天来取。"说完走了。

等他走后，刘平气得拿起笔墨在信纸上大大地写了五行字：

打倒帝国主义和军阀！
打倒背叛革命的国民党！
打倒蒋介石和汪精卫！
中国共产党万岁！
中国人民革命成功万岁！

她想，明天他来取，就给他这个吧！写完，她躺在床板上养养神。今早她身体不大舒服，已经泻了几次肚，感到很疲乏。躺着躺着，忽然她觉得隔壁有人敲墙，仔细一听，先是敲上边，慢慢地，慢慢地，声音接近地下，又到里边屋角上……以后敲的声音就老停留在里边那个角落上。她爬起身来，靠墙站着，好奇地听听墙那边。先没听出什么，后来蹲到那个屋角上再听，终于明白了：是隔壁有人要和她通消息。她也就在墙上捶了几下表示回答。一会儿，她看出这个角落的泥土，松松的，像有虫在下面拱动似的，止不住抓开土，发现了一个写了字的草纸团。原来，这两间屋子的墙下有个洞相通呢。她打开草纸团一看，上面写的是："大姐，祝贺你的演讲成功！我们全体向你致敬。消息是从看守方面来的，据说听了你的演讲后，有人一夜都不能睡，偷偷在谈论你，谈论共产党的革命精神！"下款落的是："昨天还和你同住的第七号的妹妹们。曹慧明执笔。"

她现在才明白她的牢房就在第七号隔壁，而且还有一个通消息的地洞。昨夜她昏昏沉沉被送进来没搞清楚，现在她像忽然得了被释放的消息一样，高兴得笑起来。关于她昨天在法庭上的发言的反应，也使她兴奋……她想起隔壁难友们很缺纸，就拿了一半信纸卷起来，并写了几个字："妹妹们：我现在有很多纸，分点给你们。我原来很想念你们，现在能通消息，就等于还是在一屋，多好啊！大姐。"

把字条和纸卷到一起放在墙洞下，她也敲了好几下墙脚，然后就脱下自己的一只鞋来把纸卷推过去。好半天，她才感到隔壁拿去了那卷纸，过了一会儿，那边又送来一个纸团，上写着："大姐，你一定很累了，我们全体请你今天好好休息一天。谢谢你的好纸。"

她一天都没敢吃饭，怕继续泻肚。晚上，果然好点，可是饿得很。今夜，她睡不着了。起先，她躺在床板上，瞅着在屋顶上用铁丝网蒙着的那盏发黑发霉的灯……她知道马上要临到她身上来的是拷打、磨折和死刑……那是很痛苦的事，但是她将勇敢地迎上去，这是早就有了思想准备的。只是中国革命猛然遭到了这样严重的失败，她事先却未能估计到。

自从局面恶化以来，工作更加忙碌，一直没工夫好好来理解，研究目前革命这样失利的原因，现在，她觉得需要好好考虑一下了。蒋介石、汪精卫的叛变，他们和帝国主义、旧军阀联盟对革命的进攻，自然是革命失败的主要原因，但是她想起党内陈独秀的投降路线的错误，也是严重的。不叫湖南农民军收复长沙，军队里限制共产党员，尤其是这次叫武汉纠察队自动缴械的命令……这都是陈独秀机会主义的错误。他知道上边有许多同志要对陈独秀展开斗争，在市委，正明和周伯杰也有争论，不知现在怎么样了！她十分惦念。那天回家本想把自己认识到、感受到的一些看法，对正明谈的，也算是批判投降主义的一些实际材料啊！但是，那天两人没会着……她摇摇头抽了一口气："再没机会和他谈了！"忽然她想起前几天牢房的难友们写遗书的事，当时她因为怕占去她们有限的纸张，就没有写，现在桌上有纸，为什么不写呢？她坐了起来，慢慢走到铁格子窗前，倾听外面……四周死一样的沉寂，听得出隔壁号子里睡熟了的难友们喘息困难的呼噜声，廊上有一个来回走动的值夜大兵，大概是时常耸一耸肩吧，使挂在他肩上的长枪上的刺刀，在空气中铮铮震响，还有他大皮鞋的铁钉，踏着地面发出沉重的脚步声。刘平把桌子移到那盏暗淡的灯光下，拿起笔来，想了半天……天呐，这是在监狱里啊！党里的事，怎能写呢……她想讲的话，一句也不能写……她把笔放下又拿起来……那么写点家务事吧……于是三个孩子的稚嫩的面貌出现在了她的眼前，特别是前几天和小女儿分别时，孩子熟睡在她怀里的那个憨态，她止不住掉下辛酸的眼泪。一会儿，她又想起在外婆跟前的两个大孩子和她最后一次的见面，想起最近大儿子小明给妈妈写来的那封信，信后面附上了一句口号："农民协会万岁！"她记起孩子歪扭的字迹，不禁微笑起来……小平呢，那个先天不足的大女儿，她屈指一算，再过几天就满四周岁了！她止不住心头的激动……已经进入死牢的妈妈，用什么去祝福她呢？唉，给他们写封信不好吗……她不知不觉在纸上写着他们的名字"小明、小平""小平、小妹"，底下不知怎么写好……值夜的看守兵带铁钉的皮鞋踏到她的铁格子窗前停住了……她想，你看就看吧！不怕你。

“高秀平，怎么不睡觉？写什么呀！”那个大兵对着号子里问。

“不是叫我写吗？白天写不出，晚上清静，正好写。”刘平是背向着窗子的，没转过脸来。

“嗯，睡足觉，明天写好些。”说完，铁钉声渐渐离开了她的窗……这人一边走着，一边轻轻地、慢悠悠地吹着口哨，是吹的一个什么歌。这惹得刘平忽然记起家乡的好些动听的山歌来。她决定给孩子写一首儿歌。外婆教他们的儿歌，多是老旧的。她怜惜起孩子来！妈妈当过教师，教过多少小朋友读书唱歌，可没工夫教自己的孩子！今晚，她决定给自己的孩子留个纪念，留下一首为他们写的儿歌，让他们纪念妈妈，继承妈妈献身的事业……她忆起了一些儿歌调子，然后又想，该从歌里教孩子们一些什么呢……就这么想想又写写，最后写了两首歌：

月光光，亮堂堂，爹妈想起小儿郎！
爹妈去打反动派，哥哥妹妹在家乡！
外婆教个歌儿唱，教儿莫忘我爹娘！
外婆教个歌儿唱，教儿学习我爹娘！

小星星，亮晶晶，妈妈带信小亲亲！
小哥小妹要亲爱，勤劳勇敢向光明！
永远跟着红旗走，做个革命接班人！
永远跟着红旗走，妈妈临危好放心！

她把“妈妈临危好放心！”几个字写完的时候，止不住一阵酸楚，泪如泉涌……她就是这样和幼小的儿女们告别了啊！忽然，她觉得不该给孩子们留下太伤心的词句。这是儿歌哟，只能鼓励孩子，让孩子们唱起来快活、有劲。她想了想，就把“临危好放心”涂去了，改成：“妈妈看着笑吟吟！”

“孩子们，这是妈妈给你们的最后纪念物啊！”她含着泪想。有几颗眼泪，滴在纸上。“笑吟吟”几个字，染上泪痕了！她赶忙擦去眼里又要涌出来的眼泪，怕再把纸弄坏……

歇了一会儿，她换了纸准备跟她的丈夫关正明写几句话。提起笔来，她想起“正明”两个字不能在这儿写上，万一落到敌人手里就不好。她只好忍着痛，画了两个三角符号，然后又一再告诫自己：可要小心，万一信落到敌人手里，别让他们找出任何线索，别让敌人找出任何情况。她沉思了好一阵，就写了下面的信：

△△：

因为罗伯中背叛，出卖了我和高玉两个，我们被捕了。高玉已经献出了生命！我和高玉一同进来，敌人没让我和她一道走上断头台，我当时引为遗憾！昨天我有机会在法庭上把敌人骂了一顿，向听众阐述了我党的革命主张，觉得多活了这两天，也还是有意义！

我现在被囚在敌人的单间牢房里。死神已经临到了我的窗前……既然早就知道需要牺牲才能换得胜利，那么，此刻正是我牺牲的时候了！望你莫为我伤心。

我好像不能理解失败是这样快、这样大。但是，我却坚信失败是暂时的。

几年来，我亲眼看见党在广大的劳动人民中，播下了革命的种子……中国革命就沸腾起来……我们的革命战士和革命的人民群众，不管敌人如何残杀、阻止，还是前仆后继，成群地往前冲上去！这使我想起了诗人杜甫的诗句：“不尽长江滚滚来！”看啊，现在我们的革命，我们的革命队伍，不正是像浩瀚的长江吗？它永远后浪推前浪，滔滔不绝地流着，没有任何力量能把它阻挡……我相信中国人民绝不会永远做奴隶，绝不可能！虽然我的生命已是旦夕之间的事了，但是在我的眼前，却呈现了一幅胜利的图景……我看见，当东方的朝霞升起的时候，胜利了的中国工农群众汇成海洋般广大无边的队伍……人群中间有你和孩子。欢乐的人群在一阵凯歌之后，有一个为中国人民深深爱戴的巨人，从人群中站了出来，他高高地举起了一面鲜艳的红旗，喊出了震动宇宙的声音：“现在，中国人民，站起来了！！！”从此，全中国插遍红旗，一个崭新的中国，出现在亚洲。亲人呵，这幅壮丽的祖国人民的前景，冲破了黑暗的牢房，光辉灿烂地展现在我的眼前，它将鼓舞我含着微笑去承受明天的拷打和死刑！！！

谈谈我们自己的事吧。

请你不要把我的消息告诉妈妈，怕她老人家经不住这个悲伤……我惦记

着你……但是，我相信，有党和人民指引你，你永远也不会孤单！记住把三个孩子引上革命的道路，教孩子记得妈妈的仇恨！最后，请为我转达我对党的祝福！

别了，我的亲人！

你的妻

平 绝笔

信写完，她并不满意，好些关于斗争、关于工作上的话，她想写，但不能写。把信看了两遍，觉得没有什么漏洞会被敌人抓住，便用两层纸把歌和信包到一起。但是把它交给谁呢？在这个鬼地方，能写谁的地址、谁的名姓啊……想了一会儿，就写着："请附在高玉给她母亲的遗书一道。"写完，她把笔使劲一掷，扔到了地上……

绝早，她把纸卷从地洞里送给隔壁的难友。过一会儿，那边也送过来了一个纸团："大姐，我——曹慧明大约能出去，一定给你把信送到。告诉你一个重要消息：刚才从男监带给我们一个纸条，说是中国共产党在南昌组织了工农革命军。八月一日在南昌武装暴动，取得了胜利！成立了革命政府！为庆祝胜利，我们约定在今天中午送午饭来的候，男女两监高声同唱《国际歌》，并呼口号，到时，我们敲五下墙壁通知你，请注意听准。"

看完纸团，刘平喜得几乎跳了起来，止不住重复地念着纸条上的话："中国共产党在南昌组织了工农革命军……武装暴动，取得了胜利……""这是革命史上新的一页啊！"她几乎想喊出声来，并想赶忙写几个字回答她们，响应号召。但马上她听到牢门上的铁锁响了，知道有人来了，赶忙把纸团撕碎，扔进马桶里……果然，牢门开处，戴黑眼镜的敌人跨进来了，问刘平写得怎么样。刘平耸了耸肩冷笑两声，没有理他。敌人看见桌上有刘平写的字，走近一看是："打倒蒋介石"等五个口号，气得把那页纸捏成一团，大声吼道："好吧，好吧！看你是个什么铁打的好汉！"说着就气呼呼地走了。

一会儿，有人又来提刘平过堂。这回是上了脚镣带出去的。刘平拖着脚镣，丁零当啷从七号牢房走过的时候，曹慧明等一群姑娘挤在窗口上向她点头挥手："大姐，快回来！""大姐，祝你再一次成功！"她们对她喊着。刘平笑了笑，她很可惜不能和大家一道唱《国际歌》，庆祝南昌暴动胜利！她回过头来，对姑娘们说：“预祝你们成功啊！”

七号窗口上的姑娘们会心地笑了。

午饭时，男女犯人预定的庆祝会成功了！他们唱着歌，喊着口号，把敌人弄得手足无措，等一小队军警来镇压时，他们已经都唱完歌、喊完口号了。

大家这一天过得很兴奋，但是七号牢房的姑娘们，直等到深夜，都没有看见敌人送大姐回号子来。

第二天依然没有消息。

第三天，女看守偷偷告诉姑娘们，说刘平真是个奇女子！当天受了残酷的刑法——上了两次老虎凳，执刑的人都听到她腿骨折断的声音，可是她不叫不喊，连哼都不哼一声！那些人在议论说，不明白她有股什么力量能顶得住那样的折磨和痛楚！几多壮实的男人也办不到啊！第二次晕过去之后，敌人又照例对她喷凉水，但是她再也没有苏醒过来……把她放在刑房的地上搁了一天一夜，全身都已经僵硬了，脸上还凝着笑容。

敌人把尸体拖出去的时候，还有些不放心，又拿出手枪来，对准死者的胸脯开了一枪……

姑娘们听完，全都痛哭失声了……

四十六

兴华厂开工一个礼拜了！一礼拜来，工人们觉得比旧军阀时代的日子还难挨些。除了工头外，又增加了办黄色工会的流氓，整天在车间里晃来晃去。

少了好些人：牺牲的；被认为有嫌疑的，有的捉去了，有的躲开了。现在还天天有被开除的，由黄色工会通知本人，不许再进厂来。

开工第三天晚上，郑芬家里来了个流氓样子的人，对她父母说："你们郑芬是共产党员杨广文的老婆，杨广文枪毙了，厂里也不能留郑芬了！"她母亲说："我女儿还是个大姑娘，并没嫁人，莫那么老婆老婆的。杨广文不过是同厂的工友，来玩过两次，还没讲好婚姻。"那人说："信不信由你，我是工会负责人，早通知你。如果她还想进厂的话，叫她到东升巷工会里去写'悔过书'。要不然，她闯到厂里来的话，叫她吃苦头！"就这样，郑芬没有进厂去了。男女工人中，还有几个这种情况的。也还有怕事、怕失业的就去写'悔过书'的，例如姚三姐就是去写了'悔过书'又复工的。

陈舜英到工房来过，文英把郑芬的情况向陈舜英汇报了，陈舜英说："武昌那几家纱厂也有这种情形，等跟武昌那边的同志商量，咱们把郑芬他们介绍到武昌去，把那边被开除的介绍到这儿来。反正国民党反动派、黄色工会那些家伙，争风吃醋闹得凶，他们自己鬼打鬼的，没个联系。咱们就这么调动调动吧。"

现在，大家天天能在机器旁会面，文英觉得比停工那阵，工作到底好搞一点。她开始联系几个较好的同志，想做恢复支部的准备。杨老老和大姨妈被区委批准入党了。黄菊芬也向文英提出了入党的要求。

甘明和金秀正在暗中联系表现得好的共青团员和童子团。文英觉得金秀比从前更积极，办法也多了。

只是一件，王麻子搞黄色工会这事，在文英心里一直是根刺。

有天晚上，杨老老来看大姨妈，带来了一个消息，说是王麻子溜跑了。他在溜跑之前，来看过杨老老，他自己承认被坏蛋们拖入了黄色工会，也承认上次那个做法是黄色工会坏蛋们教他来试探杨老老的。他说他受良心责备，绝不陷害朋友。据杨老老说，这是因为陈士贵夫妇的死教训了他。他生怕革命方面的朋友对他不客气。但是坏蛋们也很不满意他，说他没做出成绩来，逼他得很。他感到两头为难，只好一走了事。

“大姨妈，你看，这不是天理昭彰！想发洋财，落个两头不讨好，如今没得路走了！”杨老老叹息说。

“不会又是试探你家的吧？”文英问。

杨老老想了想说：“大概不是。史大杰知道，这两天黄色工会暗中查问他的去向，查得紧呢！他老婆都几乎挨了坏蛋们的揍！”

这样，文英放下了一件心事，王麻子这根刺拔掉了！

一天，张大婶领了个粗眉大眼、黑胖黑胖的矮个儿姑娘到车间来，交给文英，指着往日胖妹开的车子说：“你教会她织布，让她学个把月就单独开那么几部车。”

文英抽了口气，点头答应了，想起胖妹的车子跟前，会换另一个新人，心里说不出地难受。没教上两天，文英感到这姑娘完全不像生手：一般初进车间来的新工，总是不惯吃棉花絮，咳呛个死！这姑娘像不在乎。文英认真教她时，她似乎不觉得为难，只是点头说：“知道了！”文英去上茅房时，叫她小心这里，小心那里。她只管傻笑说：“你放心好了！”织着纴纱的梭子溜来溜去出了点毛病时，她顺手关上车修整修整，无形中显得很熟练的样子。文英问她做过厂没有，她却说没有。这姑娘叫江月华，很和气，对文英表现得非常要好。一天，机器有点毛病了，文英照老例插上一面小红旗子，那是叫修机器的工人来修理车子的标志。一会儿机工来了，来人恰好是甘明。甘明一眼看见江月华，眼睛一鼓，眉毛一扬，面色有些惊愕，可一声都没哼，只埋头修理机器。江月华呢，好像有些故意避开甘明，远远站在一旁。文英都看在眼里，只觉得是个谜，打算找机会问问甘明。

放工回来，吃过晚饭后，没想到甘明倒先来了。他低声问文英：“那个新工是不是叫江玉敏？”

“不，她叫江月华。你原来认识她吗？”

“那她是改了名字了！”甘明说，“我们认识的。”

“我正打算问你呢！”文英说。

“让我告诉你吧！文姑姑，她原叫江玉敏，是搞童子团的。四月里，全国总工会召开全国童子团代表会的时候，她是湖南的代表，王艾是我们这儿的代表，我去找王艾来，我们就这么认识的。”

“她也没有跟你打招呼哟……我看她好像躲开你呢！”

“她大概看见我还在厂里，当我变坏了，不敢招呼啦！”甘明说，“我呢，你家不交代过吗，现在的情况，我不好公开联系人，就装不认识她算了。”

“对！这样才好。”文英说。接着文英把几天来疑心江月华是熟手的情况告诉了甘明。甘明说：“她原是湖南长沙第一纺纱厂的女工呀！”

“我说哩，一点也不像生手。”

“这么说，她定是反动派要逮捕，在湖南蹲不住了，逃到这儿来的。”甘明估计着说。

文英也同意这个看法。不过，他们说最好再观察一个时期再说。

第二天，江月华在车间工作的时候，装作毫不在意的样子向文英打听：昨天来修理机器的青工姓甚名谁。

文英照实说了，又问她道：“你是湖南人，为什么跑到这里来找工做？”

江月华迟疑了一会儿说：“你怎么说我是湖南人？不是的，我是本地人呀！”

文英微笑着说：“我们厂里有的是湖南人，一听你的口音就听出来了！”

她半天没说话，到下午，又轻轻恳求文英说：“文英姐姐，请你莫对工头张大婶说我是湖南人呀！我对她是说的本地人呢！”

文英点头笑了笑，答应她不对别人说什么。现在文英更肯定江月华正是甘明所估计的情况了。不过，她暂时仍不想让江月华和甘明发生联系，因为看样子，甘明很可能会遭受到郑芬同样的待遇：开除出厂。她很担心敌人迟迟不开除甘明，是留他作线索，想从他侦察出别人来。文英甚至嘱咐甘明和金秀都要少见面。

这天晚上，睡觉之前，姨妈忽然提起柳竹来，她问文英：上级来的那个女同志，有没有谈到柳竹的消息？这下子，姨妈把文英埋藏在心灵深处不敢碰一下的伤疤触痛了……她熄了灯上床后，翻来覆去睡不着，遏止不住对那个好久没消息的人的怀念……

“文英，你是么样了啦？”姨妈感到文英在哭泣……“姨妈，让我什么都告诉你吧！”文英再也憋不住了，她决定把她和柳竹相爱的事告诉姨妈，就一个翻身坐了起来，摸黑到姨妈床上。屋子里是那么闷热，她跟姨妈共着一个枕头躺下了。

“是么样，娃儿，柳竹有坏消息吗？”姨妈有些惊愕，用干枯的手掌给文英擦脸上的泪。

“不，不是的！”

“那你是为么事哟？”

“姨妈，你家到底晓不晓得啊？”

“这丫头好痴，叫我晓得什么呢？”

“唔，唔，晓不晓得我跟他……我跟他两个的事？”

“你们两个有什么事？”姨妈觉得她一向有过的一点猜疑，到底要证实了！

“我知道……你家是知道的，你家装傻呢！”文英又是哭又是笑地说。就这样，文英把她和柳竹两个相爱的事告诉了姨妈。讲完，又问姨妈道：“你家反对吗？”

“我为什么要反对？你们两个都是我心疼的人。你们两个又是同志，正好哩！我说，娃儿，你真闷得住，从没对我说过呀！”姨妈又欢喜又难过地抚着文英的头说，“还怪姨妈装傻！你对姨妈漏过半点风吗？柳竹呢，他喜欢你，我倒看出一点来。唉，要是你们早告诉了我，我倒早宽了一件心事！我有时担心呢，我想，你这么年轻，又这么古板，要将来我老死了，留你一个，孤孤单单……”

说着，说着，两个都止不住心酸落泪了。姨妈揩了泪，安慰文英说：“娃儿，你是惦着他吧？莫难过，他不会抛下你的，他不是那号人！唉，他是个正派人，有良心的人呢！”

“姨妈，我，不是怕他没良心要变卦。”文英说，“我只是担心……担心他牺牲在什么地方了，没半个人晓得他的下落……”

这一夜，文英的枕头都湿透了。

有天，厂里起了谣传，说是沈一帆和他新娶的老婆，前几天被人害死在自己床上。有人说是共产党干的。有人半信半疑。文英想起了彩霞信上的话……只不敢确定谣传准不准确。

这天放工前，工房院子里，来了两个乡下人，一男一女，找大姨妈。知道还没放工，就站在大姨妈门前等候。姨妈放工回来，一走进儿啼母嚷、乱哄哄的院子，就认出那男人是她的小叔子——在家乡种地的陈有祥来了。可是另外那个挟了个包裹的小个儿女人，她却不认识。姨妈喜得加快了步子，对文英说：

“哎哟哟，文英，你瞧，是我家满爷来了呢！”

文英朝家门口一看，果然是陈满舅在等着。

“陈满舅，你家好哟，是么样有工夫进城来的？”文英赶上去招呼客人，又对那个瘦小女人说，“这位姐姐，我们不认识呀！”

陈有祥和那位头包蓝布头巾、身穿黑布短衫的小个儿乡下女人，没多说话，勉强笑着应酬两位主人。等文英把房门锁头扭开，一推开房门，他们就进来了。文英感到：两个客人不像是心情愉快来串门子的。陈满舅比春天时瘦多了。而且她想，该忙秋收的时候啦，怎么从乡下跑出来了呢？文英料到客人没吃晚饭，就赶快端出当柴灶用的破缸到院子里，忙着生火烧饭，让姨妈好跟客人谈话。

院子里有卖豆腐干的小贩嚷嚷叫叫，文英正好觉得没什么菜待客，就买了几块豆腐干，打算拿它和几颗豆豉炒昨天剩下的几只大辣椒。在洗米切菜忙进忙出这会儿，她看见陈有祥跟姨妈老是细声细气在讲话，有时又指指那个乡下女人，她只听到那个女人对姨妈说了一句话：“真不好意思，头回来就要累赘你老人家！”

等饭菜搞好，摆上桌子吃的时候，姨妈已经点上小油灯了。文英在外面柴灶上，坐上水壶烧开水，自己也就扯起洗脸毛巾洗了把脸，揩去满头大汗，坐上桌来陪客人吃饭了。

这时文英注意到女客人已经摘下蓝头巾，露出后脑上梳的一个小粑粑头。她耳后还有许多短发扎不上去。看得出她原是剪的短发，现在还没长好，是掺了一些假头发，才梳得成粑粑头的。

“你尽看她做什么？她是我们县里出了名的青天县长。”姨妈对女人努了努嘴，告诉文英说，“如今……反动派要捉她，出五百块白花花洋钱要她的脑壳。”

“啊！”文英惊喊了一声，马上想起这就是在乡下时听到农民竖起大拇指讲过的女共产党员陈县长了。她记得那时柳竹也满怀敬意地谈过这位女县长的。她不免又看看她。这时才看出她还年轻得很！原先，她没看明白，以为这个包了头巾的女人，是中年妇人。文英带笑说：“好险，不容易呀，从我们那个小地方能逃得出来！陈满舅，是你家帮忙的吧！”

“这个忙该帮的啰！”姨妈没等满爷回答，就接上说，“是我们陈家稀有的女秀才！跟我满爷他们是堂兄妹。”

“我并不因为是女秀才，也不为兄妹，倒是因为她做了些好事，替我们乡下人出过几口气。”

“我个人做得出什么……那是按照党的革命路线和群众力量办的事。”女客说。

“那倒也是真话，你看世道一变，就不行了！”陈有祥摇头叹息说，“九死一生逃出来，险得很，好几次……几乎……”

“我听说过，听柳竹说，陈县长能干得很！他恐怕还不知道是亲戚呢！”文英说。

“对了，刚才满爷不说，我也不知道就是大房的五妹子。算起来，柳竹该叫县长作姨妈啰！”大姨妈说。

“咳哟，你家再莫县长、县长啦！我原来叫陈珏，现在改名叫王秀兰啦！”那个女人小声说。停了停，又问：“你家们刚才说的柳竹，是一位同乡人吗？”

“是同乡人啰！”文英笑起来，“是满舅的外甥。四月里，我们回家乡去的时候，他到县里见过你家的呀！”

“对了，我也听他说过。”陈有祥说，“是么样的，小竹子，还在汉口吗？他可是条硬汉子！比我们乡下人先觉悟……唉，可惜来不及找他谈谈！五妹子，你不知道，我这个外甥，要跟你讲那些革命道理，他能讲得人几天几夜也不想睡觉！”

“啊！我知道！我认识他的！”这个暂时名叫王秀兰的乡下姑娘，听到柳竹在这里，不知不觉露出了她的学生本色，喜得几乎跳起来，嚷道柳竹同志在这儿吗？我正着急……”她说到这儿，马上住了嘴，坐稳了身子，意识到自己不该太随便露出原形。她心里想：“有柳竹同志证明，我可以接上组织关系了！”

“他有点事，暂时离开了。要回来的。”姨妈说。

文英想起江月华来，就安慰她说："你家莫着急，汉口究竟是大地方，尽管这儿反动派也捉人、杀人，却还有许多人逃到这里来，藏住身子了。"

当晚，客人就在这儿住下。陈有祥给她们谈了乡下农会遭到反动派的压迫、土豪劣绅地主回乡来报复的情形，直谈到深夜。陈有祥说牺牲了好多好人。他们乡里的农会会长陈大爹，那个曾经约柳竹到他家去吃饭、请他谈革命形势的老农民，被敌人捉去枪杀了！在镇子上曝尸三天。陈老奶求了多少人，才准她收尸。

文英问到热心搞妇女工作的闵秀英，陈有祥皱起眉眼，沉默了好半天，才抽口气说："唉，这两口子才死得惨呢。丈夫是被回乡地主拖去活埋的。闵秀英挨了一枪，倒下来了，敌人看见她肚皮还在跳动，肚子里娃仔没死，就在肚皮上踩了一脚……"

"哎呀呀！"大姨妈惊叹说，"这些狗蛋哪里是人哩，是畜生啊！"

文英和大姨妈两个听得难受极了。这一夜，文英又难过又气愤，想起四月里看见闵秀英时她那股子热情，想到她的惨死，简直没法入睡……

第二天，陈有祥走了。他是农会委员，不能回家乡去。他告诉她们：他打算跟几个同乡一道，绕过洞庭湖，找毛泽东去，听说那儿要搞秋收暴动。他的老婆和孩子，在事变刚起的时候，就回娘家去了。现在，这个壮实的汉子和他的大嫂告辞的时候，止不住眼眶红了。他说，他不知道什么时候，才能够回来再会见大嫂和乡下的亲人……

王秀兰就留在这儿住下了，她请求大姨妈把她介绍进厂去做工，从此深入工人群众中去……姨妈和文英两个商量着，打算让黄菊芬向工头婆娘去提。文英现在让黄菊芬故意和工头婆周旋，好探听点消息。

这天在厂里吃午饭的时候，金秀溜过来告诉文英，说甘明今天没进厂来。住在她隔壁的一个男工，知道昨晚有黄色工会的人通知甘明："开除出厂了！"和郑芬一样，也是叫他写"悔过书"才许复工。

文英知道甘明是怕连累她，因而没马上来告诉她。晚上，文英让大姨妈去看看他，告诉他：将来也照陈舜英讲的办法，把他介绍到武昌去。想起剩下几个好同志也得通通走掉，文英心里越发难受。

有天放工回来，一跨进门就有两个穿旗袍的女学生迎着文英。文英愣了好半天才认出其中一个是女工夜校里的陈碧云老师。"哎哟，陈老师，你家怎么有工夫跑到我们这里来啦！”陈碧云也不跟文英寒暄，就把文英拉到门外，低声说：“有件事要告诉你，找个地方去说话好吗？”

文英把陈碧云和那位同来的姑娘拖进屋来说：“任什么话都能说，我这儿都是好人！”

王秀兰这两天也学会了用柴片烧饭，现在，她摆齐了饭菜在桌上，招呼大家吃。两个姑娘说她们急着有事，哪里肯吃。文英只好让大姨妈跟王秀兰在外屋吃饭，领着两个姑娘到里屋去谈话。

陈碧云指着同来的长得苗条漂亮的姑娘介绍给文英说：“她是我的朋友，叫曹慧明，前几天才从监狱里出来。她是和刘平、高玉两位同志关在一起的……”

“哎呀！刘平同志怎么样了？”文英急问道。她几天前才听说高玉牺牲了，但还没有得到关于刘平的消息。

“我就是来告诉你这事的。她……”曹慧明难过地哽咽了，顿了一会儿才接着说，“告诉你，她已经……牺牲了！”文英听到这个不幸的消息，只觉得脑子里轰轰响，一时说不出话来。好半天才咬着牙，一字一句地说：“又一个……牺……牲……又一个……牺牲！”

“杨文英同志，对不起你，我们的消息来得太突然了！你不要太难受……我们今晚要急着赶船到上海去，不能多挨时刻，有件要紧的事跟你商量，请你答应我们。”陈碧云急得好像她脚底下着了火似的站不住，两脚直顿着……在给女工们当教师的时候，她总是从容不迫地谈话，从来没有这样过。

文英强忍住眼泪，扪着梗塞得难受的胸脯，说：“请说吧！”

“是这样，刘平同志有封遗书，给她爱人和孩子的……”曹慧明一边说，一边摇了摇文英的肩膀，她看见文英两眼热泪，疑心文英没听清她的话：“你听啊！我们得走了，急死人呢！”

原来，曹慧明还是被那个想娶她的反动军官营救出狱的，现在为了逃婚，她从家里溜了出来，和陈碧云两个一道，已经买好了船票，今晚要赶上船到上海去。

文英竭力克制着心中酸痛，用衣袖揩着不能止住的滚滚泪水，说：“我听见了，请说吧！”

曹慧明继续说：“我原照刘平同志的吩咐，把信交给高玉的母亲。今天下午，我们找到高玉家里……可是，这位老太太……唉，真可怜！”曹慧明说到这儿，也止不住落下泪来，她揩了泪，继续说："高老太太为她的儿女，已经发疯了！"

"哎呀！疯了吗？真造孽啊！"

"你知道，人家一个儿子、一个女儿都牺牲了啦！"

"天哪，这些恶鬼……"文英又是难受，又是愤怒，顿着脚说。

"哥哥是搞码头工会的，先没消息……后来高玉牺牲的消息一来，她哥哥的消息也来了，老太婆一下子就急疯了！刚才我们把高玉的遗书交给这位老太太，她捧在手里哭一阵，笑一阵，把信扬得高高的，叫左邻右舍来看……我们先不知道她疯了，后来才听说，已经几天几晚没吃没睡，哭一阵，唱一阵呢！因此，刘平同志的信，我们就不放心交她老人家了。后来陈碧云才想起了你。她说她认识你还是刘平介绍的……现在，我请问你，你是不是能负责把遗书交上去？"接着，曹慧明又补充说，"因为碧云死活相信你比高老太太稳当些，所以我才冒险等了你这半天……你知道，我有要紧事，今晚非走不可！因为这封信太重要了！我们就等了这半天，等你放工回来。总而言之，请你看重这封信。无论如何负责交到。"

"放下吧！我一定交上去。"文英斩钉截铁地回答。

曹慧明从身上掏出刘平的遗书来，交给了文英，就急忙要走。文英不管死活，捉住了她们，又细细询问了刘平被捕后的一些情况，她想多了解一些，好汇报上去。

听到刘平的牺牲，文英的伤痛不减于听到彩霞的噩耗时那样。这一夜，她悲泣万分，一点点回忆刘平给过她的教育……她辗转反侧，一宵不能入睡……第二天一早起来，王秀兰说她眼睛红肿红肿的，提醒她别让工头婆娘看见了，免得找麻烦。

四十七

这一周，文英和大姨妈两个做晚班。早上六点从厂里回来，胡乱吃些东西就上床睡觉了。

文英睡得正香的时候，忽觉有人摇她的身子，并叫唤她。她迷迷糊糊睁开眼睛，有个不认识的娃娃站在她床前……

“你是什么人啊？”文英跳下床来问。

“哎哟，文英姐姐，你都不认识我啦！我是齐小海，胖妹的兄弟呀！”

“哎呀，小海，真个叫人不认识你了！几天不见，你长高了！”文英说着牵着小海走到外屋来叫他坐了，自己一边找脸盆和毛巾打水洗脸，一边问小海：“哎哟，你来有什么事吗？”这时王秀兰从院子里跳进来说：“我看你睡得香，叫这小朋友等等，他硬是不肯，说非马上叫醒你不可。”她的袖子是卷起的，露出了瘦小的胳膊……她正在院子里洗衣裳，下个礼拜她可以进厂了。

文英一边扭着毛巾，一边睡眼蒙眬地向王秀兰点头表示谢谢，接着转过脸来问小海：“有什么急事吗？”

“唔……唔……”小海想说什么，又用眼珠溜了王秀兰一眼，住嘴了。王秀兰看见这个才十二三岁的孩子，竟这么伶俐机警，止不住笑起来，马上知趣地跨出房门，继续洗衣服去了。

小海这才凑到文英耳朵跟前细声说：“我姐姐带信来，叫你马上去。”

“马上去！去哪儿？”文英又惊又喜地问，“会见你姐姐吗？”

“到市里去，你跟我走就是嘛！会不会得见她……唔，我也不知道。”

“有什么事吗？”

“那我也不知道。这年头儿，大家小心点好！”

“哎呀，这孩子说话像个大人了！”文英叹息说。她已经走到破八仙桌前拿起梳子梳理头发了。

“什么孩子、孩子哟，现在还是孩子？我已经长大了！”小海摆出一本正经的样子，一会儿又皱起眉头说，“文英姐姐，你快点，还有人等我们哩！”

文英想起是进市区，衣服得整齐点，就到里屋去换了一双白袜子，穿起春天做的那双黑毛哔叽面子的皮底鞋，再换了件藕荷色沿白边的竹布旗袍……这衣裳是五月里自剪自缝的，当时姐妹们都夸说她穿了这件衣裳好看：颜色好，镶边好，尺码也合身。可是她仅“五卅”纪念游行那天穿了一次，以后心里不痛快，一直没穿它……

临行前，姨妈还睡得很熟。文英嘱咐王秀兰等姨妈醒了，告诉她，只说胖妹的弟弟找她有事进市区去了，她一定会在晚班前赶回来的。

文英和小海一同走着，文英趁此询问他们家里的生活近况。小海告诉她，他不久就会到大智门那儿一家麻袋厂去当学徒。他觉得自己是铁工家庭出身，不想去麻袋厂，但是没有办法。他又告诉文英，小李的兄弟——他的好朋友李小永会到兴华厂去当修理机器的学徒工。他很羡慕他，那是甘明通过别的工友想办法把他弄进去的。他们从此再不能上学了。“你的大哥呢？还一直没消息吗？”文英问。

“怎么会没有消息呢？牺牲啦！”

“啊呀！”文英不免一惊，想对他说句安慰的话，但是她看见小海咬紧有些战栗的嘴唇，沉默着，她知道她没有任何话能胜过这个孩子自己克制自己的本领，便叹了一口气……

“我们没有告诉妈妈，怕她受不了。”他镇定而从容地说。哥哥齐大海和几个同志，一同被敌人杀害在汉阳兵工厂门前的消息，小海是头一个知道的。那正是他父亲牺牲后的第三天。为着父亲、哥哥和姐夫的牺牲，他独自躲在屋后树林里哭了一天。他没把哥哥的消息告诉妈妈和李七婶。以后再也没哭过，只是不声不响地帮妈妈干家务，劝妈妈别伤心……哥哥的消息，只在前几天才告诉了他姐姐胖妹。

文英还想问他点什么，没来得及开口，小海看见已经走出了工房，到街上来了，就对文英说："文英姐姐，我们还是细心点好，要去的地方，是个重要地方，不要走在一起谈话了。我在前头走，你跟着我来！"说完，他就大踏步走到前面去了，文英只好紧盯着小海的背影走。小海不时转过脸来张望两边的行人或店铺，像淘气的孩子留恋街头好玩的东西一样，其实他是在瞄文英跟上来没有。文英心里越来越惊叹这个十二三岁的孩子，在短短时间内的迅速成长……

走到长街的中段，小海和一个中年女人说了几句话就分开了。文英看见小海有两次想和她说话终究未说，大概担心有人注意吧。又走了一段路，小海看见街头人少了，就走到文英跟前说："你现在跟着前面那个女的进市内去，我回去了！我的责任只是把你送到这儿交给她。"

文英点了点头，就远远尾在那个女同志后面进了市区，心里直纳闷，不知道今天要会见什么人，究竟会有什么事发生。走了好半天，那个女人才和文英走到一起来说了几句话，马上就把她领进了一座石库门房子里。这是一所一楼一底的里弄房子。

文英一跨进楼下客堂门，楼上就有人把楼梯踏得叮咚叮咚响地奔下来了！

"文英姐，想死我了！"胖妹欢呼着奔过来，一把抱住了文英。文英没来得及说话，也自然抱起了胖妹的脖子，她们不由自主地热泪盈眶了。

两个朋友像阔别了几十年才得见面一样，互相抱着，对泣了好半天，说不出一句话来。

"还能……见到你……文英姐……真不容易啊！"

"胖妹，胖妹子……我跟你……我跟你好像已经隔了一世了。彩霞……见不……再也见不着了……"

提起彩霞，两个朋友禁不住又伤心得哭出声来！

那个与文英一同进来的女同志，本已经隐没到客堂后面厨房里去了，现在端来了一杯茶递给文英，善意地嚷道："胖妹，又是这一套来啦！你几时锻炼得老成点啊……"

胖妹抬起满是泪水的脸，勉强笑起来："张大姐……哎，没管住呀，说着说着，就哭上来了！好，我再不哭了！文英姐，我们张大姐对我真好，像妈妈一样照顾我的生活，教我做秘密工作，又教会我许多道理……好，我们还可以谈一会二，等会儿要领你去一个地方。"

“文英，你也不要哭了！干革命事业，眼泪是解决不了问题的！”张大姐说。她好像和文英是老相识一样。

“好，我听张大姐的话。”文英把茶杯放到桌上，扯起手绢揩干眼泪说。

“这才像话嘛！”张大姐说完，又到后面去了。

这时文英才细瞅了胖妹的脸，觉得她简直变成瘦长脸了：“哎呀，你瘦得改了模样！胖妹子，你得宽心点！……可是身上还很胖……哎哟，不是胖，我明白了，你有喜啦！”文英为之惊喜起来，在胖妹隆起的腹部轻轻抚摸着。“好哟，小李……”文英提到“小李”两个字，怕惹起胖妹难受，又没说下去了……

胖妹咬紧牙关没哭，难堪地摇着头，说：“四个多月了！差一点打掉！”

“他知道吗？你有了娃儿？”

“他……他就是惦着我有这个……不放心……我正跟他商量要打胎，就在那晚出了事……”胖妹揩着泪，含怒说，“文英姐，真是血海深仇呀！几天之内三个亲人——爹爹、爱人、哥哥……都完了！还有……还有这么多朋友、同志……”'

“是啊，是血债啊！”文英抽了一口气，又说，“唉！我没料到局势变得这样快，也不知道敌人有这样凶恶！这回，受教训了！”

“可不是，”胖妹说，“我们真是傻里傻气，以为只要北伐军一来，世界就永远太平了！记得吗，去年正是这个时候，我们欢天喜地迎接北伐军，才一年工夫……”

“怎么会不记得！唉，提起这些，叫我忘不了彩霞，彩霞干革命，劲头多足啊！她牺牲的情形，你知道了吧？”文英眼圈儿又红了，为避免哭泣，两人紧握着手，咬紧嘴唇，半天没说话。

“听到了，她的信也看到了！”好一阵，胖妹才打破了沉默。她们同时在茶几两侧的椅子上坐下来了。胖妹问文英：“哎呀，你知道吗？我们把沈一帆干掉了！”

“厂里起过谣言，我们半信半疑的……”

“不是谣言，千真万确的！沈一帆是跟我们有血债的仇人！想起来，彩霞真是个好同志，自己临到那时候，还给党汇报了一个重要情况。上边收到你交上来的彩霞的信以后，说是很有帮助……我们就派人把沈一帆干掉了。干得正是时候。听说，他又在出主意，又要搞我们一个机关呢！”

“哎哟哟，痛快死了！”文英拍着手称赞说。忽然又问胖妹道：“听说我们在南昌起义成功了，成立了工农政府！你看多好。”

胖妹沉默了一会儿，慢慢说：“没有站住脚，敌人又打来了。不过，我们的军队还保持着。”她看见文英皱起眉头，就说：“别心焦，告诉你，我们从此有了自己的革命军队，有了自己的武装，这就是一个胜利。以后在农村有得干了。马上，湖南还要搞秋收暴动哩。”

她们又没头没绪地谈了一阵，文英想起柳竹来，打算向胖妹打听他的消息，刚要开口，张大姐从后面厨房里嚷着跳了出来：“要死咧，你们还不快走，胖妹这孩子，真淘气，教你九点钟去的，如今都快十点啦，还没走！”她笑向胖妹扬起拳头，要打她两拳似的。

胖妹被骂得呵呵笑，拖着文英飞快跑出了大门。文英不明白是到哪儿去，去干什么，想问个明白，可是胖妹对文英摇了摇头，意思是在路上不要说那些。一路上她只跟文英谈天气，谈身体如何……文英明白是因为在街上不能谈那些正经事，只好忍住了。

胖妹把文英领进了一所花园洋房的铁栅门里。庭院里，鸟语花香，绿荫森森。还没进门时，就看见阶台上有个年龄近五十岁的小脚太太，悠闲地坐在一张小板凳上，用一根系了个棉花团的绳子，在逗一只小黑猫玩，让小黑猫一再地站直了身子，抓棉花团，却又不让它抓住……正逗着，看见来了客人，就扔下猫，笑眯眯地欢迎她们：“哎哟，好久没来了！今儿个，什么风把你吹来的！”

“是的撒，好久没来看赵妈妈啦！”胖妹嚷着上了台阶，等走到她跟前时，赵妈妈低声说：“上楼去，你们来迟了！我在照顾着呢！”

胖妹领着文英急忙奔上楼去，推开门跨进了一间小客厅。文英一路上跑得气吁吁、汗流浃背的。她跟在胖妹后面，一脚跨进门来，就看见一个无论是微笑、身影和举止都是那样熟悉的、高个儿的青年男子站在房中央向她们招呼。这瞬间，文英惊疑不定，以为自己是花了眼，或是在梦中。怎么这个她惦念着好久无消息的人，忽然间，会出现在这个地方呢！

“好，胖妹，文英，你们到底来啦！”高个儿青年男子指着另一人对她们说：“现在我们还有几句话没谈完，你们坐下等一会儿，我们就完了。”

完全是他……声音也是他的！文英揩去额头上的汗，定了定神，肯定眼前这个人不是梦中的幻影，而是她久别了的爱人，她欢喜得几乎要跳了起来，几乎要喊了出来。但是由于柳竹非常冷静的态度，而且还有另一个戴眼镜的、文英不认识的人在座，似乎正和柳竹谈得起劲，她只好安静下来，一声不响地尾随着胖妹，在她身旁坐下……可是她心房的跳动连胖妹都听见了。“他活着啊，天啦，鬼家伙，他活得这么好！完全不是我担心的那样……也不递个信给我！害我担心死了！……气人！”她想。

“只管继续说吧！”柳竹对那个男子说，随即他自己也坐了下来。

文英和胖妹并坐在一进门旁边的两把椅子上候着。她的心还没定下来，不由自主地注视着别后叫她难堪地怀念的那个人：他坐在窗下一张小沙发上，瞅着坐在他身旁的戴眼镜的同志，全神贯注地倾听那人的低声谈话。他的左手放在沙发扶手上，捏着一支钢笔的右手，有时放在腿上，有时在沙发右边扶手上放着的那个本子上记几个字。他的总是微笑着的面容，依然是那么气血旺盛的颜色。盯着谈话人的那双眼睛，和往日一样，亮晶晶的，出神得很。再加上他那伸直上身坐着、聚精会神听人讲话的姿态，显出他是一个生气蓬勃的青年人。

文英觉得他的衣着从来没有这样考究过：上身是洁白的绸西装衬衫；下面穿着米色西装裤，两条折线那么清楚；脚上穿着白袜子和雪白的皮鞋；头发也从来没梳得这样光亮过。

看见他精力充沛地在工作，文英心头说不出地欢喜。可是看见他这种打扮，又觉得有些不大好受：她从前总是把穿得很讲究的人，看成资本家、官老爷、大少爷的！这能是他吗？怎么这种样子啊！文英不禁疑惑起来，不知不觉又瞄了瞄这整个屋子。

屋子里周围的墙壁是油漆的浅绿色，门窗和墙壁是一个色，家具也很讲究。另外那位戴眼镜的同志，穿的是白绸衫裤，门后衣架上还挂了他的绸大褂。文英心里明白了：这是在秘密工作中，这些装束、装饰都是遮掩敌人眼目的办法。她马上原谅他了，并且暗笑自己的幼稚。

两个青年男人的谈话声很低，胖妹和文英同在一间屋子里也听不见。为了等候柳竹，她们也就在这个角落上小声谈自己的体己话。

柳竹把客人送到房门口时，拍着那人的肩，放大声音说：“我再给你说一遍：是的，陈独秀的投降主义是严重的错误，以后还要深入批判。不过，目前革命队伍吃了亏，特别是武汉的组织和干部，损失太大，不能照你们想的那样做，且不是时候。目前我们的紧急任务，是迅速整顿组织。记住，要全力恢复组织。你回去给同志们交代清楚啊！”

这几句话，文英是听得很清楚的，心想：不错，我们兴华厂也该是这样。

送走了那个同志，柳竹就来招呼文英。

胖妹早已从柳竹那里知道他们两个的关系了。现在，她说她有事要出去一会儿，回头还来，叫文英回厂前一定等她。

“文英，这段时期，你吃苦了啊！”柳竹等胖妹一走，就握起文英的一只手拉她并坐在长沙发上谈起来。

文英本觉得有好多话要说的，现在，却不知从何说起，一句话也说不出来了。

“没有得着我的消息，你一定想我，气我，恨我吧？嗯，是不是？”他低低问她。

这一问，把他们别后，她遭受的生活上的波折和对他的苦苦思念都触发了起来，她止不住心里一酸，簌簌落下泪来……

“哎呀呀，听说你进步不小呢！可还像娃娃样，爱哭啊！”他故意嘲笑她。

“半点消息也不带给人，叫人心都……想得……想得……总担心你……怕你……你倒是活得这么好！”文英带点气恼，瞪了他一眼。

“哎哟哟，听，果然是生我的气咧！”他哈哈笑了，然后又抚弄着她光泽的黑发安慰她说，“好文英，别生气！你要是知道我不能带消息给你的苦衷，就会原谅我的！”

于是他慢慢向她叙述别后的情况。

柳竹自那天早上和文英分别后，就到市委找到了市委书记周伯杰。周伯杰支使柳竹到近郊一个农村里去，说是传达上边的一个指示。柳竹只好去了。去后发现，那里的国民党反动派和还乡地主的白色恐怖，比城市里还开始得早些。柳竹到那儿时，村子里，农民协会前的广场上，已躺着好几个农会积极分子的尸体。亏得柳竹事先估计到这个任务的危险性，完全是一身农民打扮来的，沿途又倍加警惕，否则，一进村子，恐怕就要陪那些躺在广场上的同志一道献出生命了。

农会干部和积极分子有的牺牲了，有的逃散了。柳竹费了九牛二虎之力，才找到一个没来得及走开、暂时躲在亲戚家里的贫农同志。这时，清乡团把住了村口，到处清查户口。这个贫农同志的亲戚只好把柳竹藏在后边菜园里大粪坑旁的干草堆里。柳竹在那里蹲了三天三夜。后来，还是柳竹自己想出了个主意，请他们设法给他弄一担蔬菜挑着，趁天麻麻亮，混在每天挑蔬菜到汉口大智门去卖菜的菜农一起，才通过了清乡团的卡哨，回到了汉口。

回到市委来，已经是各区的革命工人，如甘老九等被敌人屠杀之后，柳竹急于想向市委复命，好回到区里去，可是没有找到周伯杰，却遇见了关正明同志。柳竹把情况向关正明汇报之后，把关正明气得在桌上直擂拳头。关正明认为当这样紧急关头，把一个重要工人区的领导干部调到完全不适合他去的地方，简直是有意毁坏工人区的工作，和断送这个同志的生命。而且，关正明是组织部长，他事先一点都不知道这样的调动。显然，这是周伯杰担心柳竹不能贯彻陈独秀的机会主义路线，就用调虎离山的诡计把他遣开的。这时党中央毛泽东等同志已经开展了对陈独秀投降主义的批判。关正明感到如果不及早批判周伯杰，汉口市的工作马上还要遭到更多的损失。他领着柳竹和几个立场坚定的干部马上展开了对周伯杰的批判。柳竹还忙着写出了亲耳听到、亲眼看到的许多情况，提供给中央和市委，作为批判投降主义的现实资料。

为了挽救汉口的工作，上级撤换了周伯杰，委派关正明任汉口市委书记，柳竹任组织部长，于是柳竹又忙起这摊子工作了。因为在严重的白色恐怖下，这一党内斗争，没有让它扩大到下层来，因而下边同志还不清楚，文英也就一直得不到柳竹的消息。

在斗争最紧张的时候，柳竹的确没想到文英身上去。等斗争告了一段落，他才想起她来，加上没有家眷的单身汉眼下租不着房子，他成了无处安身的人。有时在关正明那儿挤挤，有时在赵妈妈这儿赖几天，工作很不方便。关正明催他调爱人一起来，建立自己部门的机关。这时，他知道文英简直成了兴华厂重整残局、恢复组织的要角。这种情况本在他的预料中，他也非常欣喜文英能这样快地成长起来，就暂时放下了调她来的计划。后来他几次听老廖的汇报，谈到兴华厂目前对文英不利的情况。老廖说过去的积极分子，只剩得文英一个，连郑芬和甘明都被开除了，老廖不能不担心文英的安全，正和文英担心甘明一样：生怕敌人是留文英作引线的。不过老廖究竟经验不够，又觉得有文英在，兴华厂工作暂时有中心，他好放心些，就拖着没解决。经柳竹一再追问，他才说出了他的这些顾虑。这时，柳竹断然决定调文英来市委工作，并且他也把他跟文英的关系告诉了老廖。老廖同意调动。因而柳竹就让胖妹的兄弟带信叫文英先来谈谈。

这就是柳竹和文英别后的经过。柳竹向文英叙述这段话的时候，外面忽然下起暴雨来，他们全没有在意。

柳竹谈完之后，笑问文英："怎么样，还恨我、怨我吗？"

文英微笑着，无限深情地瞅着他，摇摇头……她不但谅解了他，而且愿意和他分担重负了。

柳竹告诉文英，组织上已决定调她来帮他建立机关，马上他们将实现彼此都渴望的共同生活了。"文英，我们就要生活在一起了。我很高兴。你呢？"他细声问她，含着笑，瞅着她美丽的黑眼睛。

想到能很快和他同在一起生活、战斗，她感到幸福、愉快，但是想到要离开兴华厂，她又着急起来。兴华厂的工作，几乎都垮完了，最近才逐渐清理出了一点头绪，她正计划恢复正常组织。厂里，每件事都需要她伸手，都需要她费考虑，她一下子怎么丢得开呢？她不免着急问道："你们打算叫我几时来？"

"我跟老廖已经谈好了。这里，房子也租好了，没有家眷，我一个人搬不进去。三两天就得来，快跟我一道把机关建立起来吧！"

"三两天？"她惊得扬起眉毛，伸长了脖子，然后又慢慢摇头叹气说，"唉，你一直还没个安身的地方，我当然……"说到这儿，她羞红了脸不说了，停了一下，又放胆说："我当然惦着，不放心，我是……应该早点来……帮你……可是，厂里情形，你也知道的，怎么来得及呢？并且……唉，我也不会做你们的机关工作。"

"不会做，我教你。你一学就会的。"

她又摇了摇头说："我笨得很，这里不容易学会，那里呢，三两天来不及丢手。"

"不消跟我客气啦，兴华厂的工作，你也不是一下子就会了的！"他微笑着说。

"好，就算我学得会，厂里那些事，总得告个段落啊！"她瞅着他笑了笑，温柔地轻声说，"哎，你哟……你大概专心嘀咕你自己那摊子事去了，没替我们那里盘算得够吧！"

"哎呀，好同志，你真冤人！我要是只替自己想，那就早调你来了！现在，我考虑的是全面的，你才是只嘀咕你自己那摊子事呢！恐怕，你连自己一摊子，也想得不周到吧。听老廖说，你很担心甘明出事。我问你，你怎么就不担心一下你自己呢？”

一句话把文英问得愣了，她慢慢摇头说：“没关系，我不要紧……”

“你怎么知道不要紧？敌人通知你啦？现在敌人诡计多端，要破坏我们的组织。你不知道吗？目前你要出了事，不是你个人问题，是整个兴华厂的革命工作问题啊！同志，你正是该调换工作岗位的时候啦！我们不是为你个人着想，是为兴华厂的全盘工作着想呀！”

文英顾虑重重，沉吟了半晌，又抬头问道：“那你说怎么搞？好容易才摸出个头头来，我又把事情抛开不管了吗？”

“你不管，安排了别人来管呀。”

“那……你们安排了谁来管？”文英问。

“现在，机会好得很！我已经跟老廖证明了陈珏……哦，她现在叫什么？进厂了吧？”

“叫王秀兰。下礼拜就能进厂。”

“好得很！王秀兰，我已经跟老廖证明了她的组织关系，她马上可以抓你们厂里的工作。她在大革命前就搞过地下工作的，能干得很。以后，准备让她来全盘负责兴华厂。现在厂里正需要这样的人……还有，还有跟你学织布的那个湖南姑娘，江玉敏……”

“她现在叫江月华。”文英纠正他说，心里想，哼，我那里的事，他已经很清楚了。

“对，正是江月华。她自己已经找了一个同志，写了封信给市委来证明组织关系。她从前搞过团的工作，是个好同志。证明信也转给老廖他们了。将来让她跟金秀清理团组织。杨老老、史大杰、黄菊芬和舅娘几个要尽量稳重点应付环境，坚持在厂里跟工人们联系，莫让敌人识破他们的真面貌。你回去，赶一两天之内，把厂里的情况给王秀兰、江月华、金秀仔细谈谈。一切什么关系，都交给她们。别的厂里不如你们这样条件的还多的是，人家也一样要整顿恢复啊！不过，王秀兰嘛，叫她另外租间房，不要跟舅娘住到一起了。你看，这样还不行吗？”

文英笑了笑，说：“嗯，安排得好是好……不过，也不稀奇，就是我们原来那几个人！”

“不是你们那几个人，你还要谁呢？问题是安排得适当不？难道你要派中央委员去才放心吗？你想，我们这回损失了多少干部？！”

她已经被说服了，可还是不放心地问：“还有甘明、郑芬他们呢？”

“甘明吗？甘明是个好青年干部，留在武汉怕不行了，已经决定调他到上海去搞青年工运了。我已经叫老廖通知他了，叫甘明事先跟他妈妈说清楚。甘明家里，我们已经通知了红色救济会，暂时得照顾那一家孤儿寡母。郑芬她们几个呢，老廖也跟我商量好了，叫郑芬先到武昌去和金梅接个头，我跟金梅早说过的，可以让别的工人介绍郑芬她们在武昌那边进厂。你看，放得心了吧？怎么样？我对你那摊子事考虑得够不够？同志，这不是你个人的事呀！”

“好，算服你了！”文英抿着嘴微笑，脸上泛起幸福的光辉。

“早就该服的呀！”他拍着她的肩笑出声来。

“我们两个的事，舅娘知道了吧？”柳竹轻声问。

她含笑点头。

“那就好。请你告诉她，我听说她入了党，欢喜得很，”他说到这里，沉默了一下，又说，“替我告诉她，按目前的情况，我还不能去看她。好在她现在是自己同志了，通得到消息的……她顶喜欢吃孝感麻糖，等一下，你走长街过的时候，替我买包麻糖带给她，算是我的一番心……你明天来，两个又要流眼泪，哭鼻子吧……好，哭就哭干净，将来跟我在一起，可不兴哭了啊！”他瞅着她羞红了的脸，哈哈笑了。

“该走了！”房门一推，胖妹就闪进来嚷着，把他们的谈话打断了。看见他们两个那么亲热地紧紧相依着细声谈话，就赶忙往外退，笑道：“我又不知道光只你们两个在这里。”

“来吧，我们正等你呀！雨停了吗？”柳竹急忙站起来说。

“哟，雨停了都不知道！那下雨怎么又知道啦？哼，这两个人，真有意思！好，你们谈吧，我等一会儿再来。”胖妹一手带上门，嘟囔着。

文英追到房门口，一手把胖妹抓了回来，说：“你跑什么，我正急着走了。”她又回过头来对已经跟上来了的柳竹说：“我尽三五天内把事情料理完。今天礼拜三，嗯，那就……我看，嗯……星期天一早来……”

“不行，莫等星期天了！”胖妹摇头说，“你真是……好像还睡在鼓里头。

我们听老廖谈厂里的情况，替你捏着一把汗呢！快点离开那里吧！并且，现在柳竹同志没个落脚站……工作损失大！刚才你听到他跟那个同志的谈话吧：目前，头等重要任务是恢复组织。他的工作，现在紧张得很。你得赶快来，帮他先把机关建立起来……”

柳竹笑着瞄了文英一眼，那样子好像是说：“好哟，有人说公道话，可以证明我不是为自己了！”

文英也笑了，对胖妹说：“说良心话，我有些倔，刚才还和他争了半天。其实，我思想上也明确了：任务紧，该早点来。但是，不晓得为什么，兴华厂的事，我总放不下。就算有人接手，我好像……还不放心……总觉得三两天撒不开手……”

“这也难怪你！”胖妹说，“这些日子我们都走了，亏你一个人在那里撑着……要是我现在还能在那里的话，也免不了有你这种想法。好，现在你既然思想上明确了，就快些来吧！”胖妹看了柳竹一眼问：“你说，她哪天来？”

“我说呢，早来早好。那边，她应该快离开；这边，需要她快来。我的话都说干净了，可是人家还舍不得那里的什么三姐姐、四嫂子呀！”

文英微笑着，瞅着他想说什么还没开口，胖妹就抢上来断然说道：“我替你们做主，明天，太急……你后天，好，星期五早上来吧。我看，你们星期五就在这里会齐，同搬进新房子去，不能再拖延了！”

“好同志，领导兴华厂的勇敢决断又拿出来了！”柳竹瞧着胖妹赞叹说。

“顺便也该请我闹闹新房，吃两块喜糖吧！”胖妹对柳竹做了个鬼脸，眯起眼睛笑起来。

“看，刚说上两句正经话，又淘气了，到底是娃娃！”柳竹轻轻拍着胖妹的头说，感觉到胖妹已经度过了最伤痛的日子，又恢复了青年人的活跃，他衷心为她欣喜。

“我是同意星期五的。你呢，不好再推了吧？”他转脸来笑问文英。

文英含笑点头同意了。柳竹又叮嘱文英说：“你跟舅娘商量好，你走前，别声张。你走后，别人问，就说你妈病了，回乡下去了。”

星期五的早上，气候起了变化：天空阴沉沉的，太阳被大朵大朵的黑云遮掩着出不来。从江上飘来了一阵阵带着潮水腥味的飒飒凉风……大姨妈看了看天色，怕文英一出门就会遇到骤雨，劝文英多挨些时候再动身。

文英本站在自己床前沉思着，想着还有什么话没向王秀兰和姨妈交代清楚，四十七
听姨妈这么一说，反着急要走，她担心城里等着她去安排的事情受到拖延，就断然拿起她的小衣包，却又依依不舍地辞别了大姨妈和王秀兰，走出了被煤烟浓雾覆盖着的工厂区，向市区走去，去迎接新的生活和新的战斗。

一九六五年九月一日重修完